中國語言文字研究輯刊

二十編

許學仁 主編

第 1 冊

《二十編》總目

編輯部 編

《說文解字》大徐反切音系考

姚志紅 著

花木蘭文化事業有限公司

國家圖書館出版品預行編目資料

《說文解字》大徐反切音系考／姚志紅 著 -- 初版 -- 新北市：
花木蘭文化事業有限公司，2021〔民110〕
目 4+286 面；21×29.7 公分
（中國語言文字研究輯刊 二十編；第 1 冊）
ISBN 978-986-518-332-5（精裝）
1. 說文解字 2. 研究考訂 3. 聲韻學
802.08   110000268

ISBN-978-986-518-332-5

中國語言文字研究輯刊
二十編　　第 一 冊　　　　　　ISBN：978-986-518-332-5

《說文解字》大徐反切音系考

作　　者　姚志紅
主　　編　許學仁
總 編 輯　杜潔祥
副總編輯　楊嘉樂
編　　輯　許郁翎、張雅淋　美術編輯　陳逸婷
出　　版　花木蘭文化事業有限公司
發 行 人　高小娟
聯絡地址　235 新北市中和區中安街七二號十三樓
　　　　　電話：02-2923-1455／傳真：02-2923-1452
網　　址　http://www.huamulan.tw 信箱 service@huamulans.com
印　　刷　普羅文化出版廣告事業
初　　版　2021 年 3 月
全書字數　204104 字
定　　價　二十編 7 冊（精裝）台幣 20,000 元

《二十編》總目

編輯部編

《中國語言文字研究輯刊》
二十編　書目

《中國語言文字研究輯刊》二十編
各書作者簡介・提要・目次

第一冊　《說文解字》大徐反切音系考

作者簡介

姚志紅，女，北京人。2004 年畢業於首都師範大學文學院漢語言文字學專業，獲得文學碩士學位。師從首都師範大學文學院馮蒸教授學習音韻學。

現為首都師範大學文學院德育教師，高級政工師。獲得國家級普通話水準測試員資格證書、對外漢語教師資格證書（高級）。

曾參編《跟我學同義詞》（外語教學與研究出版社 2010 年 11 月第一版）《漢字之美》系列叢書（灕江出版社 2016 年 1 月第一版），公開發表論文多篇。

提　要

徐鉉給《說文解字》所注的音，即大徐反切，是研究五代宋初讀書音的重要資料。本文在前人研究的基礎上，運用反切比較法，並輔以反切系聯法、統計法，通過對大徐反切與《廣韻》反切、徐鉉詩韵的比較，結合對新附字、又音反切的研究，以及對徐鉉生活時代背景的考察，對大徐反切進行了較為系統的整理研究。

本文經過分析、比較，認為大徐反切音系共有聲母 36 個，韵部 173 個，聲調 4 個。

聲母特點是：輕唇音尚未從重唇音中分化出來；舌音知端兩組偶有類隔，但已經分化；齒音精莊章三組已形成三足鼎立的局面；泥娘二母不混；船禪不分；余云不混；個別全濁音聲母有與清音混切的例子，比例很小，但從中可以

看出濁音清化的萌芽；除齒音莊組、章組外，尚有送氣音與不送氣音混切例。

韵部特點是：支脂之、佳皆夬、真韵三等字與欣、山刪、真韵上聲合口與吻、魂諄來母字、先與仙重紐四等字、咸銜、庚韵二等與耕，清青諸韵部有不同程度的合流。我們用反切系聯法和類相關法考察了重紐八韵系，發現大徐音還保留著重紐三四等的對立，但部分重紐四等字已經與純四等韵合流，如仙先、宵蕭、鹽添等。重紐四等字明顯少於重紐三等字。

聲調特點是：平上去入四個聲調，部分全濁上聲變成了去聲。

基於上述研究，本文認為大徐反切音系是在借鑒前人韵書反切的基礎上，補充了時音的反切註音，它主要反映了五代宋初讀書音的語音面貌，部分反映了方言語音的特點。

目　次

第二、三冊　王念孫《廣雅疏證》訓詁術語研究

作者簡介

　　張意霞

　　學歷：臺灣師範大學國文學系博士 94 年畢。逢甲大學中國文學系碩士 83 年畢。中興大學中國文學系學士 80 年畢。

　　經歷：【教學】蘭陽技術學院建築與室內設計系專任副教授（蘭陽技術學院通識暨語文中心專任副教授）。蘭陽技術學院通識教育中心專任講師。復興工商專校共同科專任講師。逢甲大學華語文教學中心兼任講師。【行政】蘭陽技術學院秘書室公關文書組組長。蘭陽技術學院附設進修學院學務組組長。蘭陽技術學院進修部教學組組長。蘭陽技術學院教務處綜合業務組學報總編輯。復興工商專校學生輔導中心輔導老師。【兼職】教育部國家教育研究院電子國語辭典審查委員。中華文化總會「中華語文知識庫——兩岸常用詞典」審查委員。

　　專長：文字、聲韻、訓詁。著作：徐鍇《說文繫傳》研究

提　要

　　訓詁術語在中國訓詁學的發展中佔有極重要的地位。王寧先生在〈談訓詁學術語的定稱與定義〉一文中說：傳統訓詁學在發展過程中累積了大量的術語，這說明有關語義方面的很多現象，前人都已經發現了，而且進行過研究，有了一定的理性認識。特別是清代的乾嘉學者，和晚近以章太炎先生為首的推動傳統語言學向科學語言學過渡的大師們，在訓詁學術語的定稱與定義上作出了很大的貢獻，對後世產生了很大的影響。

　　王念孫是清朝乾嘉學術皖派的重要學者之一，他上承戴震「實事求是」的治學精神，下啟「因聲求義」的溯源理論，使古聲得以呈現，古義得以闡發，而他的《廣雅疏證》也是清朝乾嘉學術中極具代表性的著作。清朝章太炎先生贊曰：「念孫疏《廣雅疏證》，以經傳諸子轉相證明，諸古書文義詁詘者皆理明。」而本師陳伯元先生也在〈論音絕句〉中說：乾嘉傑出語言家。廣雅疏來盡著花。因得聲音作根本，九經三史任搔爬。　父子相承經學家。敻乎尚矣實難加。讀書雜志千金鑑，傳釋經詞盡歎嗟。　脂至異流真不易，緝盍侵談分兩家。祭部昂然還獨立，清人音學有津涯。

　　王念孫的《廣雅疏證》不論在當代或後世都擁有極高的評價，其內涵自然非常值得探尋。因此本論文乃針對《廣雅疏證》中訓詁術語的部分加以歸納分析，期望透過這樣的研究來尋求各訓詁術語的使用條件與涵義，及各術語間的異同與關連，來進行確定及釐清訓詁術語定義的工作。本論文內容共分六章：第一章是緒論。主要探討作者王念孫完成《廣雅疏證》的背景、生卒事蹟及年表、交游與論學、古韻分部等。第二章為訓詁術語析例。本章將《廣雅疏證》中的訓詁術語分門別類，以見其梗概。第三章到第五章分別將《廣雅疏證》中的重點術語分類研討，包括「轉」、「通」、「同」……等，以釐清這些術語的定義與意涵。第六章為王念孫《廣雅疏證》訓詁術語的評析，探討其對右文說的繼承與發揚、訓詁術語定義的比較與合理界說，及王念孫《廣雅疏證》的貢獻與影響。

目　次
上　冊

第四冊　《文選》所存六朝時語研究

作者簡介

　　吳曉峰，女，1963 年 9 月生，吉林松原人。東北師範大學漢語史專業碩士，吉林大學先秦史專業博士，復旦大學中國語言文學博士後。歷任長春師範學院《昭明文選》研究所所長、黃岡師範學院文學院副院長、江蘇大學文學院副院長等職。現為江蘇大學文學院教授，兼任中國文選學研究會理事、中國文心雕

龍研究會理事、鎮江歷史文化名城研究會理事。

主要研究方向：先秦史學、先秦文學、魏晉南北朝文學。《詩經》研究、《文選》研究領域多項成果獲得獎勵。

提 要

本書是 2010 年立項並於 2014 年結項的江蘇省社會科學基金重點項目的最終成果，基金項目號為 01ZWA002。自項目結項以後，經過較長時間的補充修訂，終於有了現在的規模。本書的主要研究對象是指收錄於《文選》中的，產生於自漢獻帝建安年間（公元 196～220 年），至南朝梁代各類作品中的語言現象。包括產生於彼時的新詞新語，也包括從古代發展過來的古詞古語在此時獲得了新的含義，亦包含了對於歷來《文選》研究者在理解上還存在爭議的問題的辨析。因此，全部四章內容即分別從《文選序》、《文選賦》、《文選詩》以及《文選》的雜體文類作品中尋找與所界定的「六朝時語」有關的語言現象，並進行了仔細研究。

其中共涉及到《文選》中 397 篇產生於六朝時期的賦、詩、文等各類文學作品，並結合《四庫全書》中的相關文獻資料，對照中國大陸通行的《辭源》《漢語大詞典》等兩大工具書，對其中 219 個語言點進行了辨析，分析了這些語言點在六朝產生時期的詞義現象。因而，對《辭源》與《漢語大詞典》的相關詞條編排等問題提出了辯證，這也是本書的創新之處。

目 次

第五冊　科舉辭彙文化闡微

作者簡介

孫中強，漢族，山東濰坊人，文學博士，副教授，主要研究方向為漢語史、西北文獻、漢語方言。為漢語言文字學、語言學及應用語言學、少數民族語言

文學專業的研究生先後開設《〈論語〉〈孟子〉導讀》《歷史語言學》《語言文化學》《古文字學》《對外漢語教學研究》《古代漢語》等課程；承擔本科生漢語言文學、秘書學、蒙漢翻譯、漢藏英三語等專業的《古代漢語》《詞彙學》《現代漢語》課程。現已出版著作 3 部，發表學術論文十餘篇。目前主持國家社科基金項目 1 項、部級項目 1 項，參與國家社科基金項目 1 項、部級項目 3 項。

提　要

　　科舉是封建社會的一種重要的選拔人才的考試制度。曾經在中國封建社會的中後期起過十分重要的作用。科舉制度擴大了封建專制的統治基礎，鞏固了國家的統一，完善了封建政治組織。科舉考試的相對公平的競爭原則，以及它所體現的對教育的重視、對知識文化的崇尚、對知識分子的傾慕等，都對現代社會的價值取向有著積極的影響和指導意義。同時，科舉考試對中華文化及思想的輸出，也起到了積極的作用，在東亞文化圈內，諸如越南、韓國、日本等國都有本國的科舉考試。科舉考試對西方的影響也是有的，它們把這種科舉考試制度轉變為了現代公務員考試制度，使得科舉考試的影響至今還留存。

　　語言中的語詞是忠實地為相關文化服務的，可以按照文化的特點劃分出各種不同的語詞範疇。其中語詞的數量也是考核某種文化的因素，大致看來凡是比較重要的文化現象，都有數量多且詳細的名稱語詞。在這一點上科舉語詞可以說是極富典型性的。科舉詞彙在歷史的發展過程中，形成了極其豐富的語詞，語詞的背後也隱藏著大量的文化資源可供我們開採和挖據。

　　基於以上認識，本文通過對科舉考試歷史淵源的回顧、對科舉考試流程詞彙進行了分類和解釋，對科舉考試內容名稱詞彙和書目名稱詞彙進行了歸類和解釋。從文化語言學視角對科舉詞彙中蘊含的重教育的文化觀念、等級和公平的文化觀念、統一的文化觀念、信仰忠孝的倫理文化觀念等與現代社會相關的一些文化觀念進行了闡釋，進而對當今的文化建設問題和觀念創新等進行了初步探討。

目　次

第六、七冊　《太平經》詞彙研究

作者簡介

　　劉祖國（1981～），男，山東臨清人，山東大學文學院副教授，碩士研究生導師，入選山東大學青年學者未來計畫。2009 年畢業於華東師範大學中文系，獲文學博士學位，主要從事漢語史、訓詁學、道教文獻語言研究。在《江海學刊》《宗教學研究》等刊物發表論文 70 餘篇，出版專著《魏晉南北朝道教文獻詞彙研究》（山東大學出版社 2018 年）。目前正主持國家社科基金項目「道經故訓材料的發掘與研究」，完成教育部人文社科研究青年基金項目「魏晉南北朝道經詞彙研究」。

提　要

　　東漢《太平經》是中國道教的第一部經籍，本書以《太平經》詞彙為研究對象，共分七章，重點討論本經特有的詞彙、詞義。

第一章「緒論」，主要討論《太平經》的成書及作者、選題緣起、研究方法和材料等問題。

第二章「《太平經》詞彙的研究價值」，《太平經》的語料性質主要體現為時代性、俗語性、文化性、專業性，充分證明《太平經》是研究中古漢語的一部可信的優質語料。

第三章「《太平經》中的口語詞」，這些口語詞有的首見於《太平經》，後代繼續沿用；有些是沿用自前代典籍的；還有一些出自現實語言，在時代相當的其他口語性文獻中也有使用。

第四章「《太平經》中的道教詞語」，主要包括八個方面，這些詞語可以說是《太平經》中最有特色的詞語。

第五章「《太平經》中的新詞新義」，首先討論了新詞新義的確定標準，然後從詞彙史的角度對《太平經》中的新詞和新義作了分析。

第六章「《太平經》常用詞研究」，第一節是對《太平經》中幾組具有歷時替換性常用詞的微觀考察；第二節對一些現代漢語中的常用詞語加以溯源。

第七章「《太平經》語詞例釋」，對《太平經》中的部分疑難詞語進行考辨。它們或不為大型語文辭書收錄，或雖收錄但解釋有問題，或補正相關論述。

目　次

上　冊

《說文解字》大徐反切音系考

姚志紅 著

作者簡介

　　姚志紅，女，北京人。2004 年畢業於首都師範大學文學院漢語言文字學專業，獲得文學碩士學位，師從首都師範大學文學院馮蒸教授學習音韻學。

　　現為首都師範大學文學院德育教師，高級政工師。獲得國家級普通話水準測試員資格證書、對外漢語教師資格證書（高級）。

　　曾參編《跟我學同義詞》（外語教學與研究出版社 2010 年 11 月第一版）《漢字之美》系列叢書（灕江出版社 2016 年 1 月第一版），公開發表論文多篇。

提　要

　　徐鉉給《說文解字》所注的音，即大徐反切，是研究五代宋初讀書音的重要資料。本文在前人研究的基礎上，運用反切比較法，並輔以反切系聯法、統計法，通過對大徐反切與《廣韻》反切、徐鉉詩韻的比較，結合對新附字、又音反切的研究，以及對徐鉉生活時代背景的考察，對大徐反切進行了較為系統的整理研究。

　　本文經過分析、比較，認為大徐反切音系共有聲母 36 個，韻部 173 個，聲調 4 個。

　　聲母特點是：輕唇音尚未從重唇音中分化出來；舌音知端兩組偶有類隔，但已經分化；齒音精莊章三組已形成三足鼎立的局面；泥娘二母不混；船禪不分；余云不混；個別全濁音聲母有與清音混切的例子，比例很小，但從中可以看出濁音清化的萌芽；除齒音莊組、章組外，尚有送氣音與不送氣音混切例。

　　韻部特點是：支脂之、佳皆夬、真韻三等字與欣、山刪、真韻上聲合口與吻、魂諄來母字、先與仙重紐四等字、咸銜、庚韻二等與耕、清青諸韻部有不同程度的合流。我們用反切系聯法和類相關法考察了重紐八韻系，發現大徐音還保留著重紐三四等的對立，但部分重紐四等字已經與純四等韻合流，如仙先、宵蕭、鹽添等。重紐四等字明顯少於重紐三等字。

　　聲調特點是：平上去入四個聲調，部分全濁上聲變成了去聲。

　　基於上述研究，本文認為大徐反切音系是在借鑒前人韻書反切的基礎上，補充了時音的反切註音，它主要反映了五代宋初讀書音的語音面貌，部分反映了方言語音的特點。

目

次

第一章 引 論

　　《說文解字》在中國漢語言文學史上占有重要的地位。徐鉉給《說文解字》的注音，即大徐音是研究五代宋初語音的重要資料。大徐音反映了五代宋初讀書音的特點。前人多認為是承用了《唐韻》，我們認為是五代宋初時音的反映。

　　本文力爭在前人研究的基礎上，通過對大徐本《說文解字》反切進行整理，從而總結歸納出聲母表、韻部表、聲調表，進而探討大徐反切的音系基礎，力求顯示大徐反切音系的全貌。

第一節　大徐《說文解字》反切的研究情況

　　流傳於世的《說文解字》有大徐本和小徐本兩種傳本。大徐本即徐鉉注的《說文解字》，小徐本即徐鍇注的《說文繫傳》。二書在音讀方面的差別顯著，一般認為徐鉉是承用唐代孫愐的《唐韻》反切給《說文解字》注音；徐鍇的《說文繫傳》用的則是朱翱的反切。

　　自清代以來，對大徐《說文解字》反切進行系統整理研究的，主要有以下幾家〔註1〕：

〔註1〕參看馮蒸《〈說文〉部首今讀新訂並說明》，載《漢語音韻學論文集》，首都師範大學出版社，1997。

（1）〔清〕紀容舒：《重斠唐韻考》

（2）〔清〕龐大堃：《唐韻輯略》

（3）嚴學宭：《大徐本〈說文〉反切的音系》

（4）黃侃：《廣韻校錄》

現分述於下：

（一）紀容舒：《重斠唐韻考》

《重斠唐韻考》是以《說文解字》大徐反切以考《唐韻》。

作者紀容舒（1685～1764），字遲叟，號竹崖，河北獻縣人。康熙癸巳舉人，官至姚安府知府。博聞強記，精於考訂。紀氏作《唐韻考》，依嚴學宭先生考訂，版本有三種〔註2〕：

①四庫全書本。五卷。題姚安府知府紀容舒撰，前面有四庫提要，及唐韻原序。

②守安閣叢書本。清道光二十三年金山錢熙祚校刊。五卷。題河間紀容舒撰，卷一有四庫全書提要及唐韻原序。卷末有錢熙祚唐韻考跋，紀氏本人案語及錢校案語都散見於各字的下面。

③畿輔叢書本。清道光王灝輯刊，五卷。題獻紀容舒著，金山錢熙祚元斠，歸安錢恂重斠。卷首有錢熙祚唐韻考跋，亦附有四庫提要和唐韻原序。紀氏原案及錢熙祚的案語外，加錢恂重斠的案語，都散見於各字的下面。

綜觀這三種版本，以畿輔叢書本最為詳而精。

紀容舒《重斠唐韻考》的主要內容是依據《說文解字》大徐反切來考《唐韻》。當時隋代陸法言的《切韻》和孫愐的《唐韻》均已亡佚，要考舊韻，藉助於徐鉉的反切不失為一種途徑。紀氏根據反切「上字必同母」，「下字必同部」的特點確定聲類和韻部，對於偶有的類隔現象，「僅假借其上字而不假借其下字，因其翻切下一字參互鉤稽，輾轉相證，猶可以得其部分。」〔註3〕於是，紀氏依據《廣韻》韻部的次序將《說文》所有字分部排列每韻中，字的次序也是依照《廣韻》的，但個別韻目名稱有所改動，改《廣韻》韻目「欣」為「殷」，改「篠」為「筱」，實際仍與《廣韻》相同。「欣」本為「殷」，為避宣

〔註2〕參看嚴學宭《大徐本〈說文〉反切的音系》，載《國學季刊》六卷一期，1936。

〔註3〕參看陳澧《切韻考》，北京市中國書店，1984 年 7 月版。

祖廟諱改為「欣」；《說文解字》中無「篠」字，「篠」即「筱」之後起字。

紀容舒根據大徐反切以考《唐韻》，思路是正確的，但他並未依反切系聯的實際考《唐韻》，而是僅僅依據《廣韻》韻目排列《說文解字》中的所收字。對於大徐反切實為一類，而《廣韻》不同類的字，仍依《廣韻》劃分。最典型的例子是「耿」字的歸類。

「耿」：《廣韻》古幸切，耿韻；大徐《說文解字》「古杏切」，梗韻。紀容舒把「耿」字列入梗韻，把用「耿」作切下字的「幸」列入耿韻。實際上，大徐反切耿、梗兩韻不分。紀容舒把本為一韻的字列在了兩個韻目之下〔註4〕。

此外，紀容舒還對《說文解字》反切進行了改動。錢熙祚在《重斠唐韻考》跋中言：「所據《說文》頗多舛誤，又或以小徐本羼入，或依《廣韻》改字，紀氏不能別白，致有誤分誤合之弊」〔註5〕。小徐反切作者為朱翱，他與《說文繫傳》的作者徐鍇為同時代人。大徐與小徐反切依據不同，所以羼入小徐反切，極為不妥。《廣韻》成書比《說文解字》晚，依《廣韻》反切改大徐反切，也是不妥的。由於選擇材料上，《重斠唐韻考》存有諸多欠妥之處，因此而得出的結論，則難以讓人信服。

（二）〔清〕龐大堃：《唐韻輯略》

龐大堃（1706～1868），江蘇常熟人，字子方，嘉慶二十四年舉人，長於治經，註疏很多。晚年潛心研究聲韻學和文字學，著有《說文校勘記》十五卷，《形聲輯略》二卷，《等韻輯略》三卷，《古音輯略》三卷，《唐韻輯略》六卷。

《唐韻輯略》的體例亦是依反切上字定聲，反切下字定韻的原則，取《說文解字》所有的字按照《廣韻》的結構分類排比，卷數、部數及部次均與《廣韻》相同。此書與紀容舒《重斠唐韻考》的相同之處就是也有依《廣韻》改切的情況，除此之外，還有參以大徐《改定篆韻譜》所用李舟《切韻》和《集韻》改切的地方。《唐韻輯略》跋言：

「因以大徐所引孫恆《唐韻》音切，參以小徐《篆韻譜》（即大徐改定者）所用李舟音切為《唐韻輯略》五卷，備考一卷。以大徐為主，小徐不同者，則以《廣韻》《集韻》決其所從。」〔註6〕

〔註4〕參看紀容舒《重斠唐韻考》，商務印書館，中華民國二十五年六月初版。
〔註5〕參看紀容舒《重斠唐韻考》，商務印書館，中華民國二十五年六月初版。
〔註6〕轉引自嚴學宭《大徐本〈說文〉反切的音系》，載《國學季刊》六卷一期，1936。

龐大堥書中依《廣韻》或《集韻》改切處，都詳註於各字之下，備考一卷是記載各書反切的異同。

此書主旨是用大徐反切考《唐韻》，但在材料上，又有依《廣韻》、李舟《切韻》和《集韻》改切的地方，使所據材料混雜，不完全是大徐反切音，據此以考《唐韻》，則不能反映《唐韻》的語音面貌。

（三）嚴學宭：《大徐本〈說文〉反切的音系》

嚴學宭先生的《大徐本〈說文〉反切的音系》也是研究大徐反切音系的論著，相對於《重斠唐韻考》、《唐韻輯略》，嚴先生從音韻學的角度對大徐反切音系作了系統的研究。他用陳澧的反切系聯法，對大徐反切上、下字進行系聯，得出四十五個聲類，具體如下：雙唇音分為博、方、匹、芳、薄、符、莫、武 8 類；舌尖前音分為子、七、昨、息、似 5 類；舌尖中音分為都、他、徒、奴、女、盧、力 7 類；舌尖後音分為側、楚、士、所 4 類；舌面前音分為陟、丑、直、之、昌、食、式、市、而 9 類；舌面中音只有于 1 類；舌根音分為古、居、苦、去、渠、五、呼、許，胡、於、余 11 類。嚴先生把這 45 聲類與白滌洲歸納出的《廣韻》47 聲類進行對比，發現只有「疑」「影」兩類與《廣韻》不合。「《廣韻》一二四等與三等殊異，而此各混而不分。此外，惟『博』類有些字是三等『方』類轉來的，換言之就是這些字在《廣韻》本為三等，而此轉為一二四等了」〔註7〕。也就是說，嚴先生認為，大徐反切音聲類與《廣韻》的不同之處就在於「疑」「影」兩類一二四等與三等的不分。除此以外，嚴先生認為大徐反切音聲類與《廣韻》聲類沒有什麼區別，對聲母系統也沒有進行進一步歸納。

嚴學宭先生用反切系聯法得大徐反切音韻類 262 個，合併成 190 個韻，其中 67 個陰聲韻，95 類；127 個陽聲韻，167 類。把此結果與陳澧《切韻考》所得的《廣韻》206 韻、311 類相比較，得出如下結論：

陰聲韻部：與《廣韻》相同的有歌、麻、模、魚、哈、泰、灰、祭、廢、齊、之、豪、肴、宵、蕭、侯、尤和幽共 18 部。戈部上去全同，平聲一三等不分；佳皆開合不分，皆韻平聲包併佳韻開口，上聲與《廣韻》同，佳韻去聲包併夬韻；脂支微平去全同，上聲不分開合。

〔註7〕轉引自嚴學宭《大徐本〈說文〉反切的音系》，載《國學季刊》六卷一期，1936。

陽聲韻部：與《廣韻》相同的有覃、談、侵、痕、魂、臻、諄、文、陽、江、登、蒸、東、冬和鍾共 15 部。不同者有：咸銜二部不分；鹽部平聲併入添韻，上去入全同；嚴部平上入全同，去聲併入梵韻；添部平聲包併鹽韻，上去入全同；凡部全同，惟去聲包併釅韻；寒韻平去入全同，上聲包併緩韻；桓韻平去入全同，上聲併入旱韻；刪部平去全同，上聲不分開合，入聲不分開合，併包併鎋韻；山部不分開合，入聲併入黠韻；仙部平上全同，去聲合口包併霰韻合口，入聲合口包併屑韻開口；元部平上入全同，去聲不分開合；先部平上全同，去聲合口併入線韻，入聲開口併入薛韻；真部平上入全同，去聲包併焮韻；殷部平上入全同，去聲併入震韻；唐部平上去全同，入聲不分開合；庚部平聲開口二等包併耕韻合口，上聲合口二三等不分，開口二等又包併耿韻，去聲合口二三等不分，入聲開合不分，開口二等又包併麥韻合口；耕部平聲合口併入庚韻開口二等，上聲併入梗韻開口二等，去聲同，入聲合口併入陌韻開口二等；清部平聲同，上聲包併迥韻合口，去聲包併徑韻，入聲不分開合；青部平入聲同，上聲合口併入靜韻，去聲併入勁韻。

以上是嚴學宭先生得出的在韻類方面大徐反切音與《廣韻》的不同之處。嚴先生認為，之所以出現以上諸多不同，主要是因為大徐《說文解字》所據孫愐音切的版本不同。馮蒸先生認為，僅用版本不同以解釋上面出現的差異，理由不夠充分。大徐反切音反映的不是孫愐的《唐韻》音，而是時音的反映[註8]。

此外，限於當時音韻學的學術水平，嚴學宭先生未對出現的重紐現象加以考慮，出現的合流音變現象只用所據孫愐的《唐韻》的版本不同加以解釋。

（四）黃侃：《廣韻校錄》

《廣韻校錄》前言載「季剛侃先生嘗言『韻書雖始於曹魏，而古籍至今盡亡。其存於今者，以宋修《廣韻》為最舊。清世諸儒咸重此書。自今觀之，《廣韻》殆與《說文》並峙」[註9]。此書本為刊校《廣韻》而作，但書中卷四《廣韻》《唐韻》切語異同，實是對《說文解字》切語進行了校勘。黃侃先

〔註8〕 參看馮蒸《〈說文〉部首今讀新訂並說明》，載《漢語音韻學論文集》，首都師範大學出版社，1997。

〔註9〕 參看馮蒸《〈說文〉部首今讀新訂並說明》，載《漢語音韻學論文集》，首都師範大學出版社，1997。

生將《說文》中徐鉉所用《唐韻》切語附錄於《廣韻》中，其意欲將《唐韻》分合之例與宋修《廣韻》改併之跡作一比較，藉以窺見聲韻改變之跡。該書以《古逸叢書》仿宋本為底本，勘校《廣韻》。分為上平聲、下平聲、上聲、去聲和入聲五部分，將《廣韻》與《唐韻》不同的字依據《廣韻》的讀音，分列於各部相應的韻部之下。對於兩讀的字，分列於兩個韻部之下。此書屬於非系統音韻學考察。

黃侃的《廣韻校錄》內容之一是把大徐反切與《廣韻》反切進行比對，屬於非系統音韻學考察。其他三種從不同的角度對《說文》反切加以研究，其結果形式也不一致，而以嚴學宭先生的研究成果顯著。所以我們以嚴氏的研究結果作為考察大徐《說文》反切音性質的依據。

第二節　大徐《說文解字》的版本

大徐本《說文解字》版本頗為複雜。自宋以來，通常分為大字本和小字本兩個系統，傳世的多為小字本。根據刊刻時代，小字本又可以分為明刊宋本、清刊宋本和民國影刊宋本三類。各時代所刊印的有代表性的大徐《說文解字》版本如下〔註10〕：

（1）明刊宋本：晚明毛晉和毛扆刊刻，即汲古閣本，通行的是第五次剜改本。

（2）清重刊宋本（一）：清乾隆三十八年（1773）朱筠在汲古閣刊刻本基礎上的仿宋重刊本。

（3）清重刊宋本（二）：清嘉慶十二年（1807）額勒布刻鮑惜分所藏宋本，即藤花榭本。

（4）清重刊宋本（三）：清嘉慶十四年（1809）孫星衍重刊仿宋小字本，即平津館本。

（5）民國影刊宋本：王昶所傳小字本，即《續古逸叢書》和《四部叢書》初編影宋刊本。

（6）清陳昌治刻本：清同治十二年陳昌治據孫星衍的平津館叢書本重刻為一篆一行本，是目前流行最廣的版本。

〔註10〕黃侃箋識，黃焯編次《廣韻校錄》，上海古籍出版社，1986，第3頁。

以上所的各種版本的大徐《說文》在文字上頗有異同。本文選用朱筠的汲古閣本，陳昌治刻本進行校勘。具體做法是，以陳氏刻本為主，對《說文》正文的每個字加註陳書頁碼，對朱筠汲古閣本的不同，校勘後取其正確者列出，並出校記於附錄中。

第三節 大徐《說文解字》反切音系的性質

一、作者徐鉉

徐鉉（916～991），字鼎臣。祖先是會稽人，後隨父定居廣陵（今江蘇揚州）。徐鉉從小天資聰穎，《宋史》卷四四一載，「十歲能屬文」。徐鉉讀書刻苦，精於小學，顯名於文，工於書法。生活於五代至宋時期，十六歲仕吳，為校書郎。後仕南唐，官至吏部尚書。宋滅南唐後，隨後主李煜歸宋，累官至左散騎常侍。徐鉉為官坦蕩無私，秉公辦事，不計個人得失，國難當頭之時，將個人生死置之度外，表現出了傳統士人的正氣。

徐鉉在中國文學史上也占有一席之地。在語言文字方面卓有建樹，宋太宗雍熙三年（986）奉赦校定《說文解字》，精校詳考，成為小學方面的力作。在文學方面，著有文集三十卷，《質疑論》若干卷，《稽神錄》二十卷。入宋後，奉赦參編了《太平廣記》和《文苑英華》。著有詩集《騎省記》三十卷。

許慎著《說文解字》時尚無反切，注音用「讀若某」。徐鉉在《說文解字》後序中言：「《說文》之時，未有反切。後人附益，互有異同。孫愐《唐韻》行之已久，今並以孫愐音切為定，庶夫學者有所適從」〔註11〕。徐鉉給每個字增加了反切，但與漢人的讀音不符。前人大多認為大徐《說文》反切音系依據的是孫愐的《唐韻》的反切。除增加反切之外，徐鉉還增加了新附字，共四百零二字。

馮蒸先生認為大徐反切音是一種詩音的反映。「由於徐鉉是五代宋初時人，他的語音當反映這一時期的語音特點。這種時音是徐鉉個人的方音，還是當時的讀書音，看來後者的可能性大。至於這種讀書音的語音基礎，看來不像是以《切韻》為代表的洛陽音系，從韻母方面看很像當時的長安音」〔註12〕。

〔註11〕〔漢〕許慎撰，〔宋〕徐鉉校定《說文解字》，中華書局，1963，第321頁。
〔註12〕參看馮蒸《〈說文〉部首今讀新訂並說明》，載《漢語音韻學論文集》，首都師範大

　　凡是讀過大徐《說文解字》的人，多數都認為徐鉉的反切根據的是孫愐的《唐韻》，且徐鉉在《說文解字》後序中又提到「孫愐《唐韻》行之已久，今並以孫愐音切為定」〔註13〕。現在有必要先說一下孫愐的《唐韻》。

二、關於《唐韻》

　　孫愐，唐代音韻學家。唐玄宗開元年間曾任朝議郎行陳州司法參軍事，據《唐韻·序》所言，《唐韻》成書於唐玄宗天寶十年（751 年）現久已亡佚。據王國維先生考證，《唐韻》有兩個本子，一是開元中孫愐初撰之本；一是天寶十載孫愐復位之本。唐蘭認為天寶本實非孫愐作。開元本為孫愐作是不容辯駁的。《唐韻》一書在唐代影響最大，宋許顗《東齊記事》說，「自孫愐集為《唐韻》，諸書遂廢」〔註14〕；《廣韻》卷首載有孫愐的《唐韻序》是把兩種版本的序合在了一起。從《唐韻序》看，孫愐對《切韻》的看法與眾不同，他把《切韻》與《韻集》、《韻略》並列而談，且指出《切韻》之不足，序中言：「《韻集》、《韻略》，述作頗眾，得失互分，惟陸生《切韻》勝行於世。然隨珠尚纇，虹玉仍瑕，註有差錯，文復漏誤，若無刊正，何以討論？」〔註15〕於是，他對《切韻》大加改動，更名為《唐韻》，取《周禮》之義，表示是大唐的韻書。《唐韻》對《切韻》作了很大的改動。雖然天寶本的《唐韻》，唐蘭先生認為不是孫愐所作，但開元本為孫愐所作，是可以肯定的。

　　開元本《唐韻》原書已不復存在，據卞令之《式古堂書畫匯考》所錄，全書共分五卷。平聲分上、下，平聲上二十六韻，平聲下二十八韻；上聲五十二韻；去聲五十七韻；入聲三十二韻。共一百九十五韻。和《王韻》總數同，比《切韻》多上聲一韻，去聲一韻。《王韻》多的是上聲「廣」韻、去聲「嚴」韻。今存《廣韻》，上聲作「儼」韻，去聲作「釅」韻。天寶本《唐韻》早已散失，從吳縣蔣斧於 1908 年在北京所得天寶本《唐韻》殘卷和魏了翁《鶴山大全集》所錄《唐韻後序》P2016 號殘卷等資料考證，可知該書分五卷，平聲分二卷。與《切韻》比較：平聲從真韻分出諄韻，從寒韻分出桓韻，從歌韻分

　　　　學出版社，1997，第 610 頁。
〔註13〕〔漢〕許慎撰，〔宋〕徐鉉校定《說文解字》，中華書局，1963，第 321 頁。
〔註14〕轉引自古德夫《〈唐韻〉對〈切韻〉語音的改易》，載徐州師範學院學報（哲學社會科學版）1990 年第 2 期。
〔註15〕同 14。

出戈韻；上聲從軫韻分出準韻，從潸韻分出緩韻，從哿韻分出果韻；去聲從震韻分出稕韻，從翰韻分出換韻，從箇韻分出過韻；入聲從質韻分出術韻，從未韻分出曷韻，共添加了十一韻。總共 204 韻。（若算上從齊韻分出的栘韻，則總數為 205 韻）〔註 16〕。

由於《唐韻》原本久已亡佚，雖然《唐韻》殘卷陸續發現，但多殘缺不全，若考證《唐韻》的聲韻系統，藉助於《說文》大徐反切是一個途徑，然而，嚴學宭先生發現，大徐所用的反切與《唐韻》殘卷反切有諸多不同，嚴先生認為是《唐韻》的不同版本造成的。大徐反切能否反映《唐韻》的聲韻框架，還有待進一步研究。

〔註 16〕參看趙誠《中國古代韻書》，中華書局，1991。

第二章　研究方法與原則

第一節　研究方法

　　我們主要用反切比較法，輔以反切系聯法和統計法對《說文解字》大徐反切進行整理研究，總結歸納大徐反切的音系。

　　反切系聯法是音韻學研究領域常用的一種方法。源於陳澧的《切韻考》。《切韻考條例》對此方法作了詳盡的說明，「切語上字與所切之字為雙聲，則切語上字同用者，互用者，遞用者，聲必同類。」「其兩切語下字同類者，則上字必不同類。」「切語上字既系聯為同類，然有實同類而不能系聯者，以其切語上字兩兩互用故也。」又「切語下字與所切之字為疊韻，則切語下字同用者，互用者，遞用者，韻必同類也。」「反切上字同類，反切下字必不同類。」「切語下字既系聯為同類，然有實同類而不能系聯者，以其切語下字兩兩互用故也」[註1]。然而，僅僅用反切系聯法進行研究是不夠的。陳澧用反切系聯法系聯《切韻》切上字，得出四十個聲類，後人也用此法，最多系聯出五十一聲類，最少也系聯出三十三聲類。方法相同却得出不同的結論，原因還在於反切系聯法本身。

　　反切比較法，「是通過兩種反切的對比（往往是把某一反切系統的反切逐

〔註1〕參看陳澧《切韻考》，北京市中國書店，1984 年 7 月版。

個地和《廣韻》的反切加以比較），考求該反切系統的音系或找出它在聲韻系統上的主要特點」〔註2〕。邵榮芬先生所著的《〈五經文字〉的直音和反切》從先決條件、充分條件、語音差別的遠近及語音演變的趨勢等方面簡要說明了使用反切比較法的問題〔註3〕。本文運用反切比較法，把大徐反切逐一與《切韻》的反切加以比較。通過對比，找出大徐反切音系與《切韻》音系的異同。宋濂跋本王仁昫《刊謬補缺切韻》是一部大致完整的《切韻》傳本，但是收字較少，比較起來，沒有著落的字較多。與其再把這些字與《廣韻》比較來補缺，還不如直接就和《廣韻》比較。就音韻系統而言，《廣韻》與《切韻》基本一致。

我們把反切比較法與反切系聯法兩種方法結合運用，以求對大徐反切音系作出較為合理的歸納和解釋。

第二節　大徐《說文解字》反切注音的方式

大徐本《說文解字》注音絕大多數是一字一音，如「一，於悉切」。少數字是一字二音，如 235 頁下的「汏，代何切又徒蓋切」，266 頁下的「戡，竹甚口含二切」；個別字是一字三音，如 224 頁的「惢，心疑也。從三心。凡惢之屬皆從惢，讀若《易》旅瑣瑣。又才規、才累二切」。從注音方式上看，絕大多數是用反切注音，極少數用直音法注音，除 302 頁下「範，音犯」和 150 頁下「食，音良又力康切」以外，直音都出現在又音中，如：

（1272）　44 頁上　衙，行兒。從行吾聲。魚舉切又音牙。

（1353）　46 頁下　跊，蹈也。從足步聲。旁各切又音步。

（2351）　79 頁上　昫，讀若章句之句。九遇切又音衢。

（2972）　98 頁上　箾，所角切又音簫。

（3246）　108 頁下　餧，俱位切又音饋。

（7163）　231 頁上　溶，水盛也。從水容聲。余隴切又音容。

徐鉉在給《說文》注音時，還充分考慮了許慎的讀若音，有些字把許慎的讀若音作為本音，徐鉉的注音作為又音，如

〔註2〕參看陳亞川《反切比較法例說》，載《中國語文》1986 年第 2 期。
〔註3〕參看邵榮芬《〈五經文字〉的直音和反切》，載《中國語文》1964 年第 3 期。

（2118）　　71 頁下　　䁒，蔽人視也。從目幵聲，讀若攜手，一曰直視也。又苦兮切。

（3271）　　109 頁上　　𣀷，未燒瓦器也，從缶殼聲，讀若箛䇂，又苦候切。

（5614）　　182 頁下　　𥠋，小頭𥠋𥠋也。從頁枝聲，讀若規。又巳恚切。

（6946）　　224 頁上　　惢，心疑也。從三心。凡惢之屬皆從惢，讀若《易》「旅瑣瑣」，又才規才累二切。

（7180）　　231 頁上　　瀳，水至也。從水薦聲，讀若尊，又在甸切。

（7322）　　235 頁下　　泧，瀎泧也。從水戉聲，讀若椒樧之樧。又火活切。

（7386）　　237 頁上　　㙊，塗也，從水從土尨聲，讀若隴。又亡江切。

大徐《說文》只有一個字，用的是紐四聲法注音，即 254 頁上的「抍，上舉也。從手升聲。《易》曰：抍馬壯吉。蒸上聲。」

第三節　取材原則

我們首先要對版本進行校勘，對反切用字進行取捨。本文以中華書局 1963 年影印的陳昌治刻本為底本，參考了日本巖崎氏藏宋刊本縮印本、大興朱筠刻本，此外還參看了《集韻》。本文只對大徐《說文解字》的反切予以刊校。有些是明顯的刊誤，有些反切用字完全不同，根據與《廣韻》反切對比，進行取捨。刊校情況詳見校勘記。

本文以陳昌治刻本的《說文解字》為底本，全書收字 9833 個，其中有 5 個字重出，如下表。其中「吹」字，徐鉉已註明重出。

由於 933 / 7667「否」字雖音同、義同，但反切用字不同，仍保存原貌，作為兩個字進行統計研究。

編號	字	反切	釋　義	備　註
828	吹	昌垂	噓也。從口從欠。	鉉注
5501	吹	昌垂	出氣也。從欠從口。	鉉注
933	否	方九	不也。從口從不。	
7667	否	方久	不也。從口從不。不亦聲。	
1617	䜆	古賣	誤也。從言圭聲。	朱本無
1657	䜓	古賣	誤也。從言佳省聲。	
2504	敖	五牢	出遊也。從出從放。	

3848	敖	五牢	遊也。從出從放。	
1616	誤	五故	謬也。從言吳聲。	朱本無
1658	誤	五故	謬也。從言吳聲。	

大徐《說文》有 7 個字徐鉉未註反切，這些字不列入研究範圍。詳見下表：

3829	棘	126 頁	說無反切
4166	邑	136 頁	說無反切
4259	軌	140 頁	說無反切
6558	沵	213 頁	說無反切
7922	拚	254 頁	說無反切蒸上聲
8331	罌	266 頁	說缺
8490	紩	271 頁	說無反切

大徐反切音有 9822 個字，除去 402 個新附字，可供研究的字有 9420 個。

第四節　收音原則

（1）原則上取大徐《說文解字》與《廣韻》都收有的字進行比較。

（2）對於大徐《說文解字》有，而《廣韻》未收的字，取《集韻》中的反切予以比較。

（3）大徐《說文解字》與《廣韻》都收有的字，取意義相同的音切予以比較。例如：

843　唯　大徐音：以水切　諾也。從口隹聲。

《廣韻聲系》有二音：

①以追切　獨也。

②以水切　諾也，又音惟。

我們取第二音與大徐音比較。

720　番　大徐音：附袁切　獸足謂之番。從釆田象其掌。

《廣韻聲系》有四音：

①博禾切　書曰：番番良士，爾雅曰：番番、矯矯，勇也。

②補過切　獸走。

③普官切　番禺縣，在廣州。

④孚袁切　數也，遞也。

⑤附袁切　說文曰：獸足謂之番，經典作番。

我們取第五音予以比較。

（4）對於同一字兩書意義相同，所收音切多少不同時，少數一邊的音切可以在多數一邊找到的，可以認為該字讀音基本相同。例如：

493　茁　大徐音：鄒滑切　艸初生，出地皃。從艸出聲。《詩》曰：「彼茁者葭」。

《廣韻聲系》有三音：

①徵筆切　草牙也。

②鄒滑切　草初生。

③側劣切　草生皃。

我們取第二音與大徐音比較。

（5）對於同一字兩書意義相同，所收音切多少不同時，少數一邊的音切與多數一邊的音切均不相同時，以語音差別的遠近作為標準，把兩個最相近的音切進行比較。例如：

744　犥　大徐音：補嬌切　牛黃白色，從牛麃聲。

《廣韻聲系》有二音：

①撫招切　牛黃白色也。

②敷招切　牛黃白色也。

大徐音屬幫母宵韻，《廣韻聲系》第二音屬敷母宵韻，韻部相同，聲類不同，但同為唇音字，故取第二音予以比較。

1607　誹　大徐音：敷尾切　謗也。從言非聲。

《廣韻聲系》有二音：

①甫尾切　誹謗。

②方味切　謗人。

我們取第一音予以比較，第一個音與大徐音僅聲母不同，且敷母與非母也有混切的情況。

（6）對於同一字兩書意義不同，取讀音相同的音切予以比較。例如：

952　啄　大徐音：竹角切　鳥食也。

《廣韻聲系》有二音：

①啄木鳥　丁木切

②鳥啄也　竹角切

981　趣　大徐音：七句切　疾也。從走取聲。

《廣韻聲系》有二音：

①倉苟切　趣馬，書傳云：趣馬，掌馬之官也。

②七句切　趣向。

我們均取第二音與大徐音比較。

（7）鑒於《說文》卷首標目反切與正文有頗多不同，我們均取《說文》正文中的反切予以比較。例如：「旨」字，卷首標目作「職稚切」，正文作「職雉切」，取正文反切。

（8）《說文》中一字多反切時，多取第一個反切比較，包括注音為「音某又某某切」的情況。例如：（167 頁上）「侗」字，注音作「他紅切又余隴切」，我們取「他紅切」。

（9）《說文》中以讀若音為本音，大徐反切為又音時，取讀若音比較。例如：231 頁上「㶟」字，「讀若尊，又在旬切。」我們取「尊」音，用「尊」字的《廣韻》反切與「㶟」字的《廣韻》反切進行對比。

第三章 大徐《說文解字》反切音系 聲母研究

　　我們主要採用反切比較法，並輔以反切系聯法和統計法對《說文解字》大徐反切音系聲母系統進行研究。

　　我們運用反切比較法不僅要對音切作逐個比較，還要對語音系統進行對比。即與不同時代、不同地域的音系進行比較，從而對大徐反切音系有一個更符合語音演變規律的認識。我們把《切韻》音系作為比較的參照對象。在比較時，用《廣韻》反切作為具體的參照對象。因為《廣韻》音系與《切韻》音系沒有什麼差別，《廣韻》收字比《切韻》多，比較起來更方便。

　　運用反切系聯法，主要對大徐反切上字進行系聯，得出其聲母系統。

　　統計法的運用主要是在當出現聲類的混同情況時，我們需要統計混同的具體數字和比例，以幫助確定兩類是混是同。

　　在體例上，我們按照唇、牙、齒、舌、喉的順序，先列出反切系聯的分類和比較的音註材料，凡反切上字在大徐音中沒有註明反切的，我們參照《廣韻》反切歸其類別，並用〔 〕加以區分，反切上字右下腳的數字表示該代表字在大徐音系中出現的次數。然後逐個聲類進行討論，最後列出聲母表。

　　我們主要借用宋人三十六字母的名稱給各聲類命名，正齒照系聲母分為照二、照三兩類，分別用莊初崇山（俟）和章昌（禪）書船表示。大徐反切音系

輕重唇音不分，但我們為了便於論述，文中所提到的「非、敷、奉、微」，均相當於後代的輕唇聲母字。在文中我們就不再一一說明。

第一節 唇 音

一、幫母（非母）

（1）補28（博古）北20（博墨）布26（博故）邊4（布賢）伯4（博陌）
邦1〔博江〕博52（補各）搏2（補各）愽1〔補各〕兵18（補明）
祕1（兵媚）鄙1（兵美）筆3（鄙密）彼9（補委）陂2（彼為）
卑23（補移）必20（卑吉）

（2）方67（府良）並8（府盈）府23（方矩）甫36（方矩）分11（甫文）
非4（甫微）

幫母反切上字共有 23 個。通過反切系聯，我們把幫母分為兩組。從出現的條件看，第一組多出現在一二四等韻中，相當於《廣韻》的幫母字，第二組多出現在三等韻中，「方」字也出現在一、四等韻中，總體相當於《廣韻》的非母字。只有「並（府盈）」是幫母字。從系聯的結果看，幫母與非母還存在著少量的混切。

大徐反切音系中幫母自切 244 個，非母自切 84 個。以非母字切幫母字 35 個，沒有以幫母切非母的例子。混切數占幫、非二母總數的 9.4%。

以非母切幫母的 35 例如下：

序號	字	大徐反切		大徐反切音韻地位						廣韻反切		廣韻反切音韻地位〔註1〕					
4344	牑	方	田	幫	先	開	四	平	山	布	玄	幫	先	開	四	平	山
2558	牌	府	移	幫	支	開	三	平	止	賔	彌	幫	支	開	三	平	止
5992	碑	府	眉	幫	脂	開	三	平	止	彼	為	幫	支	開	三	平	止
4867	幖	方	招	幫	宵	開	三	平	效	甫	遙	幫	宵	開	三	平	效
502	藨	方	小	幫	小	開	三	上	效	甫	遙	幫	宵	開	三	平	效
9093	堋	方	鄧	幫	嶝	開	一	去	曾	方	隥	幫	嶝	開	一	去	曾
8016	探	方	苟	幫	厚	開	一	上	流	方	垢	幫	厚	開	一	上	流
3442	栟	府	盈	幫	清	開	三	平	梗	府	盈	幫	清	開	三	平	梗

〔註1〕列表中的音韻地位暫依據郭錫良先生的《漢字古音手冊》中的音韻地位。

5204	井	府	盈	幫	清	開	三	平	梗	府	盈	幫	清	開	三	平	梗
9713	辡	方	免	幫	獮	開	三	上	山	方	免	幫	獮	開	三	上	山
296	萹	方	沔	幫	獮	開	三	上	山	方	典	幫	銑	開	四	上	山
1430	扁	方	沔	幫	獮	開	三	上	山	方	典	幫	銑	開	四	上	山
5295	褊	方	沔	幫	獮	開	三	上	山	方	緬	幫	獮	開	三	上	山
6776	辨	方	沔	幫	獮	開	三	上	山	方	緬	幫	獮	開	三	上	山
4395	穮	甫	嬌	幫	宵	開	三	平	效	甫	嬌	幫	宵	開	三	平	效
4964	儦	甫	嬌	幫	宵	開	三	平	效	甫	嬌	幫	宵	開	三	平	效
7295	瀌	甫	嬌	幫	宵	開	三	平	效	甫	嬌	幫	宵	開	三	平	效
4276	麃	甫	遙	幫	宵	開	三	平	效	甫	遙	幫	宵	開	三	平	效
6351	猋	甫	遙	幫	宵	開	三	平	效	甫	遙	幫	宵	開	三	平	效
6407	熛	甫	遙	幫	宵	開	三	平	效	甫	遙	幫	宵	開	三	平	效
8935	飆	甫	遙	幫	宵	開	三	平	效	甫	遙	幫	宵	開	三	平	效
5463	標	方	小	幫	小	開	三	上	效	方	小	幫	小	開	三	上	效
3877	㝵	方	斂	幫	琰	開	三	上	咸	方	斂	幫	琰	開	三	上	咸
3966	貶	方	斂	幫	琰	開	三	上	咸	方	斂	幫	琰	開	三	上	咸
4659	窆	方	驗	幫	豔	開	三	去	咸	方	驗	幫	豔	開	三	去	咸
6025	砭	方	驗	幫	豔	開	三	去	咸	方	驗	幫	豔	開	三	去	咸
6220	飍	甫	虯	幫	幽	開	三	平	流	甫	烋	幫	幽	開	三	平	流
4959	份	府	巾	幫	真	開	三	平	臻	府	巾	幫	真	開	三	平	臻
6949	汃	府	巾	幫	真	開	三	平	臻	府	巾	幫	真	開	三	平	臻
5307	裨	府	移	幫	支	開	三	平	止	府	移	幫	支	開	三	平	止
5681	頼	府	移	幫	支	開	三	平	止	府	移	幫	支	開	三	平	止
9292	錍	府	移	幫	支	開	三	平	止	府	移	幫	支	開	三	平	止
6869	悲	府	眉	幫	脂	開	三	平	止	府	眉	幫	脂	開	三	平	止
3328	啚	方	美	幫	旨	開	三	上	止	方	美	幫	旨	開	三	上	止
3449	柀	甫	委	幫	紙	開	三	上	止	甫	委	幫	紙	開	三	上	止

　　我們知道《廣韻》音系中，隨語音流變，後變為輕唇的是東三、鍾、微、虞、廢、文、元、陽、尤和凡十韻系，其中東三和尤韻的明母字不變為輕唇「微」母。而鍾和廢二韻系無明母字。我們在統計的過程中發現，幫母自切的244例中，反切上字是幫母，反切下字均為輕唇十韻系之外的韻系。在非母字自切的84例中，反切上字是非母字，反切下字均在輕唇十韻系之內。如果僅僅如此，我們就可以說，幫母與非母已經完全分離。然而幫母與非母之間還有35例的

混切，且只有以非母字切幫母字的情況，沒有以幫母字切非母字的例子。這35例，反切上字均為非母字，而反切下字均在輕唇十韻系之外。除了1個是四等韻，2個一等韻外，均為三等韻。由於幫、非二母混切數占幫、非總數的百分之十左右，我們可以說，大徐反切音系中，非母尚未從幫母中分離出來。

但是我們發現，幫非混切的35例中，有30例與《廣韻》反切用字完全相同。只有5例不同，舉例如下：

序號	字	大徐反切		大徐反切音韻地位						廣韻反切		廣韻反切音韻地位					
4344	楄	方	田	幫	先	開	四	平	山	布	玄	幫	先	開	四	平	山
2558	牌	府	移	幫	支	開	三	平	止	賨	彌	幫	支	開	三	平	止
5992	碑	府	眉	幫	脂	開	三	平	止	彼	為	幫	支	開	三	平	止
4867	幖	方	招	幫	宵	開	三	平	效	甫	遙	幫	宵	開	三	平	效
502	藨	方	小	幫	小	開	三	上	效	甫	遙	幫	宵	開	三	平	效

這5例中，2558「牌」和「碑」，《廣韻》用的是重唇音，大徐音改為了輕唇音，由此也可以看出大徐音系唇音輕重唇不分。

大徐反切音系中，幫母與非母反切上字與《廣韻》反切上字用字不同的共有38例，例如：

序號	字	大徐反切		大徐反切音韻地位						廣韻反切		廣韻反切音韻地位					
2090	睕	邦	免	幫	獮	開	三	上	山	方	免	幫	獮	開	三	上	山
5908	甓	比	激	幫	錫	開	四	入	梗	北	激	幫	錫	開	四	入	梗
9003	壁	比	激	幫	錫	開	四	入	梗	北	激	幫	錫	開	四	入	梗
106	璧	比	激	幫	錫	開	四	入	梗	必	益	幫	昔	開	三	入	梗
1246	徧	比	薦	幫	霰	開	四	去	山	方	見	幫	霰	開	四	去	山
2907	痹	必	至	幫	至	開	三	去	止	博	計	幫	霽	開	四	去	蟹
5699	髟	必	凋	幫	蕭	開	四	平	效	甫	遙	幫	宵	開	三	平	效
2012	變	祕	戀	幫	線	合	三	去	山	彼	眷	幫	線	合	三	去	山
127	琫	邊	孔	幫	董	合	一	上	通	邊	孔	幫	董	合	一	上	通
185	碧	兵	尺	幫	昔	開	三	入	梗	彼	役	幫	昔	開	三	入	梗
715	炊	兵	列	幫	薛	開	三	入	山	筆	別	幫	薛	開	三	入	山
3992	鄙	兵	美	幫	旨	開	三	上	止	方	美	幫	旨	開	三	上	止
1805	鞞	並	頂	幫	迥	開	四	上	梗	補	鼎	幫	迥	開	四	上	梗
8649	絜	並	列	幫	薛	開	三	入	山	方	結	幫	屑	開	四	入	山
6068	豩	伯	貧	幫	真	開	三	平	臻	悲	中	幫	真	開	三	平	臻

8709	絜	博	蠓	幫	董	合	一	上	通	邊	孔	幫	董	合	一	上	通
9705	祀	博	下	幫	馬	開	二	上	假	補	下	幫	馬	開	二	上	假
4928	保	博	襃	幫	晧	開	一	上	效	博	抱	幫	晧	開	一	上	效
7837	把	搏	下	幫	馬	開	二	上	假	博	下	幫	馬	開	二	上	假
8537	繃	補	盲	幫	庚	開	二	平	梗	北	萌	幫	耕	開	二	平	梗
4220	昄	補	綰	幫	潸	開	二	上	山	布	綰	幫	潸	開	二	上	山
901	榜	補	盲	幫	庚	開	二	平	梗	甫	盲	幫	庚	開	二	平	梗
1761	兵	補	明	幫	庚	開	二	平	梗	甫	明	幫	庚	開	二	平	梗
9377	鑣	補	嬌	幫	宵	開	三	平	效	甫	嬌	幫	宵	開	三	平	效
1230	彼	補	委	幫	紙	開	三	上	止	甫	委	幫	紙	開	三	上	止
4003	邠	補	巾	幫	真	開	三	平	臻	府	巾	幫	真	開	三	平	臻
1924	卑	補	移	幫	支	開	三	平	止	府	移	幫	支	開	三	平	止
3100	虨	布	還	幫	刪	開	二	平	山	方	閑	幫	山	開	二	平	山
2006	攽	布	還	幫	刪	開	二	平	山	府	巾	幫	真	開	三	平	臻
4344	牑	方	田	幫	先	開	四	平	山	布	玄	幫	先	開	四	平	山
4867	幖	方	招	幫	宵	開	三	平	效	甫	遙	幫	宵	開	三	平	效
5992	碑	府	眉	幫	脂	開	三	平	止	彼	為	幫	支	開	三	平	止
2558	牌	府	移	幫	支	開	三	平	止	實	彌	幫	支	開	三	平	止
761	朏	非	尾	非	尾	合	三	上	止	府	尾	非	尾	合	三	上	止
3201	餥	非	尾	非	尾	合	三	上	止	府	尾	非	尾	合	三	上	止
8389	匪	非	尾	非	尾	合	三	上	止	府	尾	非	尾	合	三	上	止
708	分	甫	文	非	文	合	三	平	臻	府	文	非	文	合	三	平	臻
2604	肪	甫	良	非	陽	開	三	平	宕	府	良	非	陽	開	三	平	宕

　　大徐反切音系幫母反切上字用字與《廣韻》不同的 38 例中，有 5 例是以非母字切幫母字，幫、非混切占總數的 10.5%。這樣看，大徐音中非母仍未從幫母中分離出來。

二、滂母（敷母）

（1）匹 51（普吉）滂 6（普郎）普 44（滂古）浦 1（滂古）

（2）芳 51（敷方）丕 1（敷悲）披 1（敷羈）敷 47（芳无）撫 10（芳武）

　　　　孚 5（芳無）妃 2（芳非）

　　滂母反切上字共有 11 個，嚴學宭先生多一個「葩（普巴）」，據我們統計，大徐反切音系中沒有用「葩」作反切上字的字。依據反切系聯法，分成兩組。

第一組出現在各等韻中,相當於《廣韻》中的滂母字。第二組出現在三等韻。但也有例外,如「丕(敷悲)」「披(敷羈)」兩個字應為重唇音。從系聯的結果看,滂母與敷母存在混切的現象。

大徐反切音系中滂母自切 122 個,敷母自切 58 個,以敷母切滂母 31 個,沒有以滂母切敷母的例子,滂母、敷母混切共 31 個,占滂、敷二母自切總數的 14.7%。

以敷母切滂母的 31 例如下:

序號	字	大徐反切		大徐反切音韻地位					廣韻反切		廣韻反切音韻地位韻地					
3154	肧	芳	桮	滂	灰	合	一	平	蟹	芳	杯	滂	灰	合	一	平	蟹
9087	壞	芳	桮	滂	灰	合	一	平	蟹	芳	杯	滂	灰	合	一	平	蟹
8742	蝮	芳	目	滂	屋	合	一	入	通	芳	福	滂	屋	合	一	入	通
2253	翩	芳	連	滂	仙	開	三	平	山	芳	連	滂	仙	開	三	平	山
2874	篇	芳	連	滂	仙	開	三	平	山	芳	連	滂	仙	開	三	平	山
5095	偏	芳	連	滂	仙	開	三	平	山	芳	連	滂	仙	開	三	平	山
8271	媥	芳	連	滂	仙	開	三	平	山	芳	連	滂	仙	開	三	平	山
2754	副	芳	逼	滂	職	開	三	入	曾	芳	逼	滂	職	開	三	入	曾
3323	富	芳	逼	滂	職	開	三	入	曾	芳	逼	滂	職	開	三	入	曾
4341	堛	芳	逼	滂	職	開	三	入	曾	芳	逼	滂	職	開	三	入	曾
6698	愊	芳	逼	滂	職	開	三	入	曾	芳	逼	滂	職	開	三	入	曾
8994	堛	芳	逼	滂	職	開	三	入	曾	芳	逼	滂	職	開	三	入	曾
7966	擎	芳	滅	滂	薛	開	三	入	山	普	蔑	滂	屑	開	四	入	山
9299	鐅	芳	滅	滂	薛	開	三	入	山	普	蔑	滂	屑	開	四	入	山
5151	仳	芳	比	滂	旨	開	三	上	止	匹	婢	滂	紙	開	三	上	止
6781	慓	敷	沼	滂	小	開	三	上	效	撫	招	滂	宵	開	三	平	效
2671	膘	敷	紹	滂	小	開	三	上	效	敷	沼	滂	小	開	三	上	效
8570	縹	敷	沼	滂	小	開	三	上	效	敷	沼	滂	小	開	三	上	效
4278	旎	敷	羈	滂	支	開	三	平	止	敷	羈	滂	支	開	三	平	止
7569	鮍	敷	羈	滂	支	開	三	平	止	敷	羈	滂	支	開	三	平	止
7907	披	敷	羈	滂	支	開	三	平	止	敷	羈	滂	支	開	三	平	止
9287	鈹	敷	羈	滂	支	開	三	平	止	敷	羈	滂	支	開	三	平	止
4	丕	敷	悲	滂	脂	開	三	平	止	敷	悲	滂	脂	開	三	平	止
4393	秠	敷	悲	滂	脂	開	三	平	止	敷	悲	滂	脂	開	三	平	止
4986	伾	敷	悲	滂	脂	開	三	平	止	敷	悲	滂	脂	開	三	平	止

6126	駓	敷	悲	滂	脂	開	三	平	止	敷	悲	滂	脂	開	三	平	止
7577	魾	敷	悲	滂	脂	開	三	平	止	敷	悲	滂	脂	開	三	平	止
863	嘌	撫	招	滂	宵	開	三	平	效	撫	招	滂	宵	開	三	平	效
996	趬	撫	招	滂	宵	開	三	平	效	撫	招	滂	宵	開	三	平	效
8936	飄	撫	招	滂	宵	開	三	平	效	撫	招	滂	宵	開	三	平	效
9352	鏢	撫	招	滂	宵	開	三	平	效	撫	招	滂	宵	開	三	平	效

　　上述 31 例的共同點是反切上字均為輕唇敷母字，反切下字均屬於輕唇東三、鍾、微、虞、廢、文、元、陽、尤、凡十韻系以外的韻系。結合反切系聯的結果，我們可以說，滂母和敷母還沒有完全分離。

　　大徐反切音系中，滂母與敷母反切上字與《廣韻》反切上字用字不同的共有 21 例。以敷母切滂母 4 例，無以滂母切敷母例。混切數占總數的 19%。也可以說明在大徐音中滂敷不分。

序號	字	大徐反切		大徐反切音韻地位							廣韻反切		廣韻反切音韻地位						
641	菲	芳	尾	敷	尾	合	三	上	止		敷	尾	敷	尾	合	三	上	止
4293	朏	芳	尾	敷	尾	合	三	上	止		滂	尾	敷	尾	合	三	上	止
5151	仳	芳	比	滂	旨	開	三	上	止		匹	婢	滂	紙	開	三	上	止
7966	瞥	芳	滅	滂	薛	開	三	入	山		普	蔑	滂	屑	開	四	入	山
9299	鱉	芳	滅	滂	薛	開	三	入	山		普	蔑	滂	屑	開	四	入	山
6781	慓	敷	沼	滂	小	開	三	上	效		撫	招	滂	宵	開	三	平	效
5129	僨	匹	問	敷	問	合	三	去	臻		方	問	敷	問	合	三	去	臻
8275	姯	匹	才	滂	咍	開	一	平	蟹		方	美	滂	旨	開	三	上	止
2586	肧	匹	桮	滂	灰	合	一	平	蟹		芳	杯	滂	灰	合	一	平	蟹
9799	醅	匹	回	滂	灰	合	一	平	蟹		芳	杯	滂	灰	合	一	平	蟹
4735	篇	匹	連	滂	仙	開	三	平	山		芳	連	滂	仙	開	三	平	山
7142	漂	匹	消	滂	宵	開	三	平	效		撫	招	滂	宵	開	三	平	效
4275	勡	匹	招	滂	宵	開	三	平	效		撫	招	滂	宵	開	三	平	效
8265	嫖	匹	招	滂	宵	開	三	平	效		撫	招	滂	宵	開	三	平	效
6764	怕	匹	白	滂	陌	開	二	入	梗		普	伯	滂	陌	開	二	入	梗
7091	洦	匹	百	滂	陌	開	二	入	梗		普	伯	滂	陌	開	二	入	梗
4339	片	匹	見	滂	霰	開	四	去	山		普	麵	滂	霰	開	四	去	山
8252	嫳	匹	滅	滂	薛	開	三	入	山		普	蔑	滂	屑	開	四	入	山
2755	剖	浦	后	滂	厚	開	一	上	流		普	后	滂	厚	開	一	上	流
2171	暼	普	滅	滂	薛	開	三	入	山		芳	滅	滂	薛	開	三	入	山
8381	匹	普	吉	滂	質	開	三	入	臻		譬	吉	滂	質	開	三	入	臻

上述 21 例中的「痡、肧、醅、瞥、漂、旛、嫖」,《廣韻》用的是輕唇字, 大徐音改為重唇,而「黜、仳、掔、整」,《廣韻》用的是重唇字,大徐音改為 輕唇,說明在大徐音中,唇音滂母輕重唇不分。

三、並母(奉母)

(1) 薄 62(旁各)旁 11(步光)傍 1(步光)步 15(薄故)蒱 1〔薄胡〕
蒲 56(薄胡)部 8(蒲口)簿 1〔裴古〕

(2) 符 62(防無)附 23(符又)縛 7(符钁)浮 2(縛牟)防 10(符方)
扶 16(防無)父 3(扶雨)平 14(符兵)頻 1(符真)皮 13(符羈)
憑 1(皮冰)房 52(符方)毗 19(房脂)比 4(毗至)弼 1(房密)
馮 1(房戎)朋 1(馮貢)便 2(房連)婢 1(便俾)

並母的反切上字有 27 個,通過反切系聯,分為兩組。第一組多出現在一、 二、四等韻中,相當於《廣韻》中的並母字;第二組出現在三等韻中,也有出 現在其他等的例子,相當於《廣韻》的奉母字。兩組字的出現條件有交叉現 象,說明在當時這些字的聲類是相同的。即這組字中並母與奉母是不分的。

大徐反切音系中並母自切 238 個,奉母自切 119 個;以奉母切並母 82 個,無以並母切奉母例。奉母、並母混切 81 個,占奉母、並母自切總數的 18.7%。

以奉母切並母的 81 例如下:

序號	字	大徐反切		大徐反切音韻地位						廣韻反切		廣韻反切音韻地位					
5925	庳	便	俾	並	紙	開	三	上	止	便	俾	並	紙	開	三	上	止
8120	婢	便	俾	並	紙	開	三	上	止	便	俾	並	紙	開	三	上	止
5086	偋	防	正	並	勁	開	三	去	梗	防	正	並	勁	開	三	去	梗
7713	闢	房	益	並	昔	開	三	入	梗	房	益	並	昔	開	三	入	梗
5063	便	房	連	並	仙	開	三	平	山	房	連	並	仙	開	三	平	山
8707	緶	房	連	並	仙	開	三	平	山	房	連	並	仙	開	三	平	山
319	毗	房	脂	並	脂	開	三	平	止	房	脂	並	脂	開	三	平	止
483	芘	房	脂	並	脂	開	三	平	止	房	脂	並	脂	開	三	平	止
2669	膍	房	脂	並	脂	開	三	平	止	房	脂	並	脂	開	三	平	止
3464	枇	房	脂	並	脂	開	三	平	止	房	脂	並	脂	開	三	平	止
3627	椔	房	脂	並	脂	開	三	平	止	房	脂	並	脂	開	三	平	止

6085	貔	房	脂	並	脂	開	三	平	止	房	脂	並	脂	開	三	平	止
6667	毗	房	脂	並	脂	開	三	平	止	房	脂	並	脂	開	三	平	止
8928	蠯	房	脂	並	脂	開	三	平	止	房	脂	並	脂	開	三	平	止
8464	弼	房	密	並	質	開	三	入	臻	房	密	並	質	開	三	入	臻
8426	甓	扶	歷	並	錫	開	四	入	梗	並	歷	並	錫	開	四	入	梗
3260	髀	符	支	並	支	開	三	平	止	頻	彌	並	支	開	三	平	止
279	蘋	符	兵	並	庚	開	三	平	梗	符	兵	並	庚	開	三	平	梗
7178	泙	符	兵	並	庚	開	三	平	梗	符	兵	並	庚	開	二	平	梗
9714	辯	符	蹇	並	獮	開	三	上	山	符	蹇	並	獮	開	三	上	山
4533	瓢	符	宵	並	宵	開	三	平	效	符	宵	並	宵	開	三	平	效
7891	摽	符	少	並	小	開	三	上	效	符	少	並	小	開	三	上	效
3967	貧	符	巾	並	真	開	三	平	臻	符	巾	並	真	開	三	平	臻
281	蕡	符	真	並	真	開	三	平	臻	符	真	並	真	開	三	平	臻
1632	響	符	真	並	真	開	三	平	臻	符	真	並	真	開	三	平	臻
3475	楒	符	真	並	真	開	三	平	臻	符	真	並	真	開	三	平	臻
5805	獱	符	真	並	真	開	三	平	臻	符	真	並	真	開	三	平	臻
7438	頻	符	真	並	真	開	三	平	臻	符	真	並	真	開	三	平	臻
1980	皮	符	羈	並	支	開	三	平	止	符	羈	並	支	開	三	平	止
4756	疲	符	羈	並	支	開	三	平	止	符	羈	並	支	開	三	平	止
2597	脾	符	支	並	支	開	三	平	止	符	支	並	支	開	三	平	止
4083	郫	符	支	並	支	開	三	平	止	符	支	並	支	開	三	平	止
9046	埤	符	支	並	支	開	三	平	止	符	支	並	支	開	三	平	止
9653	陴	符	支	並	支	開	三	平	止	符	支	並	支	開	三	平	止
6432	穑	符	逼	並	職	開	三	入	曾	符	逼	並	職	開	三	入	曾
4753	痞	符	鄙	並	旨	開	三	上	止	符	鄙	並	旨	開	三	上	止
9065	圮	符	鄙	並	旨	開	三	上	止	符	鄙	並	旨	開	三	上	止
8447	彌	父	耕	並	耕	開	二	平	梗	薄	萌	並	耕	開	二	平	梗
7853	掊	父	溝	並	侯	開	一	平	流	薄	侯	並	侯	開	一	平	流
2224	鼻	父	二	並	至	開	三	去	止	毗	至	並	至	開	三	去	止
1051	踣	朋	北	並	德	開	一	入	曾	蒲	北	並	德	開	一	入	曾
3353	庲	皮	卜	並	屋	合	一	入	通	步	木	並	屋	合	一	入	通
7243	溯	皮	冰	並	蒸	開	三	平	曾	扶	冰	並	蒸	開	三	平	曾
9421	憑	皮	冰	並	蒸	開	三	平	曾	扶	冰	並	蒸	開	三	平	曾
5441	覍	皮	變	並	線	開	三	去	山	皮	變	並	線	開	三	去	山
7707	闌	皮	變	並	線	開	三	去	山	皮	變	並	線	開	三	去	山

7933	抃	皮	變	並	線	開	三	去	山	皮	變	並	線	開	三	去	山
4676	病	皮	命	並	映	開	三	去	梗	皮	命	並	映	開	三	去	梗
8982	坪	皮	命	並	映	開	三	去	梗	皮	命	並	映	開	三	去	梗
7117	淲	皮	彪	並	幽	開	三	平	流	皮	彪	並	幽	開	三	平	流
5750	坒	毗	必	並	質	開	三	入	臻	薄	宓	並	質	開	三	入	臻
4840	幣	毗	祭	並	祭	開	三	去	蟹	毗	祭	並	祭	開	三	去	蟹
4918	㡀	毗	祭	並	祭	開	三	去	蟹	毗	祭	並	祭	開	三	去	蟹
4919	敝	毗	祭	並	祭	開	三	去	蟹	毗	祭	並	祭	開	三	去	蟹
6331	獘	毗	祭	並	祭	開	三	去	蟹	毗	祭	並	祭	開	三	去	蟹
6125	驃	毗	召	並	笑	開	三	去	效	毗	召	並	笑	開	三	去	效
731	牝	毗	忍	並	軫	開	三	上	臻	毗	忍	並	軫	開	三	上	臻
2569	牣	毗	忍	並	軫	開	三	上	臻	毗	忍	並	軫	開	三	上	臻
4733	痺	毗	至	並	至	開	三	去	止	毗	至	並	至	開	三	去	止
9026	坒	毗	至	並	至	開	三	去	止	毗	至	並	至	開	三	去	止
572	苾	毗	必	並	質	開	三	入	臻	毗	必	並	質	開	三	入	臻
1809	鞑	毗	必	並	質	開	三	入	臻	毗	必	並	質	開	三	入	臻
3225	飶	毗	必	並	質	開	三	入	臻	毗	必	並	質	開	三	入	臻
4037	邲	毗	必	並	質	開	三	入	臻	毗	必	並	質	開	三	入	臻
4961	佖	毗	必	並	質	開	三	入	臻	毗	必	並	質	開	三	入	臻
6150	駜	毗	必	並	質	開	三	入	臻	毗	必	並	質	開	三	入	臻
7632	魤	毗	必	並	質	開	三	入	臻	毗	必	並	質	開	三	入	臻
1157	避	毗	義	並	寘	開	三	去	止	毗	義	並	寘	開	三	去	止
8532	辮	頻	犬	並	銑	開	四	上	山	薄	泫	並	銑	開	四	上	山
7268	瀑	平	到	並	號	開	一	去	效	薄	報	並	號	開	一	去	效
2425	鴔	平	立	並	緝	開	三	入	深	皮	及	並	緝	開	三	入	深
409	藨	平	表	並	小	開	三	上	效	平	表	並	小	開	三	上	效
2506	受	平	小	並	小	開	三	上	效	平	表	並	小	開	三	上	效
2077	葡	平	祕	並	至	開	三	去	止	平	祕	並	至	開	三	去	止
5006	備	平	祕	並	至	開	三	去	止	平	祕	並	至	開	三	去	止
1812	鞴	平	祕	並	至	開	三	去	止	平	義	並	至	開	三	去	止
6640	奰	平	祕	並	至	開	三	去	止	平	祕	並	至	開	三	去	止
8661	紴	平	祕	並	至	開	三	去	止	平	祕	並	至	開	三	去	止
5299	被	平	義	並	寘	開	三	去	止	平	義	並	寘	開	三	去	止
5716	髲	平	義	並	寘	開	三	去	止	平	義	並	寘	開	三	去	止
2557	刜	憑	列	並	薛	開	三	入	山	皮	列	並	薛	開	三	入	山

上述 81 例的共同點是反切上字均為輕唇奉母字，反切下字均屬於輕唇東三、鍾、微、虞、廢、文、元、陽、尤、凡十韻系以外的韻系。結合反切系聯的結果，我們可以說，並母和奉母還沒有完全分離。

大徐反切音系與《廣韻》比較，並母反切上字用字不同的有 50 例。

序號	字	大徐反切		大徐反切音韻地位						廣韻反切		廣韻反切音韻地位					
6643	抚	薄	旱	並	旱	合	一	上	山	蒲	旱	並	旱	合	一	上	山
2688	胕	薄	口	並	厚	開	一	上	流	蒲	口	並	厚	開	一	上	流
324	菩	步	乃	並	海	開	一	上	蟹	薄	亥	並	海	開	一	上	蟹
7871	抙	步	侯	並	侯	開	一	平	流	薄	侯	並	侯	開	一	平	流
192	玭	步	因	並	真	開	三	平	臻	符	真	並	真	開	三	平	臻
3132	盆	步	奔	並	魂	合	一	平	臻	蒲	奔	並	魂	合	一	平	臻
6049	毃	步	角	並	覺	開	二	入	江	蒲	角	並	覺	開	二	入	江
5773	匍	簿	乎	並	模	合	一	平	遇	蒲	胡	並	模	合	一	平	遇
3260	鼙	符	支	並	支	開	三	平	止	頻	彌	並	支	開	三	平	止
8447	弸	父	耕	並	耕	開	二	平	梗	薄	萌	並	耕	開	二	平	梗
7853	掊	父	溝	並	侯	開	一	平	流	薄	侯	並	侯	開	一	平	流
2224	鼻	父	二	並	至	開	三	去	止	毗	至	並	至	開	三	去	止
562	薄	旁	各	並	鐸	開	一	入	宕	傍	各	並	鐸	開	一	入	宕
1353	跁	旁	各	並	鐸	開	一	入	宕	傍	各	並	鐸	開	一	入	宕
4382	粺	旁	卦	並	卦	開	二	去	蟹	傍	卦	並	卦	開	二	去	蟹
7613	鮊	旁	陌	並	陌	開	二	入	梗	傍	陌	並	陌	開	二	入	梗
9646	陛	旁	禮	並	薺	開	四	上	蟹	傍	禮	並	薺	開	四	上	蟹
1981	皰	旁	教	並	效	開	二	去	效	防	教	並	效	開	二	去	效
2935	篗	旁	連	並	仙	開	三	平	山	房	連	並	仙	開	三	平	山
1051	趙	朋	北	並	德	開	一	入	曾	蒲	北	並	德	開	一	入	曾
3353	扅	皮	卜	並	屋	合	一	入	通	步	木	並	屋	合	一	入	通
7243	溯	皮	冰	並	蒸	開	三	平	曾	扶	冰	並	蒸	開	三	平	曾
9421	憑	皮	冰	並	蒸	開	三	平	曾	扶	冰	並	蒸	開	三	平	曾
5750	邲	毗	必	並	質	開	三	入	臻	薄	宓	並	質	開	三	入	臻
8532	辮	頻	犬	並	銑	開	四	上	山	薄	泫	並	銑	開	四	上	山
7268	瀑	平	到	並	號	開	一	去	效	薄	報	並	號	開	一	去	效
2425	鴗	平	立	並	緝	開	三	入	深	皮	及	並	緝	開	三	入	深
2557	副	憑	列	並	薛	開	三	入	山	皮	列	並	薛	開	三	入	山
5924	废	蒲	撥	並	末	合	一	入	山	蒲	撥	並	末	合	一	入	山

4419	榜	蒲	庚	並	庚	開	二	平	梗	薄	庚	並	庚	開	二	平	梗
3275	鵔	蒲	侯	並	侯	開	一	平	流	薄	侯	並	侯	開	一	平	流
3786	枰	蒲	兵	並	庚	開	三	平	梗	符	兵	並	庚	開	三	平	梗
719	采	蒲	莧	並	襉	開	二	去	山	皮	莧	並	襉	開	二	去	山
656	范	房	妥	奉	范	合	三	上	咸	防	錽	奉	范	合	三	上	咸
8868	蚨	房	無	奉	虞	合	三	平	遇	防	無	奉	虞	合	三	平	遇
253	胇	房	未	奉	未	合	三	去	止	扶	沸	奉	未	合	三	去	止
8930	蜚	房	未	奉	未	合	三	去	止	扶	沸	奉	未	合	三	去	止
9081	坒	房	未	奉	未	合	三	去	止	扶	沸	奉	未	合	三	去	止
2237	翡	房	味	奉	未	合	三	去	止	扶	沸	奉	未	合	三	去	止
9664	萯	房	九	奉	有	開	三	上	流	扶	缶	奉	有	開	三	上	流
2213	䤤	扶	發	奉	月	合	三	入	山	房	越	奉	月	合	三	入	山
3525	枌	扶	分	奉	文	合	三	平	臻	符	分	奉	文	合	三	平	臻
8973	凡	浮	芝	奉	凡	合	三	平	咸	符	咸	奉	凡	合	三	平	咸
575	蕡	浮	分	奉	文	合	三	平	臻	符	分	奉	文	合	三	平	臻
9688	鷩	符	未	奉	未	合	三	去	止	扶	沸	奉	未	合	三	去	止
5669	酳	符	遇	奉	遇	合	三	去	遇	扶	雨	奉	麌	合	三	上	遇
5637	頹	附	袁	奉	元	合	三	平	山	孚	袁〔註2〕	奉	元	合	三	平	山
6449	樊	附	袁	奉	元	合	三	平	山	符	袁	奉	元	合	三	平	山
6551	蹯	附	袁	奉	元	合	三	平	山	附	袁	奉	元	合	三	平	山
3607	桴	附	柔	奉	尤	開	三	平	流	房	尤	奉	尤	開	三	平	流

這 50 例中，有 14 例是以奉母字切並母字，占自切總數的 28%。由此可以看出大徐音中奉母尚未完全從並母中分離出來。

四、明　母

莫 203（慕各）慕 7（莫故）母 10（莫后）謀 3（莫浮）模 2（莫胡）

木 1（莫卜）迷 1（莫兮）摸 1〔莫胡〕武 69（文甫）眉 9（武悲）

无 3（武扶）緜 4（武延）弭 1（緜婢）蜜 1（彌必）亡 39（武方）

凶 2（武方）弥 4〔武移〕彌 10〔武移〕巫 3（武扶）望 1（巫放）

無 24（武扶）美 5（無鄙）密 1（美畢）文 16（無分）靡 6（文彼）

舞 1（文撫）

〔註 2〕加粗字表示採用的是《集韻》中的反切。下文同。

　　明母的反切上字共有 26 個，嚴學宭先生多一個「明（武兵）」，我們未在大徐音中發現以「明」字為反切上字的字。明母反切上字系聯為一組。說明在當時明母與微母是不分的。

　　大徐反切音系明母自切 341 個，微母自切 70 個。明、微二母混切 64 個，占明、微二母總數的 13.5%。

　　以微母切明母 64 例如下：

序號	字	大徐反切		大徐反切音韻地位						廣韻反切		廣韻反切音韻地位					
2122	瞀	亡	保	明	晧	開	一	上	效	莫	報	明	號	開	一	去	效
2112	眊	亡	報	明	號	開	一	去	效	莫	報	明	號	開	一	去	效
7782	麿	亡	彼	明	紙	開	三	上	止	文	彼	明	紙	開	三	上	止
4784	冕	亡	辡	明	獮	開	三	上	山	亡	辨	明	獮	開	三	上	山
9178	勉	亡	辨	明	獮	開	三	上	山	亡	辨	明	獮	開	三	上	山
9719	挽	亡	辯	明	獮	開	三	上	山	亡	辨	明	獮	開	三	上	山
9078	塺	亡	果	明	果	合	一	上	果	摸	臥	明	過	合	一	去	果
314	茆	亡	考	明	晧	開	一	上	效	武	道	明	晧	開	一	上	效
5711	髦	亡	牢	明	豪	開	一	平	效	莫	浮	明	尤	開	三	平	流
7404	滅	亡	列	明	薛	開	三	入	山	亡	列	明	薛	開	三	入	山
7864	搣	亡	列	明	薛	開	三	入	山	亡	列	明	薛	開	三	入	山
2185	眇	亡	沼	明	小	開	三	上	效	亡	沼	明	小	開	三	上	效
2982	篍	亡	沼	明	小	開	三	上	效	亡	沼	明	小	開	三	上	效
3566	杪	亡	沼	明	小	開	三	上	效	亡	沼	明	小	開	三	上	效
4391	秒	亡	沼	明	小	開	三	上	效	亡	沼	明	小	開	三	上	效
7599	鮸	亡	辨	明	獮	開	三	上	山	亡	辨	明	獮	開	三	上	山
7658	靡	文	彼	明	紙	開	三	上	止	文	彼	明	紙	開	三	上	止
2346	美	無	鄙	明	旨	開	三	上	止	無	鄙	明	旨	開	三	上	止
8145	媄	無	鄙	明	旨	開	三	上	止	無	鄙	明	旨	開	三	上	止
2103	矕	武	版	明	潸	合	二	上	山	武	板	明	潸	合	二	上	山
179	瑂	武	悲	明	脂	開	三	平	止	武	悲	明	脂	開	三	平	止
2210	眉	武	悲	明	脂	開	三	平	止	武	悲	明	脂	開	三	平	止
3625	楣	武	悲	明	脂	開	三	平	止	武	悲	明	脂	開	三	平	止
4004	郿	武	悲	明	脂	開	三	平	止	武	悲	明	脂	開	三	平	止
6239	釄	武	悲	明	脂	開	三	平	止	武	悲	明	脂	開	三	平	止
7228	湄	武	悲	明	脂	開	三	平	止	武	悲	明	脂	開	三	平	止
8712	繆	武	彪	明	幽	開	三	平	流	武	彪	明	幽	開	三	平	流

8518	緢	武	儦	明	宵	開	三	平	效	武	瀌	明	宵	開	三	平	效
543	苗	武	鑣	明	宵	開	三	平	效	武	瀌	明	宵	開	三	平	效
2471	鳴	武	兵	明	庚	開	三	平	梗	武	兵	明	庚	開	二	平	梗
4304	䳕	武	兵	明	庚	開	三	平	梗	武	兵	明	庚	開	三	平	梗
4307	㿑	武	兵	明	庚	開	三	平	梗	武	兵	明	庚	開	三	平	梗
835	名	武	並	明	清	開	三	平	梗	武	並	明	清	開	三	平	梗
7552	鼆	武	登	明	登	開	一	平	曾	彌	登	明	登	開	一	平	曾
6826	懜	武	亙	明	嶝	開	一	去	曾	武	亙	明	嶝	開	一	去	曾
492	萌	武	庚	明	庚	開	二	平	梗	莫	耕	明	耕	開	二	平	梗
8317	氓	武	庚	明	庚	開	二	平	梗	莫	耕	明	耕	開	二	平	梗
9148	甿	武	庚	明	庚	開	二	平	梗	莫	耕	明	耕	開	二	平	梗
453	萌	武	庚	明	庚	開	二	平	梗	武	庚	明	庚	開	二	平	梗
2188	盲	武	庚	明	庚	開	二	平	梗	武	庚	明	庚	開	二	平	梗
8919	蝱	武	庚	明	庚	開	二	平	梗	武	庚	明	庚	開	二	平	梗
5827	䁟	武	巾	明	真	開	三	平	臻	眉	貧	明	真	開	三	平	臻
187	瑉	武	巾	明	真	開	三	平	臻	武	巾	明	真	開	三	平	臻
2396	鶝	武	巾	明	真	開	三	平	臻	武	巾	明	真	開	三	平	臻
4171	旻	武	巾	明	真	開	三	平	臻	武	巾	明	真	開	三	平	臻
7883	捪	武	巾	明	真	開	三	平	臻	武	巾	明	真	開	三	平	臻
8682	緡	武	巾	明	真	開	三	平	臻	武	巾	明	真	開	三	平	臻
8889	閩	武	巾	明	真	開	三	平	臻	武	巾	明	真	開	三	平	臻
9399	鈱	武	巾	明	真	開	三	平	臻	武	巾	明	真	開	三	平	臻
2868	箋	武	盡	明	軫	開	三	上	臻	武	盡	明	軫	開	三	上	臻
2119	晚	武	限	明	產	開	二	上	山	武	簡	明	產	開	二	上	山
2169	瞑	武	延	明	仙	開	三	平	山	莫	賢	明	先	開	四	平	山
4570	蔦	武	延	明	仙	開	三	平	山	莫	賢	明	先	開	四	平	山
3628	櫋	武	延	明	仙	開	三	平	山	武	延	明	仙	開	三	平	山
4534	宀	武	延	明	仙	開	三	平	山	武	延	明	仙	開	三	平	山
8471	緜	武	延	明	仙	開	三	平	山	武	延	明	仙	開	三	平	山
8796	蝒	武	延	明	仙	開	三	平	山	武	延	明	仙	開	三	平	山
8828	蛗	武	延	明	仙	開	三	平	山	武	延	明	仙	開	三	平	山
4471	麊	武	夷	明	脂	開	三	平	止	武	移	明	支	開	三	平	止
6040	彌	武	夷	明	脂	開	三	平	止	武	移	明	支	開	三	平	止
2867	篃	武	移	明	支	開	三	平	止	民	卑	明	支	開	三	平	止
3122	皿	武	永	明	梗	開	三	上	梗	武	永	明	梗	開	三	上	梗

| 4613 | 岻 | 武 | 永 | 明 | 梗 | 開 | 三 | 上 | 梗 | 武 | 永 | 明 | 梗 | 開 | 三 | 上 | 梗 |
| 235 | 每 | 武 | 罪 | 明 | 賄 | 合 | 一 | 上 | 蟹 | 武 | 罪 | 明 | 賄 | 合 | 一 | 上 | 蟹 |

上述 64 例的共同點是反切上字均為輕唇微母字，反切下字均屬於輕唇東三、鍾、微、虞、廢、文、元、陽、尤、凡十韻系以外的韻系。結合反切系聯的結果，我們可以說，明母和微母在當時還沒有完全分離。

唇音小結：

①關於唇音分化的時間

輕、重唇音的分化問題是中古漢語唇音字的主要問題。這也是我們研究大徐反切音系主要探討的問題。

從音理上講，一個音變的形成並非是一朝一夕完成的，它是一個漸變的過程。因此，輕唇音也並非一下子都從重唇音中分離出來。《切韻》時代，即六世紀末，輕、重唇音不分。到七世紀中葉，輕、重唇音開始分化。玄應的《一切經音義》唇音字反切系聯表明，當時輕、重唇音已有分化的趨勢〔註3〕。在八世紀中葉代表唐代洛陽音的何超的《晉書音義》中，輕、重唇音還處於相混的階段〔註4〕。在《大唐西域記》中，玄奘對於某些舊譯的改動也表明這種分化已經開始。在玄奘的譯音中，譯者用具有 i 介音的三等字「伐」對譯 va，而不用無 i 介音的一等字「跋」。說明 v 是一個摩擦音。我們今天來看，「伐」字已由双唇塞音向唇齒擦音發展了〔註5〕。到八世紀末九世紀初，輕重唇音的分化已經完成，而且非敷兩類開始混同〔註6〕。這段時間代表唐代長安音的張參的《五經文字》裏，輕、重唇音已經徹底分化〔註7〕。到 1269 年元世祖頒布的八思巴字中，非、敷、奉已經合為一類〔註8〕。周德清的《中原音韻》證實了這一點〔註9〕。微母從明母中分離出來的時間比較晚。在顏師古《漢書》註中，幫、滂、並和非、敷、奉已經分化，但明、微相混。

〔註3〕參看周法高《玄應反切考》，載《歷史語言研究所集刊》，第 20 本上，1948。

〔註4〕參看邵榮芬《〈晉書音義〉反切的語音系統》，載《語言研究》創刊號，1981。

〔註5〕參看施向東《玄奘譯著中的梵漢對音和唐初中原方音》，載《語言研究》第 1 期，1983。

〔註6〕參看黃粹伯《慧琳壹切經音義反切考》，載《歷史語言研究所專刊》第 6 本，1931。

〔註7〕參看邵榮芬《〈五經文字〉的直音和反切》，載《中國語文》1963 年第 3 期。

〔註8〕參看龍果夫《八思巴字和古官話》，唐虞中譯本，1959。

〔註9〕參看李新魁《論〈中原音韻〉的性質及它所代表的音系》，載《李新魁論文集》，1999。

王力先生認為唇音分化的時期不能晚於第十二世紀。因為唐末宋初的三十六字母已經有非敷奉微，1037年成書的《集韻》中輕唇已經獨立。重唇音演變為輕唇音的條件是i介音後接央後元音〔註10〕。分化的過程是一個漸變的過程。最初幫滂並的合口三等字合流為不送氣的唇齒音。十二、十三世紀濁音清化後，v變成了f。於是非敷奉合流。同時微母由m變為v。

②晚唐五代唇音分化的情況

最能代表晚唐五代實際語音的當屬朱翱反切，王力先生研究得唇音兩類：重唇音幫、滂、並、明；輕唇音非（敷）、奉、微〔註11〕。羅常培先生在《唐五代西北方音》中言唐五代西北方音輕唇音非敷奉大多數變與滂母同音已然露了分化的痕跡〔註12〕。蔣冀騁先生認為，這句話是說「非敷奉」當時本來就讀重唇，輕唇音尚未分出。羅先生的結論只是一種客觀描寫，但並不一定反映了當時的語音實際。蔣先生認為「非敷奉微」四母當時是存在的。也就是說，唐五代西北方音唇音聲母應為八個：幫、滂、並、明、非、敷、奉、微〔註13〕。

大徐反切成書於五代宋初，按照語音演變的規律推算，輕唇音應當從重唇音中分化出來了，然而事實又怎樣呢？關於大徐反切音系中，輕重唇音的分化問題，前人有所討論。陸志韋先生認為：「唐寫本韻書裏『方』跟『芳』的界限已經不很嚴謹，許是因為p跟p'都變為pf。一到大徐的說文音，非敷完全雜亂，斷不像有兩個不同的f的樣子」〔註14〕。可見，陸先生認為大徐反切輕重唇音是不分的。而張清常先生認為大徐說文反切音系輕重唇音是分開的，他在《〈古音說略〉書評》一文中是這樣說的：「大徐進說文表上面明明白白的說『說文之時未有反切，後人附益，互有異同，孫愐唐韻行之已久，今並以孫愐音切為定，庶夫學者有所適從』。所以清朝紀容舒（1685～1764）據大徐反切以考唐韻，近人嚴學宭運用大徐反切再加上唐寫本韻書的材料寫了《大徐本說文反切的音系》（北大國學季刊六卷壹號）。據嚴先生統計的結果，非紐的大徐反切上字應是『非分甫方府並』，敷紐是『披芳丕敷孚妃撫』兩者並

〔註10〕參看楊劍橋《漢語現代音韻學》，復旦大學出版社，1998。
〔註11〕參看王力《漢語語音史》，中國社會科學出版社，1998。
〔註12〕參看羅常培《唐五代西北方音》，歷史語言研究所出版，1933。
〔註13〕參看蔣冀騁《近代漢語音韻研究》，湖南師範大學出版社，1997。
〔註14〕參看陸志韋《古音說略》，載《陸志韋語言學著作集（一）》，中華書局，1985，第19頁。

不混雜。陸先生說『　到大徐的說文音，非敷完全雜亂』，這話不但未考慮嚴先生研究結果，而且容易引起誤會：大徐的反切是南唐北宋的音？唐韻的反切已經非敷不分『斷不像有兩個不同的 f 的樣子』的已變了唇音？」〔註15〕。張先生認為大徐說文反切音輕重唇音是分開的。

③大徐反切音系唇音分化情況

本文從大徐反切的實際出發，首先，從反切上字的系聯結果看，幫、滂、並各分為兩組，明為一組。幫、滂、並分成的兩組是按照出現的條件劃分的，出現在一、二、四等的為一組，出現在三等的為一組。出現在一、二、四等的多為重唇音，而出現在三等的多為輕唇音，也有個別例外。有些重唇音字也出現在三等韻中，而輕唇音字也出現在一、二、四等。從輕、重唇混切的情況看，沒有以重唇字切輕唇字的例子。以輕唇字切重唇字居多，共有 212 例。那麼如何解釋這種大量的輕唇字切重唇字的現象呢？這種現象在《切韻》音系中也是大量存在的。在《切韻》音系中，輕唇字切重唇字的現象基本上集中在非輕唇化的支、脂、祭、真、仙、宵、侵、鹽、庚三、清、蒸、幽等 12 個韻 145 個重唇音小韻〔註16〕。這些韻除了幽韻均為三等韻，而幽韻已被許多音韻學家證明也是三等韻〔註17〕，所以在《切韻》音系非輕唇化的三等韻中，重唇字和輕唇字都可以做反切上字，其原因就在於都是三等字〔註18〕。

我們來看大徐反切音系的情況：

	一等韻	二等韻	三等韻	四等韻	合計
以非切幫	2	0	32	1	35
以敷切滂	3	0	28	0	31
以奉切並	4	1	75	2	82
以微切明	8	8	46	2	64
合　　計	17	9	181	5	212

大徐反切音系中，以輕唇音切重唇音的 212 例中，出現在反切下字為三等韻的有 181 例，占總數的 85.4%。在輕唇切輕唇的例子中，反切下字均為東三、鍾、微、虞、廢、文、元、陽、尤、凡十個三等韻。在重唇切重唇的例子中，

〔註15〕參看張清常《〈古音說略〉書評》，載張清常《語言學論文集》，商務印書館，1988。
〔註16〕參看潘悟雲《中古漢語輕唇化年代考》，載《溫州師院學報》1983 年第 2 期。
〔註17〕參看董同龢《上古音韻表稿》，歷史語言研究所集刊，第 18 本，1945。
〔註18〕參看楊劍橋《漢語現代音韻學》，復旦大學出版社，1998。

反切下字既有非輕唇化的三等韻，也有一、二、四等韻。因此我們可以說輕唇音出現的條件是三等韻。在非輕唇化的三等韻中，重唇字和輕唇字均可以做反切的上字。大徐反切的情況也證明了這一點。

下面我們進一步把大徐唇音反切逐一與《廣韻》的反切比較一下，以考察輕重唇音分化的事實。大徐反切音系和《廣韻》都有的反切，《廣韻》用輕唇切重唇的共有 27 個，而大徐反切音系均是重唇切重唇。《廣韻》用重唇切重唇的共有 14 個，而大徐反切音系均為輕唇切重唇，詳見下表：

大徐幫／廣韻非〔註19〕

2090 瞑：邦免／方免	1246 編：比薦／方見	5699 髟：必凋／甫遙
8649 絜：並列／方結	37 縪：補盲／甫盲	901 榜：補盲／甫盲
1761 兵：補明／甫明	9377 鑣：補嬌／甫嬌	1230 彼：補委／甫委
4003 邠：補巾／府巾	924 卑：補移／府移	3100 彪：布還／方閑
2006 放：布還／府巾		

大徐滂／廣韻敷

| 2586 肧：匹桮／芳杯 | 9799 醅：匹回／芳杯 | 4735 瘺：匹連／芳連 |

大徐並／廣韻奉

192 玭：步因／符真	1631 編：部田／房連	1981 皰：旁教／防教
2935 筏：旁連／房連	7243 溯：皮冰／扶冰	9421 憑：皮冰／扶冰
3786 枰：蒲兵／符兵	2171 瞥：普滅／芳滅	

大徐明／廣韻微

| 9480 鏝：莫半／無販 | 4779 曰：莫保／武道 | 2117 瞴：莫浮／武夫 |

大徐非／廣韻幫

| 4344 糒：方田／布玄 | 5992 碑：府眉／彼為 | 2558 豍：府移／賓彌 |

大徐敷／廣韻滂

| 5151 仳：芳比／匹婢 | 7966 擊：芳滅／普蔑 | 9299 鏧：芳滅／普蔑 |

大徐奉／廣韻並

| 8447 弸：父耕／薄萌 | 7853 掊：父溝／薄侯 | 2224 鼻：父二／毗至 |

大徐微／廣韻明

〔註19〕相當於後代的非母字，下文同。

2390 䫌：亡沼／彌遙　　9078 塺：亡果／摸臥　　5711 髳：亡牢／莫浮

2112 眊：亡報／莫報　　2122 瞀：亡保／莫報

從上表我們可以看出，大徐反切音系與《廣韻》都有的反切中，《廣韻》為輕唇的，大徐反切音系是重唇，而《廣韻》用重唇的，大徐反切音系為輕唇，反切比例相近。說明在大徐反切音系中，輕、重唇音還處於相混的階段。《廣韻》是輕重唇不分的音系，其輕重唇混切的比例為 17.32%[註20]。大徐反切音系輕重唇混切的比例為 14.2%。詳見下表：

	幫：非	滂：敷	並：奉	明：微	總數
混切數	35	31	82	64	212
自切總數	362	211	439	476	1488
混切比例	9.4	14.7	18.7	13.5	14.2

大徐反切音系輕重唇音混切比例略低於《廣韻》音系，比例相近，從而我們可以說明大徐反切音系中輕重唇音尚處於相混的階段，輕唇音沒有完全分離出來。這也印證了陸志韋先生的輕重唇音不分的觀點[註21]。

從語音演變的規律看，大徐反切音系成書於五代宋初時期，理論上輕唇音應該已經從重唇音分化出來，但從大徐反切的結果看，我們認為輕唇音並未從重唇音中分化出來，這種情況說明了大徐反切的存古性。

《切韻》音系唇音不分輕重唇，那麼徐鉉在給《說文解字》注音時是否沿用了前人韻書中的反切呢？我們把大徐反切音系的反切上字所用切語與《廣韻》切語進行比較，情況如下：

聲母	代表字總數	與《廣韻》反切上字相同數	相同數所占比例	與《廣韻》反切上字不同數	不同數所占比例
幫	23	19	82.6	4	17.4
滂	11	10	90.9	1	9.1
並	28	24	85.7	4	14.3
明	27	27	100	0	0
總數	89	80	89.9	9	10.1

不同切語示例：

[註20] 轉引自丁鋒《〈博雅音〉研究》，北大出版社，1995。

[註21] 陸志韋《古音說略》，載《陸志韋語言學著作集（一）》，中華書局，1985，第 19 頁。

聲母	大徐音系反切上字	大徐音系反切用字	《廣韻》反切用字
幫	兵	補明／幫	甫明／非
幫	鄙	兵美／幫	方美／非
幫	並	府盈／非	畀政／幫
幫	分	甫文／非	府文／非
滂	匹	普吉／滂	譬吉／滂
並	憑	皮冰／奉	扶冰／奉
並	比	毗至／奉	卑履／幫
並	朋	馮貢／奉	步崩／並
並	便	房連／奉	婢面／奉

從上表我們看出，大徐反切音系唇音 89 個，反切上字中有 80 個與《廣韻》切語相同，占總數的 89.9%。如此高的比例並非巧合，說明徐鉉在給《說文解字》注音時參考並沿用了前人韻書的切語。同時，我們再次想到了《說文解字》序中所言「說文之時未有反切，後人附益，互有異同，孫愐唐韻行之已久，今並以孫愐音切為定，庶夫學者有所適從」〔註22〕。孫愐的《唐韻》亦輕重唇不分。如果徐鉉未參考前人韻書，用時音注音，那麼他也就沒有必要提及《唐韻》了。但我們並不肯定徐鉉所用音切全部摘自前人韻書，因為畢竟唇音還有 10%與前人韻書不同。這裏只說明大徐音系反切有一部分是與前人韻書切語相同的。

如此看來，我們說大徐音系輕重唇音不分就不足為奇了。

④「非敷」互切問題討論

大徐反切音系輕唇音尚未從重唇音中分化出來，上文我們已經作了論證。然而在大徐反切音系中，還存在若干相當於後代輕唇音非敷混切的情況，讓我們難以解釋。我們認為這是作者時音的反映。根據王士元教授的「詞匯擴散理論」〔註23〕，輕唇音的產生可能不是同步的，這些音走在了其他聲母演變的前面。

大徐音為非母，《廣韻》為敷母，11 例如下：

〔註22〕〔漢〕許慎撰〔宋〕徐鉉校定《說文解字》，中華書局，1963，第 321 頁。
〔註23〕參看王士元 The Lexicon in Phonological Change, Mouton, 1977。

序號	字	大徐反切		廣韻反切		廣韻反切音韻地位					
5375	覅	甫	微	芳	非	敷	微	合	三	平	止
7657	棐	非	尾	敷	尾	敷	尾	合	三	上	止
3338	麩	甫	無	芳	無	敷	虞	合	三	平	遇
3995	郛	甫	無	芳	無	敷	虞	合	三	平	遇
4016	郙	甫	無	芳	無	敷	虞	合	三	平	遇
6687	恷	甫	無	芳	無	敷	虞	合	三	平	遇
571	芾	分	勿	敷	勿	敷	物	合	三	入	臻
2779	刜	分	勿	敷	勿	敷	物	合	三	入	臻
8321	㇏	分	勿	敷	勿	敷	物	合	三	入	臻
4869	幡	甫	煩	孚	袁	敷	元	合	三	平	山
2382	鳩	分	兩	妃	兩	敷	養	開	三	上	宕

大徐音為敷母，《廣韻》為非母，16 例如下：

序號	字	大徐反切		廣韻反切		廣韻反切音韻地位					
1487	諷	芳	鳳	方	鳳	非	送	合	三	去	通
9497	輹	芳	六	方	六	非	屋	合	三	入	通
2956	篚	敷	尾	府	尾	非	尾	合	三	上	止
3816	棐	敷	尾	府	尾	非	尾	合	三	上	止
1858	濞	芳	未	方	味	非	未	合	三	去	止
2596	肺	芳	吠	方	廢	非	廢	合	三	去	蟹
3776	柿	芳	吠	方	廢	非	廢	合	三	去	蟹
49	祓	敷	勿	方	肺	非	廢	合	三	去	蟹
237	芬	撫	文	府	文	非	文	合	三	平	臻
1890	閿	撫	文	府	文	非	文	合	三	平	臻
3492	棻	撫	文	府	文	非	文	合	三	平	臻
4833	帉	撫	文	府	文	非	文	合	三	平	臻
5287	紛	撫	文	府	文	非	文	合	三	平	臻
3680	柫	敷	勿	分	勿	非	物	合	三	入	臻
5811	甶	敷	勿	分	勿	非	物	合	三	入	臻
6396	髴	敷	勿	分	勿	非	物	合	三	入	臻

非、敷混切 27 例，占非敷總數的 16.5%。

潘悟雲先生曾經指出，輕唇音分化有兩個階段：一是「非、敷、奉、微」與「幫、滂、並、明」分開，唇齒塞音從雙唇塞音中分化出來，即 p→pf，ph→pfh 等；二是「非、敷」合流，從唇齒塞音變成唇齒擦音 pf 和 pfh 都變成 f。

潘先生認為第一階段發生於八世紀中葉,即中唐時期;第二階段發生於九世紀,即晚唐以後〔註24〕。施向東先生認為,初唐玄奘的梵漢對音中輕重唇的讀音已經有區別〔註25〕,麥耘先生認為,輕重唇音讀音的分化在玄奘時代就已經開始,但沒有形成音位上的輕重唇對立。邵榮芬先生認為,輕重唇分化以後,非、敷兩母經過一個對立階段〔註26〕。也就是說,輕唇音從重唇音中分化出來以後,存在了一段時間,非、敷二母才逐漸走向合流。

大徐反切音系中,輕唇音尚未完全從重唇音中分化出來,然而分化出的非、敷二母已經有許多混切。同時非、奉亦有混切,但比例較小。依據傳統的語音演變的觀點,這種情況是不應該存在的,但大徐音系的確是在輕唇音尚未完全分化的情況下,同時出現非敷混切的。我們嘗試做如下解釋:

首先,大徐反切音系反切用字與《廣韻》反切不同者,反切上字有 693 個,占總數 9420 的 7.3%〔註27〕;反切下字有 814 個,占總數 9420 的 8.6%。說明大徐反切有百分之九十幾與《廣韻》反切的音韻地位相同。《廣韻》音系輕重唇音不分。大徐反切大部分承用了《廣韻》反切,亦輕重唇音不分,是可以理解的。

其次,大徐反切音系與《廣韻》反切不同的這些字,正是作者徐鉉所註的反切,也是時音的反映。徐鉉生活於五代宋初年間,這時,非、敷已經合為一母〔註28〕。大徐反切音系中非、敷二母混切比例高達 16.5%,說明非、敷二母已經合流。這與當時的語音特點正好吻合。

第三,有的學者認為,輕唇音完全從重唇音分化出來後,非、敷經過一個對立的階段,才有非敷合流。張參的《五經文字》中,輕、重唇音已經分化,且非、敷基本不混〔註29〕。大徐反切音系的情況與此不同,在輕重唇音沒有完全分化的情況下,相當於後代的非、敷已經有一部分合流。

〔註24〕 參看潘悟雲《中古漢語輕唇化年代考》,載《溫州師院學報》1983 年第 2 期;麥耘《漢語語音史上「中古時期」內部階段的劃分——兼論早期韻圖的性質》載《東方語言與文化》,東方出版中心,2002。

〔註25〕 參看施向東《玄奘譯著中的梵漢對音和唐初中原方音》,載《語言研究》1983 年第 1 期。

〔註26〕 參看邵榮芬《〈五經文字〉的直音和反切》,載《中國語文》1963 年第 3 期。

〔註27〕 大徐音共有 9833 個字,除去 402 個新附字,4 個重出字,7 個未註明反切的字,可以研究的字有 9420 個。

〔註28〕 參看王力《漢語語音史》「晚唐五代音」部分,中國社會科學出版社,1998。

〔註29〕 參看邵榮芬《〈五經文字〉的直音和反切》,載《中國語文》1963 年第 3 期。

我們認為大徐反切音系中沒有發生變化的音，承用了前人韻書中的反切，與韻書不同的注音，是作者所處時代的語音特色。這樣看，我們就可以理解大徐反切音系中的唇音特點了。

由於大徐反切音系唇音輕重唇不分的特點更突出些，在此，我們暫把大徐反切音系唇音由系聯的 7 類合併為 4 類：幫滂並明。

第二節　牙　音

一、見　母

（1）詭1（過委）過1（古禾）革1（古覈）公14（古紅）工8（古紅）
佳1（古膎）江1（古雙）格1（古百）姑1（古胡〉兼1（古甜）
古554（公戶）岡1（古郎）

（2）居224（九魚）瞿3（九遇）吉5（居質）糾1（居黝）幾5（居履）
紀4（居擬）己6（居擬）舉23（居許）拘1（舉朱）九23（舉有）
俱14（舉朱）

見母的反切上字共有 23 個，通過反切系聯，分為兩組。第一組出現在一、二、四等韻，第二組出現在二等韻。與嚴學宭先生的分法相同。第一組中有與三等韻配合的例子，如：

3923鸝（詭偽）見寘合三去止「詭」屬於第一組字，但與三等韻配合。

總體看，見母可以分為兩組。出現的條件呈互補，應是一個聲母。

二、溪　母

（1）苦177（康杜）康16（苦岡）口27（苦后）喫1（苦擊）牽5（苦堅）
空4（苦紅）恪3（苦各）客1（苦格）楷2（苦駭）肯1（苦等）

（2）去84（丘據）曲1（丘玉）丘24（去鳩）墟4（丘如）起1（墟里）
豈6（墟喜）傾3（去營）祛1（去魚）綺4（祛彼）詰2（去吉）
棄2（詰利）

（3）驅4（豈俱）區6（豈俱）

溪母的反切上字共有 23 個，反切系聯成三組。第一組字主要與一、二、

四等韻配合；第二組字均出現在三等韻，第三組字也出現在三等韻。我們依照《廣韻》，第三組儘管不能與第二組字系聯在一起，但出現的條件相同，我們也把它們合為一組。

三、群　母

巨 85（其呂）具 2（其遇）矩 1（其呂）暨 1（其異）衢 4（其俱）

其 67〔渠之〕奇 3（渠羈）渠 97（彊魚）彊 6（巨良）狂 2（巨王）

強 3（巨良）仇 1（巨鳩）求 9（巨鳩）揆 1（求癸）

群母的反切上字共有 14 個，其中「其」字《說文解字》未收，《廣韻》「渠之」、「居之」兩讀。此處取「渠之切」，為其歸類。通過反切系聯，14 字可以合為一組。從出現的條件看，群母字只與三等韻配合，不與一、二、四等韻配合。

四、疑　母

吾 9（五乎）研 3（五堅）虞 2（五俱）齵 1〔虞俱〕愚 9（麌俱）

五 168（疑古）午 1（疑古）伍 1（疑古）疑 3（語其）牛 8（語求）

銀 1（語巾）語 28（魚舉）宜 8（魚羈）儀 1（魚羈）玉 1（魚欲）

危 1（魚為）曠 6（魚矩）魚 104（語居）

疑母的反切上字共有 18 個，其中「齵」字《說文解字》未收，《廣韻》「五乎」「虞俱」二切，此處取「虞俱」切，為其歸類。通過反切系聯，18 字可以合為一組，與《廣韻》不同。《廣韻》疑母分為兩組，一組出現在一、二、四等韻，一組出現在三等韻。

牙音小結：

牙音四母從上古以來一直都比較穩定，沒有出現類的混同情況，從反切系聯的結果看，見、溪二母分組的趨勢比較明顯，一組出現在一、二、四等韻，一組出現在三等韻。群母系聯為一組，與《廣韻》相同。疑母系聯為一組，沒有分組趨勢，可以出現在一、二、三、四等韻。雖然見、溪二母各分成兩組，由於出現的條件互補，所以還是兩個聲母。

大徐反切音系牙音有四母：見溪群疑。

第三節　齒　音

一、精　母

子 144（即里）茲 2（子之）精 1（子盈）則 29（子德）作 30（則洛）

祖 12（則古）臧 2（則郎）即 51（子力）資 10（即夷）借 2（資昔）

咨 1（即夷）足 2（即玉）將 14（即諒）姊 4（將几）遵 4（將倫）

醉 1（將遂）

精組反切上字共有 16 個，反切系聯為一組，只出現在反切下字為一、二、四等韻的條件下。這一點與《廣韻》不同。《廣韻》精組字分為兩組，一組出現在一、二、四等韻，一組出現在三等韻。

二、清　母

（1）七 117（親吉）蒼 2（七岡）取 2（七庾）親 10（七人）倉 48（七岡）

麤 5（倉胡）戚 1（倉歷）

（2）此 17（雌氏）千 12（此先）雌 3（此移）

清組反切上字共有 10 個，反切系聯為兩組。從出現的條件看，兩組沒有比較明顯的區別，即第一組出現的條件，第二組也會出現，反之亦然，所以我們把兩組合併為一組進行討論，只出現在反切下字為一、二、四等韻的條件下。《廣韻》清組雖分為兩組，但一組出現在一、二、四等韻，一組出現在三等韻，出現條件互補。

三、從　母

（1）秦 14（匠鄰）疾 39（秦悉）慈 19（疾之）匠 1（疾亮）自 2（疾二）

字 4（疾置）情 1（疾盈）全 1（疾緣）徂 28（全徒）

（2）昨 56（在各）藏 7（昨郎）在 18（昨代）前 5（昨先）胙 1（昨誤）

財 1（昨哉）才 18（昨哉）賤 1（才線）

從母反切上字共有 17 個，反切系聯為兩組。都出現在一、三、四等韻的條件下，出現的條件沒有明確的分別。這一點與《廣韻》不同。在《廣韻》中，從母也分為兩組，第一組通常出現在三等韻；第二組通常出現在一、四等韻。而大徐反切音系從母出現的條件沒有《廣韻》那麼嚴格。例如：

序號	字	大徐反切	大徐反切音韻地位						廣韻反切	廣韻反切音韻地位					
5306	祖	才與	從	語	合	三	上	遇	慈呂	從	語	合	三	上	遇
4777	冣	才句	從	遇	合	三	去	遇	從遇	從	遇	合	三	去	遇
7271	濱	才私	從	脂	開	三	平	止	疾資	從	脂	開	三	平	止
3330	牆	才良	從	陽	開	三	平	宕	在良	從	陽	開	三	平	宕
1851	鷣	才林	從	侵	開	三	平	深	昨淫	從	侵	開	三	平	深
7546	鱒	慈損	從	混	合	一	上	臻	才本	從	混	合	一	上	臻
7587	薺	徂礼	從	薺	開	四	上	蟹	才礼	從	薺	開	四	上	蟹
3973	賨	徂紅	從	東	合	一	平	通	藏宗	從	冬	合	一	平	通
99	瓚	徂贊	從	翰	開	一	去	山	藏旱	從	旱	開	一	上	山
8779	蠀	徂兮	從	齊	開	四	平	蟹	疾兮	從	齊	開	四	平	蟹
6303	奘	徂朗	從	蕩	開	一	上	宕	在良	從	陽	開	三	平	宕
450	蘠	賤羊	從	陽	開	三	平	宕	在良	從	陽	開	三	平	宕
7288	漬	前智	從	寘	開	三	去	止	疾智	從	寘	開	三	去	止
7909	齜	前智	從	寘	開	三	去	止	疾智	從	寘	開	三	去	止
1105	徂	全徒	從	模	合	一	平	遇	昨胡	從	模	合	一	平	遇
679	草	白保	從	皓	開	一	上	效	昨旱	從	皓	開	一	上	效
5518	歠	才六	從	屋	合	三	入	通	才六	從	屋	合	三	入	通
3232	餞	才線	從	線	開	三	去	山	才線	從	線	開	三	去	山
806	噍	才肖	從	笑	開	三	去	效	才笑	從	笑	開	三	去	效
5214	聚	才句	從	遇	合	三	去	遇	才句	從	遇	合	三	去	遇
9054	埾	才句	從	遇	合	三	去	遇	才句	從	過	合	三	去	遇
654	蓩	昨焦	從	宵	開	三	平	效	昨焦	從	宵	開	三	平	效
3527	樵	昨焦	從	宵	開	三	平	效	昨焦	從	宵	開	三	平	效
5656	顦	昨焦	從	宵	開	三	平	效	昨焦	從	宵	開	三	平	效
2942	笘	昨鹽	從	鹽	開	三	平	咸	昨鹽	從	鹽	開	三	平	咸
6962	灊	昨鹽	從	鹽	開	三	平	咸	昨鹽	從	鹽	開	三	平	咸
7251	潛	昨鹽	從	鹽	開	三	平	咸	昨鹽	從	鹽	開	三	平	咸

　　按《廣韻》，「徂」字應出現在三等韻中，在大徐反切音系，「徂」字多出現在一、四等韻中，很少出現在三等韻裏。按《廣韻》，「才」字應出現在一、二、四等韻中，但在大徐反切音系，「才」字在三等韻出現的頻率很大。這種情況說明在大徐反切音系中從母的反切上字應該合為一組。

四、心　母

先 24（穌前）穌 61（素孤）蘇 28（素孤）酥 2〔素孤〕素 7（桑故）

速 1（桑谷）桑 16（息郎）思 12（息茲）辛 4（息鄰）悉 1（息七）

司 2（息茲）相 43（息良）斯 6（息移）私 34（息夷）雖 5（息遺）

息 95（相即）須 3（相俞）胥 3（相居）

心母反切上字共有 18 個，《說文解字》中未見「酥」字，《廣韻》「素孤切」，據此切語歸類，反切系聯為一組，只出現在一、三、四等韻。按照《廣韻》通常分為兩組，大徐反切音系為一組。

五、邪　母

敘 1（徐呂）徐 34（似魚）祥 11（似羊）夕 1（祥易）詳 13（似羊）

辥 2（似茲）詞 3（似茲）辭 2（似茲）似 38（詳里）旬 1（詳遵）

邪母反切上字共有 10 個，通過反切系聯，合為一組，只與三等韻相拼。

六、莊　母

側 76（阻力）阻 18（側呂）鄒 1（側鳩）斬 1（側減）壯 1（側亮）

莊 4（側羊）

莊母反切上字共有 6 個，反切系聯為一組。與《廣韻》相同。出現在二、三等韻。

七、初　母

測 2（初側）叉 1（初牙）初 25（楚居）創 4（楚良）楚 33（創舉）

初母反切上字共有 5 個，反切系聯為一組。出現在二、三等韻。

八、崇母／俟

崇 8（鉏弓）士 36（鉏里）鉏 20（士魚）仕 6（鉏里）牀 1（仕壯）

俟 1（牀史）

崇母反切上字的代表字共有 6 個，其中包括俟母。所以大徐反切音系中，崇、俟是不分的。出現的條件是二、三等韻。《廣韻》中，崇、俟為兩個聲母。

九、山　母

所 115（疏舉）山 14（所間）色 2（所力）疏 8（所菹）衫 1（所銜）

沙 1（所加）生 1（所庚）疎 1（所菹）疏 1（所菹）

山母反切上字共有 9 個，反切系聯為一組。出現的條件是反切下字為二、三等韻字。

十、章　母

章 26（諸良）征 4（諸盈）諸 31（章魚）支 2（章移）煮 2（章與）

止 9（諸市）之 102（止而）隻 1（之石）積 1（之忍）職 45（之弋）

周 1（職留）旨 18（職雉）脂 6（旨夷）

章母反切上字共有 13 個，反切系聯為一組。出現的條件是反切下字為三等韻字。

十一、昌　母

昌 46（尺良）赤 3（昌石）叱 1（昌栗）處 6（昌與）充 5（昌終）

齒 2（昌里）尺 34（昌石）車 1（尺遮）

昌母反切上字共有 8 個，反切系聯為一組。出現的條件是反切下字為三等韻字。

十二、船／禪母

食 28（乘力）乘 2（食陵）神 8（食鄰）示 2（神至）

船母反切上字共有 4 個，反切系聯為一組。出現的條件是反切下字為三等韻字。

蜀 2（市玉）時 25（市之）殊 5（市朱）市 41（時止）侍 1（時吏）

常 39（市羊）殖 3（常職）寔 3（常隻）植 9（常職）臣 1（植鄰）

署 4（常恕）承 8（署陵）氏 88（承旨）是 15（承旨）

禪母反切上字共有 14 個，反切系聯為一組。出現的條件是反切下字為三等韻字。

十三、書　母

式 58（賞職）失 23（式質）施 8（式支）商 3（式陽）輸 6（式朱）

識 5（賞職）賞 5（書兩）書 19（商魚）詩 3（書之）始 3（詩止）

少 1（書沼）傷 4（少羊）舒 10（傷魚）

書母反切上字共有 13 個，反切系聯為一組。出現的條件是反切下字為三等韻字。

十四、日　母

耳 8（而止）而 62（如之）仍 6（如乘）人 32（如鄰）如 49（人諸）

儒 5（人朱）汝 15（人渚）兒 4（汝移）

日母反切上字共 8 個，反切系聯為一組。只出現在三等韻前。在上古音中日母與泥母關係密切，在大徐反切音系中也得到了印證。日母與泥，娘二母關係密切些，這三個聲母都出現在三等韻中。

在大徐反切音系中，日母自切 165 例，泥母自切 82 例，娘母自切 50 例。泥、娘、日混切共 4 例，占自切數的 1.3%。其中以日母切泥母 3 例，以娘母切日母 1 例，無以日母切娘母的例子。混切例如下：

序號	字	大徐反切		大徐音韻地位				廣韻反切		廣韻反切音韻地位			
86	瓏	耳	由	日	尤	開三平	流	奴	刀	泥	豪	開一平	效
504	薾	兒	氏	日	紙	開三上	止	奴	禮	泥	薺	開四上	蟹
860	嘫	如	延	日	仙	開三平	山	女	閑	泥	山	開二平	山
1421	喦	尼	輒	娘	葉	開三入	咸	而	涉	日	葉	開三入	咸

泥、娘、日三母在《切韻》音系中不混，只在《玉篇》《博雅音》《文選註》中混，而這三家均代表的是南方音。泥娘日三母相混大概也是當時南方音的一個特點。大徐反切音系中，泥娘與日偶有互切，比例較小，泥娘與日作分開處理。

齒音小結：

在大徐反切音系中，齒音精、莊、章三組已經呈現出了三足鼎立的局面。具體為：一四等，精清從心邪；二等莊初崇山，三等章昌船（禪）書。南方音從邪、崇俟、船禪多不分，從邪、崇俟、船禪分立體現了洛陽音的特點。大徐反切音系從邪分立，與洛陽音同，船禪、崇俟不分與南方音同。

（1）精、莊二組分離

精組的反切上字的歸類與《廣韻》有一些差別，但出現的條件與《切韻》音系相同，即只與一、三、四等韻相拼。莊組崇俟無別，只與二、三等韻相拼。精、莊均為齒音，且都出現在三等韻的條件下。黃侃先生把莊組併入了上古的精組，從連綿字看，「蕭瑟」、「瀟灑」都可以證明精莊兩組是相通的。王力先生沒有把莊組併入精組〔註 30〕。我們採取黃侃先生的觀點，在上古音中，莊、精兩組為一類。中古逐漸分離。在大徐反切音系中，精、莊二組是否會相混呢？我們用大徐反切與《廣韻》反切相比較的方法，來具體考察它們混同的情況。示例的順序是：序號、字、大徐反切、大徐音的聲母韻部、廣韻反切、廣韻中的聲母韻部。

3856　㮣（即里）　精止　廣：阻史　莊止

1581　譇（側加）　莊麻　廣：子邪　精麻

395　薂（麤最）　清泰　廣：初力　初職

7371　瀙（七定）　清徑　廣：楚敬　初映

6003　鏨（鉏銜）　初震　廣：七遴　清震

6062　豠（疾余）　從魚　廣：士魚　崇魚

9057　埩（疾郢）　從靜　廣：側莖　莊耕

7267　涑（所責）　山麥　廣：七迹　清昔

3134　盨（相庾）　心䴮　廣：踈舉　山語

精組、莊組總數為 1411 個，精、莊相混 15 個，約為 1%。由此我們可以說，大徐反切音系中精、莊二組的分離已經完成。

（2）崇、俟合併

在比較早的音註中，前人多把俟母字讀作喉牙音，與諧聲的現象大體一致。邵榮芬先生認為，俟母的字不是得聲於「㐹」就是得聲於「矣」。「矣」是匣三（喻三），「㐹」是曉母，均為喉音。後俟母才變為齒音二等。俟母字較少，且只出現在之韻。在顧野王的《玉篇》、陸德明的《經典釋文》、曹憲的《博雅音》、玄應的《一切經音義》中，俟母字讀同崇母，說明俟母與崇母已經合併。到《切韻》時代，俟母獨立的方言已經很少了，俟母、崇母合併的方

〔註 30〕參看王力《漢語語音史》，中國社會科學出版社，1998。

言逐漸成為了主流。而俟母的喉牙音讀法也隨之被完全取代了〔註31〕。

　　《切韻》音系俟母獨立，邵榮芬先生的《切韻研究》已有所論證。邵榮芬先生歸納出《切韻》系韻書以外各家（指比較重要的）俟母的音切大致分為三類：1. 俟母字不與其他聲母字系聯；2. 俟母字用崇母字注音或作切；3. 俟母字用崇母字以外的其他聲母字注音或作切。在大徐反切音系中，俟母字用崇母字注音，屬於第二種類型。大徐反切音系中，「俟」是「牀史切」，「牀」是崇母字，可以與崇母系聯在一起。俟母字共有四個：𩵋、俟、竢和涘，反切均為「牀史切」。

　　（3）從邪分立

　　從、邪二母不分，是中古南方音的共性。朱翱反切即從邪合為一母〔註32〕。大徐反切音系從邪分立，異於朱翱反切。

　　大徐反切音系從母自切 198 例，邪母自切 98 例，沒有從、邪混切的例子。所以我們說大徐反切音系從邪分立。

　　（4）莊、章組分立

　　莊章分立，從上古到五代都是這樣。大徐反切音系也反映了這個語音現象。大徐反切音系莊組莊母自切 87 例，初母自切 56 例，崇母自切 59 例，山母自切 126 例；章組章母自切 229 例，昌母自切 86 例，船母自切 29 例，書母自切 137 例，莊組與章組只有個別混切，均為孤立。所以大徐反切音系中，莊、章組分立。

　　（5）船禪不分

　　邵榮芬先生認為船禪二母在上古是兩個獨立的聲母，禪母是塞擦音，船母是擦音。船禪二母從先秦到漢代，都是兩個獨立的聲母，但是漢代就有了不少船禪相混的方言。到南北朝後期，這類方言就逐漸增多起來。

　　在大徐反切音系中，船、禪二母系聯為兩類，反切比較的結果，船、禪應該合為一類。船、禪二母均出現在三等韻中。禪母自切 147 例；船母自切 29 例。船、禪混切 12 例（以船母切禪母 8 例，以禪母切船母 4 例），占自切數的 6.4%。船禪混切例如下：

〔註31〕邵榮芬《切韻研究》，中國社會科學出版社，1982，第 41 頁。
〔註32〕參看王力《漢語語音史》。中國社會科學出版社，1998。

序號	字	大徐反切		大徐音韻地位				廣韻反切		廣韻反切音韻地位				
628	折	食	列	船	薛	開三入	山	常	列	禪	薛	開三入	山
1699	誰	示	隹	船	脂	合三平	止	視	隹	禪	脂	合三平	止
1778	晨	食	鄰	船	真	開三平	臻	植	鄰	禪	真	開三平	臻
2623	脽	示	隹	船	脂	合三平	止	視	隹	禪	脂	合三平	止
5057	償	食	章	船	陽	開三平	宕	市	羊	禪	陽	開三平	宕
5449	視	神	至	船	至	開三去	止	常	利	禪	至	開三去	止
9356	鉈	食	遮	船	麻	開三平	假	視	遮	禪	麻	開三平	假
9660	陙	食	倫	船	諄	合三平	臻	常	倫	禪	諄	合三平	臻
481	甚	常	衽	禪	沁	開三去	深	食	荏	船	寢	開三上	深
1878	孰	殊	六	禪	屋	合三入	通	神	六	船	屋	合三入	通
3956	贖	殊	六	禪	屋	合三入	通	神	蜀	船	燭	合三入	通
7207	漘	常	倫	禪	諄	合三平	臻	食	倫	船	諄	合三平	臻

　　從混切的韻部來看，主要是仙、脂、真、陽、麻三、諄、侵、東三幾個三等韻部。如果僅從混切的比例看，禪、船混切的比例不是很大，但是大徐反切音系中，船母字共 40 個，切禪母 8 例，占船母總數的 20%，常與禪相混。「從古到今船禪實際上沒有對立，合為一類」〔註 33〕，這一點在大徐音系中也得到了證實。

　　大徐反切音系齒音：精清從心邪，莊初崇山，章昌船（禪）書日十四母。

第四節　舌　音

一、端　母

　　（1）都 119（當孤）丁 36（當經）兜 1（當侯）當 31（都郎）冬 7（都宗）

　　（2）多 27（得何）得 5（多則）德 1（多則）

　　大徐反切音系端母反切上字共 8 個，反切系聯為兩組。但從出現的條件看，兩組均出現在一、四等韻中。因此，雖然反切系聯不成一類，實際上應屬於一類。

〔註 33〕參看李新魁《論切韻系統中床禪的分合》，載《中山大學學報》1979 第 1 期。

二、透　母

他 125（託何）天 6（他前）吐 1（他魯）通 1（他紅）託 1（他各）

它 3（託何）土 39（它魯）湯 2（土郎）

大徐反切音系透母反切上字共 8 個，反切系聯為一組。

三、定　母

徒 292（同都）堂 8（徒郎）待 6（徒在）同 10（徒紅）特 21（徒得）

杜 20（徒古）大 6（徒蓋）田 1（待年）度 12（徒故）唐 2（徒郎）

代 1（徒耐）

大徐反切音系定母反切上字共 11 個，反切系聯為一組。

四、泥　母

奴 63（乃都）泥 1（奴低）內 1（奴對）乃 17（奴亥）諾 3（奴各）

那 4（諾何）

大徐反切音系泥母反切上字共 6 個，反切系聯為一組，出現在一、四等韻中。

五、來　母

（1）力 199（林直）林 1（力尋）立 1（力入）呂 28（力舉）

（2）裏 13（良止）良 47（呂張）離 3（呂支）

（3）洛 88（盧各）盧 105（洛乎）落 8（盧各）來 4（落哀）

（4）魯 31（郎古）郎 97（魯當）靈 1（郎丁）零 1（郎丁）

大徐反切音系來母反切上字共 15 個，反切系聯為四組。第一、二組大多出現在三等韻；第三、四組出現在一、四等韻。只有在侯、魂、東₋韻中，反切上字「力」才出現在一等韻。第一、二組和三、四組出現的條件呈互補狀態，我們把它們歸納成一個音位。「力」字出現的條件舉例如下：

序號	字	大徐反切		大徐音韻地位	廣韻反切		廣韻反切音韻地位
3861	隆	力	中	來東合一平通	力	中	來東合一平通
4704	瘦	力	豆	來候開一去流	力	豆	來候開一去流

3256	侖	力	屯	來魂合一平臻	力	迍	來諄合三平臻
5014	倫	力	屯	來魂合一平臻	力	迍	來諄合三平臻
8854	蜦	力	屯	來魂合一平臻	力	迍	來諄合三平臻
9547	輪	力	屯	來魂合一平臻	力	迍	來諄合三平臻

相比較而言，來母與其他聲母混切比較少。

六、知　母

陟 91（竹力）張 13（陟良）中 3（陟弓）豬 2（陟魚）知 12（陟离）

珍 1（陟鄰）追 1（陟隹）竹 21（陟玉）啄 1（竹角）

大徐反切音系知母反切上字共 9 個，反切系聯為一組，出現在二、三等韻中。

七、徹　母

丑 83（敕九）敕 24（恥力）恥 6（敕里）楮 2（丑呂）坼 1（丑格）

大徐反切音系徹母反切上字共 5 個，反切系聯為一組，出現在二、三等韻中。

八、澄　母

直 148（除力）治 9（直之）持 3（直之）丈 9（直兩）佇 1（直呂）

場 1（直良）宅 9（場伯）柱 1（直主）除 3（直魚）池 3〔直離〕

大徐反切音系澄母反切上字共 10 個，反切系聯為一組，出現在二、二等韻中。

九、娘　母

女 50（尼呂）尼 15（女夷）

大徐反切音系娘母反切上字共 2 個，反切系聯為一組，出現在二、三等韻中。

舌音小結：

古無舌上音，自從清代錢大昕提出來以後，早已成為定論。知徹澄娘在上

古屬於端透定泥。舌頭舌上三國從合，梁周已分，但不完全，南北朝時代，知系還未從端系中分化出來，有知系的只是一部分方言而已。到隋代，王力《經典釋文反切考》中，知系還沒有從端系分化出來。而《切韻》音系，知、端已經分化。大約到唐中期，舌頭舌上之分才趨於明朗。根據《晉書音義》的反切，舌上音從舌頭音中分出，但只分出知、徹、澄三母，依據李榮先生的觀點，娘母實際上並不存在。〔註34〕到唐五代西北方音中，知章合流，端知二組徹底分離。〔註35〕

（1）端、知互切

在大徐反切音系中，舌頭、舌上音基本上已經完全分開。但端、知兩母還存在 2 例混切，占端、知自切數的 0.6%，從中可以看到一點上古音的痕跡。

端知混切例如下：

序號	字	大徐反切		大徐音韻地位				廣韻反切		廣韻反切音韻地位			
4642	窋	丁	滑	端	黠	合二入	山	張	滑	知	黠	合二入	山
8228	窡	丁	滑	端	黠	合二入	山	張	滑	知	黠	合二入	山

大徐反切音系中存在端知混切現象，但已經不是主流，這是一種存古現象。現代的閩北話、閩南話和客家話裏還有端知合為一體的情況。

（2）泥娘分立

在晚唐五代朱翱反切中，娘母併入泥母，大徐反切正與此相反。大徐反切音系中，娘母自切 55 例，泥母自切 82 例，其中以娘母切泥母僅 1 例，無以泥母切娘母的例子，混切數占泥、娘二母自切數的 0.7%。我們可以說，娘母已經從泥母中分離出來。大徐反切上字系聯，泥娘各為一類，二母出現的條件不同，泥母出現在一、四等韻中，而娘母出現在二、三等韻中，反切上字有明顯的類的差別，與反切比較的結果一致，娘母應該與泥母分立。

大徐反切音系中，偶有徹與透、定與澄互切的例子，但都是孤例，這裡不再示例。

大徐反切音系舌頭音聲母四個：端、透、定、泥；舌上音聲母四個：知、徹、澄、娘。

〔註34〕參看李榮《切韻音系》，科學出版社，1956。
〔註35〕參看王力《漢語語音史》，中國社會科學出版社，1998。

第五節　喉　音

一、影　母

於 269（哀都）央 1（於良）伊 7（於脂）宛 1（於阮）乙 11（於筆）

一 8（於悉）依 9（於稀）因 1（於真）英 2（於京）衣 7（於稀）

憶 2（於力）委 1（於詭）憶 1〔於力〕迂 4（憶俱）哀 5（烏開）

烏 163（哀都）安 4（烏寒）恩 2（烏痕）惡 1（烏各）遏 1（烏割）

大徐反切音系影母反切上字有 20 個，反切系聯為一組，出現在一、二、三、四等韻。與《廣韻》不同，《廣韻》影母分為兩組。

二、曉　母

（1）呼 124（荒烏）荒 16（呼光）火 20（呼果）馨 1（呼形）赫 1（呼格）
　　　虎 6（呼古）訶 1（虎何）

（2）喜 1（虛里）許 140（虛呂）香 11（許良）希 1〔番衣〕羲 1（許羈）
　　　翾 1（許緣）凶 1（許容）況 28（許語）籲 2〔況於〕朽 5（許久）
　　　虛 20（朽居）

大徐反切音系曉母反切上字有 18 個，反切系聯為兩組，第一組出現在一、四等韻中，第二組出現在三等韻中。出現的條件呈互補，但反切系聯的結果是曉母應分為兩組。依據音位互補的理論，我們把它們合為一類。

三、匣　母

戶 138（侯古）侯 24（乎溝）下 21（胡雅）互 1（胡誤）候 5（胡遘）

何 2（胡歌）胡 271（戶孤）乎 56（戶吳）矦 6（乎溝）黃 6（乎光）

大徐反切音系匣母反切上字有 10 個，反切系聯為一組。出現在一、二、四等韻中。

四、余　母

余 127（以諸）餘 1（以諸）夷 7（以脂）以 114（羊止）羊 70（與章）

與 45（余呂）与 8（余呂）營 4（余傾）翼 2（與職）弋 19（與職）

移 4（弋支）

大徐反切音系余母反切上字有 11 個，反切系聯為一組。多數出現在三等韻，少數幾例出現在四等韻。

五、云　母

于 61（羽俱）羽 34（王矩）雨 5（王矩）云 8（王分）有 1（云九）

筠 4（王春）王 49（雨方）宇 1（王榘）韋 4（宇非）蔿 1（韋委）

為 5（蔿支）永 1（于憬）榮 3（永兵）洧 1（榮美）

大徐反切音系云母反切上字有 14 個，反切系聯為一組。云母只出現在三等韻。

喉音小結：

大徐反切音系喉音有五個：影、曉、匣、云、余。

大徐反切音系中喉音曉、匣與云、余分離。大徐反切音系中曉母自切 345 例，云母自切 165 例：余母自切 374 例。云、余混切只有 1 例。由此可以看出，云、余是兩個不同的聲母。

從云、余出現的條件看，云母只出現在三等韻，余母多數情況出現在三等韻，但也有少數幾例出現在四等韻，並未像《廣韻》那樣，云母出現於三等，余母出現在四等，二者呈互補關係。大徐反切音系中，云、余之間沒有混切，比較而言，云母與喉音曉、匣的關係更密切一些。云母在六世紀前與匣母為一體，這個觀點經曾運乾、羅常培和葛毅卿先生研究，從多方面得到了充分的證明。〔註36〕《切韻》音系，匣母、云母尚未完全分化。《玉篇》《經典釋文》《玄應音義》《文選註》中匣云或混或併，後漢三國周隋唐梵漢對音匣云合口同音。唐末守溫三十六字母中，云已歸余，可見那時云母已經從匣母中分化出來了。《博雅音》匣云無一例混切，而云曉互切，韻部為合口字。大徐反切音系與《博雅音》有相同之處，云匣無混切，而云曉有 2 例混切。混切例如下：

以曉母切云母，2 例：

〔註36〕參看王力《漢語史稿》，中華書局，2001。

序號	字	大徐反切		大徐音韻地位				廣韻反切		廣韻反切音韻地位			
4031	于	況	于	曉	虞	合三平	遇	羽	俱	云	虞	合三平	遇
4877	幃	許	歸	曉	微	合三平	止	雨	非	云	微	合三平	止

大徐反切音系中云母與曉母共混切2例，占云、曉自切數的0.3%，說明云母已經完全從喉音中分離出來，獨立成為一個聲母。大徐反切音系中，還存有個別曉母與云母的混切，大概反映的是當時的一種方言特點。

第六節　特殊音變

一、全濁聲母的清化

大徐反切音系中，舌、齒音存在不同程度的清濁互切。具體情況如下：

序號	字	大徐反切		大徐音韻地位				廣韻反切		廣韻反切音韻地位			
4757	疭	側	史	莊	止	開三上	止	壯	仕	崇	止	開三上	止
2581	骴	資	四	精	至	開三去	止	疾	智	從	寘	開三去	止
1060	趆	都	兮	端	齊	開四平	蟹	杜	奚	定	齊	開四平	蟹
1509	訂	他	頂	透	迥	開四上	梗	徒	鼎	定	迥	開四上	梗

在漢語語音史上，濁音清化是聲母演變的一條重要規律。所謂濁音清化，指的是全濁聲母變成清音聲母。據李新魁先生研究，「唐宋時代，漢語的全濁聲母還相當完整，但已有發生演變的萌芽」。〔註37〕唐末宋初的三十六字母，全濁音保留得比較完整，但韻書、韻圖中全濁音與清音聲母字的分立就很清晰了。黃笑山先生已經證明全濁聲母從中唐開始變為「清音濁流」〔註38〕，麥耘先生認為這些聲母沒有真正的清化，其音位關係與《切韻》是完全一樣的〔註39〕。但從中我們可以看出，清濁對立在中古已經存在。在北宋時的洛陽話中，全濁音分為兩類：仄聲字仍讀不送氣濁音，而平聲字由於受到調值的影響變為送氣的濁音。南宋時代，陽平調的送氣濁音變為送氣清音。開始時，還保留全濁音與清音兩讀。明朝時，平聲字變為送氣清音，而仄聲字仍讀為全濁音。明代中葉至清初，有些方言（如北京話）平聲字與仄聲字全清化了，但讀書音仍保留仄聲字讀為全濁音的特點。清代中葉以後，除南方的一些方

〔註37〕參看李新魁《近代漢語全濁聲母的演變》，載《李新魁自選集》，1999。
〔註38〕參看黃笑山《試論唐五代全濁聲母的「清化」》，載《古漢語研究》，1994年第3期。
〔註39〕參看麥耘《「濁音分化」的語音條件試釋》，載《語言研究》1998增刊。

言（如吳語、湘語）保存全濁聲母以外，其他北方地區的絕大多數方言中全濁音已經變為清音。

大徐反切音系中存有個別清濁聲母對立的現象，說明中古時期已經有了濁音清化的萌芽。

二、送氣、不送氣音之間的混切

大徐反切音系中，送氣音與不送氣音的混切共 17 例。其中韻部相同 16 例。

以幫母字切滂母字，2 例，以滂母字切幫母字，3 例。

序號	字	大徐反切		大徐音韻地位				廣韻反切		廣韻反切音韻地位				
4090	豹	布	交	幫	肴	開二平	效	匹	交	滂	肴	開二平	效
5308	祥	博	幔	幫	換	合一去	山	普	半	滂	換	合一去	山
5129	債	匹	問	滂	問	合三去	臻	方	問	幫	問	合三去	臻
7972	揌	匹	齊	滂	齊	開四平	蟹	方	奚	幫	齊	開回平	蟹
9338	鑄	匹	各	滂	鐸	開一入	宕	補	各	幫	鐸	開一入	宕

以知母切徹母，1 例，以徹母切知母，1 例。

序號	字	大徐反切		大徐音韻地位				廣韻反切		廣韻反切音韻地位				
4320	蔯	陟	加	知	麻	開二平	假	敕	加	徹	麻	開二平	假
8574	紬	丑	律	徹	術	合三入	臻	竹	律	知	術	合三入	臻

以端母切透母，2 例，以透母切端母，1 例。

序號	字	大徐反切		大徐音韻地位				廣韻反切		廣韻反切音韻地位				
85	瑱	多	殄	端	銑	開四上	山	他	典	透	銑	開四上	山
6459	炮	都	歷	端	錫	開四入	梗	他	歷	透	錫	開四入	梗
3540	榙	土	合	透	合	開一入	咸	都	合	端	合	開一入	咸

以精母切清母，4 例，以清母切精母，3 例。

序號	字	大徐反切		大徐音韻地位				廣韻反切		廣韻反切音韻地位				
1048	越	資	昔	精	昔	開三入	梗	七	迹	清	昔	開三入	梗
3282	罐	作	旬	精	霰	開四去	山	倉	旬	清	霰	開四去	山
5936	庝	子	余	精	魚	開三平	遇	七	賜	清	寘	開三去	止
6170	駿	子	林	精	侵	開三平	深	七	林	清	侵	開三平	深
7817	牂	七	良	清	陽	開三平	宕	即	良	精	陽	開三平	宕

| 8287 | 噈 | 七 | 宿 | 清 | 宥 | 開三去 | 流 | 即 | 就 | 精 | 宥 | 開三去 | 流 |
| 8586 | 繰 | 親 | 小 | 清 | 小 | 開三上 | 效 | 子 | 皓 | 精 | 皓 | 開一上 | 效 |

送氣音與不送氣音的對立，反映了漢語的特點。

第七節　聲母小結

大徐反切音系中，輕唇音尚未從重唇音中分化出來。舌音知端兩組偶有類隔，但已經分化，齒音精莊章三組已形成三足鼎立的局面。泥娘二母不混。船禪不分，余云不混。個別全濁音聲母有與清音混切的例子，比例較小，但從中可以看出濁音清化的萌芽。此外還有送氣音與不送氣音混切的現象。

大徐反切音系聲母系統的特點是：從邪、泥娘、云余不混，崇俟、船禪不分，有濁音清化的萌芽。

第八節　聲母表

大徐反切音系共有 36 個聲母，排列如下：

幫組：幫　滂　並　明

端組：端　透　定　泥

知組：知　徹　澄　娘

來組：　　　　　　　　　　來

精組：精　清　從　　心　邪

莊組：莊　初　崇　　山

章組：章　昌　　　　書　船（禪）

日組：　　　　　　日

見組：見　溪　群　疑

影組：影　云　余　　曉　匣

第九節　大徐音聲母分類與嚴學宭聲母分類、《廣韻》聲母分類比較

嚴學宭先生得大徐《說文》反切上字 45 類。

三十六字母	本 篇		嚴氏分類		廣韻聲類	
幫	博	博補布卑北必兵彼邊伯筆陂搏鄙邦辟祕簿愽	博	邊布邦伯北博補彼卑必畢兵祕鄙筆陂//搏辟簿愽（無）	博	博北布補邊伯百巴晡
非	方	方甫府分並非	方	方甫府分並非	方	方甫府必彼卑兵陂並非分笔畀鄙封
敷	芳	芳敷撫孚妃不披	芳	披芳丕敷孚妃撫		
滂	匹	匹普滂浦	匹	普浦滂匹妃	普	普匹滂譬
並	薄	薄蒲步旁部傍蒱	薄	部蒲步傍旁薄/蒱	薄	蒲薄傍步部白裴捕
奉	符	符房附毗扶平皮防縛比父便浮馮弼婢頻憑朋	符	朋馮毗便婢弼房頻縛平附符扶父皮憑浮梵//辟/防比（無）	符	符扶房皮毗防平婢便附縛浮馮父弼
明	莫	莫母慕謀模木迷	莫	莫慕木母謀模摸迷	莫	莫摸謀模慕母
微		摸武亡無文彌眉美縣弥亾无望密舞弭蜜	武	望縣眉亡无武文舞無美密弭彌//巫明靡/弥亾蜜（無）	武	武亡彌無文眉靡明美縣巫望
精	子	祖作臧則精茲即子咨足資將姊遵醉借	子	祖作臧則精茲即子咨足資將姊遵醉借	子	子即作則將祖臧資姊遵茲借醉
清	七	麤戚倉蒼取親七此千雌	七	麤戚倉蒼取親七	七	七倉千此親采蒼麤麁青醋遷取雌
從	昨疾	昨才在藏前賤胙財疾徂慈秦字自全匠情	昨	昨在胙財前才賤藏秦疾字自慈匠情全徂	昨	昨徂疾才在慈奏藏自匠漸情前鉗
心	息	穌蘇先素酥速息相私桑思斯雖辛胥司悉	息	胥/須/相息悉辛司私雖斯思桑速素蘇穌先酥	蘇	蘇息先相私思桑素斯辛司速雖悉寫胥須
邪	似	似徐詳祥詞辭辝夕叙旬	似	叙徐祥辝辭詞似夕旬/詳（無）	徐	徐似祥辝詳寺辭隨旬夕
端	都	都丁當冬兜多得德	都	冬都兜丁當德得多	都	都丁多當得德冬
透	他	他土天託它湯吐通	他	他託天吐通土湯//它（無）	他	他吐土託湯天通台
定	徒	徒同代杜度大特堂唐待田	徒	徒同代杜度大特堂唐待田	徒	徒杜特度唐同陀堂田
泥	奴	奴乃那諾泥內	奴	奴乃內諾那//泥（無）女尼	奴	奴乃那諾內
（娘）	女	女尼			女	

母						
來	力	力良呂離林	力	里良力呂離林	力	力良呂里林離連縷
	盧	來盧洛落郎魯零靈	盧	來盧洛落郎魯零靈	盧	盧郎落魯來洛勒賴練
莊（切韻考新增之母）	側	側阻鄒斬壯莊	側	側阻壯莊鄒//斬（無）	側	側莊阻鄒簪仄爭
楚（切韻考新增之母）	楚	初楚測叉創	楚	測叉初楚創	初	初楚測叉剏厠創瘡
牀	士	崇士鉏仕俟	士	鉏士仕崇俟	士	士仕鋤鉏牀查雛助犲崇俟
疏（切韻考新增之母）	所	所山色疏衫沙生疎	所	所疏色生山疎衫//沙（無）	所	所山疎色數砂沙疏生史
知	陟	陟竹知珍追張中豬啄	陟	陟竹知珍追張中豬//啄（無）	陟	陟竹知張中豬猪徵追卓珍
徹	丑	丑敕恥楮坼	丑	恥敕丑楮坼	丑	丑敕恥癡楮褚抽
澄	直	直治持丈仁場宅柱除池	直	直除柱治持丈場宅池 / 遲呈馳//仁（無）	直	直除丈宅持柱池遲治場仁馳墜
照	之	之止周旨脂職積征諸支隻煮章	之	煮支諸章征止之積職周旨脂 / 占//隻（無）	之	之職章諸旨止脂征正占支袁
穿	昌	尺昌赤車叱處充齒	昌	車昌尺充齒處赤叱	昌	昌尺充赤處叱妹
乘（切韻考新增之母）	食 式	食神示乘 識失式賞書施商詩始輸少舒傷	食	乘食神示	食	食神實乘
審			式	始詩窅賞識式失輸施商傷舒 / 尸//少（無）	式	式書失舒施傷識賞詩始試矢釋商
禪	市	常市寔殊時植臣署侍殖蜀氏是承	市	侍市時殊蜀常殖植臣寔署承是氏	時	時常市是承視署氏殊寔臣殖植嘗蜀成
日	而	耳而汝如仍儒兒人	而	耳而仍人如儒汝兒	而	而如人汝仍兒耳孺
于（切韻考新增之母）：喻三	于	于永榮洧蘧王羽雨云有筠宇韋為	于	有云宇雨王羽于永榮洧韋筠為蘧//云（無）	于	于王雨為羽云永有筠蘧韋洧榮

見	古	古公工江佳岡革姑兼格過詭	古	古公工江佳岡革姑兼過詭	古	古公過各格兼姑佳乖
	居	吉居糾幾紀拘舉九俱己瞿	居	居瞿九俱舉吉己幾紀糾／救基∥拘（無）	居	居舉九俱紀幾規吉
溪	去	康苦口喫牽空去曲丘詰恪傾綺楷祛客棄肯	去	曲丘去傾祛詰棄綺／墟起豈驅區邱∥康苦口喫牽空恪楷客肯	去	去丘區墟起驅羌綺欽傾窺詰豈曲
	苦	墟起豈驅區	苦	苦康牽楷空枯口客肯恪喫	苦	苦口康枯空恪牽楷楷客
群	渠	渠奇彊強仇狂求揆巨衢暨具其矩	梁	渠奇彊強仇狂求揆巨衢暨具其∥矩（無）	渠	渠其巨求奇暨臼衢強
疑	五	吾研虞五午伍疑魚銀牛語危宜儀玉噴愚虞	五	吾研虞五午伍疑魚銀牛語危宜儀噴愚虞／樂	五	五吾研俄
					魚	魚說牛宜虞疑擬愚遇危玉
匣	胡	胡下戶乎疾侯候何黃互	胡	下候何互胡戶乎侯黃∥侯（嚴放在舌根音裏）	胡	胡戶下侯何黃乎護懷
曉	許	香翾況兇羲許喜虛朽希呼	許	香翾況兇羲許喜虛朽希∥呼（嚴放在舌根音裏）	許	許虛香況興休喜朽羲
	呼	呼火馨荒虎訶赫	呼	呼荒火馨赫虎訶（嚴放在舌根音裏）	呼	呼火荒虎海呵馨花
影	於	烏哀惡安恩遏於一委伊依衣因乙宛央億迂憶	於	烏哀惡安恩遏於一委伊依衣因乙宛央億迂憶／屋英	烏	烏伊一安煙鷖愛哀握
					於	於乙衣央紆憶依憂謁委
喻四	余	翼與營與余餘夷以羊弋移	余	翼與營與余餘夷以羊弋移	以	以羊余餘與弋夷予翼營移悅

嚴學宭先生把大徐反切音系按照反切系聯法，把反切上字分成了45類。本文分成44類，歸納成36個聲母。

第四章　大徐《說文解字》反切音系韻部研究

第一節　韻部分類

我們對大徐《說文解字》反切音系韻部研究時，主要採用反切比較法，並輔以反切系聯法。依據十六攝的順序，逐攝按韻討論。順序為：

通攝：東、冬、鍾

江攝：江

止攝：支、脂、之、微

遇攝：魚、虞、模

蟹攝：齊、佳、皆、灰、咍

臻攝：真、諄、臻、文、欣、魂、痕

山攝：元、寒、桓、刪、山、先、仙

效攝：蕭、宵、肴、豪

果攝：歌、戈

假攝：麻

宕攝：陽、唐

梗攝：庚、耕、清、青

曾攝：蒸、登

流攝：尤、侯、幽

深攝：侵

咸攝：覃、談、鹽、添，咸、銜、嚴、凡

說明：每攝的名稱下面分韻，韻下按平、上、去、入的順序排列。每個聲調後先列反切下字代表字，右下腳數字表示該代表字在大徐反切音系中出現的次數，括號裏是大徐反切音系中的反切。大徐反切音系中沒有的反切，我們借用《廣韻》中的反切，用〔 〕表示。韻部中出現的 { }，表示與前面的韻部有部分混併，但仍是兩個韻部；（ ）表示與前面的韻部已經合流。

一、通攝（13 韻 15 類）

（1）東韻（6 韻 7 類）

東 ①東 1（得紅）空 1（苦紅）公 2（古紅）紅 64（戶公）工 9（古紅）洪 1（戶工）

②中 5（陟弓）忠 1（陟弓）弓 15（居戎）宮 1（居戎）終 1（職戎）戎 18（如融）融 1（以戎）

董 蠓 4（莫孔）總 2（作孔）孔 7（康董）董 1（多動）動 2（徒總）

送 ①貢 11（古送）送 4（蘇弄）弄 8（盧貢）鳳 2（馮貢）

②仲 2（直眾）眾 1（之仲）

屋 ①屋 4（烏谷）谷 4（古祿）祿 4（盧谷）

②卜 12（博木）木 11（莫卜）

東韻平聲切下字系聯為兩類，第一類出現在一等韻，第二類出現在三等韻。上聲切下字系聯為一類，只有一等韻，去聲韻系聯為兩類，第一類出現在一等韻，第二類出現在三等韻，入聲屋韻系聯為三類，第一類為屋韻一等字，第二類為屋韻一等唇音字，第三類為屋韻三等字，在大徐音中與燭韻可以系聯為一類，我們把此類反切下字列在燭韻。屋韻三等字與燭韻混切 5 例，占兩韻自切總數 173 的 2.9%。

屋韻與燭韻混切例如下：

序號	字	大徐反切		大徐音韻地位						廣韻反切		廣韻反切音韻地位					
3956	贖	殊	六	禪	屋	合	三	入	通	神	蜀	船	燭	合	三	入	通
6065	豕	丑	六	徹	屋	合	三	入	通	丑	玉	徹	燭	合	三	入	通
297	茿	陟	玉	知	燭	合	三	入	通	張	六	知	屋	合	三	入	通
2854	竹	陟	玉	知	燭	合	三	入	通	張	六	知	屋	合	三	入	通
3602	築	陟	玉	知	燭	合	三	入	通	張	六	知	屋	合	三	入	通

屋韻三等與燭韻混切的 5 例均為常用字，所以雖然兩韻混切比例不高，我們仍認為屋韻三等字與燭韻已經合流。

東韻：一等：東董送屋；三等：東送

（2）冬韻（3 韻 3 類）

冬　　冬10（都宗）宗6（作冬）

宋　　綜1（子宋）宋1（蘇統）統1（他綜）

沃　　沃14（烏鵠）鵠1（胡沃）毒7（徒沃）酷1（苦沃）沃2〔烏酷〕

冬韻平聲、去聲、入聲切下字各系聯為一類。與嚴氏分法相同。

冬韻：冬宋沃

（3）鍾韻（4 韻 5 類）

鍾　　庸1（余封）容51（余封）恭3（俱容）封13（府容）茸3（而容）鍾2（職容）

腫　　①壟1（力踵）隴25（力鍾）踵3（之隴）奉1（扶隴）勇1（余隴）塚1（知隴）踵1（之隴）

　　　②拱6（居竦）竦6（息拱）悚1〔息拱〕

用　　用7（余訟）訟1（似用）重1（柱用）

燭　　足5（即玉）蜀9（市玉）綠1（力玉）錄2（力玉）玉36（魚欲）燭1（之欲）欲7（余蜀）／竹13（陟玉）叔1（式竹）六87（力竹）目1（莫六）福1（方六）逐4（直六）宿3（息逐）

鍾韻平聲切下字系聯為一類，上聲切下字系聯為兩類，嚴氏分類無「踵」字。上聲切下字系聯分類與《廣韻》相同，我們參照《廣韻》，把它們合為一類。去聲、入聲切下字各系聯為一類。燭韻與屋韻三等字合流。斜線後的字

在《廣韻》中屬於屋韻三等。

　　鍾韻：鍾腫用燭（屋三）

通攝小結：

在大徐反切音系中，同為一等韻的東一韻和冬韻混切 1 次，冬韻和東三韻混切 1 次；與之對應的入聲屋一韻和沃韻混切 1 次，鍾韻和東三韻混切 1 次，上聲腫韻和董韻混切 1 次。從混切的數量看，均為孤例，比例小。但屋韻三等與燭韻合流。

　　通攝一等韻：東董送屋；冬宋沃

　　　　三等韻：東送；鍾腫用燭（屋三）

二、江攝（4 韻 4 類）

　　江韻　江　江 22（古雙）厖 1（莫江）雙 5（所江）

　　　　　講　講 1（古項）項 1（胡講）

　　　　　絳　降 1（古巷）絳 3（古巷）巷 2（胡絳）

　　　　　覺　角 74（古岳）覺 2（古岳）岳 7（五角）卓 1（竹角）

江韻系平、上、去、入四聲切下字各系聯為一類。幾乎不與其他韻部相混。

大徐反切音系中，江韻是一個相對簡單的韻，與其他韻系沒有太多關聯。

　　江攝：江韻：江講絳覺

三、止攝（12 韻 26 類）

　　（1）支韻（3 韻 7 類）

　　　　　支　①知 3（陟离）離 15（呂支）支 43（章移）移 33（弋支）羈 B17（居 C 宜 B）〔註 1〕宜 B8（魚 C 羈 B）奇 B5（渠 C 羈 B）皮 B1（符 C 羈 B）

　　　　　　　②吹 1（昌垂）垂 7（是為）為 26（薳支）危 B1（魚 C 為 云）隨 3（旬為）規 A1（居 C 隨 A）陸 A2（許 C 規 A）

〔註 1〕　為了便於說明，我們把重紐的八大韻系的反切下字代表字都註明重紐類別，反切上字的分類依據的是馮蒸先生的《〈廣韻〉反切上字分等分類表並說明》，載《外國語言學及應用語言學研究》。以下重紐韻標註相同。

紙　①侈 1（尺氏）此 5（雌氏）爾 6（兒氏）尒 1（兒氏）紙 1（諸

氏）氏 30（承旨）

②捶 2（之壘）壘 5（力委）委 B24（於 c 詭 B）詭 B2（過–委）跪

B1（去 c 委 B）毀 B1（許 c 委 B）彼 B3（補–委 B）綺 B17（袪 c

彼 B）

③婢 A4（便 A 俾 A）俾 A2（並 A 弭 A）弭 A6（緜 A 婢 A）

寘　①義 16（宜寄）寄 B4（居 c 義）智 9（知義）賜 6（斯義）豉 7

（是義）寘 1（支義）避 A2（毗 A 義）恚 A3（於 c 避 A）

②瑞 1（是偽）偽 B8（危 B 睡 B）睡 1（是偽）

　　支韻切下字經系聯，平聲分為兩類，第一類出現在開口韻，第二類出現在合口韻。支韻開口與脂韻開口混切 10 例，占支、脂開口自切總數 201 的 5%。

　　支、脂開口混切 10 例如下：

序號	字	大徐反切		大徐音韻地位						廣韻反切		廣韻反切音韻地位					
4045	祁	巨	支	群	支 A	開	三	平	止	渠	脂	群	脂 B	開	三	平	止
1500	謻	直	离	澄	支	開	三	平	止	直	尼	澄	脂	開	三	平	止
595	芪	直	宜	澄	支	開	三	平	止	旨	夷	章	脂	開	三	平	止
3429	欏	羊	皮	余	支	開	三	平	止	以	脂	余	脂	開	三	平	止
5992	碑	府	眉	幫	脂 B	開	三	平	止	彼	為	幫	支 B	開	三	平	止
4471	麋	武	夷	明	脂	開	三	平	止	武	移	明	支 A	開	三	平	止
6040	蠠	武	夷	明	脂	開	三	平	止	武	移	明	支 A	開	三	平	止
3972	資	即	夷	精	脂	開	三	平	止	即	移	精	支	開	三	平	止
2441	鶿	即	夷	精	脂	開	三	平	止	即	移	精	支	開	三	平	止
4688	疵	疾	咨	從	脂	開	三	平	止	疾	移	從	支	開	三	平	止

　　這 10 例中，有 4 個是重紐，占混切數的 40%，其餘為精組、知組、章組和余母字，說明支、脂開口合流是從重紐和上述聲母字開始的。混切的 10 例多為常用字，可見在大徐音中支、脂開口已經不分了。

　　支韻合口與脂韻合口混切 5 例，占二韻自切數 75 的 6.7%。混切的 5 個字均為常用字，其中「橋」字在《五經文字》中也是以支切脂，所以在大徐音中，支、脂合口已經沒有分別了。混切的 5 例如下：

序號	字	大徐反切		大徐音韻地位					廣韻反切		廣韻反切音韻地位				
293	蘼	靡	為	明	支B	合	三	平	止	武	悲	明	脂B	開	三	平	止
3780	檇	遵	為	精	支	合	三	平	止	醉	綏	精	脂	合	三	平	止
2145	眭	許	惟	曉	脂A	合	三	平	止	許	規	曉	支A	合	三	平	止
4731	痿	儒	佳	日	脂	合	三	平	止	人	垂	日	支	合	三	平	止
5728	鬌	直	追	澄	脂	合	三	平	止	直	垂	澄	支	合	三	平	止

支韻開口與之韻混切 6 例，均為以之韻切支韻，占之、支二韻自切總數 221 的 2.7%。

混切的支韻有重紐三、四等字、精組和來母字。混切的字多為常用字，在大徐音中，支韻開口與之韻已經不分了。支、之混切的 6 例如下：

序號	字	大徐反切		大徐音韻地位					廣韻反切		廣韻反切音韻地位				
2551	殈	去	其	溪	之	開	三	平	止	去	奇	溪	支B	開	三	平	止
5979	骸	去	其	溪	之	開	三	平	止	去	奇	溪	支B	開	三	平	止
985	趌	巨	之	群	之	開	三	平	止	巨	支	群	支A	開	三	平	止
2345	觪	此	思	清	之	開	三	平	止	此	移	清	支	開	三	平	止
291	蘺	呂	之	來	之	開	三	平	止	呂	支	來	支	開	三	平	止
1621	讁	呂	之	來	之	開	三	平	止	呂	支	來	支	開	三	平	止

支與脂、之均有混切，混切例多為常用字，混切多從重紐字、精組、知組、章組、余母、日母和來母開始。本文認為支、脂、之在大徐反切音系中已經合流。

紙韻切下字系聯為三類，第一類為開口韻，第二類為合口韻，第三類為唇音字。嚴學宭先生把紙韻第一類併入止韻，且紙、旨、止合為一類，用止韻表示。本文通過反切比較法，發現沒有紙、止混切的例子。紙、旨開口混切有 10 例，占紙、旨自切數 117 的 8.5%；合口混切有 9 例，占紙、旨自切數 55 的 16.4%，並且混切的字大多數都是常用字，因此本文把紙、旨合為一類。

混切例如下：

序號	字	大徐反切		大徐音韻地位					廣韻反切		廣韻反切音韻地位				
5151	仳	芳	比	滂	旨	開	三	上	止	匹	婢	滂	紙A	開	三	上	止
3871	穧	職	雉	章	旨	開	三	上	止	諸	氏	章	紙	開	三	上	止
1439	碣	神	旨	船	旨	開	三	上	止	神	狋	船	紙	開	三	上	止
6047	豕	式	視	書	旨	開	三	上	止	施	是	書	紙	開	三	上	止
1088	是	承	旨	禪	旨	開	三	上	止	承	紙	禪	紙	開	三	上	止

1364	眂	承	旨	禪	旨	開	三	上	止	承	紙	禪	紙	開	三	上	止
1511	諟	承	旨	禪	旨	開	三	上	止	承	紙	禪	紙	開	三	上	止
8188	媞	承	旨	禪	旨	開	三	上	止	承	紙	禪	紙	開	三	上	止
8326	氏	承	旨	禪	旨	開	三	上	止	承	紙	禪	紙	開	三	上	止
2081	焱	力	几	來	旨	開	三	上	止	力	紙	來	紙	開	三	上	止
2960	箠	之	壘	章	旨	合	二	上	止	之	累	章	紙	合	三	上	止
7435	㾒	之	壘	章	旨	合	三	上	止	之	累	章	紙	合	三	上	止
8018	捶	之	壘	章	旨	合	三	上	止	之	累	章	紙	合	三	上	止
1084	觜	遵	誄	精	旨	合	三	上	止	祖	委	精	紙	合	三	上	止
6057	瀡	以	水	余	旨	合	三	上	止	羊	捶	余	紙	合	三	上	止
9668	厽	力	軌	來	旨	合	三	上	止	力	委	來	紙	合	三	上	止
9669	絫	力	軌	來	旨	合	三	上	止	力	委	來	紙	合	三	上	止
9670	垒	力	軌	來	旨	合	三	上	止	力	委	來	紙	合	三	上	止
9063	壘	力	委	來	紙	合	三	上	止	力	軌	來	旨	合	三	上	止

　　去聲寘韻切下字系聯為兩類，第一類為開口，第二類為合口。寘韻開口與至韻開口混切 3 例，均為以至韻切寘韻，占二韻自切數 119 的 2.5%。「譬」為常用字，可見在大徐音中一部分寘韻字已經與至韻沒有區別了。依據平行性原則，我們把寘與至合為一韻。

　　寘、至混切 3 例如下：

序號	字	大徐反切		大徐音韻地位						廣韻反切		廣韻反切音韻地位					
1494	譬	匹	至	滂	至	開	三	去	止	匹	賜	滂	寘$_A$	開	三	去	止
1812	鞁	平	祕	並	至	開	三	去	止	平	義	並	寘$_B$	開	三	去	止
2581	髊	資	四	精	至	開	三	去	止	疾	智	從	寘	開	三	去	止

　　寘韻開口與志韻混切僅 1 例。

序號	字	大徐反切		大徐音韻地位						廣韻反切		廣韻反切音韻地位					
412	芰	奇	記	群	志	開	三	去	止	奇	寄	群	寘$_B$	開	三	去	止

　　綜上所述，支韻系與脂韻系合流，部分支韻字與之韻混併。

（2）脂韻（3韻9類）

　　　脂　①伊$_{A1}$（於$_C$脂$_章$）尸$_1$（式脂）夷$_{23}$（以脂）脂$_{25}$（旨夷）

　　　　　　尼$_7$（女夷）資$_2$（即夷）私$_3$（息夷）咨$_2$（即夷）

　　　　　②悲$_{B16}$（府$_C$眉$_B$）眉$_{B2}$（武$_C$悲$_B$）

③追$_{27}$（陟佳）佳$_8$（職追）惟$_4$（以追）遺$_4$（以追）綏$_1$（息遺）

旨 ①匕$_{A1}$（卑$_A$履$_{來}$）几$_{B9}$（居$_C$履$_{來}$）雉$_6$（直几）姊$_3$（將几）旨$_7$（職雉）履$_{14}$（良止）

②鄙$_{B6}$（兵$_B$美$_B$）美$_{B5}$（無$_C$鄙$_B$）洧$_6$（榮美）軌$_{10}$（居洧）誄$_3$（力軌）水$_4$〔式軌〕癸$_{A4}$（居$_C$誄$_{來}$）唯$_1$（以水）

至 ①豕$_1$（式視）視$_4$（神至）二$_4$（而至）利$_{34}$（力至）至$_{19}$（脂利）四$_9$（息利）冀$_{11}$（幾利）器$_{B3}$（去$_C$冀$_B$）

②祕$_{B10}$（兵$_B$媚）媚$_{B9}$（美$_B$祕$_B$）備$_{B3}$（平$_B$祕$_B$）位$_9$（于備）媿$_{B2}$（俱$_C$立$_{云}$）

③類$_1$（力遂）醉$_{14}$（將遂）遂$_8$（徐醉）萃$_1$（秦醉）淚$_1$〔力遂〕

④季$_{A4}$（居$_C$悸$_A$）悸$_{A1}$（其$_C$季$_A$）

脂韻經切下字系聯平聲分為三類，第一類為開口韻，第二類為唇音字，第三類為合口字。

脂韻與支韻存在混切情況，二韻已經合流。脂韻開口與之韻混切7例，占二韻自切總數178的3.9%，混切例多為常用字，因此本文把脂與之合為一韻。

脂、之混切7例如下：

序號	字	大徐反切		大徐音韻地位						廣韻反切		廣韻反切音韻地位					
6298	狋	語	其	疑	之	開	三	平	止	牛	肌	疑	脂A	開	三	平	止
584	茨	疾	茲	從	之	開	三	平	止	疾	資	從	脂	開	三	平	止
531	薋	疾	茲	從	之	開	三	平	止	疾	資	從	脂	開	三	平	止
822	咦	以	之	余	之	開	三	平	止	喜	夷	曉	脂A	開	三	平	止
4381	秜	里	之	來	之	開	三	平	止	力	脂	來	脂	開	三	平	止
5376	尸	式	脂	書	脂	開	三	平	止	式	之	書	之	開	三	平	止
5393	屍	式	脂	書	脂	開	三	平	止	式	之	書	之	開	三	平	止

旨韻切下字系聯為兩類。第一類為開口韻，第二類為唇音字和合口。嚴氏把旨韻第一類併入止韻，與本文相同。旨韻開口與止混切2例，占自切總數91的2.2%，比例雖小，但「姽、履」均為常用字，因此本文仍把旨、止合為一韻。

旨、止混切2例如下：

序號	字	大徐反切		大徐音韻地位						廣韻反切		廣韻反切音韻地位					
9703	臮	暨	己	群	止	開	三	上	止	巨	几	群	旨B	開	三	上	止
5406	履	良	止	來	止	開	三	上	止	力	几	來	旨	開	三	上	止

　　至韻切下字系聯為四類。第一類為開口韻,第二類為合口兩個字「位、媿」,其餘為唇音字,第三、四類為合口韻。至韻與真韻已經合流。

　　可見,在大徐音中,脂、之已經不分了。

（3）之韻（3韻3類）

　　　之　之71（止而）而2（如之）期1（渠之）持3（直之）兹11（子之）
　　　　　其22〔渠之〕思1（息兹）詞2（似兹）甾2（側詞）

　　　止　①擬4（魚己）己4（居擬）紀2（居擬）

　　　　　②止15（諸市）市4（時止）里28（良止）喜2（虛里）士2（鉏里）史10（疏士）

　　　志　吏26（力置）置2（陟吏）異1（羊吏）志3（職吏）記8（居吏）

　　之韻系切下字系聯,平聲一類,上聲分為兩類,去聲合為一類。上聲切下字系聯為兩類,但從出現的條件看,第一類是牙音,第二類是舌齒音,二類在出現條件上呈互補。嚴氏把紙、旨與止韻合併為一類,本文與之相同。

　　大徐反切音系中,支、脂、之已經合流。

（4）微韻（3韻7類）

　　　微　①機1（居衣）稀6（香依）衣17（於稀）依1（於稀）希3〔香依〕

　　　　　②歸9（舉韋）韋3（宇非）微7（無非）非24（甫微）飛1（甫微）

　　　尾　①豈5（墟喜）豨2（虛豈）

　　　　　②匪1（非尾）尾10（無斐）斐1（敷尾）

　　　　　③鬼7（許偉）偉6（于鬼）

　　　未　①味3（無沸）未12（無沸）沸6（方未）既10（居未）气2（去既）

②貴 10（居胃）胃 6（云貴）

微韻系經反切系聯，平聲分為兩類，第一類為開口，第二類為合口；上聲切下字系聯為 3 類，第一類為開口，第二類為唇音字，第三類為合口；去聲切下字系聯為兩類，從出現的條件看，第一類中的「味、未、沸」為唇音字，「氣、既」出現在開口韻，第二類為合口。嚴氏把唇音字單列為一類，去聲韻分為三類。本文依據反切系聯分為兩類。

微韻與支、脂、之各有 1 例混切。因此，我們把微韻作為獨立的韻部。

序號	字	大徐反切		大徐音韻地位					廣韻反切		廣韻反切音韻地位					
1619	譆	火	衣	曉	微	開	三	平	止	許	其	曉	之	開	三	平	止
7981	撝	許	歸	曉	微	合	三	平	止	許	為	曉	支	合	三	平	止
5471	黴	無	非	明	微	合	三	平	止	武	悲	明	脂	合	三	平	止

止攝小結：

止攝的四個韻系均為三等韻，支與脂為重紐韻系，除之韻系外，其他各韻系分開合口。反切系聯的結果看，唇音字或與开口為一類，或與合口為一類，有時唇音字單獨為一類，由此也可以看出大徐反切音系中唇音字不分開合口的特點。

支脂之三韻在南北朝時已經分立。脂之合流在南北朝時已見端倪。支與脂之合流則晚一些。初唐詩人用韻，支韻獨立。中唐杜甫的詩中，多數情況下，支韻是獨用的。到隋唐時代支與脂之混用。而「《經典釋文》在隋唐就把支韻與脂之混切，恐伯是方言現象」〔註2〕《切韻》音系，支脂之分立。比《切韻》晚一些的《五經文字》音系中，支、脂、之三韻一部分字已經合併，而另一部分字仍然保持差別。〔註3〕

大徐反切音系中，支、脂、之三韻均有混切，混切例多為常用字，我們把支、脂、之三韻系合流，微韻系獨立。

止攝：三等韻

	開　口	合　口
支、脂、之韻系	支（脂之）紙（旨止）寘（至志）	支（脂）紙（旨）寘（至）
微韻系	微尾未	微尾未

〔註2〕參見王力《漢語語音史》，中國社會科學出版社，1998，第 217 頁。
〔註3〕參見邵榮芬《〈五經文字〉的直音和反切》，載《中國語文》1963 年第 3 期。

四、遇攝（9 韻 11 類）

（1）魚韻（3 韻 4 類）

魚　　魚 36（語居）閭 1（力居）居 18（九魚）菹 4（側魚）疋 1（所菹）葅 1（側魚）諸 15（章魚）餘 16（以諸）如 1（人諸）

語　　舉 12（居許）許 4（虛呂）与 6（余呂）渚 1（章与）呂 45（力舉）／矩 19（其呂）榘 6（其呂）羽 7（王矩）雨 4（王矩）禹 2（王矩）甫 10（方矩）武 8（文甫）撫 1（芳武）

御　　①去 2（丘據）慮 1（良據）御 4（牛據）據 9（居御）倨 7（居御）助 1（崇倨）

　　　②茹 6（人庶）預 1（羊洳）署 2（常恕）恕 1（商署）庶 3（商署）

魚韻系切下字經反切系聯，魚韻為一類，語韻為一類，《廣韻》中麌韻的一部分字在大徐反切音系中可以與語韻系聯在一起（見語韻斜線後的一組字），與嚴氏系聯相同。但大徐音中語、麌二韻沒有混切，因此，即使兩韻可以系聯為一類，本文仍把它們分立為兩個韻部。御韻切下字系聯為兩類，但出現的條件互補。嚴氏把御韻合為一類。本文完全依據反切系聯，把御韻分為兩類。

「漢代的魚部到南北朝時分化為魚模兩部。南北朝詩人用韻，有魚虞模混用的，但是分用的居多」。〔註 4〕隋至中唐時代，詩人用韻時，魚獨用，虞模同用。在《經典釋文》中，有魚與虞模同用的混切的情況，王力先生認為，「這應該是方言現象」。在大徐反切音系中，同處於三等的魚虞兩韻系偶有混切，但比例較小，依據王力先生的觀點，這可能就是徐鉉本人方言特點的體現吧。

魚、虞混切例如下：

序號	字	大徐反切		大徐音韻地位					廣韻反切		廣韻反切音韻地位				
2657	膢	力	居	來	魚	合	三	平	遇	力	朱	來	虞	合	三	平	遇

（2）虞韻（3 韻 4 類）

〔註 4〕參見王力《漢語語音史》，中國社會科學出版社，1998，第 154 頁。

虞　①于 11（羽俱）愚 2（麌俱）朱 44（章俱）俱 45（舉朱）樞 3（昌朱）俞 6（羊朱）逾 1（羊朱）輸 5（式朱）株 1（陟輸）

　　②無 28（武扶）扶 7（防無）

麌　庾 9（以主）主 17（之庾）

遇　遇 36（牛具）具 3（其遇）孺 1（而遇）戍 6（傷遇）

虞韻系通過反切系聯法，平聲分為兩類，第一類為脣音以外的字，第二類為脣音字。上聲分為兩類。去聲為一類。

（3）模韻（3 韻 3 類）

模　乎 28（戶吳）狐 2（戶吳）吳 10（五乎）吾 1（五乎）孤 10（古乎）胡 21（戶孤）都 22（當孤）烏 10（哀都）徒 1（同都）

姥　古 49（公戶）戶 13（侯古）魯 2（郎古）杜 1（徒古）

暮　故 44（古慕）慕 7（莫故）步 1（薄故）誤 8（五故）莫 1（莫故）

模韻系通過反切系聯，平、上、去聲切下字各系聯為一類。與嚴氏相同。

遇攝小結：

遇攝包括三個韻系：一等模姥暮；三等魚語御，虞麌遇。

五、蟹攝（18 韻 24 類）

（1）齊韻（3 韻 5 類）

齊　①兮 45（胡雞）奚 6（胡雞）雞 32（古兮）稽 13（古兮）齊 1（徂兮）迷 5（莫兮）泥 1（奴低）低 2（都兮）

　　②圭 18（古畦）畦 2（戶圭）攜 3（戶圭）

薺　禮 25（靈啓）礼 17（靈啓）米 3（莫禮）啓 9（康礼）

霽　①系 1（胡計）計 73（古詣）詣 13（五計）細 1（穌計）

　　②桂 2（古惠）惠 2（胡桂）

齊韻系為四等韻，通過反切系聯，平聲、去聲各分為兩類，開口、合口各一類；上聲為一類。

齊韻在隋唐詩人用韻時是獨用，不與其他韻部混同。晚唐五代時齊韻與祭韻合部。宋代朱熹反切中，齊祭廢併入脂微，蟹攝的三四等字轉入止攝。〔註5〕大徐反切音系中齊韻與脂韻有 2 例混切，大約占兩韻自切總數的 1%。由此可以看出一點兒蟹攝三四等字轉入止攝的趨勢。

齊、脂混切例如下：

序號	字	大徐反切		大徐音韻地位						廣韻反切		廣韻反切音韻地位				
9017	墀	直	泥	澄	齊	開	四	平	蟹	直	尼	澄	脂	開	三	平	止
9229	鑗	郎	兮	來	齊	開	四	平	蟹	力	脂	來	脂	開	三	平	止

（2）佳韻（3 韻 3 類）

佳　開口見皆韻

　　合口見麻韻

蟹　買₇（莫蟹）蟹₄（胡買）

卦　見怪韻

佳韻系平聲切下字系聯為兩類，第一類開口，與皆韻合併（系聯結果見皆韻），第二類為合口，與麻韻合併（系聯結果見麻韻）；上聲、去聲切下字系聯為一類。去聲可以與皆韻系系聯在一起（系聯結果見皆韻）。

早在隋唐時代，佳、皆二韻在詩人用韻時，已經同用了。晚唐五代時，佳皆已經合部〔註6〕。《五經文字》音系中，佳、皆開口混併。在大徐反切音系中，佳、皆開口有 3 例混切，均為以皆切佳，占佳、皆自切數的 6.5%。本文參照時代相近的語音系統的特點，把佳、皆二韻開口合為一類。

皆、佳混切 3 例如下：

序號	字	大徐反切		大徐音韻地位						廣韻反切		廣韻反切音韻地位				
32	紫	仕	皆	崇	皆	開	二	平	蟹	士	佳	崇	佳	開	二	平	蟹
9555	𪐯	士	皆	崇	皆	開	二	平	蟹	士	佳	崇	佳	開	二	平	蟹
2676	膎	戶	皆	匣	皆	開	二	平	蟹	戶	佳	匣	佳	開	二	平	蟹

去聲卦韻與怪韻可以系聯在一起（系聯結果見怪韻），並且卦韻與怪韻有混切。怪韻合口自切 6 例，卦韻合口自切 9 韻，混切 2 例，占自切數的 11.8%。

〔註5〕參看王力《漢語語音史》，中國社會科學出版社，1998。

〔註6〕同上。

並且「卦」為常用字，用怪韻字作切下字，由此可以說明在大徐反切音系中，怪韻與卦韻已經合流了。

怪、卦混切 2 例如下：

序號	字	大徐反切		大徐音韻地位						廣韻反切		廣韻反切音韻地位					
2067	卦	古	壞	見	怪	合	二	去	蟹	古	賣	見	卦	合	二	去	蟹
4162	郵	苦	怪	溪	怪	合	二	去	蟹	苦	賣	溪	卦	合	二	去	蟹

（3）皆韻（3韻3類）

　　皆　①皆 17（古諧）諧 7（戶皆）／膎 2（戶皆）佳 12（古膎）街 1（古膎）

　　　　②乖 5（古懷）懷 2（戶乖）

　　駭　駭 3（侯楷）楷 1（苦駭）誡 1〔侯楷〕

　　怪／卦／夬　戒 4（居拜）介 14（古拜）拜 20（博怪）；怪 7（古壞）壞 2（下怪）／卦 8（古壞）懈 2（古隘）隘 1（烏懈）邂 1（胡懈）；賣 6〔莫懈〕／夬 2（古賣）快 1（苦夬）話 3（胡快）；邁 2（莫話）

　　皆韻系平聲切下字系聯為兩類，一類為開口，包括佳韻開口字；一類為合口，上聲系聯為一類。去聲怪韻系聯為一類，不分開合口，且與卦韻已經合流。但大徐音中，怪、卦、夬開合口都有字。所以本文依據大徐音的實際，把它們分為開合兩類，每類用「；」隔開。

（4）夬韻／怪韻（1韻1類）

　　夬韻系聯為 1 類，不分開、合口，與卦韻可以系聯為一類（系聯結果見怪／卦／夬韻）。嚴氏把此韻併入了佳韻。我們認為怪與夬已經混同。《韻鏡》、《七音略》把夬韻列在第十三、十四皆韻系下，未列在佳韻系下。這都說明夬與怪不分。

　　《切韻》中夬韻另立為一類，原因在於「《切韻》的系統是匯合南北古今的。不論歸在怪，或是卦，總有人讀起來不合適。所以跟蕭顏諸位公決，把夬韻字單獨的提出來，另成一類，讀者不妨把他們讀成怪，或是卦」。〔註 7〕說

〔註 7〕參看陸志韋《古音說略》，載《陸志韋語言學著作集（一）》，中華書局，1985，第31頁。

明在不同的方言系統中，夬韻或與怪同，或與卦同，本身並不是一個穩定的獨立韻部。

鑒於此，本文把夬韻與怪韻進行合併。這樣在大徐反切音系中，卦、怪與夬韻就合流了。

（5）灰韻（3韻4類）

灰　　回 32（戶恢）桮 12（布回）灰 3（呼恢）恢 7（苦回）

賄　　罪 1（徂賄）皁 6（徂賄）賄 6（呼罪）猥 7（烏賄）

隊　　①對 25（都隊）隊 3（徒對）內 10（奴對）悔 1（荒內）

　　　②佩 7（蒲妹）妹 5（莫佩）昧 1（莫佩）

灰韻只有合口。經反切下字系聯，平聲、上聲為一類，去聲分為兩類。第一類與唇音以外的聲母搭配；第二類只與唇音聲母搭配，出現的條件互補。大徐反切音系中的灰韻與其他韻系沒有混切的例子。

（6）哈韻（3韻3類）

哈　　哀 26（烏開）開 3（苦哀）來 11（洛哀）才 8（昨哉）哉 5（祖才）

海　　亥 14（胡改）改 4（古亥）宰 2（作亥）乃 1（奴亥）

代　　代 28（徒耐）耐 6（奴代）溉 4（古代）槩 2（工代）在 3（昨代）

哈韻系切下字經反切系聯，平、上、去聲各分為一類。

（7）祭韻（1韻2類）

①世 1（舒制）例 22（力制）制 26（征例）罽 B2（居 C 例來）祭 6（子例）弊 A1（毗 A 祭 A）袂 A2（彌 a 弊 A）蔽 A1（必 A 袂 A）

②衛 5（于歲）歲 10（相銳）銳 5（以芮）芮 15（而銳）

祭韻系切下字系聯為兩類，第一類為開口，第二類為合口。開口韻中有唇、牙音，但都只有一組反切。

（8）泰韻（1韻2類）

①蓋 22（古太）太 2（他達）大 12（徒蓋）害 1（胡蓋）艾 1（五蓋）

帶 11（當蓋）奈 1（奴帶）

②濊 1（呼會）外 25（五會）會 6（黃外）最 2（祖外）

泰韻切下字系聯為兩類，一類開口，一類合口。

（9）廢韻（1韻1類）

穢 1（於廢）癈 1（方肺）廢 5（方肺）肺 4（芳吠）吠 2（符廢）

廢韻切下字系聯為一類。只有合口，沒有開口。

蟹攝小結：

蟹攝共有9個韻系：

	開　口	合　口
一等韻	咍海代	灰賄隊
	泰	泰
二等韻	皆（佳）駭　怪（卦夬）	皆　　怪（卦夬）
	蟹	佳併入麻韻
三等韻	祭	祭
		廢
四等韻	齊薺霽	齊　霽

蟹攝的一等重韻比較穩定，保持分立；二等重韻絕大多數已經合流，少數例子反映出了時音的特點，如齊韻與脂韻有混切，說明在大徐反切音系中已經有了蟹攝轉入止攝的趨勢。三等祭韻分開合，開口有重紐三四等的區別。廢韻只有合口，開口無字。

六、臻攝（23韻27類）

（1）真韻（4韻7類）

真　①身 1（失人）人 11（如鄰）鄰 32（力珍）珍 10（陟鄰）賓 A1（必 A 鄰來）真 24（側鄰）因 A1（於 C 真莊）隣 1（力珍）

②巾 B25（居 C 銀 B）銀 B2（語 C 巾 B）貧 B1（符 C 巾 B）

軫　①軫 2（之忍）忍 31（而軫）引 3（余忍）

②隕 2（于敏）敏 5（眉殞）閔 B1（眉 B 殞余）殞 10〔于敏〕

震　遴 1（良刃）刃 36（而振）振 5（章刃）震 3（章刃）晉 8（即

刃）進₃（即刃）盡₁（慈刃）吝₆（良刃）僅 B4（渠 C 吝※）

覲₁（渠吝）

質　①悉₄（息七）七₂₄（親吉）畢 A4（卑 A 吉 A）必 A12（卑 A 吉 A）

吉 A24（居 C 質章）栗₈（力質）日₆（人質）質₂₇（之日）

②筆 B4（鄙 B 密 B）密 B5（美 B 畢 A）乙 B7（於 C 筆 B）

　　真韻切下字系聯為三類，與《廣韻》反切下字系聯結果相同。大徐反切音系只有兩個真韻合口字：麇（居筠）和緄（為贇），這兩個字的反切下字可以與諄韻系聯為一類。我們把真韻的合口與諄韻合在一起。

　　真韻與欣韻混切 8 例，占真韻、欣韻自切總數 122 的 6.6%。混切例多為常用字，此外欣韻本身字就只有 12 個，真、欣混切數占欣韻被切字總數的 66.7%，並且欣韻只與真韻的牙、喉音字混切，混切例多為真韻重紐三等字。我們由此可以推斷真韻的重紐三等字與欣韻已經合流。實際上從《切韻》時代開始，欣韻的實際讀音已經與真韻相混了。在唐詩中，殷（欣）多與真同用。大徐反切音系中，真韻與欣韻混切例如下：

序號	字	大徐反切		大徐音韻地位					廣韻反切		廣韻反切音韻地位				
2729	筋	居	銀	見	真 B	開	三	平	臻	舉	欣	見	欣	開	三	平	臻
391	芹	巨	巾	群	真 B	開	三	平	臻	巨	斤	群	欣	開	三	平	臻
9195	勤	巨	巾	群	真 B	開	三	平	臻	巨	斤	群	欣	開	三	平	臻
6873	慇	於	巾	影	真 B	開	三	平	臻	於	斤	影	欣	開	三	平	臻
5229	殷	於	身	影	真	開	三	平	臻	於	斤	影	欣	開	三	平	臻
9120	蓳	巨	斤	群	欣	開	三	平	臻	巨	巾	群	真 B	開	三	平	臻
6299	狋	語	斤	疑	欣	開	三	平	臻	語	巾	疑	真 B	開	三	平	臻
9060	垠	語	斤	疑	欣	開	三	平	臻	語	巾	疑	真 B	開	三	平	臻

　　軫韻切下字系聯為兩類，一類開口，一類合口。軫韻合口與吻韻混切 3 例，混切比例占軫韻合口、吻韻自切數 27 的 11.1%。所以軫韻合口與吻韻已經合流。混切例如下：

序號	字	大徐反切		大徐音韻地位					廣韻反切		廣韻反切音韻地位				
790	暉	牛	殞	疑	軫	合	三	上	臻	魚	吻	疑	吻	合	三	上	臻
7906	抎	于	敏	云	軫	合	三	上	臻	云	粉	云	吻	合	三	上	臻
5599	顨	于	閔	云	軫	合	三	上	臻	云	粉	云	吻	合	三	上	臻

震韻切下字系聯為一類。震韻與焮韻互切比例小，只有 1 例混切，但大徐反切音系中焮韻字只有 3 個，震、焮混切數占焮韻總數的 33%，並且「近」為最常用的字。所以我們把震韻與焮韻合為一個韻部。嚴氏把焮韻併入震韻，與本文相同。混切例如下：

序號	字	大徐反切		大徐音韻地位					廣韻反切		廣韻反切音韻地位				
1179	近	渠	遴	群	震 B	開	三	去	臻	巨	靳	群	焮	開	三	去	臻

質韻切下字系聯為兩類。第一類含有重紐四等字「畢（卑吉）」和「必（卑吉）」；第二類含有重紐三等字「筆（鄙密）」。兩類不能系聯在一起。構成了重紐三四等的對立。

在大徐反切音系中，真韻沒有合口字，合口與諄韻合流；真韻開口重紐三等字與欣不分；軫韻合口與吻韻合流。

（2）諄韻（4 韻 4 類）

諄　純₁（常倫）倫₃₄（田屯）屯₄（陟倫）遵₈（將倫）勻₄（羊倫）均₁（居勻）迍₁〔陟倫〕／贇₁〔於倫〕筠₁〔為贇〕

準　準₆（之允）允₈（樂準）尹₃（余準）

稕　閏₁₄（如順）順₂（食閏）峻₃（私閏）

術　聿₁₆（余律）出₁（尺律）律₂₄（呂戌）戌₄（辛聿）

諄韻系通過反切系聯，平、上、去、入四聲切下字各系聯為一類。諄韻包含了真韻合口字。

（3）臻韻（2 韻 2 類）

臻　詵₇（所臻）臻₁₁（側詵）

櫛　瑟₁（所櫛）櫛₃（阻瑟）

臻韻系只有 2 個韻，平聲臻韻和入聲櫛韻，各系聯為一類。

（4）文韻（4 韻 4 類）

文　分₂₆（甫文）云₁₆（王分）文₁₂（無分）

吻　粉₄（方吻）吻₁₀（武粉）忿₁（敷粉）

問　問₁₆（亡運）運₇（王問）

物　　物 2（文弗）弗 6（分勿）勿 29（文弗）

文韻系經反切系聯，平、上、去、入四聲各分為一類。上聲吻韻雖然與軫韻合口不能系聯在一起，但混切比例相對較大，所以，我們認為吻韻與軫韻合口已經合流。

（5）欣韻（2 韻 2 類）

欣　　斤 15（舉欣）欣 1（許斤）堇 2（巨斤）與真 B 合流

隱　　謹 5（居隱）隱 5（於謹）

焮　　靳 2（居近）近 2（渠遴）焮 1〔香靳〕與震合流

迄　　迄 3（許訖）訖 6（居迄）

欣韻系經反切系聯，平、上、去、入四聲各分為一類。欣韻與真韻重紐三等字混併，焮韻與震韻合流。

（6）魂韻（4 韻 5 類）

魂　　昆 30（古渾）渾 7（戶昆）魂 12（戶昆）尊 3（祖昆）奔 8（博昆）

混　　損 8（穌本）袞 1（古本）本 20（布忖）忖 3（倉本）

恩　　困 18（苦悶）悶 2（莫困）寸 3（倉困）鈍 1（徒困）

沒　①沒 19（莫勃）勃 3（蒲沒）悖 1（蒲沒）

　②骨 24（古忽）忽 9（呼骨）

魂韻系通過反切系聯，平、上、去三聲各分為一類，入聲切下字系聯為兩類，脣音一類，牙、喉音一類。出現的條件互補，嚴氏把兩類合為一類。

魂韻與諄韻混切 3 例，占魂韻、諄韻自切數 106 的 2.8%，比例不是很大，但與諄韻混切的均為來母字。魂韻來母字一共 8 個，與諄韻混切 3 個，占來母字總數的 37.5%。此外，「倫、輪」均為常用字，可見，魂韻的來母字已經與諄韻發生混併。魂韻為一等，諄韻為三等，大徐反切音系中以一等字切三等字，從而也說明三等的來母字的 i 介音在大徐反切音系中已經消失。在近代漢語中，部分三等來母字失去 i 介音的現象是比較常見的，大徐反切音系中也出現了這種情況，從而把「三等來母字失去 i 介音」的時間提前到了五代宋初。魂韻與諄韻混切 3 例如下：

序號	字	大徐反切		大徐音韻地位						廣韻反切		廣韻反切音韻地位					
5014	倫	力	屯	來	魂	合	一	平	臻	力	迍	來	諄	合	三	平	臻
8854	蜦	力	屯	來	魂	合	一	平	臻	力	迍	來	諄	合	三	平	臻
9547	輪	力	屯	來	魂	合	一	平	臻	力	迍	來	諄	合	三	平	臻

（7）痕韻（3韻3類）

痕　痕4（戶恩）恩2（烏痕）根1（古痕）

很　很2（胡懇）懇2〔康很〕

恨　恨2（胡艮）艮1（古恨）

痕韻系通過反切系聯，平、上、去三聲各分為一類。

臻攝小結：

臻攝共有6個韻系。

真韻系包括四個韻：真開B（欣）　真合（諄）　軫（吻）　震（焮）質。

真韻合口與諄韻合併，真韻與欣韻混併：軫韻合口與吻韻合流。

諄韻系包括四個韻：諄　準　稕　術；

臻韻系包括二個韻；臻　櫛；

文韻系包括四個韻：文　吻（軫）　問　物；吻韻與軫韻合口已經合流

魂韻系包括四個韻：魂〔來〕（諄）　混　慁　沒；魂韻的來母字與諄韻發生混併。

痕韻系包括三個韻：痕　很　恨。

	開　口	合　口
一等	痕　很　恨	魂※（諄）混　慁　沒
二等	臻　　　　櫛	
三等	真B（欣）軫（隱）震（焮）質（迄）	諄　軫（吻）準　稕　術
	真　　軫　震　　質	文　　問　物

七、山攝（24韻38類）

（1）元韻（4韻8類）

元　①元10（愚袁）煩4（附袁）袁44（羽元）轅1（雨元）

②軒2（虛言）言6（語軒）

阮　①幰 5（虛偃）偃 1（於幰）

　　②阮 10（虞遠）反 1（府遠）晚 5（無遠）遠 8（雲阮）

願　願 8（魚怨）販 6（方願）怨 5（於願）券 2（去願）萬 8（無販）絭 1（居願）建 9（居萬）獻 2（許建）

月　①歇 3（許謁）謁 8（於歇）

　　②厥 6（俱月）月 19（魚厥）

　　③發 3（方伐）越 3（王伐）伐 10（房越）

元韻系有四個韻。平聲元韻切下字系聯為兩類，一類開口，一類合口，與《廣韻》的系聯結果相同。

上聲阮韻切下字系聯為兩類，開合口各 1 類。阮韻與獼韻有 1 例混切，占阮韻、獼韻自切數 137 的 0.7%。比例較小，但可以看出仙韻與元韻合流的趨勢。混切例如下：

序號	字	大徐反切		大徐音韻地位						廣韻反切		廣韻反切音韻地位					
8379	匽	於	蹇	影	獼	開	三	上	山	於	幰	影	阮	開	三	上	山

去聲願韻切下字系聯為一類。韻圖分為開合兩類。「建、獻」自成一類。大徐反切音系中，「建」字的反切沿用了韻書，用唇音字作反切下字。願韻雖然系聯為一類，看似開合口不分，但在大徐音中，開合口都有字。本文依據大徐音的實際，並參照韻圖，把「建、獻」自成開口一類。

入聲月韻切下字系聯為三類。第一類為開口，第二、三類為合口。月韻與薛韻開口有 1 例混切，占月韻、薛韻開口自切數 70 的 1.5%，但從中可以看出月韻與薛韻合流的趨勢。

序號	字	大徐反切		大徐音韻地位						廣韻反切		廣韻反切音韻地位					
4390	稧	居	謁	見	月	開	三	入	山	居	列	見	薛A	開	三	入	山

大徐反切音系中，元韻系與仙韻系平上去入都存有混切的情況，總體看，比例較小，兩韻系各自獨立。但在與《廣韻》不同的反切中，我們可以看出，在徐鉉的口音裏元韻系與仙韻系正處於混併的最初階段。

（2）寒韻（4 韻 4 類）

寒　寒 21（胡安）干 17（古寒）安 5（烏寒）

旱　旱 17（乎旰）但 1（徒旱）滿 5（莫旱）

翰　幹 2（古案）旰 31（古案）案 18（烏旰）贊 1（則旰）岸 1（五旰）
　　幹 6（古案）

曷　割 10（古達）達 16（徒葛）葛 13（古達）

通過用反切系聯法，平聲寒韻切下字系聯為一類。上聲旱韻與去聲翰韻可以系聯為一類，但我們仍分為兩類。「旱」字把旱、翰兩韻系聯在一起。「旱」字是匣母字，屬於全濁聲母。大概在徐鉉的口音中，這個字已經變為了去聲。所以他選用了去聲「旰」作「旱」字的反切下字。「濁上變去」的語音發展規律始於中唐時期，大約在公元 766 年左右。當時的慧琳音中有一部分全濁聲母上聲字已經讀作了去聲。〔註8〕徐鉉生活於五代宋初，所以他選擇去聲字作「旱」字的反切下字，已經不足為奇了。

嚴氏把桓韻的上聲緩韻併入了旱韻，兩韻可以系聯在一起。但大徐反切音系中旱、緩沒有混切例，所以我們把二韻分開。

入聲曷韻切下字系聯為一類。曷韻與末韻混切 3 例，其中唇音 2 例，牙音 1 例，混切例占曷韻、末韻自切數 96 的 3%。「溂」是常用字，但「軷、籴」就不很常用了。大徐音中曷韻的唇音字只有 3 個，這 3 個字在《廣韻》中屬於末韻，末韻主要是唇牙音字。可見，大徐音中末韻的唇音字已經與曷韻混併了。

曷、末混切 3 例如下：

序號	字	大徐反切		大徐音韻地位						廣韻反切		廣韻反切音韻地位					
2430	軷	蒲	達	並	曷	開	一	入	山	蒲	撥	並	末	合	一	入	山
7321	溂	莫	達	明	曷	開	一	入	山	莫	撥	明	末	合	一	入	山
2328	籴	他	末	透	末	合	一	入	山	他	達	透	曷	開	一	入	山

大徐反切音系中，寒韻與桓韻的入聲曷韻與末韻的唇音字已經混併。

（3）桓韻（4 韻 5 類）

桓　官 66（古丸）丸 9（胡官）潘 2（普官）耑 3（多官）完 1（胡
　　官）院 1（胡官）摶 3（度官）

緩　短 2（都管）卵 1（盧管）管 16（古滿）

〔註8〕參看黃淬伯《慧琳一切經音義反切考》，載《歷史語言研究所專刊》第 6 本，1931。

換 ①幔 5（莫半）半 8（博幔）

②奐 1（呼貫）貫 9（古玩）玩 21（五換）換 3（胡玩）段 3（徒玩）亂 5（郎段）

末 ①撥 12（北末）末 11（莫撥）

②活 28（古活）括 14（古活）

桓韻系包含四個韻：通過反切系聯，桓韻切下字系聯為一類。緩韻可以與旱韻系聯在一起。《切韻》音系旱、緩不分，《廣韻》中旱、緩兩韻分開，但緩韻仍用「旱」為反切下字，說明旱、緩兩韻分開符合語音發展的規律。在大徐反切音系中，兩韻沒有混切情況。嚴氏把緩韻與旱韻系聯為一類，本文分開。

去聲換韻切下字系聯為兩類，唇音一類，其他聲母為一類。出現的條件互補。

入聲末韻切下字系聯為兩類，唇音為一類，牙音一類。末韻與曷韻有 3 例混切，唇音字 2 個，牙音字 1 個，比例較小，但也可以看出，在徐鉉的口音中，曷、末的唇、牙音字已經混併。

（4）刪韻（4韻6類）

刪 ①姦 3（古顏）顏 3（五姦）

②還 15（戶關）關 7（古還）班 2（布還）頑 1（五還）

潸 版 10（布綰）綰 3（烏版）

諫 ①諫 3（古晏）晏 7（烏諫）晏 3（烏諫）

②卝 1〔古患〕慣 4〔古患〕宦 1（胡慣）

鎋 見黠韻

刪韻切下字系聯為兩類，第一類為開口，第二類為合口。與《廣韻》完全相同。刪韻與山韻混切 2 例，唇音、合口各 1 例，占開口韻自切總數 31 的 3%；占合口韻自切總數 12 的 8%。「綸」 為常用字，混切示例如下：

序號	字	大徐反切		大徐音韻地位					廣韻反切		廣韻反切音韻地位				
3100	彪	布	還	幫	刪	開	二	平	山	方	閑	幫	山	開	二	平	山
8610	綸	古	還	見	刪	合	二	平	山	古	頑	見	山	合	二	平	山

潸韻切下字系聯為一類。只有合口，開口無字。潸韻與阮韻混切 1 例，占

兩韻自切總數 15 的 7%。「返」為常用字，大徐反切音系是「扶版切」，「還也」。《廣韻》是「府遠切」，意思相同。大徐反切音系是用二等的潸韻切三等的阮韻，以洪音切細音，說明在大徐反切音系中，三等韻的 i 介音已經消失。所以二等韻才可能與三等韻同音。這種情況在慧琳反切中就已經出現。「慧琳反切凡韻脣音有讀為二等者，元韻脣音有讀為一等或二等者，東三脣音有讀為一等者。這說明自中唐始，輕脣音聲母後的前腭介音逐步脫落。到北宋邵雍的書中，輕脣音除還跟單韻母 i 相拼外，後面再不帶前腭介音了」。〔註9〕混切例如下：

序號	字	大徐反切		大徐音韻地位					廣韻反切		廣韻反切音韻地位					
1140	返	扶	版	並	潸	合	二	上	山	府	遠	非〔註10〕	阮	合	三	上	山

諫韻切下字系聯為兩類，分為開口和合口。諫韻開口與襇韻混切 1 例，占兩韻自切總數的 5%。「莧」為常用字，說明襇韻與諫韻的開口韻已經合流。混切示例如下：

序號	字	大徐反切		大徐音韻地位					廣韻反切		廣韻反切音韻地位				
269	莧	侯	澗	匣	諫	開	二	去	山	侯	襇	匣	襇	開	二	去	山

入聲鎋韻切下字系聯為一類。與山韻的入聲黠韻可以系聯在一起。兩韻開口混切 4 例，合口混切 1 例，分別占自切數的 16%和 7%。鎋、黠開口混切較多，且大多為常用字，「轄」字在《五經文字》音系中，也是以黠切鎋〔註11〕，所以我們把鎋與黠韻合為一韻，嚴氏也把鎋、黠二韻合併為一韻。

鎋、黠混切 5 例如下：

序號	字	大徐反切		大徐音韻地位					廣韻反切		廣韻反切音韻地位				
2770	劀	古	鎋	見	鎋	合	二	入	山	古	滑	見	黠	合	二	入	山
9531	軋	烏	轄	影	鎋	開	二	入	山	烏	黠	影	黠	開	二	入	山
9526	轄	胡	八	匣	黠	開	二	入	山	胡	瞎	匣	鎋	開	二	入	山
3364	鞻	胡	戛	匣	黠	開	二	入	山	胡	瞎	匣	鎋	開	二	入	山
7900	搳	胡	秸	匣	黠	開	二	入	山	下	瞎	匣	鎋	開	二	入	山

〔註9〕參耘《漢語語音史上「中古時期」內部階段的劃分》，載潘悟雲主編《東方語言與文化》，2002，第 156 頁。

〔註10〕《廣韻》輕重脣音不分，為便於比較，這裏我們暫把輕重脣音分開表示。

〔註11〕參見邵榮芬《〈五經文字〉的直音和反切》，載《中國語文》1963 年第 3 期。

大徐反切音系中，刪韻系與山韻系平、上、去、入均有混切，開、合兼俱，混切字多為常用字，依據平行性原則，我們把兩韻系合流。

（5）山　韻

　　山　間 1（古閑）聞 9（古閑）閑 11（戶閒）

　　產　簡 6（古限）限 12（乎簡）

　　襉　莧 9（侯澗）澗 1（古莧）辦 1（蒲莧）

　　點／鎋　八 20（博拔）戛 1（古點）秸 1（古點）點 6（胡八）拔 2（蒲八）滑 12（戶八）／鎋 4（胡八）刮 2（古八）轄 2（胡八）捌 1（百轄）

山韻系通過反切系聯，平、上、去各分為一類，均為開口。山韻只有 1 個合口字「鰥，古頑切」，但「頑」字與刪韻合為一類。可見大徐音中，山韻合口與刪韻合口已經不分了。依據平行性原則，我們把山韻系與刪韻系合流。

（6）先韻（4 韻 7 類）

　　先　①顛 2（都季）年 5（奴顛）季 6（奴顛）田 15（待年）賢 12（胡田）堅 7（古賢）

　　　　②千 2（此先）前 9（昨先）先 6（穌前）

　　　　③涓 2（古玄）玄 18（胡涓）

　　銑　①典 23（多殄）殄 8（徒典）繭 1（古典）

　　　　②犬 2（苦泫）畎 6（姑泫）泫 3（胡畎）

　　霰　甸 23（堂練）電 3（堂練）見 6（古甸）薦 1（作甸）練 8（郎甸）合口見線韻

　　屑　①開口與薛韻開口合併

　　　　②決 9（古穴）穴 15（胡決）

先韻系通過反切系聯法，平聲先韻切下字系聯為三類，第一類為開口韻，第二類為精組字，第三類為合口韻。

先、仙開口混切 7 例，占先、仙开口自切總數 140 的 5%。有 2 個是重紐，3 個切下字也是重紐，且多為四等字，重紐字幾乎占混切數的 70%。可見，在大徐反切音系中，仙韻與先韻從重紐四等開始合流。先、仙合口沒有混切例。

仙、先開口混切例如下：

序號	字	人徐反切		大徐音韻地位						廣韻反切		廣韻反切音韻地位					
1631	諞	部	田	並	先	開	四	平	山	房	連	並	仙A	開	三	平	山
5166	佡	呼	堅	曉	先	開	四	平	山	許	延	曉	仙B	開	三	平	山
8423	甂	芳	連	滂	仙A	開	三	平	山	布	玄	幫	先	開	四	平	山
1202	逮	子	僊	精	仙	開	三	平	山	則	前	精	先	開	四	平	山
1597	謰	力	延	來	仙	開	三	平	山	落	賢	來	先	開	四	平	山
2169	瞑	武	延	明	仙A	開	三	平	山	莫	賢	明	先	開	四	平	山
4570	蔑	武	延	明	仙A	開	三	平	山	莫	賢	明	先	開	四	平	山

銑韻切下字系聯為兩類。第一類為開口，第二類為合口。銑韻與獮韻開口混切5例，占銑韻與獮韻開口自切總數104的4.8%；合口混切1例，占自切總數37的3%。兩韻混切比例較小，但均為常用字，也可以說明在大徐音中，銑韻與獮韻已經不分了。

銑韻與獮韻混切例如下：

序號	字	大徐反切		大徐音韻地位						廣韻反切		廣韻反切音韻地位					
296	萹	方	沔	幫	獮	開	三	上	山	方	典	幫	銑	開	四	上	山
1430	扁	方	沔	幫	獮	開	三	上	山	方	典	幫	銑	開	四	上	山
5672	丏	彌	兗	明	獮A	開	三	上	山	彌	殄	明	銑	開	四	上	山
6754	愐	彌	殄	明	銑	開	四	上	山	彌	兗	明	獮A	開	三	上	山
1090	尟	酥	典	心	銑	開	四	上	山	息	淺	心	獮	開	三	上	山
1830	鞠	狂	沇	群	獮	合	三	上	山	葵	兗	群	獮	合	三	上	山

霰韻切下字系聯為兩類。第一類為開口，第二類為合口。合口可以與線韻合口第二類系聯為一類。本文把此類列在線韻。霰、線合口只有1例混切，占霰韻與線韻合口自切總數34的3%。線韻合口第二類只有兩個反切下字代表字，涉及3個字。其中一個與霰韻合口相混。我們把線韻合口第二類與霰韻合併。

序號	字	大徐反切		大徐音韻地位						廣韻反切		廣韻反切音韻地位					
8564	絢	許	掾	曉	線	合	三	去	山	許	縣	曉	霰	合	四	去	山

屑韻切下字系聯為兩類，第一類為開口，第二類為合口。開口韻可以與薛韻開口系聯在一起。而二韻開合口都存在混切。屑、薛開口混切9例，占自切總數129的5.3%，其中3個反切下字是重紐四等字，占混切的三分之一；合口混切4例，占合口自切總數65的6.2%，其中有3個切下字為重紐四等，混切

字多為常用字。從混切例的聲母看，屑、薛混切主要為精組字和唇、牙、喉音聲母。雖然屑、薛混切比例沒有超過 10%，但二韻可以系聯為一類，且薛韻的重紐四等字與屑韻合併，符合語音流變的規律。說明在大徐音系中，仙韻重紐四等字已經開始與先韻合流。

先、仙混切例如下：

序號	字	大徐反切		大徐音韻地位						廣韻反切		廣韻反切音韻地位					
706	尐	子	結	精	屑	開	四	入	山	姉	列	精	薛	開	三	入	山
2383	鶪	子	結	精	屑	開	四	入	山	姉	列	精	薛	開	三	入	山
8649	絜	並	列	幫	薛A	開	三	入	山	方	結	幫	屑	開	四	入	山
9299	鐅	芳	滅	滂	薛A	開	三	入	山	普	蔑	滂	屑	開	四	入	山
7966	撆	芳	滅	滂	薛A	開	三	入	山	普	蔑	滂	屑	開	四	入	山
8252	嫳	匹	滅	滂	薛	開	三	入	山	普	蔑	滂	屑	開	四	入	山
4946	偰	私	列	心	薛	開	三	入	山	先	結	心	屑	開	四	入	山
4998	偯	私	列	心	薛	開	三	入	山	先	結	心	屑	開	四	入	山
5380	屑	私	列	心	薛	開	三	入	山	先	結	心	屑	開	四	入	山
7744	闋	傾	雪	溪	薛A	合	三	入	山	苦	穴	溪	屑	合	四	入	山
7893	抉	於	說	影	薛	合	三	入	山	於	決	影	屑	合	四	入	山
2159	暳	於	悅	影	薛A	合	三	入	山	於	決	影	屑	合	四	入	山
8827	蚗	於	悅	影	薛A	合	三	入	山	古	穴	見	屑	合	四	入	山

先、仙兩韻系四聲都有混切，從混切類別上看，仙韻的重紐四等、精組、來母字多與先韻合流。由此我們可以推論，在徐鉉所處的時代，仙韻重紐四等、精組、來母字與先韻字已經不分了。

（7）仙韻（4 韻 7 類）

仙 ①連29（力延）延27（以然）然9（如延）仙2（相然）僊2（相然）與先合流

②乾B5（渠C焉B）虔7（渠焉）焉B3（有C乾B）

③川1（昌緣）全1（疾緣）緣32（以絹）專6（職緣）沿7（与專）

④權B2（巨C員云）員10（王權）貟2（王權）

獮 ①辡B1（符C蹇B）蹇B3（九C輦來）輦4（力展）展3（知衍）

淺 8（七衍）善 18（常衍）踐 1（慈衍）衍 14（以淺）演 3（以淺）

②羏 B1（方 C 免 B）免 B2〔亡 C 辨 B〕勉 1（亡辨）辨 2（方汅）汅 A5（彌 A 兖余）篆 1（持兖）兖 12（以轉）沇 16（以轉）　與銑合流

線　①扇 2（式戰）繕 1（時戰）戰 10（之扇）

②箭 4（子賤）賤 3（才線）線 5（私箭）面 A1（彌 A 箭精）

③倦 B5（渠 C 眷 B）眷 B5（居 C 倦 B）卷 1（居倦）戀 10〔力卷〕轉 3（知戀）變 B8（祕戀來）

④絹 A5（吉 A 掾余）掾 1（以絹）／縣 3（胡涓）絢 7（許掾）眩 1（黃絢）

薛　①竭 1（渠列）列 50（良薛）薛 11（私列）熱 3（如列）滅 A4（亡 C 列來）桀 B1（渠 C 列米）折 1（食列）／結 57（古屑）屑 7（私列）節 1（子結）

②說 7（失爇）爇 1（如劣）劣 14（力輟）輟 8（陟劣）

③絕 2（情雪）雪 6（相絕）悅 4（弋雪）

仙韻系通過反切系聯，平聲切下字系聯為四類，第一、二類是開口韻，且兩類出現的條件互補，結合《廣韻》，我們把兩類合為一類；第三、四類是合口韻，出現的條件呈互補，我們把它們合為一類。合口韻中的「緣」字，《廣韻》又為「與專切」，仙韻字，大徐反切音系用「以絹切」，先韻字。說明在徐鉉的口音中，先、仙已經不分了。

獮韻切下字系聯為兩類，一類開口，一類合口。獮韻與先韻上聲銑韻有混切，但比例較小，但為常用字，也可以認為獮、銑已經合流。

線韻切下字系聯為四類，第一、二類為開口，第三、四類為合口。開口第一類聲母為章組字，第二類聲母為精組和唇音字。合口第二類與先韻的去聲霰韻合口系聯為一類。合口第二類的「絹」是重紐四等字，與霰韻合併，反應了仙韻重紐四等與先韻合流的語音演變規律。

薛韻切下字系聯為三類，開口一類，合口兩類。開口類可以與先韻的入聲屑韻系聯為一類。

嚴氏把仙韻系平上去入各分為 2 類。與本文不同。

山攝小結：

山攝共有 6 個韻系：

元韻系包括四個韻：元｛仙｝阮｛獮｝願｛線｝月｛薛｝。元韻系的每個韻都與仙韻系的各韻有混切，可以看出仙韻與元韻合流的趨勢。

寒韻系包括四個韻：寒旱翰曷（末）。依據王力先生的觀點，寒韻與桓韻在《切韻》裏不分，隋唐時，吳語寒桓不分，而北方話，寒桓已經不混，大徐反切音系中入聲曷與末的唇音字已經不分。

桓韻系包括四個韻：桓緩換末（曷）。

刪韻系與山韻系合流：刪（山）潸（產）諫（襇）黠（鎋）。大徐反切音系中刪山合流，正是五代宋初當時語音面貌的反映。

先韻系與仙韻系合流：先（仙）銑（獮）霰（線）屑開（薛開）屑合（薛合）。仙韻重紐四等與四等先韻有混切，但比例較小。線韻合口重紐四等字已與霰韻合流，薛韻開口與屑韻開口合流。從而反應出了重紐四等與純四等韻合流的語音演變規律，先仙同用是隋唐韻部的實際情況，大徐反切音系有先仙同用的例子，但比例相對各韻自切較小，但在當時的語音，先與仙韻重紐四等字已經合流。

	開　口	合　口
一等	寒旱翰曷（末）唇	桓緩換末
二等	刪（山）潸（產）諫（襇）黠（鎋）	刪（山）潸（產）諫（襇）黠（鎋）
三等	仙獮線薛（屑）	仙獮線薛（屑）
三等	元｛仙｝阮｛獮｝願｛線｝月｛薛｝	元｛仙｝阮｛獮｝願｛線｝月｛薛｝
四等	先（仙A）銑（獮A）霰 屑（薛A）	先獮霰（線）屑（薛）

八、效攝（12 韻 17 類）

（1）豪韻（3 韻 4 類）

　　豪　①襃₃（薄保）抱₃（薄保）保₄（博襃）袍₃〔薄襃〕毛₄（莫袍）襃₁（博毛）

　　　　②勞₆（魯刀）牢₁₇（魯刀）刀₄₁（都牢）曹₄（昨牢）遭₈（作曹）

皓　　好 1（呼皓）老 19（盧皓）皓 23（胡老）浩 11（胡老）晧 1（胡老）考 1（苦浩）早 1（子浩）

號　　到 35（都悼）悼 1（徒到）盜 1（徒到）奧 1〔烏到）報 11（博號）號 1（胡到）

豪韻系通過反切系聯，豪韻分為兩類。第一類為唇音字，第二類為唇音字以外的其他聲母字。皓韻切下字系聯為一類。號韻切下字系聯為一類。

（2）蕭韻（3韻3類）

蕭　　凋 2（都僚）彫 4（都僚）雕 1（都僚）僚 10（力小）簫 3（穌彫）蕭 14（穌彫）料 1（洛蕭）聊 8（落蕭）寮 2（洛蕭）遼 5（洛蕭）堯 8（吾聊）幺 5（於堯）／消 10（相幺）焦 3（即消）

篠　　杳 1（烏皎）皎 8（古了）了 14（盧鳥）鳥 10（都了）

嘯　　弔 21（多嘯）叫 1（古弔）嘯 3（穌弔）

蕭韻切下字系聯為一類，與宵韻有 8 例混切，占兩韻自切總數 149 的 5.1%。混切例如下：

序號	字	大徐反切		大徐音韻地位						廣韻反切		廣韻反切音韻地位					
5604	顤	口	幺	溪	蕭	開	四	平	效	去	遙	溪	宵 A	開	三	平	效
5699	髟	必	凋	幫	蕭	開	四	平	效	甫	遙	幫	宵 A	開	三	平	效
487	苶	子	寮	精	蕭	開	四	平	效	即	消	精	宵	開	三	平	效
7304	消	相	幺	心	蕭	開	四	平	效	相	邀	心	宵	開	三	平	效
8480	綃	相	幺	心	蕭	開	四	平	效	相	邀	心	宵	開	三	平	效
2063	敿	牽	遙	溪	宵	開	三	平	效	苦	幺	溪	蕭	開	四	平	效
4053	鄡	牽	遙	溪	宵	開	三	平	效	苦	幺	溪	蕭	開	四	平	效
6327	獠	力	昭	來	宵	開	三	平	效	落	蕭	來	蕭	開	四	平	效

從混切例的聲母看，均為精組和唇牙音，有 2 例在《廣韻》中屬於重紐四等，說明在大徐反切音系中，重紐四等已經與純四等韻開始合流了。宵韻的第四類切下字的聲母是心母和精母，為一四等字。此類與蕭韻合流，反應出蕭、宵二韻的精組、唇音、牙音和來母字已經開始合流的現狀。這裏，我們把宵韻的第四類與蕭韻合併。與嚴氏分法相同。

篠韻切下字系聯為一類。

嘯韻切下字系聯為一類。

（3）宵韻（3 韻 7 類）

宵　①招 26（止搖）搖 5（余招）昭 8（止遙）遙 15（余招）

②驕 B1（舉 c 喬 B）嬌 16（舉 c 喬 B）喬 B5（巨 c 嬌 B）儦 B1（甫 c 嬌 B）鑣 B1（補–嬌 B）瞟 B1（許 c 嬌 B）

③霄 1（相邀）宵 3（相邀）邀 A5〔于 c 宵心〕

小　①表 B1（陂 B 矯 B）矯 B2（居 c 夭 B）夭 B4（於 c 兆澄）小 21（私兆）兆 3（治小）

②少 3（書沼）沼 21（之少）眇 A1（亡 c 沼章）紹 2（市沼）標 A1（敷 c 沼章）

笑　①笑 6（私妙）肖 9（私妙）妙 4（彌笑）

②照 6（之少）召 2（直少）廟 B1（眉 B 召章）

宵韻切下字系聯為四類，第四類已經與蕭韻第二類合併。第二類聲母均為唇牙喉音。

小韻切下字系聯為兩類。第一類有重紐三等字「表」。第二類沒有重紐字。據此可以把韻分為兩類。

笑韻切下字系聯為兩類。嚴氏把各韻只分為一類。與本文不同。

（4）肴韻（3 韻 3 類）

肴　包 1（布交）茅 6（莫交）交 41（古爻）爻 1（胡茅）肴 9（胡茅）

巧　巧 13（苦絞）絞 2（古巧）飽 2（博巧）狡 2（古巧）

效　教 13（古孝）貌 1（莫教）兒 2（莫教）孝 4（呼教）校 1（古孝）

肴韻系通過反切系聯，平、上，去各分為一類。

效攝小結：

大徐反切音系中，宵韻重紐四等字與蕭韻合流。肴和豪為獨立的韻部。

效攝共有四個韻系。

一等：豪皓号

二等：肴巧效

三等：宵小笑

四等：蕭（宵 A）篠嘯

九、果攝（6韻6類）

（1）戈韻（3韻3類）

戈　　禾25（戶戈）和1（戶戈）過4（古禾）戈7（古禾）波3（博禾）酅1（薄波）婆1（薄波）

果　　果37（古火）火8（呼果）隋1（徒果）惰1（徒果）厄3（五果）

過　　貨1（呼臥）臥15（吾貨）

戈韻系通過反切系聯法，平、上、去各切下字系聯為一類，只有一等合口。

（2）歌韻（3韻3類）

歌　　何42（胡歌）俄6（五何）歌1（古俄）哥3（古俄）河1（乎哥）

哿　　可10（肯我）我4（五可）

箇　　箇4（古賀）賀1（胡箇）左1（則箇）

歌韻系通過反切系聯，平、上、去切下字各系聯為一類。只有一等開口。

果攝小結：

果攝共有兩個韻系，均分佈在一等：開口：歌哿箇；合口：戈果過。

十、假攝（3韻9類）

麻韻：3韻9類

麻　①加33（古牙）牙13（五加）家1（古牙）遐2（胡加）

　　②車4（尺遮）遮5（止車）邪2（以遮）嗟2（子邪）

　　③瓜10（古華）華4（戶瓜）蝸1（亡華）

　　④媧2（古蛙）黿1（烏媧）蛙2（烏媧）

馬　①下10（胡雅）雅8（五下）

　　②也4（羊者）冶1（羊者）野1（羊者）者5（之也）

　　③寡1（古瓦）瓦10（五寡）

禡　①嫁 1（古訝）駕 16（古訝）罵 1（莫駕）訝 7（吾駕）迓 1（吾駕）

　　②謝 1（辝夜）夜 15（羊謝）

　　③化 5（呼跨）跨 3（苦化）

假攝只有一個韻系：麻韻。

麻韻切下字系聯為四類。第一類為開口二等，第二類為開口三等；第三、四類為合口。

合口第二類與佳韻合口可以系聯在一起。本文把佳韻合口與麻韻合併。

馬韻切下字系聯為三類。第一類為開口二等，第二類為開口三等；第三類為合口二等。

禡韻切下字系聯為三類。第一類為開口二等，第二類為開口三等；第三類為合口二等。

假攝：二等：開口　麻馬禡；合口：麻（佳）馬禡

　　　三等：開口　麻馬禡

十一、宕攝（8 韻 13 類）

（1）唐韻（4 韻 6 類）

唐　①郎 30（魯當）當 11（都郎）岡 11（古郎）剛 1（古郎）

　　②光 35（古皇）皇 1（胡光）黃 1（乎光）

蕩　①黨 2（多朗）朗 22（盧黨）

　　②廣 2（古晃）晃 1（胡廣）

宕　　曠 1（苦謗）謗 4（補浪）宕 2（徒浪）浪 17（來宕）

鐸　　各 78（古洛）洛 6（盧各）莫 1（慕各）博 4（補各）郭 11（古博）

通過反切系聯，唐韻切下字系聯為兩類，第一類是開口，第二類是合口。蕩韻切下字系聯為兩類，開、合口各一類。宕韻切下字系聯為一類，嚴氏亦依據開合口把宕韻分成兩類。大徐反切音系中，宕韻字共有 24 個，其中合口字 5 個，占宕韻字總數的 20.8%，因此我們把宕韻分為開、合口兩類。

鐸韻切下字系聯為一類。大徐反切音系中，鐸韻字共有 100 個，其中合口字 15 個，占鐸韻字總數的 15%。因此我們把鐸韻分為開、合兩類。

一等唐韻：開口：唐蕩宕鐸；合口：唐蕩宕鐸。

（2）陽韻（4 韻 7 類）

陽　　量₁（呂張）良₅₁（呂張）張₁₁（陟良）章₁₂（諸良）陽₇（與章）羊₃₀（與章）莊₃（側羊）方₁₁（府良）王₇（雨方）

養　　兩₄₀（良獎）獎₅（即兩）掌₁（諸兩）往₄（於兩）紡₁（妃兩）罔₁（文紡）

漾　　①漾₂（余亮）尚₁（時亮）亮₃₃（力讓）讓₅（人漾）諒₄（力讓）訪₁（敷亮）況₄（許訪）

　　　②放₆（甫妄）妄₂（巫放）

藥　　①若₉（而灼）勺₁₀（之若）藥₁（以勺）灼₁₈（之若）

　　　②雀₃（即略）約₈（於略）略₉（烏約）虐₇（魚約）畧₁（烏約）削₁（息約）

　　　③縛₁₀（符钁）钁₁（居縛）

通過反切系聯，陽韻切下字系聯為一類。嚴氏把「方、王」另分為一類。大徐反切音系中，陽韻字共有 133 個，其中合口字 8 個〔註12〕，切下字是「王」，本文把「王」另立一類。

養韻切下字系聯為一類。嚴氏把「往、紡、罔」另分為一類。大徐反切音系中，養韻字共有 50 個，其中合口字 4 個，切下字是「往」，本文把此字另立一類。

漾韻切下字系聯為兩類。一類開口，一類合口。

藥韻切下字系聯為三類，第一類開口；第二、三類合口，兩類出現的條件互補，嚴氏把它們合為一類。

三等陽韻：開口：陽養漾藥；合口：陽養漾藥。

〔註12〕因為大徐音中不分開合口，所以這裏的合口字不包括唇音字。上、去、入合口字的統計同上。

宕攝小結：

宕攝共有兩個韻系：

一等：開口　唐蕩宕鐸；合口　唐蕩宕鐸

三等：開口　陽養漾藥；合口　陽養漾藥

十二、梗攝（10 韻 19 類）

（1）庚韻（4 韻 10 類）

庚　①宏₂（戶萌）萌₇（武庚）庚₂₆（古行）衡₁（戶行）行₄（戶庚）盲₅（武庚）橫₃（戶盲）

②榮₁（永兵）／兵₈（補明）明₁（武兵）

③京₁₀（舉卿）卿₄（去京）

梗　①猛₃（莫杏）／緷₁（古杏）杏₁₁（何梗）梗₂（古杏）耿₁（古杏）

②景₃（居影）影₄〔兵永〕〔註13〕憬₁（俱永）／永₁₀（于憬）

映　①孟₃（莫更）更₃（古孟）

②竟₂（居慶）敬₁（居慶）慶₅（丘竟）

③病₂（皮命）命₇（眉病）

陌　①戟₉（紀逆）逆₃（博陌）白₆（旁陌）額₁（五陌）伯₇（博陌）虢₂（古伯）陌₁₁〔莫白〕麥₅（莫獲）獲₅（胡伯）

通過反切系聯，庚韻切下字系聯為三類。第一類中的「橫」在《廣韻》中屬於合口，其他字屬於開口二等；第二類中的「榮」在《廣韻》中為合口字，其他為唇音字，是開口三等；第三類為牙音字，屬於庚韻三等。從系聯的結果已經看不出開合口的區別，但大徐音中有庚韻二等和三等的合口字。所以本文把庚韻的二、三等依據大徐音的實際又各分為開、合兩類。庚韻二等開口與耕韻開口混切 5 例，占兩韻自切總數 79 的 6.3%。合口混切 1 例，占兩韻合口自切總數 13 的 7.7%，均為以庚韻切耕韻，混切的字多為常用字，說明在大徐音中，庚韻二等與耕韻已經沒有區別了。

〔註13〕「影」字，在《廣韻聲系》中有三個反切：於丙、說丙、兵永，我們在文中暫取「兵永」切。

庚二與耕混切例如下：

序號	字	大徐反切		大徐音韻地位					廣韻反切		廣韻反切音韻地位				
3398	橙	丈	庚	澄	庚	開	二	平	梗	宅	耕	澄	耕	開	二	平	梗
548	薼	女	庚	娘	庚	開	二	平	梗	女	耕	娘	耕	開	二	平	梗
8537	繃	補	盲	幫	庚	開	二	平	梗	北	萌	幫	耕	開	二	平	梗
8317	甿	武	庚	明	庚	開	二	平	梗	莫	耕	明	耕	開	二	平	梗
9148	虻	武	庚	明	庚	開	二	平	梗	莫	耕	明	耕	開	二	平	梗
1630	訇	虎	橫	曉	庚	合	二	平	梗	呼	宏	曉	耕	合	二	平	梗

梗韻切下字系聯為兩類，二等韻一類，三等韻一類，從系聯結果看不出開合口的分別。但梗韻二等有 3 個合口字，均用「猛」作切下字。本文據此把梗韻二等分成開、合兩類。梗韻三等有 3 個合口字，1 個用「憬」作切下字，2 個用「永」作切下字，本文據此把梗韻三等分成開、合兩類。梗韻二等與耿韻可以系聯在一起，且有 2 例混切，占二韻自切總數 28 的 6.7%，其中包括「耿」字。可見，在大徐反切音系中，梗韻二等與耿韻已經合流。

梗二與耿混切例如下：

序號	字	大徐反切		大徐音韻地位					廣韻反切		廣韻反切音韻地位				
7760	耿	古	杏	見	梗	開	二	上	梗	古	幸	見	耿	開	二	上	梗
8858	蠯	蒲	猛	並	梗	開	二	上	梗	蒲	幸	並	耿	開	二	上	梗

映韻切下字系聯為三類。第一類為開口二等，第二類為開口三等，第三類為唇音字。大徐音中映韻三等有 4 個合口字，所以映韻三等可以分為開、合口。

陌韻切下字系聯為兩類，第一類為三等，第二類為二等。陌韻二等與麥韻混切 8 例，多為常用字，占兩韻自切總數 114 的 7%，可見在大徐反切音系中，陌韻二等與麥韻已經合流。

序號	字	大徐反切		大徐音韻地位					廣韻反切		廣韻反切音韻地位				
2580	骼	古	覈	見	麥	開	二	入	梗	古	伯	見	陌	開	二	入	梗
8041	挌	古	覈	見	麥	開	二	入	梗	古	伯	見	陌	開	二	入	梗
2895	笮	阻	厄	莊	麥	開	二	入	梗	側	伯	莊	陌	開	二	入	梗
1117	迮	阻	革	莊	麥	開	二	入	梗	側	伯	莊	陌	開	二	入	梗
1586	譜	壯	革	莊	麥	開	二	入	梗	側	伯	莊	陌	開	二	入	梗
1298	齰	側	革	莊	麥	開	二	入	梗	鋤	陌	崇	陌	開	二	入	梗
5995	碏	所	責	山	麥	開	二	入	梗	幾	劇	見	陌	開	二	入	梗
6330	獲	胡	伯	匣	陌	開	二	入	梗	胡	麥	匣	麥	開	二	入	梗

庚韻系二等字與耕韻系的平、上、入聲均出現混併，混切比例在 10% 左右，依據平行性原則，我們把庚韻二等與耕韻合為一個韻部。

庚韻二等（耕）：開口：庚梗映陌：合口：庚梗映陌

三等：開口：庚梗映陌；合口：庚梗映

（2）耕韻（3 韻 3 類）

耕　　耕 12（古莖）莖 20（戶耕）

諍　　迸 1〔北諍〕

麥　　革 34（古覈）覈 7（下革）戹 5（於革）翮 1（下革）責 4（側革）

耕韻系與庚韻系二等合流。平聲與庚韻混切比例為 7.7%，上聲耿韻與梗韻可以系聯為一類，混切比例為 6.7%，梗韻與耿韻已經合流。去聲諍韻只有 1 個字。入聲麥韻與陌韻已經合流。所以，在大徐反切音系中，我們認為庚韻二等與耕韻已經合流。

（3）清韻（4 韻 7 類）

清　①盈 24（以成）成 6（氏征）貞 6（陟盈）情 1（疾盈）征 6（諸盈）並 1（府盈）

　　②傾 3（去營）營 14（余傾）

靜　①郢 20（以整）整 2（之郢）井 2（子郢）領 1（良郢）頸 1（居郢）

　　②潁 3（余頃）頃 2（去營）穎 2（余頃）迥 6（戶潁）褧 1（去潁）

勁　　盛 3（氏征）正 22（之盛）/ 徑 2（居正）定 12（徒徑）佞 1（乃定）

昔　①尺 1（昌石）石 8（常隻）隻 20（之石）

　　②易 3（羊益）亦 4（羊益）辟 1（必益）益 20（伊昔）昔 16（思積）跡 1（資昔）彳 1（丑亦）

清韻切下字系聯為兩類。第一類是開口，第二類是合口。

靜韻切下字系聯為兩類，第一類是開口，第二類是合口。靜韻與迥韻合口

混切 2 例，占兩韻合口總數 27 的 7.4%，混切字為常用字，可見，靜、迥合口已經沒有分別。

靜、迥合口混切例如下：

序號	字	大徐反切		大徐音韻地位					廣韻反切		廣韻反切音韻地位					
5254	褧	去	穎	溪	靜	合	三	上	梗	口	迥	溪	迥	合	四	上	梗
1199	迥	戶	穎	匣	靜	合	三	上	梗	戶	頂	匣	迥	合	四	上	梗

勁韻切下字系聯為一類，均為開口，勁韻與徑韻可以系聯為一類。勁、徑混切只有 1 例，占兩韻自切總數 37 的 2.7%，並且「徑」為常用字，說明大徐反切音系勁韻與徑韻處於合流階段。

勁、徑混切例如下：

序號	字	大徐反切		大徐音韻地位					廣韻反切		廣韻反切音韻地位					
1224	徑	居	正	見	勁	開	三	去	梗	古	定	見	徑	開	四	去	梗

昔韻切下字系聯為三類，均為開口字。第三類與錫韻可以系聯為一類（系聯結果列在錫韻）。昔韻與錫韻混切 4 例，占兩韻自切總數（其中昔韻自切 70 例，錫韻自切 93 例）的 2.3%。「璧、積」為常用字，說明大徐音中錫、昔處於混併階段。

錫、昔混切例如下：

序號	字	大徐反切		大徐音韻地位					廣韻反切		廣韻反切音韻地位					
106	璧	比	激	幫	錫	開	四	入	梗	必	益	幫	昔	開	三	入	梗
5908	䴙	比	激	幫	錫	開	四	入	梗	北	激	幫	昔	開	三	入	梗
4401	積	則	歷	精	錫	開	四	入	梗	資	昔	精	昔	開	三	入	梗
3678	棭	与	辟	余	昔	開	三	入	梗	胡	狄	匣	錫	開	四	入	梗

昔韻與職韻混切 4 例，占兩韻自切總數（昔韻自切 73 例，職韻自切 96 例）的 2.3%。

昔、職相混，這或許反映了當時一種方音的特點。

序號	字	大徐反切		大徐音韻地位					廣韻反切		廣韻反切音韻地位					
1026	趨	丑	亦	徹	昔	開	四	入	梗	恥	力	徹	職	開	三	入	曾
4876	飾	賞	隻	書	昔	開	三	入	梗	賞	職	書	職	開	三	入	曾
4556	寔	常	隻	禪	昔	開	三	入	梗	常	職	禪	職	開	三	入	曾
723	釋	賞	職	書	職	開	三	入	曾	施	隻	書	昔	開	三	入	梗

清韻系的靜、勁與青韻出現混併，入聲部分與青韻入聲合流。我們認為在

徐鉉的口音中，清韻已經開始與青韻合流。

三等清韻：開口：清靜勁（徑）　昔（錫）；合口：清靜（迥）

（4）青韻（2韻2類）

青　①零 2（郎丁）靈 2（郎丁）經 37（九丁）丁 45（當經）形 2（戶經）

②熒 5（戶扃）扃 4（古熒）

迥　頂 7（都挺）鼎 5（都挺）挺 5（徒鼎）打 1（都挺）

徑

錫　①歷 50（郎擊）擊 27（古歷）的 2（都歷）狄 12（徒歷）激 5（古歷）／壁 1（比激）積 2（則歷）歷 1（郎擊）

②闃 7（苦臭）

通過反切系聯法，青韻切下字系聯兩類。第一類開口，第二類合口。

迥韻切下字系聯為一類，與靜韻合流。

徑韻切下字系聯為一類，只有開口字，與勁韻合流。

錫韻切下字系聯為兩類，第一類為開口，與昔韻混併；第二類為合口。

大徐反切音系中，青韻與清韻已經開始合流。

梗攝小結：

梗攝共有三個韻系：

二等庚韻與耕韻已經合流：開口：庚（耕）梗（耿）映　陌（麥）；

合口：庚（耕）梗　陌

三等清韻：開口：清靜勁（徑）昔（錫）；合口：清靜（迥）

庚韻：開口：庚耿映陌；合口：庚耿映

四等青韻：開口：青迥；合口：青　　錫。

十三、曾攝（7韻12類）

（1）蒸韻（3韻5類）

蒸　①陵 26（力膺）淩 1（力膺）膺 7（於陵）冰 2（魚陵）乘 7（食陵）應 2（於陵）

②仍 2（如乘）蒸 2（煑仍）

拯　無字

證　甑 2（子孕）孕 2（以證）證 5（諸應）

職　①弋 4（與職）職 21（之弋）

　　②力 46（林直）直 1（除力）即 6（子力）側 1（阻力）棘 1（己
　　力）逼 17（彼力）劇 1（渠力）

蒸韻切下字系聯為兩類，但兩類出現的條件互補，均為開口，合口無字。

拯韻，大徐反切音系沒有拯韻字。

證韻切下字系聯為一類，為開口。

職韻切下字系聯為兩類，出現環境互補，開、合口系聯為一類。大徐音曉
母、云母職韻字為合口，這類字 11 個。

大徐反切音系中，蒸韻平、去聲均只有開口字；上聲無字；入聲曉母、云
母字為合口，其餘為開口。

（2）登韻（4 韻 7 類）

登　①登 11（都滕）崩 1（北滕）滕 10（徒登）騰 2（徒登）恒 3（胡
　　登）稜 2（魯登）

　　②肱 3（古薨）薨 1（呼肱）弘 1（胡肱）

等　等 1（多肯）肯 1（苦等）

嶝　鄧 4（徒亙）亙 2（古鄧）

德　①得 8（多則）德 1（多則）則 16（子德）

　　②北 11（博墨）墨 1（莫北）

　　③國 1（古惑）惑 1（胡國）

登韻切下字系聯為兩類，第一類為開口，第二類為合口。

等韻切下字系聯為一類，只有 2 個字，均為開口。

嶝韻切下字系聯為一類，為開口。

德韻切下字系聯為三類，第一類為開口，第二類為唇音，第三類為合口。

登韻系平聲、入聲有開、合口；上聲和去聲只有開口。

曾攝小結：

曾攝共有兩個韻系：一等：開口：登等嶝德；合口：登德

三等：開口：蒸證 職；合口： 職云曉

十四、流攝（9 韻 13 類）

（1）尤韻（3 韻 7 類）

尤 ①浮 8（縛牟）矛 1（莫浮）牟 6（莫浮）謀 1（莫浮）

②柔 1（耳由）秋 4（七由）由 34（以州）彪 2（甫州）州 3（職流）流 22（力求）求 29（巨鳩）丘 1（去鳩）鳩 37（居求）尤 4（羽求）牛 1（語求）留 2（力求）周 18（職留）

有 ①九 26（舉有）有 2（云九）手 1（書九）柳 4（力九）

②久 30（舉友）友 5（云久）酉 5（與久）

宥 ①副 2（芳逼）富 2（方副）

②究 1（居又）救 43（居又）又 19（于救）右 2（于救）

③僦 2（即就）

尤韻切下字系聯為兩類，第一類是唇音字，第二類是唇音以外的聲母字。尤韻與幽韻混切 3 例，占兩韻自切總數 179 的 1.7%。混切比例雖小，但可以看出尤韻與幽韻合流的趨勢。

尤、幽混切例如下：

序號	字	大徐反切		大徐音韻地位						廣韻反切		廣韻反切音韻地位					
1454	丩	居	虯	見	幽	開	三	平	流	居	尤	見	尤	開	三	平	流
6255	麀	於	虯	影	幽	開	三	平	流	於	求	影	尤	開	三	平	流
3108	彪	甫	州	非	尤	開	三	平	流	甫	烋	非	幽	開	三	平	流

尤韻與虞韻混切 2 例，占兩韻混切總數 311 的 1%。混切的 2 例均為唇音字，從中我們可以看出在大徐反切音系中，尤、虞韻的唇音字已經開始合流。

序號	字	大徐反切		大徐音韻地位						廣韻反切		廣韻反切音韻地位					
2117	瞀	莫	浮	明	尤	開	三	平	流	武	夫	明	虞	合	三	平	遇
3747	枹	甫	無	非	虞	合	三	平	遇	縛	謀	奉	尤	開	三	平	流

有韻切下字系聯為兩類，《廣韻》合成一類。大徐反切音系「久」字把兩類分開，《廣韻》為「舉有切」，大徐為「舉友切」。

宥韻切下字系聯為三類，第一類為唇音字，第二類是唇音以外的聲母字，出現的條件互補，嚴氏把兩類合為一類。

（2）侯韻（3 韻 3 類）

侯　侯41（乎溝）溝5（古侯）鉤3（古侯）婁1（洛侯）族3（乎溝）句17（古侯）

厚　口20（苦后）后19（胡口）厚14（胡口）茍2（古厚）垢1（古厚）

候　候36（胡遘）遘2（古候）豆7（徒候）寇1（苦候）奏3（則候）

通過反切系聯，侯韻系平、上、去聲切下字各系聯為一類，與其他韻系沒有混切。

（3）幽韻（3 韻 3 類）

幽　虯10（渠幽）𧈢2〔渠幽〕幽4（於虯）

黝　糾4（居黝）黝2（於糾）

幼　謬1（靡幼）幼1（伊謬）

幽韻系平、上、去聲切下字各系聯為一類。幽韻與尤韻的個別唇音字已經開始混併。

流攝小結：

流攝的三個韻部尤侯幽，從漢代開始就同用。大徐反切音系中，尤與幽有個別字混切，但尤、幽二部大體是獨立的。

流攝共有三個韻系：一等：侯　厚　候

三等：尤（虞）唇　有　宥

三等：幽　黝　幼

韻圖中幽韻列在四等，實為三等。

十五、深攝（4韻7類）

侵 韻

侵 ①針₁（職深）鍼₁（職深）深₉（式針）箴₁₃（職深）岑₂（鉏箴）

②今 B21（居 C 音 B）參₁（所今）音 B10（於 C 今 B）吟₂（魚音）

③林₂₁（力尋）任₂（如林）尋₇（徐林）

寑 ①錦 B4（居 C 飲 B）飲 B1（於 C 錦 B）

②審₁（式荏）荏₈（如甚）稔₂（而甚）甚₁₁（常枕）枕₂（章衽）衽₅（如甚）

沁 蔭 B3（於 C 禁 B）鴆₂（直禁）朕₃（直禁）禁 B9（居 C 蔭 B）

緝 入₃₂（人汁）汁₂（之入）執₃（之入）立₁₉（力入）及 B7（巨 C 立來）汲₃（居立）急 B2（居 C 立來）

通過反切系聯，侵韻切下字系聯為三類，與《廣韻》相同，嚴氏把侵韻合為一類。

寑韻切下字系聯為兩類。

緝韻切下字系聯為一類。

深攝小結：

深攝只有一個三等韻：侵寑沁緝。

十六、咸攝（26韻29類）

（1）覃韻（4韻4類）

覃 南₂（那含）男₈（那含）含₂₉（胡男）函₁（胡男）

感 慘₁（七感）禫₃（徒感）感₄₀（古禫）

勘 暗₂（烏紺）紺₆（古暗）

合 沓₇（徒合）荅₈（都合）答₁〔都合〕閤₅（古沓）合₃₄（候閤）

通過反切系聯，覃韻系平、上、去、入四聲切下字各系聯為一類。

（2）談韻（4 韻 4 類）

談　　甘 21（古三）三 4（穌甘）

敢　　敢 9（古覽）覽 1（盧敢）

闞　　瞰 3〔苦濫〕闞 1（苦濫）濫 7（盧瞰）

盍　　盍 10（胡臘）臘 2（盧盍）榼 1（苦蹋）蠟 1〔盧盍〕

通過反切系聯，談韻系平、上、去、入四聲切下字各系聯為一類。

（3）鹽韻（4 韻 6 類）

鹽　　廉 42（力兼）淹 8（英廉）閻 3（余廉）鹽 21（余廉）占 4（職廉）

琰　　①儉 B2（巨 C 險 B）檢 B12（居 C 奄 B）險 B4（虛 C 檢 B）奄 B1（依 C 檢 B）

　　　②斂 2（良冉）冄 2（而琰）冉 16（而琰）琰 10（以冉）

艷　　①窆 B2（方 C 驗 B）驗 B2（魚 C 窆 B）

　　　②贍 2（時豔）豔 3（以贍）

葉　　聶 1（尼輒）輒 14（陟葉）接 5（子葉）葉 14（与涉）儑 1（之涉）攝 1（書涉）涉 21（時攝）

鹽韻切下字系聯為一類，與添韻可以系聯在一起，鹽韻與添韻混切 3 例，占兩韻自切總數 90 的 3.3%。混切的 3 例均為來母字，且多為常用字，所以在大徐反切音系中，鹽韻與添韻的來母字已經合流。嚴氏鹽韻無字，把此類列在添韻。本文認為鹽韻與添韻的來母字不分，鹽、添兩韻沒有完全合流。

鹽、添混切例如下：

序號	字	大徐反切		大徐音韻地位						廣韻反切		廣韻反切音韻地位					
6450	燫	力	鹽	來	鹽	開	三	平	咸	勒	兼	來	添	開	四	平	咸
7296	溓	力	鹽	來	鹽	開	三	平	咸	勒	兼	來	添	開	四	平	咸
5918	廉	力	兼	來	添	開	四	平	咸	九	鹽	來	鹽	開	三	平	咸

琰韻切下字系聯為兩類。第一類為見曉影母，第二類是來日以母。兩類出現的條件互補。琰韻與忝韻只有 1 例混切，占兩韻自切總數 47 的 2%。嚴氏琰韻無第一類，第一類列在嚴韻上聲儼韻。本文把兩韻分立。

艷韻切下字系聯為兩類。第一類為唇、喉音，第二類是唇、喉音以外的聲

母字。嚴氏把艷韻合為 1 類。

葉韻切下字系聯為一類。

（4）添韻（4 韻 4 類）

添　　兼 14（古甜）恬 1（徒兼）甜 3（徒兼）

忝　　點 1（多忝）忝 3（他點）玷 1〔多忝〕

桥　　店 1〔都念〕念 10（奴店）簟 1（徒念）

帖　　俠 1（胡頰）叶 24（胡頰）頰 7（古叶）帖 2（他叶）愜 1（苦叶）協 1（胡頰）

添韻系平、上、去、入四聲切下字各系聯為一類。嚴氏添韻合鹽韻字。

（5）咸（銜）韻（4 韻 4 類）

咸／銜　　毚 3（士咸）緘 1（古咸）咸 17（胡監）監 3（古銜）銜 13（戶監）彡 1（所銜）

豏／檻　　減 5（古斬）斬 1（側減）黯 2（乙減）檻 4（胡黯）

陷／鑑　　陷 2（戶猎）猎 3（乙咸）賺 1（佇陷）／懺 1〔楚鑒〕

洽／狎　　洽 19（侯夾）夾 4（古狎）甲 7（古狎）匣 1（胡甲）狎 5（胡甲）

咸韻與銜韻合流。切下字系聯為 1 類。

嚴氏把鑑韻併入陷韻，銜韻併入咸韻。通過反切比較，咸、銜韻平聲混切 3 例，占平聲自切總數 34 的 8.8%；大徐反切音系鑑韻只有「鑑」1 個字。入聲混切 4 例，占自切總數 33 的 12.1%。咸、銜二韻系混切字多為常用字，且混切比例較大，可見咸、銜二韻系已經沒有分別了。

咸、銜混切例如下：

序號	字	大徐反切		大徐音韻地位						廣韻反切		廣韻反切音韻地位					
5852	巖	五	緘	疑	咸	開	二	平	咸	五	銜	疑	銜	開	二	平	咸
871	咸	胡	監	匣	銜	開	二	平	咸	胡	讒	匣	咸	開	二	平	咸
6009	嵒	五	銜	疑	銜	開	二	平	咸	五	咸	疑	咸	開	二	平	咸
3778	梜	古	洽	見	洽	開	二	入	咸	古	狎	見	狎	開	二	入	咸
2254	翜	山	洽	山	洽	開	二	入	咸	所	甲	山	狎	開	二	入	咸
2266	翣	山	洽	山	洽	開	二	入	咸	所	甲	山	狎	開	二	入	咸
6566	夾	古	狎	見	狎	開	二	入	咸	古	洽	見	洽	開	二	入	咸

（6）嚴韻（2韻2類）

嚴　　枚₂〔盧嚴〕嚴₂（語枚）

儼

釅

業　　怯₅（去劫）業₇（魚怯）劫₂（居怯）

陸志韋先生認為嚴韻系根本不是一個獨立的韻系。早在六朝時，上聲儼韻字好像全在琰韻裏〔註14〕。大徐反切音系中，嚴韻系只有2個韻：平聲嚴韻和入聲業韻，上、去聲均無字。「劒、欠」在《廣韻》中為釅韻字，在大徐音中，與梵韻系聯為一類，已經與梵韻合流。

（7）凡韻（4韻5類）

凡　　凡1（浮芝）芝1（匹凡）

范　　鋄1〔亡范〕犯1（防險）范1（房鋄）妥1〔亡范〕

梵　　①梵3（扶泛）

　　　②劒2（居欠）欠2（去劒）

乏　　乏1（房法）法2（方乏）

通過反切系聯，凡韻平、上、入三聲切下字各系聯為一類，去聲切下字系聯為兩類，唇音為一類，其他為一類。出現的條件互補，嚴氏把它們合為一類。

咸攝小結：

咸攝的7個韻系，多獨用，混併少，只有咸銜合流。魏晉南北朝時，覃談同用，鹽添同用，咸銜同用，嚴凡同用，隋唐時，沒有什麼變化。晚唐五代時，嚴鹽兩部合為一部。在《切韻》音系，覃談兩韻在南北朝是分立的。大徐反切音系中，覃談分立，嚴凡去聲，咸銜合流，鹽與添的來母字有混切，但兩韻部尚未合流。

咸攝共有7個韻系。除凡韻系均為開口韻。

一等：覃韻有四個韻：覃感勘合

　　　談韻有四個韻：談敢闞盍

〔註14〕參看陸志韋《古音說略》，載《陸志韋語言學著作集（一）》，中華書局，1985。

二等：咸韻與銜韻合流，有四個韻：咸（銜）豏（檻）陷（鑑）洽（狎）

三等：鹽韻有四個韻：鹽（添）㸇琰艷葉

　　　嚴韻有二個韻：嚴　業

三等：凡韻有四個韻：凡范梵乏

四等：添韻有四個韻：添忝㮇帖

第二節　韻部考察

一、重韻系統的混併

重韻是指在同攝、同等、同開合的情況下，存在兩個或三個韻類。重韻通常指一、二等韻。

大徐反切音系重韻混併主要在二等和三等韻。

二等重韻包括：咸—銜，耕—庚二，麥—陌，山—刪，黠—鎋，洽—狎，皆—佳夬。其中咸銜、耕庚二、陌麥、黠鎋、洽狎已經合流，見上文論述。

三等重韻包括：東三—鍾，支脂之，元—仙，真三—欣，真—文，尤—幽

1. 二等重韻

二等重韻自切、混切列表如下，這裏舉平聲以賅上去（示例見上文）：

	庚二耕（開）	庚二耕（合）	山刪（開）	山刪（合）	咸銜
自切總數	219	29	103	47	76
混切數	15	1	8	2	10
占總數比例	6.8	3.4	7.8	4.3	13.2
	佳皆夬（開）	佳皆夬（合）			
自切總數	99	32			
混切數	6	2			
占總數比例	6.1	6.3			

大徐反切音系中的二等重韻混切的比例較大。

2. 三等重韻

三等重韻自切、混切列表如下：

	東三鍾	元仙（開）	元仙（合）	之支脂（開）
自切總數	316	287	269	672
混切數	10	4	2	51
占總數比例	3.16	1.39	0.7	7.59
	真欣	真文	尤幽	之支脂（合）
自切總數	351	440	315	466
混切數	9	3	4	20
占總數比例	2.56	0.68	1.27	4.29

從表中可以看出，大徐反切音系三等重韻也已經出現了合流的趨勢，反映出了徐鉉所處時代的語音特點。

二、同攝不同等位之間的混切

大徐音系中同攝不同等位之間也存在混切現象。

1. 三四等互切

各韻自切、混切比例如下（示例見上文）：

	仙先（開）	宵蕭	清青（開）	清青（合）	鹽添
自切總數	421	149	368	27	141
混切數	21	8	9	2	4
占總數比例	5	5.1	2.4	7.4	2.8

從混切的韻部來看，除清、青韻外，均為重紐韻和純四等韻混切，相比較而言，三、四等互切比例較大，說明在大徐反切音系中，重紐韻與四等韻正處於合流階段，這也是語音發展的規律。

2. 一三等互切

大徐反切音系一、三等互切只出現在魂諄一組韻部中，混切比例很小，說明一、二等各韻比較獨立。

小　結

大徐反切音系中，同攝不同等位之間存在著混切現象，數量極少，但仍可以反映出當時的語音特點。

第三節　重紐研究

重紐韻是中古音韻部的一大特點。我們考察大徐反切音系重紐韻時，把範圍定在傳統意義上的八個韻系，分別是支、脂、祭、真、仙、宵、侵、鹽。

我們運用反切系聯法和「類相關」法來考察重紐韻的情況。

邵榮芬先生在考察《王三》和《廣韻》中重紐舌齒音歸屬類別時，對應用反切系聯法提出了一個前提條件，即必須在重紐三、四等唇牙喉的反切下字完全不系聯的情況下才能進行[註15]。如果在唇牙喉音的切下字出現了兩組反切，就可以說明這個韻有重紐三四等的對立，如果唇牙喉音的切下字只有一組反切，說明在這個韻裏，沒有重紐三四等的區別。如果唇牙喉音切下字系聯為一類，但在這一類中，出現反切用字不同時，我們還需進一步考察。如果切下字相同，我們還需看切上字是否為一類。切上字若分別屬於重紐三等和重紐四等，有重紐類別不同，儘管切下字可以系聯在一起，根據類相關的理論，我們也不認為它們是一類，因為在重紐韻中，反切上字也可以區分重紐的類別。

我們首先運用反切系聯法系聯重紐韻的反切下字，系聯結果如下[註16]：

表一：大徐反切音系重紐八韻系切下字分類表

韻系	聲調	切下字數	開合	切下字的系聯類別	備　註
支	平	15	開	①知離支移羈宜奇皮	
			合	②吹垂為危隨規陸	
	上	18	開	①侈此爾尒紙氏	
				②婢俾弭	唇音字自成一類，放在開口。
			合	③捶壘委詭詭跪毀彼綺	「彼」在大徐音中是「補委切」，與合口系聯為一類。
	去	11	開	①義寄智賜豉寘避恚	
			合	②瑞睡偽	
脂	平	15	開	①伊尸夷脂尼資私咨	
				②悲眉	唇音字自成一類，放在開口。
			合	③追佳惟遺綏	

〔註15〕參看邵榮芬《切韻研究》，中國社會科學出版社，1982。

〔註16〕重紐部分表格的排列參照了張詠梅《〈廣韻〉〈王三〉重紐八韻系切下字系聯類別的統計與分析》（載《語言》第四卷，首都師範大學出版社，2003）一文中表格排列的方法。

	上	14	開	①匕幾姊妣旨履	
			合	②鄙美洧軌誄水癸唯	脣音字與合口系聯為一類。
	去	20	開	①豕視二利至四冀器	
				②祕媚備位媿	
			合	③類醉遂萃淚	
				④季悸	
祭	去	12	開	①世例制罽祭弊袂蔽	脣音字與開口系聯為一類。
			合	②衛歲銳芮	
真	平	13	開	①身人鄰珍賓真因隣	
				②巾銀貧	
			合	③筠贇	
	上	7	開	①軫忍引	
			合	②隕敏閔殞	
	去	10	開	①遴刃振震晉進盡吝僅覲	
			合		
	入	11	開	①筆密乙	
				②悉七畢必吉栗日質	《廣韻》「必」自成一類。
			合		
仙	平	16	開	①連延然仙偏	
				②乾虔焉	
			合	③川全緣專沿	
				④權員貟	
	上	17	開	①辯蹇褰展淺善踐衍演	
			合	②辡免勉辨沔篆兗沇	脣音字與合口系聯為一類。
	去	15	開	①箭賤線面	
				②扇繕戰	
			合	③倦眷卷戀轉變	
				④絹掾	
	入	14	開	①竭列薛熱滅桀折	
			合	②說爇劣輟	
				③絕雪悅	
宵	平	15	獨韻	①霄宵邀	
				②招搖昭遙	
				③驕嬌喬儦鑣瞯	
				④消焦	

上	10		①表矯夭小兆	
			②少沼眇紹標	
去	6		①笑肖妙	
			②照召廟	
侵	平	12	獨韻	①林任尋
				②針鍼深箴岑
				③今參音吟
	上	9		①審荏稔甚枕衽
				②錦飲飲
	去	4		①蔭鴆朕禁
	入	7		①入汁執立及汲急
鹽	平	5	獨韻	①廉淹閻鹽占
	上	8		①斂弇冉琰
				②儉撿險奄
	去	4		①瞻豔
				②窆驗
	入	7		①聶輒接葉讋攝涉

　　我們在給切下字系聯歸類時，發現唇音字是比較特殊的一類。在大徐反切音系中，唇音字或自成一類，或與開口、或與合口系聯為一類。我們完全客觀地依據切下字系聯的結果，如遇唇音字自成一類，我們則把它歸入開口。

　　我們根據方孝岳先生《廣韻韻圖》中 A、B 類的排列，分別標出 A、B 類切下字的類別。

表二：大徐反切音系的切下字類別表

韻系	開合	聲調	A、B類	唇				牙				喉		備　註
				幫	滂	並	明	見	溪	群	疑	影	曉	
支	開	平	B			羈①		宜①		羈①	羈①			
			A											
		上	B											
			A			弭俾②	婢②							

韻	呼	調	類								備註
		去	B				義①				切下字分為兩類，但系聯為一類。
		去	A		義①					避①	
	合	平	B						為②		切下字分為兩類，但系聯為一類。
		平	A			隨②				規②	
		上	B	委③		委③	彼委③		詭③	委③	大徐音「彼，補委切」，與合口系聯在一起。
		上	A								
		去	B					睡②			
		去	A								
脂	開	平	B	眉②		悲②					
		平	A							脂①	
		上	B				履①				切下字分成了兩類，但系聯只一類。
		上	A	履①							
		去	B	媚②	祕②	祕②		冀①	位①		切下字分成一類，但系聯為兩類。
		去	A								
	合	平	B								平聲沒有重紐。
		平	A								
		上	B	美②		鄙②					
		上	A			誄②					
		去	B			悸④		季④			
		去	A								
祭	開	去	B				例①				切下字分為兩類，但系聯為一類。
		去	A	袂①	祭①	弊①					
	合	去	B								
		去	A								

韻	開合	聲	等							備註
真	開	平	B		巾②	銀②		巾②		
			A	鄰①				真①		
		上	B							大徐反切音系上聲沒有重紐字。
			A							
		去	B				吝①			
			A							
		入	B	密①		密①		筆①		
			A	吉②		質②				
	合	平	B							平聲沒有重紐。
			A							
		上	B			殞②				
			A							
		去	B							去聲沒有重紐。
			A							
		入	B							入聲沒有重紐。
			A							
仙	開	平	B				焉②	乾②		
			A							
		上	B		蹇①	輦①				
			A							
		去	B							
			A			箭①				
		入	B					列①		切下字分為兩類，但系聯為一類。
			A			列①				
	合	平	B					員④		
			A							
		上	B	免②		辨②				切下字分為兩類，但系聯為一類。
			A			㒰②				

韻	獨韻	聲	等									備註
		去	B	戀③				倦③	睠③			
		去	A					掾④				
		入	B									入聲沒有重紐。
		入	A									
宵	獨韻	平	B	嬌③				喬③	嬌③		嬌③	
		平	A							霄①		
		上	B	矯①				夭①		兆①		
		上	A		沼②	沼②						
		去	B			召②						
		去	A									
侵	獨韻	平	B					音③		今③		
		平	A									
		上	B					飲②		錦②		
		上	A									
		去	B					蔭①		禁①		
		去	A									
		入	B					立①	立①			
		入	A									
鹽	獨韻	平	B									平聲沒有重紐。
		平	A									
		上	B					奄②	險②	檢②	檢②	
		上	A									
		去	B	驗②						窆②		
		去	A									
		入	B									入聲沒有重紐。
		入	A									

　　從上表中我們可以看出，大徐反切音系與《廣韻》的重紐情況已經完全不同，重紐三、四等成對出現的情況已經不多見，只有 4 對，分別是支韻入聲幫

母字、真韻入聲幫母字、仙韻合口上聲明母字和去聲見母字。其餘情況多是只保留了重紐三等字或只有重紐四等字。從重紐三四等字的數量看，也比較少，一個韻系最多有 18 個字，最少有 4 個字。唇牙喉音的分布也不完全。

　　關於如何判斷重紐 A、B 類切下字的分立，傳統的做法是考察切下字，前提條件必須是切下字系聯有分類，如果切下字為一類，即使有 A、B 類切下字的分別，也不能認為 A、B 類的切下字分立。大徐反切音系中這種情況比較少，多數情況只出現 A 類或 B 類，甚至有的類沒有重紐字，這就無法比較重紐字的類別，也無法判斷 A、B 類是否存在，因此我們只能在切下字分成兩類或三類並且至少有一對 A、B 類字的小單位中判斷重紐的存在〔註17〕。我們把大徐反切音系重紐八韻系切下字系聯結果分類情況列表如下：

切下字類別	與 A、B 類的關係		總計
	能區分 A、B 類	不能區分 A、B 類	
一類		支開、支合、紙開、真開、真合、脂合、旨開、旨合、祭開、祭合、真合、震開、軫開、軫合、獮開、獮合、薛開、沁、緝、鹽、葉	21（約 52.5%）
二類	脂開、至開、真開、質開、小、笑、仙開、仙合、線開、線合、薛合、寢	琰、艷、儼、紙合、至合	17（約 42.5%）
三類	侵		1（約 2.5%）
四類	宵		1（約 2.5%）
合計	14（約 35%）	26（約 65%）	40

　　從表中可以看出大徐反切音系重紐八韻系的 40 個小單位中，切下字分成兩類或兩類以上的有 14 個，約占 35%。因此完全依據切下字的系聯無法判斷 A、B 類的對立與否。

　　我們依據類相關的理論，對重紐八韻系進行考察。「類相關」的理論是我國臺灣學者周法高、杜其容和日本學者辻本春彥、上田正、平山久雄等先生在研究中古反切資料特別是《廣韻》的重紐問題時提出來的〔註18〕。馮蒸先生

〔註17〕 參看張詠梅《〈廣韻〉（王三）重紐八韻系切下字系聯類別的統計與分析》，《語言》第四卷，首都師範大學出版社，2003。

〔註18〕 參看董同龢《廣韻重紐試釋》，《史語所集刊》13 本，1948；周法高《廣韻重紐的研究》，《史語所集刊》13 本，1948；〔日〕辻本春彥《所謂三等重紐的問題》（馮蒸譯），載馮蒸《漢語音韻學論文集》，首都師範大學出版社，1997。

最先把「類相關」的理論引入到大陸漢語音韻學界，並在 1991 年出版的《中國語言學大辭典》首次將「類相關」作為一詞條收錄在《音韻卷》[註19]。「類相關」是關於重紐反切類別規律的學說，它指出了這樣一條規律：在《切韻》系韻書及其他中古反切資料的重紐反切中，反切上字的韻部類別與被切字的韻部類別是一致的。表示重紐的反切中，上字若 A 類，則被切字亦屬 A 類，上字若 B 類，則被切字亦屬 B 類[註20]。用公式表示就是：

切上字韻類＋切下字韻類　→　被切字韻類

A	＋	X	→	A
B	＋	X	→	B
C	＋	X	→	A／B／C

松尾良樹認為研究類相關不應該把範圍限定在被切字與反切上字的關係上，也應該把反切下字列入考察範圍，即應把切上字、切下字與被切字三者的韻類關係稱之為類相關[註21]。同時把類相關法從喉音擴大到了舌齒音。

本文采用類相關法，對大徐反切音系中的重紐韻（包括支、脂、祭、真、仙、宵、侵、鹽）進行窮盡性的考察和統計。具体情況如下：

切上字類別	切下字類別	被切字類別	數量
A	A	A	8
C	A	A	5
B	B	B	8
C	B	B	43
A	B	A	1
B	A	B	11
A	精	A	1
C	精	A	1
B	章	B	1

[註19] 參看馮蒸主編《中國語言學大辭典·音韻卷》，南昌：江西教育出版社，第 73～171 頁。

[註20] 參看馮蒸《〈廣韻〉反切上字分等分類表並說明》，載《外國語言學及應用語言學研究》第 1 輯，中央編譯出版社。

[註21] 參看松尾良樹《論〈廣韻〉反切的類相關》（馮蒸譯），載《語言》第一卷，首都師範大學出版社，2000。

C	章	A	4
A	來	A	2
C	來	A	2
C	來	B	6
C	莊	A	1
一等	B	B	3
C	澄	B	1
C	云	B	3
A	余	A	2
B	余	B	1

從上表，我們可以得出如下結論：

1. 被切字與切上字 A、B 類相同，即切上字是 A 類，被切字是 A 類，切上字是 B 類，被切字是 B 類，C 類不受此限制；

2. 精組切下字共出現 2 次，只作 A 類字的切下字；

3. 章組切下字共出現 5 次，被切字 A 與 B 的比例是 4：1，可見章組與 A 類關係更密切；

4. 來母切下字共出現 10 次，被切字 A 與 B 的比例是 4：6，說明來母與 B 類的關係更密切；

5. 云母切下字共出現 3 次，被切字均為 B 類；

6. 余母切下字共出現 3 次，被切字 A 與 B 的比例是 2：1，說明余母與 A 類關係更密切；

7. 一等切上字共出現 3 次，被切字均為 B 類。

大徐反切音系重紐韻的特點與《廣韻》重紐韻的特點相同：精組、章組與 A 為一類，余母更靠近 A 類；來母與 B 為一類，云母更靠近 B 類[註22]。大徐

〔註22〕參看秦淑華、張詠梅《重紐韻中的舌齒音》，載《語言》第四卷，首都師範大學出版社，2003。

反切音系中被切字與切上字 A、B 類相混的情況，說明 A、B 類界限分明，保持著對立。

通過反切系聯切下字並結合「類相關」理論的運用，我們認為大徐反切音系中基本還保留著重紐，並且遍及八大重紐韻系，但數量明顯減少，而且重紐三、四等字也少有成對出現。

下面我們看一下重紐各韻系 A、B 兩類字的分布情況。

	A 類	B 類
支韻系（開口）	4	5
支韻系（合口）	2	7
脂韻系（開口）	2	9
脂韻系（合口）	1	4
祭韻系（開口）	3	1
祭韻系（合口）	0	0
真韻系（開口）	4	7
真韻系（合口）	0	3
仙韻系（開口）	2	5
仙韻系（合口）	2	6
宵韻系	3	8
侵韻系	0	8
鹽韻系	0	5
合計	23	68

大徐反切音系中，重紐 A 類字共 23 個，B 類字共 68 個，幾乎是 A 類字的三倍。可見重紐 B 類字保留相對多一些，大徐反切音系中，三四等混切的韻部有仙先、宵蕭、鹽添，混切比例在 5%左右，多為重紐 A 類字與純四等韻相混，我們從重紐 A 類字大量消失的現狀也可以推測，在大徐反切音系中，重紐 A 類字部分已經與純四等韻合流。這也是五代宋初時音的一個特點吧。

重紐小結：大徐反切音系中，支、脂、祭、真、仙、宵六韻系還保留著重紐三四等的區別，侵和鹽韻系只保留了重紐三等字，已經沒有重紐三四等的對立了，保留著重紐韻的六韻系中，重紐三等字保留的相對多一些，重紐四等字部分已經與純四等韻合流。

第四節　韻部研究小結

通過對韻部的考察，我們發現大徐反切音系中，韻部混併的情況比較多，具體混併情況如下：

合流的韻部：咸銜；庚二耕；支脂之；刪山；先仙開四；真重三欣；魂諄〔來〕；宵四蕭混併的韻部：

一等重韻：寒桓〔入〕

二等重韻：佳皆開夬；

三等重韻：東三鍾〔入〕；元仙〔上去入〕；真文〔上〕；尤幽〔平〕；

三、四等互切：止攝脂蟹攝齊〔平〕；咸攝鹽添〔來〕；梗攝清青〔上去入〕；

異攝混切：蟹攝佳合假攝麻二合流攝尤與遇攝虞〔唇音〕

總體而言，大徐《說文解字》反切音系處於韻部相混的階段，從混併的比例來看，相混的韻部雖多，但比例都比較小，真正實現合流的韻部不多。大徐反切音系中還保留了重紐三、四等的對立，重紐三等字相對多一些，重紐四等字部分已經與純四等韻合流。

下面我們把大徐反切音系與時代相近的音系進行比較，來考察大徐反切音系的語音面貌。見下表：

大徐反切音系與時代相近的音系比較〔註23〕

音系	大徐音系	五經文字	說文繫傳	西北、敦煌
佳麻	部分合		合	合
重紐	部分仙四入先，仙三入元，真重三入欣，宵四入蕭	仙三入元、仙四入先、鹽四入添、宵四入蕭		不分
臻攝	混：真重三欣、魂諄〔來〕	真臻	真臻欣文諄	併
開合	混：魚虞		併：魚虞	併：魚虞、嚴凡
一三等	混：魂諄〔來〕	混：尤侯（唇）、東冬鍾（唇音）	併：東冬鍾、魚虞模、文欣真諄、陽唐、蒸登、尤侯幽	併：東冬鍾

〔註23〕五經文字、說文繫傳和西北敦煌語音的特點參見丁峰《〈博雅音〉研究》，北京大學出版社。

三四等	混：齊脂、清青、鹽添 併：仙四先、宵四蕭	混：仙先、齊祭、宵蕭 併：清青、鹽添	併：齊祭、元仙先、宵蕭、添嚴鹽	併：止攝開口與齊、齊祭開、宵蕭、仙先元、鹽嚴添凡、庚三清青
重三等	併：支脂之、真三欣混：東三鍾、元仙、真文、尤幽	併：支脂之、尤幽混：之微、仙元	併：支脂之微、庚耕清青、真欣諄文、元仙、尤幽、鹽嚴	併：支脂之微、尤幽、東三鍾，仙元、鹽嚴凡、庚三清
重二等	併：山刪、佳皆夬、咸銜、庚二耕	併：佳皆夬、山刪開、庚耕開、咸銜	併：山刪、佳皆夬、庚耕清、咸銜	併：佳皆、山刪、咸銜、庚耕
重一等		併：覃談咍混：東一冬	併：東冬鍾、灰泰合、咍泰開、覃談	併：咍灰泰、東一冬、談覃
代表地		長安	吳音	西北（隴）
年代	唐五代	776	南唐	唐五代

從韻部特點來看，大徐《說文解字》反切音系與《五經文字》所反映的長安音比較接近，與《說文繫傳》反映的晚唐五代音尚有一定距離。我們認為大徐音可能是五代宋初時期讀書音的反映。

第五節　韻部表

大徐反切音系與《廣韻》的不同表現在一些韻部的混併方面，混與併的臨界點擬在百分之十左右，這裏考慮的比例不一定穩妥，權作處理數據的參考尺度。大徐反切音系反映出混的系統呈現出的是韻部發展的趨向，併的系統反映的是韻部較為穩定的狀態。下面我們把混的韻部用（）表示，併的韻部用〔〕表示，大徐反切音系中既沒有出現混又沒有出現併的韻部中間用／隔開。

序號	平聲	上聲	去聲	入聲
1	東一 東三	董	送	屋
2	冬		宋	沃
3	鍾	腫	用	燭〔屋三〕
4	江	講	絳	覺
5	支開〔脂之〕 支〔脂〕合	紙〔旨、止〕 紙〔旨〕合	寘〔至志〕 寘〔至〕合	
6	微開 微合	尾開 尾合	未開 未合	
7	魚	語	御	

8	虞	麌	遇	
9	模	姥	暮	
10	齊（脂）開 齊合	薺開	霽開 霽合	
11	皆〔佳〕開 皆合	駭開／蟹開	卦〔怪夬〕	
12	灰	賄	隊	
13	咍	海	代	
14			祭開A 祭開B 祭合	
15			泰開 泰合	
16			癈開　無字 癈合	
17	真A開 真B開〔欣〕	軫B開〔隱〕 軫〔吻〕合	震A開　無字 震B開〔焮〕	質A開 質B開〔迄〕
18	諄〔真合〕	準	稕	術
19	臻			櫛
20	文		問	物
21	魂〔諄來〕	混	慁	沒
22	痕	很	恨	
23	元開 元合	阮開 阮合	願開 願合	月開 月合
24	寒	旱	翰	曷〔末〕唇
25	桓	緩	換	末
26	刪〔山〕開 刪〔山〕合	潸〔產〕開 潸合	諫〔襇〕開 諫合	鎋〔黠〕開 鎋合
27	先〔仙A〕開 先〔仙A〕合	銑〔獮A〕開 銑〔獮A〕合	霰〔線A〕開 霰〔線A〕合	屑〔薛A〕開
28	仙B開 仙B合	獮開 獮合	線開 線合	薛開 薛合
29	宵B	小	笑	
30	蕭〔宵A〕	篠〔小〕	嘯	
31	肴	巧	效	
32	豪	皓	號	

33	歌$_{一開}$	哿	箇	
34	戈$_{一合}$	果$_{一合}$	過	
35	麻$_{二開}$ 麻$_{二}$〔佳〕$_{合}$ 麻$_{三開}$	馬 馬 馬	禡 禡 禡	
36	陽$_{開}$ 陽$_{合}$	養$_{開}$ 養$_{合}$	漾$_{開}$ 漾$_{合}$	藥$_{開}$ 藥$_{合}$
37	唐$_{開}$ 唐$_{合}$	蕩$_{開}$ 蕩$_{合}$	宕$_{開}$ 宕$_{合}$	鐸$_{開}$ 鐸$_{合}$
38	庚$_{二}$〔耕〕$_{開}$ 庚$_{二}$〔耕〕$_{合}$ 庚$_{三開}$ 庚$_{三合}$	梗$_{二}$〔耿〕$_{開}$ 梗$_{二}$〔耿〕$_{合}$ 梗$_{三開}$ 梗$_{三合}$	映$_{二}$〔諍〕$_{開}$ 映$_{二}$〔諍〕$_{合}$ 映$_{三開}$ 映$_{三合}$	陌$_{二}$〔麥〕$_{開}$ 陌$_{二}$〔麥〕$_{合}$ 陌$_{三開}$
39	清$_{開}$ 清$_{合}$	靜$_{開}$ 靜〔迥〕$_{合}$		昔$_{合}$　無字
40	青$_{開}$ 青$_{合}$	迥$_{開}$ 迥$_{合}$	徑〔勁〕$_{開}$	錫〔昔〕$_{開}$ 錫$_{合}$
41	蒸$_{開}$ 蒸$_{合}$　無字	拯$_{開}$無字 拯$_{合}$無字	證$_{開}$ 證$_{合}$無字	職$_{開}$ 職$_{合}$無字
42	登$_{開}$ 登$_{合}$	等$_{開}$	嶝$_{開}$	德$_{開}$ 德$_{合}$
43	尤	有	宥	
44	侯	厚	候	
45	幽	黝	幼	
46	侵	寢	沁	緝
47	覃	感	勘	合
48	談	敢	闞	盍
49	鹽〔添〕$_{來}$	琰〔忝〕$_{來}$	艷	葉
50	添	忝	㮇	帖
51	咸〔銜〕	豏〔檻〕	陷〔鑑〕	洽〔狎〕
52	嚴	儼　無字	釅　無字	業
53	凡	范	梵	乏

　　從上表中，可以看出，大徐反切音系平聲 50 韻，上聲 45 韻，去聲 49 韻，入聲 29 韻，合計 173 韻。

第六節 與嚴學宭先生分類比較之異同

嚴先生得大徐《說文解字》反切下字為 194 韻、262 類，其中陰聲韻 67 韻、95 類：陽聲韻 127 韻、167 類。與《廣韻》在韻類方面有 22 點差異，大致情況是：一等重韻（寒桓〔上聲〕）、二等重韻（皆／佳／夬、咸／銜、山／刪〔入聲〕、庚二／耕〔平、上、入聲〕）、三等重韻（脂／支／微、嚴／凡〔去聲〕、真／欣〔去聲〕）、三、四等韻（鹽／添、仙／先〔去、入聲〕、清／青〔上、去聲〕）均有不同程度的合流音變發生。

本文通過反切比較，得大徐《說文解字》反切下字為 173 韻，270 類，與嚴先生比較，主要有以下幾點不同：

1. 東韻三等與鍾韻入聲混；

2. 支脂之合流，微韻獨立；齊脂平聲部分混；

3. 佳皆分開合，佳韻開口併入皆韻；合口併入麻韻；

4. 佳皆開口與夬合流，佳韻合口併入麻韻二等合口；

5. 真韻重紐三等與欣合流：

6. 真部與文部上聲合流；

7. 元部與仙部上去入混；元部分開合口；

8. 魂韻與諄韻的來母字不分；

9. 寒桓入聲曷末的唇音字開始混併；

10. 寒部上聲與緩韻分立；

11. 刪山二部合流；

12. 山部合口與刪部合口合流，山部只有開口；

13. 仙部開口重紐四等與先合流；

14. 宵部重紐四等與蕭合流；

15. 庚韻二等與耕合流；

16. 蒸部合口無字；

17. 尤幽平聲相混；

18. 尤虞唇音字部分混；

19. 鹽添的來母字混併。

第五章　聲調研究

　　大徐《說文解字》反切音系有平、上、去、入四個聲調。從注音方式上，雖然沒有明確註出四聲的聲調，但有 1 例用了紐四聲法注音，如（7922）254 頁上「扴，上舉也。從手升聲。《易》曰：扴馬壯吉。蒸上聲」，道明了整個聲調系統的四聲構成。

　　大徐反切音系聲調有四個：平上去入，共 9419 字，四聲以平聲字最多，為 3713 個；其次為去聲 1933 個，入聲 1911 個，上聲字最少，為 1862 個。四聲之間均存在混切現象，數量不等。具體情況如下。

第一節　各聲調之間的混切

　　（1）平去混切：以平切去 1 個，以去切平 3 個，混切數幾乎占平聲、去聲總數的 0.07%。混切示例如下：

以平切去，1 例

序號	字	大徐反切		大徐音韻地位						廣韻反切		廣韻反切音韻地位					
4096	鄮	莫	侯	明	侯	開	一	平	流	莫	候	明	候	開	一	去	流

以去切平，3 例

序號	字	大徐反切		大徐音韻地位						廣韻反切		廣韻反切音韻地位					
8442	瓗	九	院	見	線	合	三	去	山	巨	貟	群	仙	合	三	平	山
1397	跔	其	俱	群	遇	合	三	去	遇	舉	朱	見	虞	合	三	平	遇
1671	觻	雖	遂	心	至	合	三	去	止	許	規	曉	支	合	三	平	止

平去混切 4 例。這些例子多數反切上字也相同。混切比例較小。段玉裁說上古沒有去聲。中古的去聲主要由入聲和平聲、上聲演變而來的[註1]。大徐反切音系中，平去混切數占平去總數的 0.07%。去聲與平聲儼然是兩個獨立的聲調，混切例正說明了這種聲調演變規律。

（2）平上混切

被切字為平聲的共 3662 個，被切字為上聲的共 1802 個。以平切上 5 個，以上切平 4 個，混切數占平聲、上聲總數的 0.15%。混切示例如下：

以平切上，5 例

序號	字	大徐反切		大徐音韻地位						廣韻反切		廣韻反切音韻地位					
6003	礹	鉏	銜	崇	銜	開	二	平	咸	慈	染	從	琰	開	三	上	咸
3807	檻	胡	黤	匣	咸	開	二	平	咸	胡	黤	匣	檻	開	二	上	咸
6287	獫	胡	黤	匣	咸	開	二	平	咸	胡	恭	匣	忝	開	四	上	咸
8275	姼	匹	才	滂	咍	開	一	平	蟹	方	美	滂	皆	開	三	上	止
267	莐	巨	巾	群	真	開	三	平	臻	居	隱	見	隱	開	三	上	臻

以上切平，3 例

序號	字	大徐反切		大徐音韻地位						廣韻反切		廣韻反切音韻地位					
7836	撣	徒	旱	定	旱	開	一	上	山	徒	干	定	寒	開	一	平	山
8491	紝	如	甚	日	寑	開	三	上	深	如	林	日	侵	開	三	平	深
1408	蹸	良	忍	來	軫	開	三	上	臻	離	珍	來	真	開	三	平	臻

（3）上去混切：以上切去 12 例，以去切上 10 例，占上聲、去聲字總數的 0.5%。

	序號	字	大徐反切		大徐音韻地位						廣韻反切		廣韻反切音韻地位					
濁	9772	酎	除	柳	澄	有	開	三	上	流	直	祐	澄	宥	開	三	去	流
濁	3605	構	古	后	見	厚	開	一	上	流	古	候	見	候	開	一	去	流
濁	5468	覯	古	后	見	厚	開	一	上	流	古	候	見	候	開	一	去	流
濁	7407	漏	盧	后	來	厚	開	一	上	流	盧	候	來	候	開	一	去	流
濁	7518	扁	盧	后	來	厚	開	一	上	流	盧	候	來	候	開	一	去	流
濁	665	蔟	莫	厚	明	厚	開	一	上	流	莫	候	明	候	開	一	去	流
濁	3169	音	天	口	透	厚	開	一	上	流	他	候	透	候	開	一	去	流
濁	1979	導	徒	皓	定	皓	開	一	上	效	徒	到	定	號	開	一	去	效

〔註1〕參看王力《漢語史稿》，中華書局，2001。

濁	3716	槶	古	悔	見	賄	合	一	上	蟹	古	對	見	隊	合	一	去	蟹
	1816	靳	居	近	見	隱	開	三	上	臻	居	焮	見	焮	開	三	去	臻
濁	1926	事	鉏	史	崇	止	開	三	上	止	鉏	吏	崇	志	開	二	去	止
濁	4669	禳	求	癸	群	旨	合	三	上	止	其	季	群	至	合	三	去	止

以去切上，10 例

	序號	字	大徐反切		大徐音韻地位						廣韻反切		廣韻反切音韻地位					
	6260	魯	司	夜	心	禡	開	三	去	假	悉	姐	心	馬	開	三	上	假
濁	99	瓚	徂	贊	從	翰	開	一	去	山	藏	旱	從	旱	開	一	上	山
濁	9651	隊	徒	玩	定	換	合	一	去	山	持	兗	澄	獮	合	三	上	山
濁	481	甚	常	衽	禪	沁	開	三	去	深	食	荏	船	寢	開	三	上	深
	3701	栠	直	衽	澄	沁	開	三	去	深	直	稔	澄	寢	開	三	上	深
濁	5420	朕	直	禁	澄	沁	開	三	去	深	直	稔	澄	寢	開	三	上	深
	5593	煩	章	衽	章	沁	開	三	去	深	章	荏	章	寢	開	三	上	深
濁	7627	鰝	胡	到	匣	號	開	一	去	效	胡	老	匣	皓	開	一	上	效
濁	1243	徯	胡	計	匣	霽	開	四	去	蟹	胡	禮	匣	薺	開	四	上	蟹
	2212	盾	食	閏	船	稕	合	三	去	臻	食	尹	船	準	合	三	上	臻

　　大徐反切音系中，上去混切 22 例，有 17 例屬於全濁上聲變去聲的情況，占上去混切例總數的 77%。長期以來，大都認為濁上變去始於唐代，而李新魁先生認為「從漢魏以來就不斷出現了」[註2]，有學者經研究把濁上變去的時間又提前到了三國時代[註3]。大徐反切音系中上聲變去聲例的一半屬於這種情況。

第二節　聲調小結

　　大徐反切音系共有平上去入四個聲調。四個聲調之間存在不同程度的混切。見下表：

大徐\廣韻	平	上	去	入
平	3706	5	1	
上	4	1847	12	
去	3	10	1920	
入				1911

〔註2〕參看李新魁《古音概說》，廣東人民出版社，1979，第 116 頁。
〔註3〕參看范新干《濁上變去發端於三國時代考》，載《漢語史研究集刊》第 2 輯，巴蜀書社，2000。

　　從上表我們可以看出：入聲除自切外，不與其他聲調混切，說明入聲與其他調型差距大，入聲尚未與其他聲調發生轉變；平聲與去聲的關係比較遠，差距最小的是上聲和去聲。從上去混切的切上字看，全濁聲母字占 77%，說明全濁上聲變去聲在當時已經存在，至少在一定範圍內存在了。儘管四聲之間存在著一些混切，但比例均在 1% 左右，我們只能說在當時只是剛剛有了調型轉換的萌芽，還沒有改變平上去入四個聲調的大局。

第六章　大徐反切音系又音小結

　　大徐反切音系中，一字多讀的共有 82 例，多數為一字兩讀，少數為一字三讀。其中 1 例，兩個反切注音聲韻調均相同。

　　注音方式有以下幾種：「**切又**切」，有的用「****二切」表示，還有的先用反切，後又用直音注音，如「**切又音*」。本文對所有這種一字多註的情況進行了考察，發現兩個注音之間的關係比較複雜，現分類列表於下。

　　1. 聲母相同，韻部、聲調均不同，24 例

頁碼	編號	字	大徐注音	反切1音韻地位						反切2音韻地位					
46頁下	1353	跰	旁各又音步	並	鐸	開	一	入	宕	並	暮	合	一	去	遇
24頁上	581	藉	慈夜又秦昔	從	禡	開	三	去	假	從	昔	開	三	入	梗
19頁下	400	薺	疾咨又徂禮	從	脂	開	三	平	止	從	薺	開	四	上	蟹
235頁下	7331	汰	代何又徒蓋	定	歌	開	一	平	果	定	泰	開	一	去	遇
214頁下	6601	尬	公八又古拜	見	黠	開	二	入	山	見	怪	開	二	去	蟹
50頁上	1450	句	古侯又九遇	見	侯	開	一	平	流	見	遇	合	三	去	遇
68頁上	2013	更	古孟又古行	見	映	開	二	去	梗	見	庚	開	二	平	梗
18頁下	366	贛	古送切又古禮	見	送	合	一	去	通	見	感	開	一	上	咸
21頁下	470	蔣	子良又即兩	精	陽	開	三	平	宕	精	養	開	三	上	宕
131頁下	3991	酇	作管又作旦	精	緩	合	一	上	山	精	翰	開	一	去	山
27頁下	701	莫	莫故又慕各	明	暮	合	一	去	遇	明	鐸	開	一	入	宕
178頁上	5478	霥	莫紅亡沃	明	東	合	一	平	通	明	沃	合	一	入	通
142頁上	4310	夢	莫忠又亡貢	明	東	合	一	平	通	明	送	合	一	去	通

頁碼	編號	字	大徐注音	反切1音韻地位						反切2音韻地位					
204頁下	6305	獳	奴豆又乃侯	泥	候	開	一	去	流	泥	侯	開	一	平	流
219頁下	6764	怕	匹白又葩亞	滂	陌	開	二	入	梗	滂	禡	開	二	去	假
230頁上	7142	漂	匹消又匹妙	滂	宵	開	三	平	效	滂	笑	開	三	去	效
194頁上	5965	厝	倉各又七互	清	鐸	開	一	入	宕	清	暮	合	一	去	遇
138頁上	4188	昫	火於又火句	曉	虞	合	三	平	遇	曉	遇	合	三	去	遇
236頁上	7342	滫	息流又思酒	心	尤	開	三	平	流	心	有	開	三	上	流
232頁下	7218	濙	一潁又屋瓜	影	靜	開	三	上	梗	影	麻	合	二	平	假
173頁上	5331	福	於武又於侯	影	虞	合	三	上	遇	影	侯	開	一	平	流
60頁上	1777	要	於消又於笑	影	宵	開	三	平	效	影	笑	開	三	去	效
194頁上	5972	厭	於輒又一琰	影	葉	開	三	入	咸	影	琰	開	三	上	咸
266頁下	8350	㦮	弋刃以淺	余	震	開	三	去	臻	余	獮	開	三	上	山

2. 聲母、韻部、聲調均相同，1例

頁碼	編號	字	大徐注音	反切1音韻地位						反切2音韻地位					
183頁下	5651	顑	下感下坎	匣	感	開	一	上	咸	匣	感	開	一	上	咸

3. 聲母、聲調相同，韻部不同，8例

頁碼	編號	字	大徐注音	反切1音韻地位						反切2音韻地位					
155頁下	4750	癉	丁榦又丁賀	端	翰	開	一	去	山	端	箇	開	一	去	果
68頁下	2031	敦	都昆又丁回	端	魂	合	一	平	臻	端	灰	合	一	平	蟹
22頁下	516	荄	古哀又古諧	見	咍	開	一	平	蟹	見	皆	開	二	平	蟹
226頁下	7021	洴	匹備又匹制	滂	至	開	三	去	止	滂	祭	開	三	去	蟹
173頁下	5362	毦	而尹又人勇	日	準	合	三	上	臻	日	腫	合	三	上	通
230頁下	7157	淬	苦江又哭工	溪	江	開	二	平	江	溪	東	合	一	平	通
229頁上	7100	洚	戶工又下江	匣	東	合	一	平	通	匣	江	開	二	平	江
232頁下	7217	窪	一佳又於瓜	影	佳	開	二	平	蟹	影	麻	合	二	平	假

4. 聲母不同，韻母、聲調相同，10例

頁碼	編號	字	大徐注音	反切1音韻地位						反切2音韻地位					
96頁下	2916	箸	陟慮又遲倨	知	御	開	三	去	遇	澄	御	開	三	去	遇
234頁上	7271	濱	才私又即夷	從	脂	開	三	平	止	精	脂	開	三	平	止
159頁上	4861	幭	先列又所例	心	薛	開	三	入	山	山	薛	開	三	入	山
215頁上	6621	茳	岡朗又胡朗	見	蕩	開	一	上	宕	匣	蕩	開	一	上	宕
182頁下	5616	頡	五活又下括	疑	末	合	一	入	山	匣	末	合	一	入	山
162頁下	4967	儧	吐猥又魚罪	透	賄	合	一	上	蟹	疑	賄	合	一	上	蟹
276頁下	8679	絠	弋宰又古亥	余	海	開	一	上	蟹	見	海	開	一	上	蟹

頁碼	編號	字	大徐注音	反切1音韻地位						反切2音韻地位					
53 頁上	1542	說	失爇又弋雪	書	薛	合	三	入	山	余	薛	合	三	入	山
78 頁上	2327	鞪	已遇又亡遇	余	遇	合	三	去	遇	明	遇	合	三	去	遇
18 頁下	370	蓨	徒聊又湯彫	定	蕭	開	四	平	效	透	蕭	開	四	平	效

5. 聲母、韻部、聲調均不同，24 例

頁碼	編號	字	大徐注音	反切1音韻地位						反切2音韻地位					
232 頁上	7210	沸	分勿又方未	非	未	合	三	去	止	幫	物	合	三	入	臻
32 頁上	846	咥	許既又直結	曉	未	開	三	去	止	澄	屑	開	四	入	山
292 頁下	9193	勦	子小又楚交	精	小	開	三	上	效	初	肴	開	二	平	效
227 頁上	7036	淨	土耕又才性	崇	耕	開	二	平	梗	從	勁	開	三	去	梗
156 頁上	4770	瘥	楚懈又才他	初	卦	開	二	去	蟹	從	歌	開	一	平	果
185 頁下	5715	鬙	先彳又大計	心	昔	開	三	入	梗	定	霽	開	四	去	蟹
254 頁上	7921	揭	去例又基竭	溪	祭	開	三	去	蟹	見	月	開	三	入	山
111 頁上	3316	言	許兩又普庚又許庚	曉	養	開	三	上	宕	滂	庚	開	二	平	梗
207 頁上	6387	焌	子寸又倉聿	精	慁	合	一	去	臻	清	術	合	三	入	臻
299 頁下	9424	且	子余又千也	精	魚	開	三	平	遇	清	馬	開	三	上	假
79 頁上	2351	瞿	九遇又音衢	見	遇	合	三	去	遇	群	虞	合	三	平	遇
234 頁上	7281	沈	直深又尸甚	澄	侵	開	三	平	深	書	寢	開	三	上	深
233 頁上	7233	灘	呼旰又他干	曉	翰	開	一	去	山	透	寒	開	一	平	山
266 頁下	8349	戡	竹甚口含	知	寢	開	三	上	深	溪	覃	開	一	平	咸
94 頁上	2839	解	佳買又戶賣	見	蟹	開	二	上	蟹	匣	卦	開	二	去	蟹
181 頁下	5575	頌	余封又似用	余	鍾	合	三	平	通	邪	用	合	三	去	通
31 頁下	833	唫	巨錦又牛音	群	寢	開	三	上	深	疑	侵	開	三	平	深
59 頁上	1752	弇	古南又一儉	見	覃	開	一	平	咸	影	琰	開	三	上	咸
179 頁下	5529	欸	凶戒又烏開	曉	怪	開	二	去	蟹	影	咍	開	一	平	蟹
44 頁上	1272	衙	魚舉又音牙	疑	語	開	三	上	遇	影	麻	合	二	平	假
231 頁上	7163	溶	余隴又音容	余	腫	合	三	上	通	影	鍾	合	三	平	通
167 頁上	5137	俑	他紅又余隴	透	東	合	一	平	通	余	腫	合	三	上	通
57 頁上	1702	診	直刃又之忍	澄	震	開	三	去	臻	章	軫	開	三	上	臻
195 頁下	6025	砭	方驗又方驗	幫	銜	開	二	平	咸	幫	豔	開	三	去	咸

6. 聲母、韻部不同，聲調相同，15 例

頁碼	編號	字	大徐注音	反切1音韻地位						反切2音韻地位					
185 頁下	5699	髟	必凋又所銜	幫	蕭	開	四	平	效	山	銜	開	二	平	咸
184 頁下	5675	鬟	大丸旨沇	章	仙	合	三	平	山	定	桓	合	一	平	山

287頁下	9024	塡	陟鄰又待年	知	真	開	三	平	臻	定	先	開	四	平	山
308頁下	9694	乾	渠焉又古寒	群	仙	開	三	平	山	見	寒	開	一	平	山
141頁下	4293	朏	普乃又芳尾	敷	尾	合	三	上	止	滂	海	開	一	上	蟹
300頁下	9463	矜	居陵又巨巾	見	蒸	開	三	平	曾	群	真	開	三	平	臻
18頁下	371	苖	徒歷又他六	定	錫	開	四	入	梗	透	屋	合	三	入	通
231頁上	7179	泏	竹律又口兀	知	術	合	三	入	臻	溪	沒	合	一	入	臻
197頁上	6068	豩	伯貧又呼關	幫	真	開	三	平	臻	曉	刪	合	二	平	山
66頁下	1962	毃	徒冬又火宮	定	冬	合	一	平	通	曉	東	合	三	平	通
57頁下	1717	謚	伊昔又呼狄	影	昔	開	三	入	梗	曉	錫	開	四	入	梗
209頁下	6460	燂	大甘又徐鹽	定	談	開	一	平	咸	邪	鹽	開	三	平	咸
236頁下	7367	潵	衫洽又先活	山	洽	開	二	入	咸	心	末	合	一	入	山
188頁上	5783	敀	己又又乙庶	見	宥	開	三	去	流	影	御	開	三	去	遇
123頁下	3728	挩	他活又之說	透	末	合	一	入	山	章	薛	合	三	入	山

　　大徐反切音系中一字兩讀或三讀的字共 82 個，占總數 9420 的 0.9%，比例很小。但也是當時語音面貌的真實記錄。本文推測這些讀音一定存在於當時的讀書音或口語音中，至少應該有一定的使用人群。我們從聲、韻、調幾方面很難找出整齊的演變規律，有些聲母、韻部相差很多，聲調相差很大，卻是同一個字的不同注音。之所以出現這種情況，本文猜測不排除以下幾個因素：

　　1. 多音字。如「更、漂、要、解」等，在現在的普通話裏，這些字仍然不只一個讀音，每個讀音表達一個意思，在五代宋初時期，多音字或許也存在。

　　2. 不排除方言的影響。首先，徐鉉是今揚州人，所使用的是帶有揚州音特點的語言，徐鉉在給《說文解字》注音時，難免會有自己方言的流露，如果有方言土語的話，語音演變的規律就比較難尋了。其次，徐鉉當朝為官，所接觸的人必定來自多個地區，注音過程中，也不排除受他人方音的影響。

　　3. 不排除誤讀、錯讀的現象。

　　4. 不排除傳抄中的訛誤。大徐本《說文解字》流傳於世經過了多次傳抄，在這過程中，出現抄錯的現象也是在所難免。這些只是本文的一些猜測，期待方家指正，對這種現象做出更合理的解釋。

第七章　徐鉉詩用韻考

　　《全唐詩》中共收錄徐鉉詩 289 首，其中古體詩 16 首，近體詩 273 首，關於徐鉉詩韻的整理，我們參考了倪文傑的《徐鉉詩韻考》一文。

　　從押韻的方式看，徐鉉詩可以分為一韻獨押、二韻合押和多韻交替相押幾種。與本文相關的主要是合韻的情況。本文在統計韻部出現的次數時，主要以整首詩為單位，如果一首詩是一韻到底，那麼該韻部計出現 1 次，如果一首詩中出現幾次換韻的情況，那麼每換一次韻，就在涉及的韻部計出現 1 次。我們在同用韻部的後面註出押韻字。下面我們按照古體詩和近體詩分別討論其用韻情況。

第一節　古體詩

1. 一韻獨押所涉及的韻部及出現次數

假攝：麻韻獨用 1 例；馬韻獨用 1 例

遇攝：魚韻獨用 2 例；

蟹攝：哈韻獨用 1 例；

止攝：支韻獨用 1 例；紙韻獨用 1 例；志韻獨用 1 例

效攝：皓韻獨用 1 例；

深攝：侵韻獨用 1 例；

宕攝：鐸韻獨用 1 例；

曾攝：職韻獨用 2 例；

2. 合　韻

（1）同攝合韻

遇攝：語姥同用 1 例：許／苦

　　　語麌姥同用 2 例：語／舞／鼓五

　　　麌御遇同用 1 例：去／舞／遇

止攝：支之同用 1 例；脂之同用 1 例；支脂同用 1 例；紙止同用 1 例；

效攝：宵蕭同用 1 例；小篠同用 1 例；悄／裊；皓篠同用（了）1 例；

流攝：尤幽同用 1 例；宥有同用 1 例；

山攝：山刪同用 1 例；仙先同用 1 例；先元同用 1 例；線霰同用 1 例；屑薛同用 1 例

臻攝：真諄文同用 1 例；真諄文魂同用 1 例；軫問震同用 1 例；質術同用 1 例；元先同用 1；

梗攝：庚清同用 2 例；耿映勁同用 2 例

（2）異攝合韻

假攝果攝蟹攝同用 1 例：歌（歌）佳（涯）麻

止攝蟹攝同用：支（知、亏、為）脂（湄）之（医）微（稀、歸）齊（西）同用 1 例；志至未霽同用 1 例；

山攝臻攝：薛月同用 1 例；質術物月沒與末同用 1 例；

梗攝曾攝：庚青蒸同用 1 例；陌職同用 1 例；陌職德同用 1 例；陌麥職同用 1 例；錫昔職同用 1 例

古體詩數量少，所押韻部沒有涉及所有韻攝。從聲調來看，涉及平上去入四個聲調，且平聲不與仄聲相押，上、去聲有混押的現象，這點區別於近體詩。

第二節　近體詩

一、一韻獨押

果攝：歌韻獨用 1 例

假攝：麻韻獨用 13 例；馬韻獨用 1 例

遇攝：魚韻獨用 7 例；虞韻獨用 1 例

蟹攝：齊韻獨用 4 例

止攝：之韻獨用 1 例；微韻獨用 16 例

流攝：尤韻獨用 12 例

深攝：侵韻獨用 9 例

山攝：寒韻獨用 3 例；桓韻獨用 1 例；山韻獨用 1 例；先韻獨用 2 例

臻攝：真韻獨用 9 例；文韻獨用 8 例

宕攝：陽韻獨用 6 例

通攝：東韻獨用 10 例

　　　鍾韻獨用 2 例

二、合　韻

1. 同攝相押：

果攝：歌戈同用 5 例：河歌羅多跎 / 坡何莎和波。平聲入韻，仄聲無。

遇攝：魚模同用 2 例：無書車如居初疏 / 廬姑

　　　魚虞模同用 1 例：躅 / 無夫 / 都

蟹攝：灰咍同用 9 例：限徊回杯罍 / 來台開才栽哉

止攝：之微同用 1 例：旗 / 飛歸

　　　支之同用 16 例：離為卑垂隨髭羈吹移宜池儀儿知厄枝 / 絲遲司詞時
　　　詩期飴棋芝

　　　支脂之同用 15 例：籬池儀羈攲奇髭離披枝知宜為移垂窺籬差 / 夷梨
　　　遲私師眉追悲幃衰楣遲 / 辭持時詩期思絲嗤姬鵝

效攝：宵蕭同用 7 例：朝飄謠橋遙潮招饒寮搖腰 / 蕭寥蕭條迢貂

流攝：尤幽同用 1 例：流秋忧 / 幽

　　　尤侯同用 12 例：收优流牛由愁留不洲稠舟游秋悠忧 / 樓頭侯鉤鷗

咸攝：覃談同用 3 例：含毚潭耽參探嵐南甘諳 / 三談

　　　覃談嚴凡同用 1 例：南 / 甘 / 嚴 / 帆凡

山攝：山删同用 8 例：潺山間閒 / 環關還鬟斑顏

　　　仙先同用 14 例：宣沿銓磚懸偏權乾延專旋玄緣連鐫捐錢傳煎遷川鮮

仙泉筵蟬然篇漣圓船／前年天邊田煙眠賢妍先弦蓮箋憐研牽

寒桓同用 8 例：竿刀看殘檀安寒干難／環盤官搏潘端冠

元魂同用 1 例：言幡喧／門存敦尊屯論魂

仙先山同用 1 例：圓船／弦／潺

臻攝：真諄同用 19 例：磷晨巾辰貧民真賓神新鄰頻濱臣身人親塵津／春
　　　旬均

真痕同用 1 例

元痕同用 1 例

諄文同用 1 例

元魂同用 2 例

宕攝：陽唐同用 10 例：章將妝鏜忘狂香墻陽房鄉長妨王颺／郎光廊行煌
　　　荒傍旁塘祥桑

曾攝：蒸登同用 3 例：勝冰凝興陵騰／燈增能

梗攝：庚清同用 22 例：迎橫卿兄京明平兵生行／驚城情晴旌營名聲程輕
　　　清纓呈精成

耕庚清同用 2 例：鶯／英迎／情

耕清同用 1 例：莖／情

通攝：東鍾同用 1 例：紅風同／叢

冬鍾同用 1 例：農／峰松逢

2. 異攝相押：

蟹攝假攝：佳麻同用 2 例，韻字包括：佳韻只有「厓、涯」二字入韻，麻
　　　　韻有：花賒家華斜沙。說明佳部平聲字「厓、涯」在徐鉉詩歌
　　　　中已經押入假攝。齊麻同用 1 例，韻字包括：齊韻：西溪迷；
　　　　麻韻：攜。

梗攝曾攝：蒸青 1：勝冰凝／星　麥職 1　職陌 1　昔錫職 1

臻攝山攝：先仙元同用 1 例：天煙／船／湲；元痕同用 3 例：藩園繁言／
　　　　恩尊門

3. 特殊例：

歌麻佳同用 1 例

麻職德同用 1 例

徐鉉的近體詩數量相對多一些。除江攝無字外，涉及所有的韻攝。從聲調看，均為平聲入韻，仄聲不入韻。

第三節 徐鉉詩所反映的語音面貌

徐鉉詩總體而言用韻比較寬，古體詩比近體詩用韻更寬，且比較自由，平上去入均可以入韻，近體詩只押平聲韻。從合韻的韻部來看，古體詩和近體詩平聲入韻的韻部有部分是相同的，如支脂之同用、尤幽同用、山刪同用、先仙同用、真諄同用等。從反映的語言層次看，古體詩和近體詩都有對時音的反映，古體詩用韻更自由，反映的口音特點多一些，近體詩更多的是反映了讀書音的特點。

近體詩同用的韻部有：歌戈、魚虞模、灰咍、支脂之微、宵蕭、尤侯、覃談、寒桓、山刪、先仙、真諄文欣魂痕、陽唐、蒸登、庚耕清青。上述各韻部在徐鉉詩中合韻現象頻繁出現，說明這些韻部在當時界限模糊，趨於合流。根據倪文傑先生的考證，發現徐鉉詩用韻很寬，其同用獨用的條例與唐代功令多有不同，如遇攝，《廣韻》為虞模同用，魚獨用，而徐鉉詩中魚虞模同用。由此可以說明，徐鉉詩用韻已經超出了唐代功令所規定的範圍，韻部合流多，這也正是當時語音的變化趨勢〔註1〕。

我們把大徐音與徐鉉詩用韻及小徐音進行一下對比，來考察大徐音的語音面貌。列表如下：

大徐反切音系與徐鉉詩韻及小徐反切音系的比較：

音系	大徐反切音系	徐鉉詩韻	說文繫傳
佳麻	合口部分合流	合	合
重紐	部分仙四入先，仙三入元，真重三入欣，宵四入蕭		
臻攝	混：真重三欣、魂諄〔來〕	真諄臻文	真臻欣文諄
開合	混：魚虞	併：魚虞、歌戈、寒桓	併：魚虞
一、三等	混：魂諄〔來〕	併：魚虞模、真諄、陽唐、蒸登、尤侯幽、東一東三	併：東冬鍾、魚虞模、文欣、真諄、陽唐、蒸登、尤侯幽

〔註1〕參看倪文傑《徐鉉詩韻考》，載《廣西大學學報》第2期，1987。

三、四等	混：齊脂、清青、鹽添 併：仙$_{四}$先、宵$_{四}$蕭	併：仙先、宵蕭	併：齊祭、元仙先、宵蕭、添嚴鹽
重三等	併：支脂之、真$_{三}$欣、 混：東$_{三}$鍾、元仙、真文、尤幽	併：支脂之微、庚耕、真欣諄文、尤幽	併：支脂之微、庚耕、清青、真欣諄文、元仙、尤幽、鹽嚴
重二等	併：山刪、佳皆夬、咸銜、 庚$_{二}$耕	併：山刪、庚耕清	併：山刪、佳皆夬、咸銜
重一等	混：寒桓	併：灰咍、覃談、寒桓	併：東冬鍾、灰泰合、咍泰開、覃談

　　由上表我們可以看出，徐鉉詩用韻特點所反映的語音面貌大體上與《說文繫傳》語音面貌相近，《說文繫傳》音系是時音的反映，從而也說明徐鉉作詩多用時音。大徐反切音系的語音與徐鉉詩反映的語音面貌和《說文繫傳》音系分別有一些重疊，但不完全相同，例如大徐反切音系一三等魂諄相混，三等東韻與鍾韻相混等。

　　總體而言，大徐反切音系與徐鉉詩韻和《說文繫傳》在韻部上有一些交叉，我們只能說大徐反切音系從韻部的角度看，有五代宋初時音的特色。

第八章　大徐《說文解字》新附字研究

大徐《說文》新附字共 402 個，其中與《廣韻》不同音者 6 個，占新附字總數的 1.5%，396 個與《廣韻》同音。下面我們來分析與《廣韻》不同音的 6 例。

1. 聲母不同而韻部相同、聲調相同，1 例

序號	字	大徐反切		大徐音韻地位					廣韻反切		廣韻反切音韻地位				
7422	潺	昨	閑	從	山	開	二	平	山	士	山	崇	山	開	二	平	山

2. 韻部不同而聲母相同、聲調相同的，5 例

序號	字	大徐反切		大徐音韻地位					廣韻反切		廣韻反切音韻地位				
2798	劇	渠	力	群	職	開三入		曾	奇	逆	群	陌	開三入		梗
2999	筠	王	春	云	諄	合三平		臻	為	贇	云	真	合三平		臻
6037	硾	直	類	澄	至	合三去		止	弛	偽	澄	寘	合三去		止
7418	瀟	相	邀	心	宵	開三平		效	蘇	彫	心	蕭	開四平		效
9109	境	居	領	見	靜	開三上		梗	居	影	見	梗	開二上		梗

3. 小　結

大徐反切音系新附字語音系統與《廣韻》音系大體相同。韻部方面支脂、宵蕭、真諄相混與大徐反切音相合。但總體而言，新附字的語音更接近《廣韻》。

第九章　大徐《說文解字》反切音系基礎

一、從作者看音系基礎

　　徐鉉，生於 916 年，卒於 991 年。祖先是會稽人，後隨父定居廣陵（今江蘇揚州）。生活於五代至宋時期，十六歲仕吳，為校書郎。後仕南唐，官至吏部尚書。宋滅南唐後，隨後主李煜歸宋，累官至左散騎常侍。徐鉉奉赦校定《說文解字》時是宋太宗雍熙三年（986），當時徐鉉已經七十歲。徐鉉一生大部分時間是在廣陵度過的。他使用的語言應以廣陵話為主，在他校定《說文解字》時，已是七十歲的高齡，必定會受自己常年使用的語言的影響，所以大徐反切音系中有方音的特點也是可以理解的。

　　此外，徐鉉是奉赦校訂《說文解字》，給其正音以教學子，因此，他所註的音一定是時音，並且一定不是市井流行的口語，應是當時的讀書音。

二、與《重斠唐韻考》比較看音系基礎

　　按傳統的觀點，大徐反切音系是《唐韻》的反映。《唐韻》久已亡佚。紀容舒的《重斠唐韻考》是把大徐反切按照《廣韻》的韻母重新排列，以此來試圖恢復《唐韻》的原貌。但是我們發現《重斠唐韻考》中多處出現同音字有不只

一個反切的現象，即在《廣韻》中為同音字，而大徐音有多個反切。這與一般韻書同音字只有一個反切的情況迥然不同，如果大徐反切完全依據《唐韻》，那麼就不會出現同音字多反切的情況了。我們推測這些不同的音切或許正是徐鉉自己用時音所註的結果。〔註1〕

三、從大徐反切音系特點看音系基礎

大徐反切音系聲母船禪相混，韻系多個混併，已經與代表洛陽音系的《切韻》音系完全不同。從韻部來看，更接近晚唐五代時的長安音。本文通過與時代相近的音系和徐鉉詩韻比較，發現大徐反切音系的韻部特點與之多有重疊，從而說明大徐音系反映了時音的特點。

四、與《廣韻》比較看音系基礎

大徐反切音系可以研究的 9420 條反切中，與《廣韻》比較，聲母相同而用字不同的有 1162 條，占總數的 12%；韻部相同而用字不同的有 1632 條，占總數的 17%。說明大徐反切音系所用反切絕大多數與《廣韻》即與《切韻》音系用字相同。由此可以說明徐鉉在給《說文解字》注音時，承用借鑒了前人的韻書反切用字。對於與韻書中讀音不同的字，正是徐鉉根據自己的讀音或當時的語音所註。

總上所述，本文認為大徐反切音系反映了五代宋初時期讀書音的語音面貌，這種讀書音的音系基礎，不像是洛陽音，更像是一種接近於長安音又帶一些南方方音色彩的語音。

〔註1〕《廣韻》同音而大徐異切的情況見附錄一。

第十章 結 論

我們通過用反切比較法、反切系聯法和統計法考察大徐反切音系的結果如下：

聲母方面，輕唇音尚未從重唇音中分化出來。舌音知端兩組偶有類隔，但已經分化，齒音精莊章三組已形成三足鼎立的局面。泥娘二母不混。船禪不分，余云不混。個別全濁音聲母有與清音混切的例子，比例較小，但從中可以看出濁音清化的萌芽。此外還有送氣音與不送氣音混切的現象。

韻部方面：合流的韻部有：咸銜；庚二耕；支脂之；佳皆開口與夬；刪山；先與仙重紐開口四等；宵韻四等與蕭；真韻重紐三等與欣；魂諄來母字。混併的韻部有：一等寒桓入聲；三等的東三鍾入聲、元仙上去入三聲、真文上聲、尤幽平聲、魚虞平聲；三四等互切的有山攝仙韻四等與先；效攝宵韻重紐四等與蕭；止攝脂蟹攝齊平聲；咸攝鹽添來母字。

大徐音還保留了重紐。支、脂、祭、真、仙、宵六韻系保留著重紐三四等的對立，侵和鹽韻系只保留了重紐三等字，已經看不出重紐三四等的區別了，此外，重紐三等字相對多一些，重紐四等字部分已經與純四等韻合流。

聲調方面，有平、上、去、入四個聲調，部分全濁聲母字變為去聲。

本文通過與時代相近的音系、與徐鉉詩韻的對比，並在考察了大徐音中存在的《廣韻》同音而大徐異切現象的基礎上，推斷大徐反切音系並不是孫愐

《唐韻》的語音系統，而是徐鉉在承用前人韻書反切用字的基礎上，又補充了時音的反切注音。它主要反映了五代宋初時期文人所用的讀書音的語音面貌，個別處反映出了方言語音的特點。

附錄一：《廣韻》同音字大徐異切字列表

大徐反切音一般都認為承用的是《唐韻》，我們在研究中發現，在《廣韻》中同音的字在《重斠唐韻考》中也多同音，但是大徐反切卻出現了兩個或兩個以上的反切，說明大徐反切音系在語音系統上不是依據《唐韻》。

我們這裏只收錄在《廣韻》中同音而大徐反切出現兩個或多個反切的字進行列表，按照平上去入四個聲調的順序排列。

1. 平　聲

東韻

頁碼	序號	字	唐反切〔註1〕		頁碼	序號	字	唐反切	
69	2044	攻	古	洪	28	716	公	古	紅
234	7275	瀧	力	公	250	7773	聾	盧	紅
77	2320	瞢	木	空	142	4310	夢	莫	中
282	8890	虹	戶	工	229	7099	洪	戶	公

鍾韻

頁碼	序號	字	唐反切		頁碼	序號	字	唐反切	
44	1269	衝	昌	容	220	6814	憧	尺	容
154	4691	瘲	即	容	275	8625	縱	足	容
59	1762	龔	紀	容	218	6708	恭	俱	容
297	9340	鐘	職	茸	294	9246	鍾	職	容

〔註1〕「唐反切」為紀容舒《重斠唐韻考》中所列大徐反切。同音的反切列在同一行。

支韻

頁碼	序號	字	唐反切	頁碼	序號	字	唐反切	頁碼	序號	字	唐反切
65	1927	支	章 移	7	23	祇	旨 移				
7	24	禔	市 支	21	451	芪	常 支	168	5194	匙	是 支
8	26	衹	巨 支	302	9503	軝	渠 支				
275	8644	縭	力 知	76	2285	離	吕 支				
249	7739	闚	去 隓	153	4639	窺	去 隨				
144	4383	移	弋 支	179	5521	歋	以 支				

脂韻

頁碼	序號	字	唐反切	頁碼	序號	字	唐反切	頁碼	序號	字	唐反切
234	7271	濱	才 私	154	4688	疵	疾 咨	107	3198	餈	疾 資
221	6840	燠	郎 尸	114	3401	棃	力 脂				
133	4042	鄈	揆 惟	15	260	葵	彊 惟				

之韻

頁碼	序號	字	唐反切	頁碼	序號	字	唐反切	頁碼	序號	字	唐反切
24	584	茨	疾 茲	218	6712	慈	疾 之				
36	985	越	巨 之	245	7639	鯕	渠 之				
168	5190	𧻹	語 期	190	5826	嶷	語 其				
31	822	咦	以 之	107	3194	飴	與 之	122	3672	枱	弋 之
274	8587	緇	側 持	268	8404	甾	側 詞				

微韻

頁碼	序號	字	唐反切	頁碼	序號	字	唐反切	頁碼	序號	字	唐反切
8	50	祈	渠 稀	163	4999	機	巨 衣				
255	7970	揮	許 歸	209	6470	輝	況 韋				
55	1619	譆	火 衣	144	4365	稀	香 衣				
170	5228	𦙶	於 機	164	5024	依	於 稀				
113	3367	韋	宇 非	143	4330	騑	于 非	129	3912	圍	羽 非

魚韻

頁碼	序號	字	唐反切	頁碼	序號	字	唐反切
84	2501	舒	傷 魚	65	1935	書	商 魚
256	7996	揟	相 居	115	3423	楈	私 閭
105	3160	蒩	側 余	24	591	菹	側 魚

虞韻

頁碼	序號	字	唐反切		頁碼	序號	字	唐反切	
25	611	鶖	叉	愚	29	757	犓	測	愚
251	7816	扶	防	無	282	8868	蚨	房	無
103	3094	虞	五	俱	286	8979	堣	噳	俱

模韻

頁碼	序號	字	唐反切		頁碼	序號	字	唐反切	
107	3211	餔	博	狐	41	1172	逋	博	孤
313	9798	酺	薄	乎	17	332	蒲	蒲	胡
85	2529	殂	昨	胡	39	1105	徂	全	徒
310	9728	孤	古	乎	125	3783	枯	古	胡
31	825	呼	荒	烏	179	5503	獻	虎	烏
32	836	吾	五	乎	117	3520	梧	五	胡

齊韻

頁碼	序號	字	唐反切		頁碼	序號	字	唐反切	
279	8779	蠐	徂	兮	143	4334	齊	徂	奚
21	467	薺	大	兮	34	936	嗁	杜	兮
289	9101	圭	古	畦	248	7697	閨	古	攜

佳韻

頁碼	序號	字	唐反切		頁碼	序號	字	唐反切	
119	3596	柴	士	佳	44	1281	齜	仕	街
232	7217	洼	一	佳	263	8258	娃	於	佳

皆韻

頁碼	序號	字	唐反切		頁碼	序號	字	唐反切	
164	5013	儕	仕	皆	198	6086	豺	士	皆

灰韻

頁碼	序號	字	唐反切		頁碼	序號	字	唐反切	
129	3896	回	戶	恢	233	7249	洄	戶	灰
87	2586	肧	匹	桮	313	9799	醅	匹	回

真韻

頁碼	序號	字	唐反切		頁碼	序號	字	唐反切	
132	4003	邠	補	巾	162	4959	份	府	巾
222	6873	慇	於	巾	170	5229	殷	於	身
18	357	黃	翼	真	310	9744	寅	弋	真
12	148	珍	陟	鄰	201	6193	駗	張	人

文韻

頁碼	序號	字	唐反切		頁碼	序號	字	唐反切	
28	708	分	甫	文	82	2473	鳻	府	文
118	3525	粉	浮	分	225	6985	汾	符	分
242	7538	雲	王	分	134	4081	鄖	羽	文

元韻

頁碼	序號	字	唐反切		頁碼	序號	字	唐反切	
287	9000	垣	雨	元	171	5288	袁	羽	元

魂韻

頁碼	序號	字	唐反切		頁碼	序號	字	唐反切	
188	5793	魂	戶	昆	302	9515	輑	乎	昆
139	4235	昆	古	渾	283	8901	蚰	古	魂
104	3144	晜	烏	渾	225	6961	温	烏	魂

桓韻

頁碼	序號	字	唐反切		頁碼	序號	字	唐反切	
261	8158	婠	一	完	72	2144	智	一	丸

先韻

頁碼	序號	字	唐反切		頁碼	序號	字	唐反切		頁碼	序號	字	唐反切	
42	1208	邊	布	賢	282	8886	蝙	布	玄	143	4344	牑	方	田
229	7092	汗	倉	先	50	1461	千	此	先					

仙韻

頁碼	序號	字	唐反切		頁碼	序號	字	唐反切	
34	925	唌	夕	連	180	5565	次	叙	連
44	1291	蠸	巨	員	185	5705	鬈	衢	員
221	6839	悁	於	緣	261	8154	嫚	委	員
82	2480	焉	有	乾	228	7074	馮	乙	乾

蕭韻

頁碼	序號	字	唐反切		頁碼	序號	字	唐反切	
166	5104	佻	土	彫	300	9457	斛	土	雕
26	664	苕	徒	聊	53	1546	調	徒	遼
221	6822	憿	古	堯	191	5866	嶢	古	僚
290	9119	堯	吾	聊	167	5167	僥	五	聊

宵韻

頁碼	序號	字	唐反切		頁碼	序號	字	唐反切		頁碼	序號	字	唐反切	
16	290	蕎	許	嬌	179	5522	歊	許	驕					
108	3229	饒	如	昭	279	8755	蟯	如	招					
254	7911	搖	余	招	119	3572	榣	余	昭	295	9261	銚	以	招
284	8935	飆	甫	遙	122	3694	杓	甫	搖					
162	4964	儦	甫	嬌	145	4395	穮	補	嬌	209	6452	爂	方	昭
23	543	苗	武	鑣	272	8518	緢	武	儦					
21	476	薆	於	消	270	8467	妙	於	霄					
263	8234	妖	於	喬	118	3561	枖	於	喬					
230	7142	漂	匹	消	140	4275	旚	匹	招	283	8914	蠥	匹	標

肴韻

頁碼	序號	字	唐反切		頁碼	序號	字	唐反切	
89	2663	肴	胡	茅	228	7058	洨	下	交
34	947	哮	許	交	204	6291	獟	火	包

豪韻

頁碼	序號	字	唐反切		頁碼	序號	字	唐反切	
41	1175	逃	徒	刀	55	1624	詢	大	牢
226	7015	激	五	勞	34	915	嗷	五	牢
197	6071	豪	胡	刀	101	3051	號	乎	刀
87	2603	膏	古	勞	78	2325	羔	古	牢
185	5711	髦	亡	牢	173	5361	毛	莫	袍
26	652	曹	作	牢	100	3033	曹	昨	牢

歌韻

頁碼	序號	字	唐反切		頁碼	序號	字	唐反切		頁碼	序號	字	唐反切	
243	7588	鮀	徒	何	235	7331	汰	代	何					
260	8126	娥	五	何	195	6008	硪	五	河	53	1556	譺	吾	何
163	5001	何	胡	歌	224	6950	河	乎	歌					

戈韻

頁碼	序號	字	唐反切		頁碼	序號	字	唐反切	
177	5453	覵	洛	戈	294	9257	蘿	魯	戈
26	638	莎	穌	禾	36	1004	趖	穌	和

麻韻

頁碼	序號	字	唐反切		頁碼	序號	字	唐反切		頁碼	序號	字	唐反切	
152	4618	窊	烏	瓜	232	7217	洼	於	瓜	232	7218	漥	屋	瓜
76	2271	雅	烏	加	297	9367	錏	烏	牙					

陽韻

頁碼	序號	字	唐反切		頁碼	序號	字	唐反切		頁碼	序號	字	唐反切	
167	5133	傷	式	羊	50	1449	商	式	陽					
138	4218	昌	尺	良	247	7693	閶	尺	量					
268	8382	仁	府	良	87	2604	肪	甫	良					
111	3330	牆	才	良	21	450	蘠	賤	羊	266	8347	戕	在	良

唐韻

頁碼	序號	字	唐反切		頁碼	序號	字	唐反切		頁碼	序號	字	唐反切	
291	9156	黃	乎	光	10	80	皇	胡	光	11	109	璜	戶	光
230	7137	洸	古	黃	210	6477	光	古	皇					
168	5199	卬	伍	岡	20	425	茚	五	岡	61	1796	靬	武	岡

庚韻

頁碼	序號	字	唐反切		頁碼	序號	字	唐反切	
16	279	苹	符	兵	125	3786	枰	蒲	兵
29	752	牲	所	庚	291	9164	甥	所	更
44	1265	行	戶	庚	88	2629	胻	戶	更

青韻

頁碼	序號	字	唐反切		頁碼	序號	字	唐反切		頁碼	序號	字	唐反切	
271	8488	經	九	丁	225	6970	淫	古	靈	121	3660	桱	古	零
235	7316	汀	他	丁	21	469	莛	天	經					
301	9468	軒	薄	丁	237	7409	萍	薄	經					

尤韻

頁碼	序號	字	唐反切		頁碼	序號	字	唐反切	
146	4430	秋	七	由	36	998	趥	千	牛

239	7452	州	職	流	33	876	周	職	留
120	3607	枹	附	柔	230	7143	浮	縛	牟

侯韻

頁碼	序號	字	唐反切		頁碼	序號	字	唐反切		頁碼	序號	字	唐反切	
110	3296	侯	乎	溝	245	7634	鯸	乎	鉤					
269	8443	彄	恪	侯	251	7797	摳	口	侯					
253	7871	捊	步	侯	95	2863	䓈	薄	侯	252	7853	掊	父	溝

幽韻

頁碼	序號	字	唐反切		頁碼	序號	字	唐反切	
119	3573	樛	吉	虯	50	1454	丩	居	糾
35	954	呦	伊	虯	84	2492	幽	於	虯

侵韻

頁碼	序號	字	唐反切		頁碼	序號	字	唐反切	
218	6727	忱	氏	任	52	1518	諶	是	吟
17	334	藻	式	箴	152	4619	突	式	鍼
126	3838	森	所	今	17	315	蔆	山	林

覃韻

頁碼	序號	字	唐反切		頁碼	序號	字	唐反切	
200	6160	驂	倉	含	54	1600	諵	倉	南
57	1707	諳	烏	含	77	2299	薱	恩	含

鹽韻

頁碼	序號	字	唐反切		頁碼	序號	字	唐反切	
247	7679	鹽	余	廉	306	9642	阽	余	廉
171	5266	襜	處	占	155	4741	痒	赤	占
98	2958	銛	丑	廉	296	9313	鉆	敕	淹
85	2543	殲	子	廉	159	4871	韱	精	廉

添韻

頁碼	序號	字	唐反切		頁碼	序號	字	唐反切	
20	420	蒹	古	恬	273	8554	縑	古	甜

咸韻

頁碼	序號	字	唐反切		頁碼	序號	字	唐反切	
276	8657	緘	古	咸	45	1299	鹹	工	咸
191	5852	巖	五	緘	191	5853	嵒	五	咸

銜韻

頁碼	序號	字	唐反切		頁碼	序號	字	唐反切	
298	9376	銜	戶	監	32	871	咸	胡	監
195	6003	礹	徂	銜	92	2781	劖	鉏	銜

2. 上 聲

董韻

頁碼	序號	字	唐反切		頁碼	序號	字	唐反切		頁碼	序號	字	唐反切	
12	157	琫	補	蠓	277	8709	絜	博	蠓	32	861	唪	方	蠓

腫韻

頁碼	序號	字	唐反切		頁碼	序號	字	唐反切	
171	5274	襱	丈	冢	217	6692	恿	直	隴

紙韻

頁碼	序號	字	唐反切		頁碼	序號	字	唐反切	
166	5108	侈	尺	氏	209	6466	炵	昌	氏
246	7658	靡	文	彼	250	7782	麿	亡	彼
261	8173	委	於	詭	194	5975	鴈	於	跪

旨韻

頁碼	序號	字	唐反切		頁碼	序號	字	唐反切	
131	3992	鄙	兵	美	111	3328	啚	方	美
161	4920	兆	陟	几	68	2036	鼓	豬	几

止韻

頁碼	序號	字	唐反切		頁碼	序號	字	唐反切		頁碼	序號	字	唐反切	
190	5835	屺	墟	里	26	660	芑	驅	里	102	3077	豈	墟	喜
166	5094	儗	魚	已	310	9737	舂	魚	紀					
18	341	苜	羊	止	69	2056	改	余	止					
38	1063	止	諸	市	291	9144	時	周	市					
96	2898	第	阻	史	156	4757	痑	側	史					

語韻

頁碼	序號	字	唐反切		頁碼	序號	字	唐反切	
31	802	咀	慈	呂	172	5306	柤	才	與

麌韻

頁碼	序號	字	唐反切		頁碼	序號	字	唐反切		頁碼	序號	字	唐反切	
35	955	噳	魚	矩	163	4972	俣	魚	禹					
192	5893	府	方	矩	89	2674	脯	方	武					
226	7014	潕	文	甫	113	3363	舞	文	撫	219	6751	憮	亡	甫
46	1336	踽	區	主	216	6653	姁	邱	羽	45	1324	齲	區	禹
104	3134	盨	相	庾	276	8670	潁	相	主					

姥韻

頁碼	序號	字	唐反切		頁碼	序號	字	唐反切	
286	8974	土	它	魯	33	883	吐	他	魯
284	8931	蠱	公	戶	102	3067	鼓	工	戶
133	4044	鄔	安	古	56	1670	謉	宛	古
247	7682	戶	侯	古	132	4007	扈	胡	古

薺韻

頁碼	序號	字	唐反切		頁碼	序號	字	唐反切		頁碼	序號	字	唐反切	
287	9027	堤	丁	礼	33	896	呧	都	禮					
7	12	禮	靈	啓	243	7578	鱧	盧	啓	68	2002	戾	力	米

賄韻

頁碼	序號	字	唐反切		頁碼	序號	字	唐反切	
216	6646	𡋯	丁	罪	304	9585	陼	都	皋
17	300	苺	母	皋	235	7311	浼	武	皋

海韻

頁碼	序號	字	唐反切		頁碼	序號	字	唐反切	
43	1244	待	徒	在	220	6803	怠	徒	亥
166	5091	倍	蒲	亥	17	324	菩	步	乃

軫韻

頁碼	序號	字	唐反切		頁碼	序號	字	唐反切	
305	9601	隕	于	敏	182	5599	顳	于	閔

準韻

頁碼	序號	字	唐反切		頁碼	序號	字	唐反切	
287	8925	蠢	尺	尹	221	6832	惷	尺	允
252	7849	牏	食	尹	121	3637	楯	食	允

阮韻

頁碼	序號	字	唐反切		頁碼	序號	字	唐反切	
306	9632	阮	虞	遠	135	4109	祁	於	遠

混韻

頁碼	序號	字	唐反切		頁碼	序號	字	唐反切	
32	856	噂	子	損	92	2791	劑	兹	損

緩韻

頁碼	序號	字	唐反切		頁碼	序號	字	唐反切	
89	2679	睆	古	卵	96	2893	筦	古	滿

潸韻

頁碼	序號	字	唐反切		頁碼	序號	字	唐反切	
139	4220	販	補	綰	143	4340	版	布	綰

銑韻

頁碼	序號	字	唐反切		頁碼	序號	字	唐反切	
289	9090	埍	古	泫	239	7440	〈	姑	泫
295	9267	鉉	胡	犬	209	6476	炫	胡	畎

獮韻

頁碼	序號	字	唐反切		頁碼	序號	字	唐反切	
248	7715	闡	昌	善	208	6422	燀	充	善
58	1728	蕭	常	衍	166	5117	僐	常	演
271	8478	緬	彌	沇	225	6975	沔	彌	兗
113	3362	舛	昌	兗	31	824	喘	昌	沇
95	2872	篆	持	兗	273	8553	縳	持	沇
216	6648	餺	旨	沇	243	7558	鱄	旨	兗
244	7599	鮸	亡	辨	156	4784	冕	亡	辡

小韻

頁碼	序號	字	唐反切		頁碼	序號	字	唐反切	
67	1990	肇	直	小	247	7688	庣	治	小
273	8570	縹	敷	沼	89	2671	膘	敷	紹
279	8773	蟜	居	夭	254	7926	撟	居	少
13	409	蔈	平	表	84	2506	受	平	小
209	6451	燎	力	小	287	9004	繚	力	沼

巧韻

頁碼	序號	字	唐反切		頁碼	序號	字	唐反切	
63	1872	爪	側	狡	11	130	瑵	側	絞

皓韻

頁碼	序號	字	唐反切		頁碼	序號	字	唐反切		頁碼	序號	字	唐反切	
138	4193	晧	胡	老	234	7277	滈	乎	老					
234	7272	潦	盧	晧	173	5351	老	盧	考	120	3621	橑	盧	浩
23	538	芼	莫	抱	156	4779	冃	莫	保					
26	674	葆	博	抱	81	2427	鴇	博	好	151	4571	寶	博	晧
8	38	祰	苦	浩	173	5359	考	苦	造					

哿韻

頁碼	序號	字	唐反切		頁碼	序號	字	唐反切	
101	3041	可	肯	我	303	9544	軻	康	我

果韻

頁碼	序號	字	唐反切		頁碼	序號	字	唐反切		頁碼	序號	字	唐反切	
145	4389	稞	丁	果	123	3720	椯	兜	果					
9	67	禍	胡	果	181	5570	朆	乎	果					
12	154	瑣	蘇	果	90	2696	膇	穌	果	129	3919	貟	酥	果

馬韻

頁碼	序號	字	唐反切		頁碼	序號	字	唐反切		頁碼	序號	字	唐反切	
165	5052	假	古	疋	64	1920	叚	古	雅					
46	1328	踝	胡	瓦	22	501	蘤	乎	瓦	94	2836	觟	下	瓦

養韻

頁碼	序號	字	唐反切		頁碼	序號	字	唐反切	
271	8503	紡	妃	兩	163	4996	仿	妃	罔
157	4791	网	文	紡	282	8878	蛧	文	兩

梗韻

頁碼	序號	字	唐反切		頁碼	序號	字	唐反切	
122	3685	楷	所	綆	74	2211	省	所	景

靜韻

頁碼	序號	字	唐反切		頁碼	序號	字	唐反切	
10	84	璥	居	領	74	5590	頸	居	郢
154	4703	癭	於	郢	232	7218	濴	一	穎

迥韻

頁碼	序號	字	唐反切		頁碼	序號	字	唐反切		頁碼	序號	字	唐反切	
290	9126	町	他	頂	52	1509	訂	他	鼎	182	5617	頲	他	挺

有韻

頁碼	序號	字	唐反切		頁碼	序號	字	唐反切	
117	3497	桺	力	久	271	8493	絡	力	九
308	9681	九	舉	有	260	8140	奻	舉	友
209	6448	煣	又	九	301	9499	輮	人	九
291	9163	舅	其	久	147	4476	臼	其	九
274	8604	綬	直	酉	84	2509	受	殖	酉

厚韻

頁碼	序號	字	唐反切		頁碼	序號	字	唐反切		頁碼	序號	字	唐反切	
290	9134	脢	莫	厚	259	8099	母	莫	后					
132	4021	部	蒲	口	95	2883	箁	薄	口					
93	2810	耦	五	口	86J	2563	髑	午	口	20	435	蕕	五	厚
30	779	口	苦	后	295	9280	釦	苦	厚					

寢韻

頁碼	序號	字	唐反切		頁碼	序號	字	唐反切		頁碼	序號	字	唐反切	
151	4582	寑	七	荏	25	609	蕁	七	朕					
111	3325	廩	力	甚	240	7472	癛	力	稔	210	6503	醋	力	荏
15	257	荏	如	甚	146	4423	稔	而	甚	50	1441	𦎫	如	審
266	8349	戡	竹	甚	66	1953	煣	知	朕					

感韻

頁碼	序號	字	唐反切		頁碼	序號	字	唐反切	
211	6541	黯	烏	感	229	7098	灛	乙	感
20	429	菡	胡	感	279	8772	蛤	乎	感

敢韻

頁碼	序號	字	唐反切		頁碼	序號	字	唐反切	
87	2599	膽	都	敢	211	6532	黵	當	敢

儼韻（大徐琰韻）

頁碼	序號	字	唐反切		頁碼	序號	字	唐反切	
213	6567	奄	依	檢	253	7872	揜	衣	檢

3. 去 聲

絳韻

頁碼	序號	字	唐反切		頁碼	序號	字	唐反切	
63	1886	閧	下	降	137	4169	衕	胡	絳

寘韻

頁碼	序號	字	唐反切		頁碼	序號	字	唐反切	
109	3274	䃻	池	偽	276	8655	縋	持	偽
237	7387	灑	山	豉	139	4228	曬	所	智
52	1508	議	宜	寄	53	1553	誼	儀	寄
265	8302	娷	竹	恚	53	1548	諈	竹	寘

至韻

頁碼	序號	字	唐反切	頁碼	序號	字	唐反切	頁碼	序號	字	唐反切	
260	8143	媚	美	祕	188	5798	魅	密	祕					
220	6812	恣	資	四	86	2555	欪	咨	四					
287	9026	坒	毗	至	74	2224	鼻	父	二	169	5205	比	毗	二
122	3699	槌	直	類	221	6852	懟	丈	淚					

志韻

頁碼	序號	字	唐反切		頁碼	序號	字	唐反切	
310	9720	字	疾	置	15	254	芓	疾	吏

未韻

頁碼	序號	字	唐反切	頁碼	序號	字	唐反切	頁碼	序號	字	唐反切	
87	2600	胃	云	貴	51	1475	謂	于	貴					
308	9688	鼻	符	未	194	5971	扉	扶	沸	48	1402	踕	扶	味
									284	8930	蜚	房	未
106	3182	既	居	未	179	5513	炁	居	气					

御韻

頁碼	序號	字	唐反切		頁碼	序號	字	唐反切	
220	6785	悓	子	去	263	8240	豊	將	預
42	1205	遽	其	倨	292	9190	勮	其	據
154	4706	瘀	依	倨	108	3226	飫	依	據

遇韻

頁碼	序號	字	唐反切		頁碼	序號	字	唐反切		頁碼	序號	字	唐反切	
138	4188	昫	火	句	314	9803	酗	香	遇	207	6399	煦	香	句
172	5310	裕	羊	孺	51	1497	諭	羊	戌					

暮韻

頁碼	序號	字	唐反切		頁碼	序號	字	唐反切	
150	4532	瓠	胡	誤	53	1559	護	胡	故
275	8618	綮	苦	故	24	593	酤	苦	步

霽韻

頁碼	序號	字	唐反切		頁碼	序號	字	唐反切	
53	1576	詣	五	計	71	2121	睨	研	計
213	6580	契	苦	計	72	2153	瞥	苦	系

祭韻

頁碼	序號	字	唐反切		頁碼	序號	字	唐反切	
38	1081	歲	相	銳	274	8613	繐	私	銳
221	6854	憏	充	世	156	4763	瘛	尺	制
289	9092	瘞	於	罽	108	3239	餲	乙	例
63	1877	埶	魚	祭	153	4671	疾	魚	例
226	7021	潷	匹	制	237	7385	潎	匹	蔽

泰韻

頁碼	序號	字	唐反切		頁碼	序號	字	唐反切	
24	588	藹	於	蓋	52	1530	藹	於	害
213	6564	大	徒	蓋	314	9810	截	徒	奈
151	4594	害	胡	蓋	114	3387	夆	乎	蓋
261	8155	娧	杜	外	176	5434	兌	大	外
23	536	薈	烏	外	211	6510	黵	惡	外
34	924	嘅	苦	蓋	195	6000	磕	口	太

卦韻

頁碼	序號	字	唐反切		頁碼	序號	字	唐反切	
257	8031	挂	古	賣	69	2067	卦	古	壞
232	7212	派	匹	賣	226	7002	溿	匹	卦

怪韻

頁碼	序號	字	唐反切		頁碼	序號	字	唐反切		頁碼	序號	字	唐反切	
59	1760	戒	居	拜	174	5382	屆	古	拜					
74	2228	譺	許	介	220	6808	忦	呼	介	33	902	嘅	訶	介
										213	6577	𡹬	火	介
248	7708	𨳲	胡	介	125	3801	械	胡	戒					

隊韻

頁碼	序號	字	唐反切		頁碼	序號	字	唐反切	
221	6848	怖	蒲	昧	133	4030	邶	蒲	妹

代韻

頁碼	序號	字	唐反切		頁碼	序號	字	唐反切	
267	8374	匄	古	代	122	3683	槩	工	代

廢韻

頁碼	序號	字	唐反切		頁碼	序號	字	唐反切	
223	6930	态	魚	肺	187	5770	壁	魚	廢

震韻

頁碼	序號	字	唐反切		頁碼	序號	字	唐反切		頁碼	序號	字	唐反切	
52	1519	信	息	晉	52	1514	訊	思	晉	40	1121	迅	息	進
54	1579	訒	而	振	161	4931	仞	而	震					
88	2655	朋	羊	晉	229	7103	濥	弋	刃					
218	6718	愁	魚	覲	205	6320	狋	魚	僅					
85	2535	殣	渠	吝	41	1179	近	渠	遴					
187	5761	印	於	刃	266	8329	㘕	於	進					

問韻

頁碼	序號	字	唐反切		頁碼	序號	字	唐反切	
51	1491	訓	許	運	294	9226	鐼	火	運

願韻

頁碼	序號	字	唐反切	頁碼	序號	字	唐反切	頁碼	序號	字	唐反切
276	8656	絭	居願	300	9455	孌	俱願	113	3380	鏊	九萬
64	1903	曼	無販	206	6347	獌	舞販				
261	8165	嫣	於建	215	6639	㫃	乙獻				
163	4975	健	渠建	121	3649	楗	其獻				

慁韻

頁碼	序號	字	唐反切	頁碼	序號	字	唐反切
123	3715	栜	徂悶	297	9361	鐏	徂寸

翰韻

頁碼	序號	字	唐反切	頁碼	序號	字	唐反切	頁碼	序號	字	唐反切
75	2235	翰	侯幹	82	2467	鶾	侯幹	138	4209	旱	乎旰
88	2651	肒	胡岸	68	2007	骭	侯旰				
140	4256	旦	得案	156	4751	疸	丁榦				
130	3931	贊	則旰	107	3208	儹	則榦				

換韻

頁碼	序號	字	唐反切	頁碼	序號	字	唐反切	頁碼	序號	字	唐反切
210	6489	爟	古玩	77	2314	雚	工奐	10	83	瓘	工玩

諫韻

頁碼	序號	字	唐反切	頁碼	序號	字	唐反切	頁碼	序號	字	唐反切
151	4573	宦	胡慣	223	6902	患	胡丱	16	269	莧	侯澗
54	1604	訕	所晏	204	6295	姍	所晏				
220	6802	慢	謀晏	264	8272	嫚	謀患				
253	7886	撌	古患	39	1110	遺	工患				

霰韻

頁碼	序號	字	唐反切	頁碼	序號	字	唐反切
209	6442	煉	郎電	273	8556	練	郎甸
258	8079	燃	奴見	228	7079	沴	乃見
162	4947	倩	倉見	273	8578	綪	倉絢
302	9519	衙	古絢	157	4794	羉	古眩

線韻

頁碼	序號	字	唐反切		頁碼	序號	字	唐反切	
266	8341	戰	之	扇	183	5650	顫	之	繕
72	2163	眷	居	倦	269	8442	彋	九	院

嘯韻

頁碼	序號	字	唐反切		頁碼	序號	字	唐反切	
256	8011	擊	苦	弔	152	4629	竅	牽	料

笑韻

頁碼	序號	字	唐反切		頁碼	序號	字	唐反切	
209	6464	照	之	少	52	1526	詔	之	紹

效韻

頁碼	序號	字	唐反切		頁碼	序號	字	唐反切		頁碼	序號	字	唐反切	
157	4798	罩	都	教	245	7636	鯙	都	校	46	1358	踔	知	教

號韻

頁碼	序號	字	唐反切		頁碼	序號	字	唐反切	
101	3050	号	胡	到	12	170	琥	乎	到
247	7669	到	都	悼	27	684	菿	都	盜
52	1525	誥	古	到	30	777	告	古	奧

禡韻

頁碼	序號	字	唐反切		頁碼	序號	字	唐反切	
158	4828	襾	呼	訝	109	3287	罅	呼	迓
110	3293	射	食	夜	203	6252	麝	神	夜
190	5831	崋	胡	化	117	3490	樗	乎	化
168	5192	化	呼	跨	188	5803	傀	呼	駕

漾韻

頁碼	序號	字	唐反切		頁碼	序號	字	唐反切	
150	4539	向	許	諒	95	95	珦	許	亮
314	9814	醬	即	亮	67	1975	將	即	諒
56	1686	讓	人	樣	107	3215	饟	人	漾
84	2503	放	甫	妄	176	5421	舫	甫	望

映韻

頁碼	序號	字	唐反切		頁碼	序號	字	唐反切	
163	4976	倞	渠	竟	58	1729	兢	渠	慶

勁韻

頁碼	序號	字	唐反切		頁碼	序號	字	唐反切	
292	9177	勁	吉	正	43	1224	徑	居	正

徑韻

頁碼	序號	字	唐反切		頁碼	序號	字	唐反切	
109	3288	罄	苦	定	152	4631	窒	去	徑

宥韻

頁碼	序號	字	唐反切		頁碼	序號	字	唐反切	
308	9691	獸	舒	救	205	6328	狩	書	究
155	4748	疚	所	又	298	9397	鏉	所	右

候韻

頁碼	序號	字	唐反切		頁碼	序號	字	唐反切		頁碼	序號	字	唐反切	
68	2035	寇	苦	候	82	2470	㲻	口	豆					
102	3080	豆	徒	候	41	1152	逗	田	候	152	4624	竇	徒	奏
305	9592	陋	盧	候	154	4704	瘻	力	豆					

添韻

頁碼	序號	字	唐反切		頁碼	序號	字	唐反切	
151	4601	窀	都	念	173	5356	耆	丁	念

4. 入　聲

屋韻

頁碼	序號	字	唐反切		頁碼	序號	字	唐反切	
117	3507	穀	古	禄	29	755	牿	古	屋
35	976	哭	苦	屋	149	4513	縠	空	谷
144	4360	稑	力	竹	266	8348	翏	力	六
278	8742	蝮	芳	目	152	4616	覆	芳	福

沃韻

頁碼	序號	字	唐反切		頁碼	序號	字	唐反切	
233	7239	沃	烏	鵠	293	9216	鋈	烏	酷

燭韻

頁碼	序號	字	唐反切		頁碼	序號	字	唐反切	
43	1258	亍	丑	玉	121	3640	梀	丑	錄

覺韻

頁碼	序號	字	唐反切		頁碼	序號	字	唐反切		頁碼	序號	字	唐反切	
217	6682	懇	莫	角	82	381	藐	莫	覺					
60	1787	鞄	蒲	角	196	6049	穀	步	角					
195	5996	碏	苦	角	234	7292	潅	口	角	66	1958	殼	口	卓

質韻

頁碼	序號	字	唐反切		頁碼	序號	字	唐反切	
190	5844	密	美	畢	20	434	蔤	美	必

術韻

頁碼	序號	字	唐反切		頁碼	序號	字	唐反切	
314	9820	鱊	居	律	114	3397	橘	居	聿
105	3162	卹	辛	聿	54	I591	訹	思	律

物韻

頁碼	序號	字	唐反切		頁碼	序號	字	唐反切	
126	3832	鬱	迂	弗	106	3185	欝	迂	勿
37	1040	趉	瞿	勿	256	7993	掘	衢	勿

月韻

頁碼	序號	字	唐反切		頁碼	序號	字	唐反切		頁碼	序號	字	唐反切	
167	5142	伐	房	越	23	558	茷	符	發	74	2213	馝	扶	發
193	5954	厥	俱	月	257	8036	撅	居	月					
123	3721	欮	瞿	月	267	8362	亅	衢	月					

沒韻

頁碼	序號	字	唐反切		頁碼	序號	字	唐反切	
86	2559	骨	古	忽	122	3684	榾	古	沒
214	6596	搰	戶	骨	112	3335	麧	乎	沒
287	9008	堀	苦	骨	127	3847	出	口	兀

曷韻

頁碼	序號	字	唐反切		頁碼	序號	字	唐反切	
191	5886	屵	五	葛	85	2520	歺	五	割
225	6960	沫	莫	割	235	7321	濿	莫	達

末韻

頁碼	序號	字	唐反切		頁碼	序號	字	唐反切	
19	398	苦	古	活	9	57	秮	古	末
240	7464	豁	呼	括	235	7322	澩	火	活

黠韻

頁碼	序號	字	唐反切		頁碼	序號	字	唐反切		頁碼	序號	字	唐反切	
211	6527	黠	胡	八	113	3364	鞖	胡	戛	253	7900	揩	胡	秸
195	5999	硈	格	八	93	2803	韧	恪	八	253	7898	擖	口	八
150	4562	察	初	八	52	1515	訾	楚	八					
92	2773	刮	古	八	214	6601	尬	古	拜					

鎋韻

頁碼	序號	字	唐反切		頁碼	序號	字	唐反切	
246	7663	黜	烏	鎋	248	7726	閼	乙	鎋

屑韻

頁碼	序號	字	唐反切		頁碼	序號	字	唐反切	
91	2748	切	千	結	92	2780	刹	親	結
256	7991	拮	古	屑	81	2416	鶂	古	節
275	8635	察	乎	訣	152	4612	穴	胡	決
259	8112	姪	徒	結	201	6184	駃	大	結
293	9222	鐵	天	結	199	6127	驖	他	結

薛韻

頁碼	序號	字	唐反切		頁碼	序號	字	唐反切		頁碼	序號	字	唐反切	
207	6390	爇	如	劣	210	6478	熱	如	列					
256	7986	拙	職	說	207	6394	㸿	職	悅	115	3431	棳	之	說
263	8260	妜	於	說	72	2159	咄	於	悅					
67	1989	徹	丑	列	250	7779	聇	恥	列					

藥韻

頁碼	序號	字	唐反切		頁碼	序號	字	唐反切	
24	576	藥	以	勺	208	6406	爚	以	灼
294	9233	鑠	書	藥	204	6300	獡	式	略
225	6968	溺	而	灼	185	5691	弱	而	勺
230	7158	汋	市	若	259	8084	妁	市	勺
255	7944	攫	居	縛	79	2352	玃	九	縛

鐸韻

頁碼	序號	字	唐反切		頁碼	序號	字	唐反切	
297	9337	鐸	徒	洛	171	5269	襗	徒	各
27	701	莫	慕	各	85	2532	漠	莫	各
165	5051	作	則	洛	148	4498	繫	則	各
297	9342	鎛	補	各	45	1320	䮪	補	莫

陌韻

頁碼	序號	字	唐反切	頁碼	序號	字	唐反切	頁碼	序號	字	唐反切	
176	5411	屐	奇逆	120	3600	㦿	其逆					
306	9649	隙	綺戟	161	4916	㦸	起戟					
274	8607	綌	宜戟	50	1442	𦬸	魚戟					
252	7851	魄	普百	141	4294	霸	普伯	229	7091	洦	匹	白
93	2807	挌	古百	17	301	茖	古額					
150	4536	宅	場伯	252	7859	擇	丈伯					
77	2313	蘡	乙虢	254	7932	擭	一虢					

麥韻

頁碼	序號	字	唐反切	頁碼	序號	字	唐反切	頁碼	序號	字	唐反切	
130	3958	責	側革	40	1117	迮	阻革	54	1586	譜	壯	革
									2897	簀	阻	厄
75	2242	翮	古翮	305	9618	隔	古覈					
154	4673	厇	士戹	170	5225	臂	尼戹	255	7968	搦	尼	革

昔韻

頁碼	序號	字	唐反切	頁碼	序號	字	唐反切	頁碼	序號	字	唐反切	
147	4466	釋	施隻	74	2230	奭	詩亦	159	4876	飾	賞	隻
159	4880	席	祥易	153	4661	𡓨	詞亦					

錫韻

頁碼	序號	字	唐反切	頁碼	序號	字	唐反切	頁碼	序號	字	唐反切	
293	9218	錫	先擊	125	3791	析	先激					
38	1069	歷	郎擊	62	1846	鬲	郎激	18	340	蒚	力	的
81	2432	𩨳	五歷	19	410	藶	五狄					
150	4561	宗	前歷	178	5484	覡	才的					
240	7461	覛	莫狄	21	455	蓂	莫歷					

職韻

頁碼	序號	字	唐反切		頁碼	序號	字	唐反切	
222	6870	惻	初	力	230	7148	測	初	側
165	5075	億	於	力	187	5762	抑	於	棘
143	4338	棘	己	力	62	1836	輆	紀	力
74	2229	皕	彼	力	125	3796	楅	彼	即
232	7223	淢	況	逼	154	4693	裓	呼	逼

德韻

頁碼	序號	字	唐反切		頁碼	序號	字	唐反切	
16	278	菔	蒲	北	37	1051	趨	朋	北

緝韻

頁碼	序號	字	唐反切		頁碼	序號	字	唐反切	
50	1463	斟	子	入	234	7270	湒	姊	入
147	4465	粒	力	入	216	6644	立	力	入
230	7134	潝	許	及	136	4145	鄒	希	立
232	7200	浥	於	及	131	3986	邑	於	汲
106	3180	皀	皮	及	81	2425	鵖	平	立

合韻

頁碼	序號	字	唐反切		頁碼	序號	字	唐反切	
284	8937	颯	蘇	合	47	1376	跥	穌	合
51	1468	卉	穌	沓	200	6171	馺	穌	荅
251	7814	拉	盧	合	194	5961	歰	盧	荅

盍韻

頁碼	序號	字	唐反切		頁碼	序號	字	唐反切	
195	6000	礚	苦	盍	122	3697	榼	枯	蹋

葉韻

頁碼	序號	字	唐反切		頁碼	序號	字	唐反切	
22	496	葉	烏	涉	295	9274	鍱	與	涉
251	7828	攝	書	涉	113	3373	韘	失	涉
261	8176	姑	齒	儡	163	5011	儑	齒	涉

帖韻

頁碼	序號	字	唐反切		頁碼	序號	字	唐反切	
250	7784	聑	丁	帖	252	7842	捵	丁	愜
22	512	莢	古	叶	280	8812	蛺	兼	叶

洽韻

頁碼	序號	字	唐反切		頁碼	序號	字	唐反切	
172	5296	袷	古	洽	134	4060	郟	工	洽

狎韻

頁碼	序號	字	唐反切		頁碼	序號	字	唐反切		頁碼	序號	字	唐反切	
248	7719	閘	烏	甲	125	3809	柙	烏	匣	289	9072	壓	烏	狎

附錄二：大徐反切校勘記

編號	字	陳本	校勘反切	說　明
368	薑	方布	方副	朱本方又切，《廣韻》方副切，今從《廣韻》
*451	芪	常之	常支	朱本、《集》常支切，今從上
489	荊	舉鄉	舉卿	朱本舉卿切，今從朱本
508	蕤	儒佳	儒佳	朱本儒佳切，今從朱本
685	芺	方無	防無	朱本防無切，今從朱本
*774	犛	莫交	里之	朱本里之切，今從朱本
775	氂	里之	莫交	朱本莫交切，今存大徐本
910	啐	七外	七內	廣有四聲，意均不同
*953	唬	呼訐	呼訝	段氏《說文訂》作呼訝切，今從段本
*1008	趡	子救	于救	朱本于救切，今從朱本
*1059	趚	藏監	藏濫	朱本、段注本藏濫切，今從上
*1416	躓	五甚	丑甚	宋本、朱本丑甚切，今從上
1487	諷	芳奉	芳鳳	朱本芳鳳切，今從朱本
*1598	謰	陟侯	洛侯	朱本、段本洛侯切，今從上
*1841	覣	已彳	呼結	段注說「《篇》、《韻》皆呼結切」，今從上
2056	攺	古亥	余止	朱本余止切，今從朱本
2077	萄	平祕	平祕	朱本平祕切，今從朱本
*2123	眱	呼哲	呼括	段本呼括切，今從段本
*2212	盾	食問	食閏	朱本、段本食閏切，今從上

2234	赶	俱豉	居豉	朱本居豉切，今從朱本
*2327	摰	巳遇	亡遇	說又亡遇切
*2803	刜	恪入	恪八	各本均為恪八切
*2820	鮡	斫啓	研啓	朱本、汲古閣本、段本作研啓切，今從之
*3027	曰	王代	王伐	汲古閣本、段本作王伐切，今從之
3141	盡	慈刃	慈忍	朱本作慈忍切，今從朱本
*3353	厬	又卜	皮卜	汲古閣本、段本作皮卜切，今從之
3468	榗	子善	子賤	朱本子賤切，今從朱本
*4161	鄏	房成	房戎	孫本同，宋本、藤本、朱本作房戎切，今從之
4257	曁	其異	其冀	朱本其冀切，今從朱本
4330	鞸	千非	于非	朱本于非切，今從朱本
*4380	櫎	百猛	古猛	藤本、段本、朱本作古猛切，今從之
*4640	覞	救貞	敕貞	段據汲古閣本作敕貞切，今從段本
*4910	晢	旡擊	先擊	段據汲古閣本「旡」作「先」，今從段本
*5012	彴	往歷	徒歷	原刻本、孫本、藤本、宋本、朱本作徒歷切，今從之
*5014	倫	田屯	力屯	段據汲古閣本「田」作「力」，今從段本
*5104	佻	士彫	土彫	藤本、段本作土彫切，今從之
*5110	傮	鮮遭	穌遭	藤本、段本作穌遭切，今從之
*5117	僐	堂演	常演	段本「堂」作「常」，今從之
*5225	臥	尼見	尼厄	各本同，段據汲古閣本「見」作「厄」，今從段本
*5258	裋	徙臥	徒臥	各本同，段據汲古閣本「徙」作「徒」，今從段本
*5370	豼	士盍	土盍	藤本、汲古閣本「士」作「土」，今從之
*5399	屢	丘羽	立羽	朱本、汲古閣本「丘」作「立」，今從之
*5433	允	樂準	余準	各本同，朱本、段本「樂」作「余」，今從之
*5470	衈	救豔	敕豔	各本同，朱本、段本「救」作「敕」，今從之
*5489	覞	莫袍	莫報	段本作莫報切，今從之
*5527	歎	池案	他案	藤本、段本、朱本作他案切，今從之
5538	歃	火力	所力	各本同，段據汲古閣本「火」作「所」
*5783	匌	巳又	己又	汲古閣本、段本作己又切，今從之
5801	虁	居衣	渠希	朱本渠希切，今從之
5815	篡	初官	初宦	宋本、藤本、朱本作初宦切，今從之
*5999	砝	格八	恪八	各本同，《玉篇》口點切，王二恪八切

6003	磍	鉅衛	鉏衛	孫本同，宋本、藤本作鉏衛切，今從之
6025	砭	方驗	方廉	《說文》為又音
*6302	狀	盈亮	鉏亮	段据汲古閣本作鉏亮切，同朱本，今從之
6350	猵	布玆	布玄	各本同，段据汲古閣本作布玄切，同朱本
6460	燂	火甘	大甘	各本同，段据汲古閣本作大甘切，同朱本
*6852	懟	丈淚	大淚	段据汲古閣本作大淚切，同朱本，今從之
*6938	懇	康恨	康很	宋本、藤本、朱本作康很切，今從之
*7118	淢	子逼	丁逼	段据汲古閣本作于逼切，同朱本
*7193	湞	息並	息井	段本作息井切，今從段本
7230	潤	古莧	古莧	朱本作古莧切，今從之
*7363	滌	徙歷	徒歷	宋本、藤本徒歷切，今從之
*7595	鮎	尸賺	戶賺	宋本、藤本戶賺切，今從之
*7773	聲	虛紅	盧紅	段本作盧紅切，今從之
*7821	攝	今折	食折	段据汲古閣本作食折切，同朱本
8013	扶	勑栗	丑栗	朱本丑栗切，今從之
*8194	娭	遏在	許其	段本許其切，與《玉篇》合，今從之
*8221	媛	玉眷	王眷	汲古閣本作王眷切，今從之
8357	戔	昨千	昨干	朱本作昨干切，今從之
*8399	柩	日救	巨救	各本同，段本、朱本作巨救切，今從之
8428	甋	魚例	魚列	藤本、汲古閣本作魚列切，今從之
8444	戁	火招	弋招	各本同，汲古閣本、段本、朱本作弋招切
8588	纔	七咸	士咸	宋本、藤本、朱本作士咸切，今從之
8811	蠣	即丁	郎丁	藤本、汲古閣本、段本、朱本作郎丁切
8859	蝸	亡華	古華	朱本、段本與汲古閣本作古華切，今從之
8863	蛁	在沉	狂沈	段本、汲古閣本、朱本「在」作「狂」
8880	蝯	兩元	雨元	段据汲古閣本「兩」作「雨」，今從之
8881	蠷	首角	直角	藤本、朱本、段本「首」作「直」，今從之
8895	蟪	日械	乎桂	朱本乎桂切，今從之
8951	蠦	沒閣	汝閣	段据汲古閣本「沒」作「汝」，同朱本
8975	地	徒內	徒四	段据汲古閣本「內」作「四」、同朱本
9022	坒	但臥	徂臥	段据汲古閣本「但」作「徂」，同朱本
9145	略	鳥約	离約	朱本、藤本與段本「鳥」作「离」，今從之
9193	勤	小子	子小	各本均作子小切
9197	勞	五牢	乎刀	段本乎刀切，今從之
9200	勮	匹眇	匹妙	朱本匹妙切，今從之

9238	鎔	金封	余封	段据汲古閣本「金」作「余」同朱本
9273	鍱	奏入	秦入	各本同
9319	錐	藏追	職追	各本同
9327	鋝	力錣	力輟	藤本、汲古閣本作力輟切，今從之
9347	鐋	上郎	土郎	朱本作土郎切，今從之
9481	軓	無反切	音範	初刻本及說解下有大徐音「音範」，今据補；「範、音犯；犯，防險切，
9500	肇	張營	渠營	朱本作渠營切，今從之
9736	孱	七連	士連	宋本、藤本作士連切，今從之

附錄三：資料篇──大徐本《說文解字》字頭及反切注音

說文解字第一上

編號	大徐本說文字頭	編號	大徐本說文字頭	編號	大徐本說文字頭
1	一（於悉切）	16	禠（息移切）	31	祀（詳里切）
2	元（愚袁切）	17	禎（陟盈切）	32	祡（仕皆切）
3	天（他前切）	18	祥（似羊切）	33	禷（力遂切）
4	丕（敷悲切）	19	祉（敕里切）	34	祪（過委切）
5	吏（力置切）	20	福（方六切）	35	祔（符遇切）
6	丄（時掌切）	21	祐（于救切）	36	祖（則古切）
7	帝（都計切）	22	祺（渠之切）	37	祊（補盲切）
8	旁（步光切）	23	祇（旨移切）	38	祰（苦浩切）
9	丁（胡雅切）	24	禔（市支切）	39	祐（常隻切）
10	示（神至切）	25	神（食鄰切）	40	祇（卑履切）
11	祜（候古切）	26	祇（巨支切）	41	祠（似茲切）
12	禮（靈啓切）	27	祕（兵媚切）	42	礿（以灼切）
13	禧（許其切）	28	齋（側皆切）	43	禘（特計切）
14	禛（側鄰切）	29	禋（於眞切）	44	祫（侯夾切）
15	禄（盧古切）	30	祭（子例切）	45	祼（古玩切）

46	纛（此芮切）	79	閏（如順切）	112	瓏（力鍾切）
47	祝（之六切）	80	皇（胡光切）	113	琬（於阮切）
48	褶（力救切）	81	玉（魚欲切）	114	璋（諸良切）
49	祓（敷勿切）	82	璙（洛簫切）	115	琰（以冉切）
50	祈（渠稀切）	83	瓘（工玩切）	116	玠（古拜切）
51	禱（都浩切）	84	璥（居領切）	117	瑒（丑亮切）
52	祭（為命切）	85	瓃（多殄切）	118	瓛（胡官切）
53	禳（汝羊切）	86	瓔（耳由切）	119	珽（他鼎切）
54	禬（古外切）	87	璹（郎擊切）	120	瑁（莫報切）
55	禪（時戰切）	88	璠（附袁切）	121	璬（古了切）
56	禦（魚舉切）	89	璵（以諸切）	122	珩（戶庚切）
57	祛（古末切）	90	瑾（居隱切）	123	玦（古穴切）
58	禖（莫桮切）	91	瑜（羊朱切）	124	瑞（是偽切）
59	褕（私呂切）	92	玒（戶工切）	125	珥（仍吏切）
60	祳（時忍切）	93	奎（落哀切）	126	瑱（他甸切）
61	祴（古哀切）	94	瓊（渠營切）	127	琫（邊孔切）
62	禡（莫駕切）	95	珦（許亮切）	128	珌（卑吉切）
63	禍（都皓切）	96	瓎（盧達切）	129	璏（直例切）
64	社（常者切）	97	珣（相倫切）	130	瑵（側絞切）
65	禓（與章切）	98	璐（洛故切）	131	瑑（直戀切）
66	祲（子林切）	99	瓚（徂贊切）	132	珇（則古切）
67	禍（胡果切）	100	瑛（於京切）	133	璂（渠之切）
68	祟（雖遂切）	101	璑（武扶切）	134	璪（子皓切）
69	祆（於喬切）	102	珛（許救切）	135	瑬（力求切）
70	祘（蘇貫切）	103	璿（似沿切）	136	璹（殊六切）
71	禁（居蔭切）	104	球（巨鳩切）	137	瓃（魯回切）
72	禫（徒感切）	105	琳（力尋切）	138	瑳（七何切）
73	禰（泥米切）	106	璧（比激切）	139	玼（千禮切）
74	祧（他彫切）	107	瑗（王眷切）	140	璱（所櫛切）
75	祅（火千切）	108	環（戶關切）	141	瓅（力質切）
76	祚（徂故切）	109	璜（戶光切）	142	瑩（烏定切）
77	三（穌甘切）	110	琮（藏宗切）	143	璊（莫奔切）
78	王（雨方切）	111	琥（呼古切）	144	瑕（平加切）

145	琢（竹角切）	175	琯（語軒切）	205	瑒（徒朗切）
146	瑂（都寮切）	176	瑨（徐刃切）	206	靈（郎丁切）
147	理（良止切）	177	珡（以追切）	207	珈（古牙切）
148	珍（陟鄰切）	178	瑪（安古切）	208	瓘（彊魚切）
149	玩（五換切）	179	瑂（武悲切）	209	瑬（阻限切）
150	玲（郎丁切）	180	璒（都騰切）	210	琛（丑林切）
151	瑲（七羊切）	181	玌（息夷切）	211	璫（都郎切）
152	玎（當經切）	182	玙（羽俱切）	212	琲（普乃切）
153	琤（楚耕切）	183	玫（莫悖切）	213	珂（苦何切）
154	瑣（蘇果切）	184	瑎（戶皆切）	214	玘（去里切）
155	瑝（乎光切）	185	碧（兵尺切）	215	珬（況主切）
156	瑀（王矩切）	186	琨（古渾切）	216	瑳（七罪切）
157	玤（補蠓切）	187	珉（武巾切）	217	璨（倉案切）
158	玲（古函切）	188	瑤（余招切）	218	璹（昌六切）
159	璗（盧則切）	189	珠（章俱切）	219	瑄（須緣切）
160	琚（九魚切）	190	玓（都歷切）	220	珙（拘竦切）
161	璓（息救切）	191	瓅（郎擊切）	221	玨（古岳切）
162	玖（舉友切）	192	玭（步因切）	222	班（布還切）
163	珁（與之切）	193	玼（郎計切）	223	瑝（房六切）
164	珢（語巾切）	194	珧（余昭切）	224	气（去既切）
165	瑘（余制切）	195	玟（莫桮切）	225	氛（符分切）
166	璪（子浩切）	196	瑰（公回切）	226	士（鉏里切）
167	瑨（將鄰切）	197	璣（居衣切）	227	壻（穌計切）
168	璁（側岑切）	198	琅（魯當切）	228	壯（側亮切）
169	璁（倉紅切）	199	玕（古寒切）	229	墫（慈損切）
170	玒（乎到切）	200	珊（穌干切）	230	丨（古本切）
171	璿（胡捌切）	201	瑚（戶吳切）	231	中（陟弓切）
172	璺（烏貫切）	202	瑬（力求切）	232	丯（丑善切）
173	瓔（穌叶切）	203	玪（胡紺切）		
174	珣（古厚切）	204	璗（以周切）		

說文解字第一下

編號	大徐本說文字頭	編號	大徐本說文字頭	編號	大徐本說文字頭
233	屮（丑列切）	264	蘆（彊魚切）	295	薄（徒沃切）
234	屯（陟倫切）	265	薇（無非切）	296	萹（方沔切）
235	每（武罪切）	266	薩（以水切）	297	茿（陟玉切）
236	毒（徒沃切）	267	莛（巨巾切）	298	穢（去謁切）
237	芬（撫文切）	268	蘘（女亮切）	299	芞（去訖切）
238	岁（力竹切）	269	莧（侯澗切）	300	莓（武皋切）
239	熏（許云切）	270	芌（王遇切）	301	茖（古額切）
240	艸（倉老切）	271	莒（居許切）	302	苷（古三切）
241	莊（側羊切）	272	蘧（彊魚切）	303	芧（直呂切）
242	蓏（郎果切）	273	菊（居六切）	304	薺（徐刃切）
243	芝（止而切）	274	蕫（許云切）	305	莥（食聿切）
244	蓮（士洽切）	275	蘘（汝羊切）	306	薞（而軫切）
245	莆（方矩切）	276	菁（子盈切）	307	萇（直良切）
246	虋（莫奔切）	277	蘆（落乎切）	308	薊（古詣切）
247	荅（都合切）	278	菔（蒲北切）	309	茞（里之切）
248	萁（渠之切）	279	苹（符兵切）	310	藋（徒弔切）
249	虇（虛郭切）	280	苢（積鄰切）	311	芨（居立切）
250	菰（敕久切）	281	蕡（符眞切）	312	蕲（子賤切）
251	蓈（魯當切）	282	藍（魯甘切）	313	蔜（莫儵切）
252	莠（与久切）	283	蔥（況袁切）	314	蒡（亡考切）
253	芑（房未切）	284	营（去弓切）	315	蔓（山林切）
254	芋（疾吏切）	285	藭（渠弓切）	316	葎（洛官切）
255	薺（羊吏切）	286	蘭（落干切）	317	蒢（郎計切）
256	蘇（素孤切）	287	葌（古顏切）	318	莜（渠遙切）
257	荏（如甚切）	288	葰（息遺切）	319	莊（房脂切）
258	芺（失匕切）	289	芄（胡官切）	320	萬（王矩切）
259	萱（驅喜切）	290	蘦（許嬌切）	321	葽（杜兮切）
260	葵（彊惟切）	291	蘺（呂之切）	322	薛（私列切）
261	薑（居良切）	292	荶（昌改切）	323	苦（康杜切）
262	蓼（盧鳥切）	293	虆（靡為切）	324	菩（步乃切）
263	葅（則古切）	294	薰（許云切）	325	菩（於力切）

326	茅（莫交切）	356	荂（芳無切）	386	薜（蒲計切）
327	菅（古顏切）	357	黃（翼眞切）	387	蒡（武方切）
328	蘄（渠支切）	358	萍（薄經切）	388	苞（布交切）
329	莞（胡官切）	359	蕕（以周切）	389	艾（五蓋切）
330	蘭（良刃切）	360	妟（烏旰切）	390	葦（諸良切）
331	蒢（直魚切）	361	蕢（渠之切）	391	芹（巨巾切）
332	蒲（薄胡切）	362	莃（香衣切）	392	甀（側鄰切）
333	蒻（而灼切）	363	夢（莫中切）	393	蔦（都了切）
334	藻（式箴切）	364	蕧（房六切）	394	芸（王分切）
335	蓷（他回切）	365	苓（郎丁切）	395	藪（麗最切）
336	萑（職追切）	366	贛（古送切又古禫切）	396	葷（呂戌切）
337	荁（苦圭切）	367	蔓（渠營切）	397	萊（楚革切）
338	萅（渠殞切）	368	薑（方副切）〔註4〕	398	苦（古活切）
339	蕘（胡官切）	369	葍（方六切）	399	封（府容切）
340	蒿（力的切）	370	蓨（徒聊切又湯彫切）	400	薺（疾咨切又徂礼切）
341	苢（羊止切）	371	苗（徒歷切又他六切）	401	莿（七賜切）
342	蕈（徒含切）	372	萬（楮羊切）	402	董（多動切）
343	蘳（古歷切）	373	薁（於六切）	403	藜（古詣切）
344	薀（去鳩切）	374	葳（職深切）	404	薞（蘇老切）
345	茵（古慕切）	375	薔（郎古切）	405	苄（侯古切）
346	蕫（古案切）	376	蔽（苦怪切）	406	薟（良冉切）
347	諸（章魚切）	377	蔞（力朱切）	407	荃（具今切）
348	蔗（之夜切）	378	藟（力軌切）	408	芩（巨今切）
349	䕤（女庚切）	379	菀（於元切）	409	蔗（平表切）
350	蕬（斯義切）	380	茈（將此切）	410	薿（五狄切）
351	革（陟宮切）	381	藐（莫覺切）	411	薐（力膺切）
352	葍（房九切）	382	萴（阻力切）	412	芰（奇記切）
353	芺（烏皓切）	383	蒐（所鳩切）	413	薢（胡買切）
354	荔（胡田切）	384	茜（倉見切）	414	苊（胡口切）
355	藚（于救切）	385	蠚（息利切）	415	芡（巨險切）

〔註4〕陳本方布切，朱本方又切，《廣韻》方副切，今從《廣韻》。

416	鞠（居六切）	446	蕭（昨先切）	476	葽（於消切）
417	蘥（以勺切）	447	蔦（于鬼切）	477	薽（苦禾切）
418	薂（桑谷切）	448	芃（直深切）	478	菌（渠殞切）
419	秫（息夷切）	449	鞠（居六切）	479	蕈（慈衽切）
420	蒹（古恬切）	450	蘠（賤羊切）	480	薚（而兗切）
421	薍（五患切）	451	芪（常支切）〔註1〕	481	葚（常衽切）
422	薊（土敢切）	452	菀（於阮切）	482	蓲（俱羽切）
423	薕（力鹽切）	453	茵（武庚切）	483	芘（房脂切）
424	蕡（附袁切）	454	茁（直律切）	484	蕣（舒閏切）
425	芇（五剛切）	455	蓂（莫歷切）	485	萸（羊朱切）
426	荮（以遮切）	456	茀（无沸切）	486	茱（市朱切）
427	芀（徒聊切）	457	莖（直尼切）	487	茭（子寮切）
428	莿（良辥切）	458	藸（直魚切）	488	萊（巨鳩切）
429	菡（胡感切）	459	葛（古達切）	489	荊（舉卿切）〔註2〕
430	萏（徒感切）	460	蔓（無販切）	490	落（徒哀切）
431	蓮（洛賢切）	461	藁（古勞切）	491	芽（五加切）
432	茄（古牙切）	462	莕（何梗切）	492	萌（武庚切）
433	荷（胡哥切）	463	萋（子葉切）	493	茁（鄒滑切）
434	蔤（美必切）	464	蕢（古渾切）	494	莖（戶耕切）
435	藕（五厚切）	465	芫（愚袁切）	495	莛（特丁切）
436	蘢（盧紅切）	466	薷（郎丁切）	496	葉（与涉切）
437	蓍（式脂切）	467	稀（大兮切）	497	藒（居例切）
438	蔀（去刃切）	468	萸（徒結切）	498	苬（縛牟切）
439	莪（五何切）	469	芋（天經切）	499	葩（普巴切）
440	蘿（魯何切）	470	蔣（子良切又卽兩切）	500	芛（羊捶切）
441	菻（力稔切）	471	苽（古胡切）	501	蕍（乎瓦切）
442	蔚（於胃切）	472	菁（余六切）	502	薸（方小切）
443	蕭（蘇彫切）	473	蘢（符羈切）	503	英（於京切）
444	萩（七由切）	474	薾（如延切）	504	爾（兒氏切）
445	芍（胡了切）	475	茛（魯當切）	505	萋（七稽切）

506	萚（補蠓切）	536	薈（烏外切）	566	蘨（余招切）
507	薿（魚己切）	537	莪（莫候切）	567	薙（他計切）
508	蕤（儒佳切）〔註3〕	538	芼（莫抱切）	568	莱（盧對切）
509	葼（子紅切）	539	蒼（七岡切）	569	蕵（陟利切）
510	蔛（弋支切）	540	葻（盧含切）	570	蘄（慈冉切）
511	蒝（愚袁切）	541	萃（秦醉切）	571	茀（分勿切）
512	莢（古叶切）	542	蒔（時吏切）	572	苾（毗必切）
513	芒（武方切）	543	苗（武鑣切）	573	蔎（識列切）
514	蓨（羊捶切）	544	苛（乎哥切）	574	芳（敷方切）
515	蔕（都計切）	545	蕪（武扶切）	575	蕡（浮分切）
516	荄（古哀切又古諧切）	546	薉（於廢切）	576	藥（以勺切）
517	苭（于敏切）	547	荒（呼光切）	577	蘺（呂支切）
518	茇（北末切）	548	薴（女庚切）	578	蓆（祥易切）
519	芃（房戎切）	549	莘（側莖切）	579	芟（所銜切）
520	蒪（方遇切）	550	落（盧各切）	580	荐（在甸切）
521	蘻（姊入切）	551	蔽（必袂切）	581	藉（慈夜切又秦昔切）
522	菦（語斤切）	552	蘀（它各切）	582	蒩（子余切）
523	茂（莫候切）	553	薀（於粉切）	583	蕝（子說切）
524	藹（丑亮切）	554	蔫（於乾切）	584	茨（疾兹切）
525	蔭（於禁切）	555	菸（央居切）	585	葺（七入切）
526	蒁（初救切）	556	蕖（於營切）	586	蓋（古太切）
527	茲（子之切）	557	蔡（蒼大切）	587	苫（失廉切）
528	蔋（徒歷切）	558	茷（符發切）	588	藹（於蓋切）
529	蔚（許嬌切）	559	菜（蒼代切）	589	蓲（區勿切）
530	蔇（居味切）	560	荋（如之切）	590	藩（甫煩切）
531	薋（疾兹切）	561	芝（匹凡切）	591	菹（側魚切）
532	蓁（側詵切）	562	薄（旁各切）	592	荃（此緣切）
533	萷（所交切）	563	苑（於阮切）	593	蘸（苦步切）
534	芮（而銳切）	564	藪（蘇后切）	594	藍（魯甘切）
535	茬（仕甾切）	565	菑（側詞切）	595	蒫（直宜切）

〔註3〕陳本儒佳切，朱本儒隹切，今從朱本。

596	薅（盧皓切）	628	斯（食列切）	660	芑（驅里切）
597	虈（魚既切）	629	卉（許偉切）	661	蕒（似足切）
598	莘（阻史切）	630	芁（巨鳩切）	662	苳（都宗切）
599	若（而灼切）	631	蒜（蘇貫切）	663	嗇（所力切）
600	蓴（常倫切）	632	芥（古拜切）	664	苕（徒聊切）
601	茬（直例切）	633	蔥（倉紅切）	665	蔯（莫厚切）
602	尊（慈損切）	634	藿（余六切）	666	菢（莫報切）
603	莜（徒弔切）	635	蕫（多殄切）	667	茆（力久切）
604	葟（扶歷切）	636	苟（古厚切）	668	荼（同都切）
605	芪（是支切）	637	蕨（居月切）	669	蕅（附袁切）
606	苴（子余切）	638	莎（蘇禾切）	670	蒿（呼毛切）
607	蘆（倉胡切）	639	萍（薄經切）	671	蓬（薄紅切）
608	蕢（求位切）	640	菫（居隱切）	672	藜（郎奚切）
609	菨（七朕切）	641	菲（芳尾切）	673	藣（驅歸切）
610	茵（於眞切）	642	芴（文弗切）	674	葆（博裒切）
611	芻（叉愚切）	643	虉（呼旰切）	675	蕃（甫煩切）
612	茭（古肴切）	644	萑（胡官切）	676	茸（而容切）
613	莝（薄故切）	645	葦（于鬼切）	677	薄（子僊切）
614	茹（人庶切）	646	葭（古牙切）	678	叢（徂紅切）
615	莝（麤臥切）	647	萊（洛哀切）	679	草（自保切）
616	萎（於偽切）	648	荔（郎計切）	680	菆（側鳩切）
617	萩（楚革切）	649	蒙（莫紅切）	681	蓄（丑六切）
618	苗（丘玉切）	650	藻（子皓切）	682	莋（昌純切）
619	蔟（千木切）	651	菉（力玉切）	683	菰（古狐切）
620	苣（其呂切）	652	蓸（昨牢切）	684	菿（都盜切）
6211	蕘（如昭切）	653	苖（以周切）	685	芺（防無切）〔註4〕
622	薪（息鄰切）	654	蒩（昨焦切）	686	蓉（余封切）
623	蒸（煑仍切）	655	菩（吾乎切）	687	薳（韋委切）
624	蕉（卽消切）	656	范（房妥切）	688	荀（相倫切）
625	菌（式視切）	657	芿（如乘切）	689	苲（在各切）
626	虋（莫皆切）	658	莔（呼決切）	690	蓀（思渾切）
627	葴（失廉切）	659	萄（徒刀切）	691	蔬（所菹切）

〔註4〕陳本方無切，朱本防無切，今從朱本。

692	芋（倉先切）	696	薔（丑善切）	700	䔲（模朗切）
693	茗（莫迥切）	697	蘸（斬陷切）	701	莫（莫故切又慕各切）
694	蒻（許良切）	698	蓐（而蜀切）	702	莽（謀朗切）
695	藏（昨郎切）	699	薅（呼毛切）	703	葬（則浪切）

說文解字第二上

編號	大徐本說文字頭	編號	大徐本說文字頭	編號	大徐本說文字頭
704	小（私兆切）	728	牡（莫厚切）	752	牲（所庚切）
705	少（書沼切）	729	牁（古郎切）	753	牷（疾緣切）
706	尐（子結切）	730	特（徒得切）	754	牽（苦堅切）
707	八（博拔切）	731	牝（毗忍切）	755	牿（古屋切）
708	分（甫文切）	732	犢（徒谷切）	756	牢（魯刀切）
709	介（兒氏切）	733	牬（博蓋切）	757	犓（測愚切）
710	曾（昨稜切）	734	㸬（穌含切）	758	㹀（而沼切）
711	尚（時亮切）	735	牸（息利切）	759	犕（平祕切）
712	㒸（徐醉切）	736	犗（古拜切）	760	犁（郎奚切）
713	詹（職廉切）	737	牻（莫江切）	761	犇（非尾切）
714	介（古拜切）	738	㹁（呂張切）	762	犔（徒刀切）
715	穴（兵列切）	739	犡（洛帶切）	763	牴（都禮切）
716	公（古紅切）	740	徐（同都切）	764	犩（于歲切）
717	必（卑吉切）	741	犖（呂角切）	765	犫（喫善切）
718	余（以諸切）	742	犗（力輟切）	766	牼（口莖切）
719	采（蒲莧切）	743	枰（普耕切）	767	牶（巨禁切）
720	番（附袁切）	744	犥（補嬌切）	768	犀（先稽切）
721	宷（式荏切）	745	犉（如均切）	769	牣（而震切）
722	悉（息七切）	746	雉（五角切）	770	物（文弗切）
723	釋（賞職切）	747	犅（居良切）	771	犧（許羈切）
724	半（博幔切）	748	牧（土刀切）	772	犍（居言切）
725	胖（普半切）	749	犨（赤周切）	773	犝（徒紅切）
726	叛（薄半切）	750	牟（莫浮切）	774	犛（里之切）〔註5〕
727	牛（語求切）	751	牷（所簡切）	775	氂（莫交切）〔註6〕

〔註5〕陳本莫交切，朱本里之切，今從朱本。
〔註6〕陳本里之切，朱本莫交切，今從朱本。

776	藜（洛哀切）	808	唪（所劣切）	840	咨（即夷切）
777	告（古奧切）	809	嘆（士咸切）	841	召（直少切）
778	嚳（苦沃切）	810	噬（時制切）	842	問（亡運切）
779	口（苦后切）	811	啗（徒濫切）	843	唯（以水切）
780	嗷（古弔切）	812	嘰（居衣切）	844	唱（尺亮切）
781	喌（陟救切）	813	嘩（補各切）	845	和（戶戈切）
782	喙（許穢切）	814	含（胡男切）	846	咥（許既切又直結切）
783	吻（武粉切）	815	哺（薄故切）	847	啞（於革切）
784	嚨（盧紅切）	816	味（無沸切）	848	噱（其虐切）
785	喉（乎鉤切）	817	噪（火沃切）	849	唏（虛豈切）
786	嘴（苦夬切）	818	窘（丁滑切）	850	听（宜引切）
787	吞（土根切）	819	噎（於介切）	851	呭（余制切）
788	咽（烏前切）	820	嘽（他干切）	852	噭（古堯切）
789	嗌（伊昔切）	821	唾（湯臥切）	853	咄（當沒切）
790	喗（牛殞切）	822	咦（以之切）	854	唉（烏開切）
791	哆（丁可切）	823	呬（虛器切）	855	哉（祖才切）
792	呱（古乎切）	824	喘（昌沇切）	856	噂（子損切）
793	啾（即由切）	825	呼（荒烏切）	857	咠（七入切）
794	喤（乎光切）	826	吸（許及切）	858	呷（呼甲切）
795	咺（況晚切）	827	噓（朽居切）	859	嚖（呼惠切）
796	㖡（丘尚切）	828	吹（昌垂切）	860	嘫（如延切）
797	咷（徒刀切）	829	喟（丘貴切）	861	唪（方蠓切）
798	喑（於今切）	830	嘽（他昆切）	862	嗔（待年切）
799	嶷（魚力切）	831	嚏（都計切）	863	嘌（撫招切）
800	咳（戶來切）	832	嘖（之日切）	864	嘑（荒烏切）
801	嗛（戶監切）	833	唫（巨錦切又牛音切）	865	喅（余六切）
802	咀（慈呂切）	834	噤（巨禁切）	866	嘯（穌弔切）
803	啜（昌說切）	835	名（武并切）	867	台（與之切）
804	噍（子入切）	836	吾（五乎切）	868	喁（余招切）
805	嚌（在詣切）	837	哲（陟列切）	869	启（康禮切）
806	噍（才肖切）	838	君（舉云切）	870	嗿（他感切）
807	呢（俎沇切）	839	命（眉病切）	871	咸（胡監切）

872	呈（直貞切）	903	叴（巨鳩切）	934	唸（魚變切）
873	右（于救切）	904	嘮（敕交切）	935	哀（烏開切）
874	啻（施智切）	905	呶（女交切）	936	噱（杜兮切）
875	吉（居質切）	906	叱（昌栗切）	937	嗀（許角切）
876	周（職雷切）	907	噴（普魂切）	938	呙（苦媧切）
877	唐（徒郎切）	908	吒（陟駕切）	939	嗽（前歷切）
878	喬（直由切）	909	噊（余律切）	940	嘆（莫各切）
879	嘾（徒感切）	910	啐（七內切）〔註7〕	941	昏（古活切）
880	噎（烏結切）	911	唇（側鄰切）	942	嗾（穌奏切）
881	嗢（烏沒切）	912	吁（況于切）	943	吠（符廢切）
882	哯（胡典切）	913	嘵（許幺切）	944	咆（薄交切）
883	吐（他魯切）	914	嘖（士革切）	945	噑（乎刀切）
884	噦（於月切）	915	嗷（五牢切）	946	喈（古諧切）
885	咈（符弗切）	916	唸（都見切）	947	哮（許交切）
886	嘔（於求切）	917	呎（馨伊切）	948	喔（於角切）
887	吃（居乙切）	918	嚘（五銜切）	949	咢（烏格切）
888	嗜（常利切）	919	呻（失人切）	950	咮（章俱切）
889	啖（徒敢切）	920	吟（魚音切）	951	嚶（烏莖切）
890	哽（古杏切）	921	嗞（子之切）	952	啄（竹角切）
891	嘐（古肴切）	922	哤（莫江切）	953	唬（呼訝切）〔註8〕
892	啁（陟交切）	923	叫（古弔切）	954	呦（伊虬切）
893	哇（於佳切）	924	嘅（苦蓋切）	955	噳（魚矩切）
894	吝（五葛切）	925	唌（夕連切）	956	喁（魚容切）
895	叺（當夾切）	926	嘆（他案切）	957	局（渠綠切）
896	呧（都禮切）	927	喝（於介切）	958	兮（以轉切）
897	呰（將此切）	928	哨（才肖切）	959	哦（五何切）
898	嗻（之夜切）	929	吪（五禾切）	960	嗃（呼各切）
899	呷（古叶切）	930	嘈（子苔切）	961	售（承臭切）
900	嗑（俟榼切）	931	吝（良刃切）	962	噞（魚檢切）
901	嘮（補盲切）	932	各（古洛切）	963	唳（郎計切）
902	嗎（訶介切）	933	否（方九切）	964	喫（苦擊切）

〔註7〕陳本七外切，朱本七內切，今從朱本。
〔註8〕陳本呼訝切，段氏《說文訂》作呼訝切，今從段本。

965	喚（呼貫切）	996	趮（撫招切）	1027	赿（都禮切）
966	咍（呼來切）	997	趁（弃忍切）	1028	趍（直离切）
967	嘲（陟交切）	998	趀（千牛切）	1029	趙（治小切）
968	呀（許加切）	999	趢（之欲切）	1030	趈（丘董切）
969	凵（口犯切）	1000	趠（疾亮切）	1031	趡（居聿切）
970	吅（況袁切）	1001	趨（祥遵切）	1032	趉（敕角切）
971	嬰（女庚切）	1002	趡（古屑切）	1033	趞（以灼切）
972	嚴（語杴切）	1003	趉（丘忿切）	1034	趨（丘縛切）
973	㗊（五各切）	1004	趖（蘇和切）	1035	趨（丑例切）
974	單（都寒切）	1005	趭（許建切）	1036	趨（居衣切）
975	㗊（之六切）	1006	趮（布賢切）	1037	趉（敕勿切）
976	哭（苦屋切）	1007	趌（直質切）	1038	趉（余律切）
977	喪（息郎切）	1008	趍（于救切）〔註9〕	1039	趲（莫還切）
978	走（子苟切）	1009	趖（安古切）	1040	赿（瞿勿切）
979	趨（七逾切）	1010	趨（其俱切）	1041	趌（居六切）
980	赴（芳遇切）	1011	蹇（九輦切）	1042	趖（取私切）
981	趣（七句切）	1012	赿（倉才切）	1043	趑（七余切）
982	超（敕宵切）	1013	越（雌氏切）	1044	越（去虔切）
983	趠（去昭切）	1014	趋（渠營切）	1045	趮（巨員切）
984	赳（居黝切）	1015	趨（余呂切）	1046	趢（力玉切）
985	趏（巨之切）	1016	起（墟里切）	1047	趨（七倫切）
986	趮（則到切）	1017	趙（戶來切）	1048	越（資昔切）
987	趯（以灼切）	1018	趨（香仲切）	1049	趌（丘弭切）
988	趨（居月切）	1019	趛（牛錦切）	1050	趨（直离切）
989	越（王伐切）	1020	趌（去吉切）	1051	趍（朋北切）
990	趁（丑刃切）	1021	趌（居謁切）	1052	赿（車者切）
991	趖（張連切）	1022	趮（況袁切）	1053	趮（郎擊切）
992	趙（七雀切）	1023	起（魚訖切）	1054	進（千水切）
993	趫（牽遙切）	1024	趩（與職切）	1055	趄（羽元切）
994	趑（胡田切）	1025	趉（古穴切）	1056	趩（都年切）
995	越（取私切）	1026	趲（丑亦切）	1057	趨（余隴切）

〔註9〕陳本子救切，朱本于救切，今從朱本。

1058	趩（卑吉切）	1068	峀（昨先切）	1078	登（都滕切）
1059	趡（藏濫切）〔註10〕	1069	歷（郎擊切）	1079	癹（普活切）
1060	趧（都兮切）	1070	尗（昌六切）	1080	步（薄故切）
1061	趒（徒遼切）	1071	壁（必益切）	1081	歲（相銳切）
1062	赶（巨言切）	1072	歸（舉韋切）	1082	此（雌氏切）
1063	止（諸市切）	1073	疌（疾葉切）	1083	啙（將此切）
1064	歱（之隴切）	1074	圭（尼輒切）	1084	紫（遵誄切）
1065	歫（丑庚切）	1075	少（他達切）	1085	些（蘇箇切）
1066	峙（直离切）	1076	澀（色立切）		
1067	歫（其呂切）	1077	癶（北末切）		

說文解字第二下

編號	大徐本說文字頭	編號	大徐本說文字頭	編號	大徐本說文字頭
1086	正（之盛切）	1104	逝（時制切）	1122	适（古活切）
1087	乏（房法切）	1105	退（全徒切）	1123	逆（宜戟切）
1088	是（承旨切）	1106	述（食聿切）	1124	迎（語京切）
1089	韙（于鬼切）	1107	遵（將倫切）	1125	迋（古肴切）
1090	尟（酥典切）	1108	適（施隻切）	1126	遇（牛具切）
1091	辵（丑略切）	1109	過（古禾切）	1127	遭（作曹切）
1092	迹（資昔切）	1110	遺（工患切）	1128	遘（古候切）
1093	達（胡蓋切）	1111	遺（徒谷切）	1129	逢（符容切）
1094	達（疏密切）	1112	進（卽刃切）	1130	遻（五各切）
1095	邁（莫話切）	1113	造（七到切）	1131	迪（徒歷切）
1096	巡（詳遵切）	1114	逾（羊朱切）	1132	遞（特計切）
1097	避（居又切）	1115	遝（徒合切）	1133	通（他紅切）
1098	迋（同都切）	1116	迨（侯閣切）	1134	述（斯氏切）
1099	遙（以周切）	1117	迮（阻革切）	1135	迻（弋支切）
1100	延（諸盈切）	1118	遣（倉各切）	1136	遷（七然切）
1101	隨（旬為切）	1119	遄（市緣切）	1137	運（王問切）
1102	迊（蒲撥切）	1120	速（桑谷切）	1138	遁（徒困切）
1103	迂（于放切）	1121	迅（息進切）	1139	遜（蘇困切）

〔註10〕陳本藏監切，朱本藏濫切，今從朱本。

1140	返（扶版切）	1173	遺（以追切）	1206	远（胡郎切）
1141	還（戶關切）	1174	遂（徐醉切）	1207	逇（都歷切）
1142	選（思沇切）	1175	逃（徒刀切）	1208	邊（布賢切）
1143	送（蘇弄切）	1176	追（陟佳切）	1209	邂（胡懈切）
1144	遣（去衍切）	1177	逐（直六切）	1210	逅（胡遘切）
1145	邐（力紙切）	1178	遒（字秋切）	1211	遑（胡光切）
1146	逮（徒耐切）	1179	近（渠遴切）	1212	逼（彼力切）
1147	遲（直尼切）	1180	邋（良涉切）	1213	邈（莫角切）
1148	邌（郎奚切）	1181	迫（博陌切）	1214	迦（胡加切）
1149	遰（特計切）	1182	遷（人質切）	1215	迄（許訖切）
1150	遄（烏玄切）	1183	邇（兒氏切）	1216	迸（北諍切）
1151	遺（中句切）	1184	遏（烏割切）	1217	透（他候切）
1152	逗（田候切）	1185	遮（止車切）	1218	邏（郎左切）
1153	迟（綺戟切）	1186	遂（于線切）	1219	迢（徒聊切）
1154	逶（於為切）	1187	迣（征例切）	1220	逍（相邀切）
1155	迆（移尔切）	1188	迾（良辥切）	1221	遙（余招切）
1156	遹（余律切）	1189	迂（古寒切）	1222	彳（丑亦切）
1157	避（毗義切）	1190	遽（去虔切）	1223	德（多則切）
1158	違（羽非切）	1191	遱（洛侯切）	1224	徑（居正切）
1159	遴（良刃切）	1192	迷（北末切）	1225	復（房六切）
1160	逡（七倫切）	1193	迦（古牙切）	1226	徥（人九切）
1161	返（都禮切）	1194	越（王伐切）	1227	徎（丑郢切）
1162	達（徒葛切）	1195	逞（丑郢切）	1228	往（于兩切）
1163	逯（盧谷切）	1196	遼（洛蕭切）	1229	衢（其俱切）
1164	迵（徒弄切）	1197	遠（雲阮切）	1230	彼（補委切）
1165	迭（徒結切）	1198	逖（他歷切）	1231	徼（古堯切）
1166	迷（莫兮切）	1199	迥（戶頴切）	1232	循（詳遵切）
1167	連（力延切）	1200	違（敕角切）	1233	彶（居立切）
1168	逑（巨鳩切）	1201	迂（憶俱切）	1234	儦（穌合切）
1169	退（薄邁切）	1202	逮（子僉切）	1235	微（無非切）
1170	道（胡玩切）	1203	邍（愚袁切）	1236	徥（是支切）
1171	遯（徒困切）	1204	道（徒皓切）	1237	徐（似魚切）
1172	逋（博孤切）	1205	遽（其倨切）	1238	徔（以脂切）

1239	艀（普丁切）	1272	衙（魚舉切又音牙）	1305	齭（千結切）
1240	徔（敷容切）	1273	衎（空旱切）	1306	齘（赫鎋切）
1241	後（慈衍切）	1274	衒（黃絢切）	1307	齺（五來切）
1242	徬（蒲浪切）	1275	衛（所律切）	1308	齝（丑之切）
1243	徯（胡計切）	1276	衞（于歲切）	1309	齕（戶骨切）
1244	待（徒在切）	1277	齒（昌里切）	1310	齴（力延切）
1245	徟（徒歷切）	1278	齗（語斤切）	1311	齧（五結切）
1246	徧（比薦切）	1279	齔（初堇切）	1312	齭（創舉切）
1247	徦（古雅切）	1280	齰（士革切）	1313	齨（其久切）
1248	復（他內切）	1281	齟（仕街切）	1314	齬（魚舉切）
1249	後（胡口切）	1282	齘（胡介切）	1315	齸（私列切）
1250	徥（杜兮切）	1283	齞（研繭切）	1316	齸（伊昔切）
1251	很（胡懇切）	1284	齤（五衛切）	1317	齚（陟栗切）
1252	徰（之隴切）	1285	齱（側鳩切）	1318	齰（戶八切）
1253	得（多則切）	1286	齵（五婁切）	1319	齰（古活切）
1254	徛（去奇切）	1287	齹（側加切）	1320	齰（補莫切）
1255	徇（詞閏切）	1288	齺（側鳩切）	1321	齡（郎丁切）
1256	律（呂戌切）	1289	齹（楚宜切）	1322	牙（五加切）
1257	御（牛據切）	1290	齰（昨何切）	1323	猗（去奇切）
1258	亍（丑玉切）	1291	齤（巨員切）	1324	㸔（區禹切）
1259	彳（余忍切）	1292	齻（魚吻切）	1325	足（即玉切）
1260	延（特丁切）	1293	齴（五鎋切）	1326	蹏（杜兮切）
1261	延（諸盈切）	1294	齟（區主切）	1327	跟（古痕切）
1262	建（居萬切）	1295	齯（五雞切）	1328	踝（胡瓦切）
1263	延（丑連切）	1296	齮（魚綺切）	1329	跖（之石切）
1264	延（以然切）	1297	齰（仕乙切）	1330	踦（去奇切）
1265	行（戶庚切）	1298	齰（側革切）	1331	跪（去委切）
1266	術（食聿切）	1299	齸（工咸切）	1332	跽（渠几切）
1267	街（古膎切）	1300	齦（康很切）	1333	跧（子六切）
1268	衢（其俱切）	1301	齖（五版切）	1334	躍（其俱切）
1269	衝（昌容切）	1302	齭（昨沒切）	1335	踖（資昔切）
1270	衕（徒弄切）	1303	齺（盧達切）	1336	踽（區主切）
1271	衎（才綫切）	1304	齩（五巧切）	1337	蹌（七羊切）

1338	躓（徒管切）	1369	跳（徒遼切）	1400	躧（所綺切）
1339	趴（芳遇切）	1370	踸（側鄰切）	1401	踞（乎加切）
1340	踰（羊朱切）	1371	躇（直魚切）	1402	跰（扶味切）
1341	跋（王伐切）	1372	跰（敷勿切）	1403	朔（魚厥切）
1342	蹻（居勺切）	1373	蹠（之石切）	1404	趽（薄庚切）
1343	箞（式竹切）	1374	踏（他合切）	1405	趹（古穴切）
1344	蹌（七羊切）	1375	踊（余招切）	1406	趼（五旬切）
1345	踊（余隴切）	1376	跐（穌合切）	1407	路（洛故切）
1346	躋（祖雞切）	1377	跟（博蓋切）	1408	躚（良忍切）
1347	躍（以灼切）	1378	躓（陟利切）	1409	跂（巨支切）
1348	跧（莊緣切）	1379	跲（居怯切）	1410	躚（穌前切）
1349	蹴（七宿切）	1380	跐（丑例切）	1411	蹭（七鄧切）
1350	躡（尼輒切）	1381	蹎（都年切）	1412	蹬（徒亙切）
1351	跨（苦化切）	1382	跋（北末切）	1413	蹉（七何切）
1352	蹋（徒盍切）	1383	蹟（資昔切）	1414	跎（徒何切）
1353	跨（夸各切又音步）	1384	跌（徒結切）	1415	慼（子六切）
1354	蹈（徒到切）	1385	踼（徒郎切）	1416	踸（丑甚切）〔註11〕
1355	躔（直連切）	1386	蹲（徂尊切）	1417	疋（所菹切）
1356	踐（慈衍切）	1387	踞（居御切）	1418	疋（所菹切）
1357	踵（之隴切）	1388	跨（苦化切）	1419	延（所菹切）
1358	踔（知教切）	1389	躩（丘縛切）	1420	品（丕飲切）
1359	蹛（當蓋切）	1390	踣（蒲北切）	1421	喦（尼輒切）
1360	蹩（蒲結切）	1391	跛（布火切）	1422	喿（穌到切）
1361	踶（特計切）	1392	蹇（九輦切）	1423	龠（以灼切）
1362	躗（于歲切）	1393	蹁（部田切）	1424	籥（昌垂切）
1363	蹀（徒叶切）	1394	踤（渠追切）	1425	龤（直离切）
1364	跖（承旨切）	1395	踠（烏過切）	1426	龢（戶戈切）
1365	蹢（直隻切）	1396	跣（穌典切）	1427	龤（戶皆切）
1366	躅（直錄切）	1397	跔（其俱切）	1428	冊（楚革切）
1367	踤（昨沒切）	1398	踘（苦本切）	1429	嗣（祥吏切）
1368	蹶（居月切）	1399	距（其呂切）	1430	扁（方沔切）

〔註11〕陳本五甚切，朱本丑甚切，今從朱本。

說文解字第三上

編號	大徐本說文字頭	編號	大徐本說文字頭	編號	大徐本說文字頭
1431	皕（阻立切）	1460	丈（直兩切）	1489	讀（徒谷切）
1432	嚚（語巾切）	1461	千（此先切）	1490	詍（於力切）
1433	嘼（許嬌切）	1462	肸（羲乙切）	1491	訓（許運切）
1434	㗊（古弔切）	1463	廿（子入切）	1492	誨（荒內切）
1435	囂（呼官切）	1464	博（補各切）	1493	譔（此緣切）
1436	器（去冀切）	1465	叴（盧則切）	1494	譬（匹至切）
1437	舌（食列切）	1466	廿（人汁切）	1495	諑（魚怨切）
1438	舓（他合切）	1467	卅（秦入切）	1496	詇（於亮切）
1439	舐（神旨切）	1468	卌（蘇沓切）	1497	諭（羊戍切）
1440	干（古寒切）	1469	世（舒制切）	1498	詖（彼義切）
1441	羊（如審切）	1470	言（語軒切）	1499	諄（章倫切）
1442	屰（魚戟切）	1471	譻（烏莖切）	1500	譯（直离切）
1443	谷（其虐切）	1472	謦（去挺切）	1501	詻（五陌切）
1444	㕛（他念切）	1473	語（魚舉切）	1502	誾（語巾切）
1445	只（諸氏切）	1474	談（徒甘切）	1503	謀（莫浮切）
1446	㕧（呼形切）	1475	謂（于貴切）	1504	謨（莫胡切）
1447	㕯（女滑切）	1476	諒（力讓切）	1505	訪（敷亮切）
1448	矞（余律切）	1477	詵（所臻切）	1506	諏（子于切）
1449	商（式陽切）	1478	請（七井切）	1507	論（盧昆切）
1450	句（古矦切又九遇切）	1479	謁（於歇切）	1508	議（宜寄切）
1451	拘（舉朱切）	1480	許（虛呂切）	1509	訂（他頂切）
1452	笱（古厚切）	1481	諾（奴各切）	1510	詳（似羊切）
1453	鉤（古矦切）	1482	讘（於證切）	1511	諟（承旨切）
1454	丩（居虯切）	1483	讎（市流切）	1512	諦（都計切）
1455	𢂷（居虯切）	1484	諸（章魚切）	1513	識（賞職切）
1456	糾（居黝切）	1485	詩（書之切）	1514	訊（思晉切）
1457	古（公戶切）	1486	讖（楚蔭切）	1515	譽（楚八切）
1458	嘏（古雅切）	1487	諷（芳鳳切）[註12]	1516	謹（居隱切）
1459	十（是執切）	1488	誦（似用切）	1517	訒（如乘切）

[註12] 陳本芳奉切，朱本芳鳳切，今從朱本。

1518	諶（是吟切）	1549	諉（女恚切）	1580	訥（內骨切）
1519	信（息晉切）	1550	警（居影切）	1581	譇（側加切）
1520	訦（是吟切）	1551	謐（彌必切）	1582	傷（胡禮切）
1521	誠（氏征切）	1552	謙（苦兼切）	1583	警（古弔切）
1522	誡（古拜切）	1553	誼（儀寄切）	1584	譊（女交切）
1523	諅（渠記切）	1554	訏（況羽切）	1585	營（余傾切）
1524	諱（許貴切）	1555	諓（慈衍切）	1586	譜（壯革切）
1525	誥（古到切）	1556	譇（五何切）	1587	諛（羊朱切）
1526	詔（之紹切）	1557	詷（徒紅切）	1588	譋（丑珍切）
1527	誓（時制切）	1558	設（識列切）	1589	諼（況袁切）
1528	詁（公戶切）	1559	護（胡故切）	1590	警（五牢切）
1529	諫（息廉切）	1560	譞（許緣切）	1591	訹（思律切）
1530	藹（於害切）	1561	誧（博孤切）	1592	詑（託何切）
1531	諫（桑谷切）	1562	愳（胥里切）	1593	謾（母官切）
1532	諝（私呂切）	1563	託（他各切）	1594	諸（陟加切）
1533	証（之盛切）	1564	記（居吏切）	1595	詐（鉏駕切）
1534	諫（古晏切）	1565	譽（羊茹切）	1596	謺（之涉切）
1535	諗（式荏切）	1566	譒（補過切）	1597	謰（力延切）
1536	課（苦臥切）	1567	謝（辭夜切）	1598	謱（洛侯切）〔註13〕
1537	試（式吏切）	1568	謳（烏侯切）	1599	詒（與之切）
1538	誠（胡戞切）	1569	詠（為命切）	1600	謲（倉南切）
1539	詧（余招切）	1570	諍（側迸切）	1601	誆（居況切）
1540	詮（此緣切）	1571	評（荒烏切）	1602	譺（五介切）
1541	訢（許斤切）	1572	譁（荒故切）	1603	課（古罵切）
1542	說（失爇切又弋雪切）	1573	訖（居迄切）	1604	訕（所晏切）
1543	計（古詣切）	1574	諺（魚變切）	1605	譏（居衣切）
1544	諧（戶皆切）	1575	訝（吾駕切）	1606	誣（武扶切）
1545	詥（候閤切）	1576	詣（五計切）	1607	誹（敷尾切）
1546	調（徒遼切）	1577	講（古項切）	1608	謗（補浪切）
1547	話（胡快切）	1578	謄（徒登切）	1609	譸（張流切）
1548	諈（竹恚切）	1579	訒（而振切）	1610	詶（市流切）

〔註13〕陳本陟侯切，朱本、段本洛侯切，今從上。

1611	詛（莊助切）	1643	謔（虛約切）	1675	謓（昌眞切）
1612	詶（直又切）	1644	誾（乎懇切）	1676	讘（之涉切）
1613	誃（尺氏切）	1645	訌（戶工切）	1677	訶（虎何切）
1614	誖（蒲沒切）	1646	讙（胡對切）	1678	謵（職雉切）
1615	戀（呂員切）	1647	譏（呼會切）	1679	訐（居謁切）
1616	誤（五故切）	1648	謔（呼卦切）	1680	訴（桑故切）
1617	詿（古賣切）	1649	譙（杜回切）	1681	譖（莊蔭切）
1618	誒（許其切）	1650	譟（蘇到切）	1682	讒（士咸切）
1619	譆（火衣切）	1651	訆（古弔切）	1683	譴（去戰切）
1620	詯（荒內切）	1652	諕（乎刀切）	1684	謫（陟革切）
1621	譑（呂之切）	1653	讙（呼官切）	1685	諯（尺絹切）
1622	詍（余制切）	1654	譁（呼瓜切）	1686	讓（人漾切）
1623	訾（將此切）	1655	諤（羽俱切）	1687	譙（才肖切）
1624	詢（大牢切）	1656	譌（五禾切）	1688	諫（七賜切）
1625	詝（汝閻切）	1657	詿（古賣切）	1689	誶（雖遂切）
1626	謎（他合切）	1658	誤（五故切）	1690	詰（去吉切）
1627	譜（徒合切）	1659	謬（靡幼切）	1691	譪（巫放切）
1628	訮（呼堅切）	1660	誑（呼光切）	1692	詭（過委切）
1629	讅（呼麥切）	1661	欅（蒲角切）	1693	證（諸應切）
1630	訇（虎橫切）	1662	訬（楚交切）	1694	詘（區勿切）
1631	諞（部田切）	1663	諅（去其切）	1695	訑（於願切）
1632	譬（符眞切）	1664	譎（古穴切）	1696	訢（朽正切）
1633	訽（苦后切）	1665	詐（側駕切）	1697	讂（火縣切）
1634	詉（女家切）	1666	訏（況于切）	1698	詆（都禮切）
1635	誂（徒了切）	1667	諓（子邪切）	1699	誰（示佳切）
1636	譖（作滕切）	1668	讘（之涉切）	1700	諽（古覈切）
1637	詄（徒結切）	1669	諨（秦入切）	1701	讕（洛干切）
1638	諅（渠記切）	1670	謳（宛古切）	1702	診（直刃切又之忍切）
1639	諴（下闞切）	1671	讏（雖遂切）	1703	蕲（先稽切）
1640	誇（苦瓜切）	1672	讕（徒盍切）	1704	試（羽求切）
1641	誕（徒旱切）	1673	詾（許容切）	1705	諈（陟輪切）
1642	講（莫話切）	1674	訟（似用切）	1706	討（他皓切）

1707	諳（烏含切）	1738	辛（去虔切）	1769	龔（俱容切）
1708	謚（力軌切）	1739	童（徒紅切）	1770	異（羊吏切）
1709	諡（神至切）	1740	妾（七接切）	1771	戴（都代切）
1710	誄（力軌切）	1741	丵（士角切）	1772	昪（以諸切）
1711	謑（胡禮切）	1742	業（魚怯切）	1773	舁（七然切）
1712	詬（呼寇切）	1743	叢（徂紅切）	1774	與（余呂切）
1713	諜（徒叶切）	1744	對（都隊切）	1775	興（虛陵切）
1714	該（古哀切）	1745	業（蒲沃切）	1776	臼（居玉切）
1715	譯（羊昔切）	1746	僕（蒲沃切）	1777	要（於消切又於笑切）
1716	訄（巨鳩切）	1747	糞（布還切）	1778	晨（食鄰切）
1717	謚（伊昔切又呼狄切）	1748	廾（居竦切）	1779	農（奴冬切）
1718	譶（徒合切）	1749	奉（扶隴切）	1780	爨（七亂切）
1719	詢（相倫切）	1750	丞（署陵切）	1781	鬮（渠容切）
1720	讘（多腋切）	1751	奐（呼貫切）	1782	釁（虛振切）
1721	譜（博古切）	1752	弇（古南切又一儉切）		
1722	詎（其呂切）	1753	異（羊益切）		
1723	誃（先鳥切）	1754	舁（渠記切）		
1724	謎（莫計切）	1755	異（羊吏切）		
1725	誌（職吏切）	1756	弄（盧貢切）		
1726	訣（古穴切）	1757	弆（余六切）		
1727	詰（渠慶切）	1758	弆（居券切）		
1728	讔（常衍切）	1759	弅（渠追切）		
1729	競（渠慶切）	1760	戒（居拜切）		
1730	讟（徒谷切）	1761	兵（補明切）		
1731	音（於今切）	1762	龔（紀庸切）		
1732	響（許兩切）	1763	弈（羊益切）		
1733	韽（恩甘切）	1764	具（其遇切）		
1734	韶（市招切）	1765	虣（普班切）		
1735	章（諸良切）	1766	樊（附袁切）		
1736	竟（居慶切）	1767	奱（呂員切）		
1737	韻（王問切）	1768	共（渠用切）		

說文解字第三下

編號	大徐本說文字頭	編號	大徐本說文字頭	編號	大徐本說文字頭
1783	革（古覈切）	1812	鞁（平祕切）	1841	靚（呼結切）〔註14〕
1784	鞹（苦郭切）	1813	韐（烏合切）	1842	鞘（私妙切）
1785	靬（苦旰切）	1814	靶（必駕切）	1843	韉（則前切）
1786	鞳（盧各切）	1815	鞙（呼典切）	1844	鞾（許膬切）
1787	鞄（蒲角切）	1816	靳（居近切）	1845	靮（都歷切）
1788	鞼（王問切）	1817	鞚（丑郢切）	1846	鬲（郎激切）
1789	鞣（耳由切）	1818	靷（余忍切）	1847	鼓（魚綺切）
1790	靼（旨熱切）	1819	鞥（古滿切）	1848	鬹（居隨切）
1791	韇（求位切）	1820	鞧（田候切）	1849	䰞（子紅切）
1792	鞶（薄官切）	1821	靬（羽俱切）	1850	鬴（古禾切）
1793	鞏（居竦切）	1822	轉（補各切）	1851	鬻（才林切）
1794	鞔（母官切）	1823	鞔（烏合切）	1852	䰮（子孕切）
1795	靸（穌合切）	1824	輟（陟劣切）	1853	鬴（扶雨切）
1796	䩅（五岡切）	1825	鞌（烏寒切）	1854	虜（牛建切）
1797	鞮（都兮切）	1826	韉（而隴切）	1855	融（以戎切）
1798	鞅（古洽切）	1827	鞊（他叶切）	1856	鬺（許嬌切）
1799	鞵（所綺切）	1828	韐（古洽切）	1857	鬻（式羊切）
1800	鞵（戶佳切）	1829	勒（盧則切）	1858	澧（芳未切）
1801	靪（當經切）	1830	鞘（狂沇切）	1859	彌（郎激切）
1802	鞠（居六切）	1831	輨（弥沇切）	1860	鬻（諸延切）
1803	韜（徒刀切）	1832	靲（巨今切）	1861	鬻（之六切）
1804	鞙（於袁切）	1833	鞬（居言切）	1862	鬻（戶吳切）
1805	韠（并頂切）	1834	韇（徒谷切）	1863	鬻（古行切）
1806	鞎（戶恩切）	1835	韉（山垂切）	1864	鬻（桑谷切）
1807	軌（丘弘切）	1836	輕（紀力切）	1865	鬻（余六切）
1808	鞪（莫卜切）	1837	鞭（卑連切）	1866	鬻（莫結切）
1809	靴（毗必切）	1838	鞅（於兩切）	1867	鬻（仍吏切）
1810	鞿（借官切）	1839	韄（乙白切）	1868	鬻（尺沼切）
1811	鞊（脂利切）	1840	鞑（徒何切）	1869	鬻（以勺切）

〔註14〕陳本已乁切，段注說：「《篇》、《韻》皆呼結切」，今從上。

1870	礜（章與切）	1902	燮（穌叶切）	1934	聿（將鄰切）
1871	礜（蒲沒切）	1903	曼（無販切）	1935	書（商魚切）
1872	爪（側狡切）	1904	夏（失人切）	1936	晝（胡麥切）
1873	孚（芳無切）	1905	夬（古賣切）	1937	畫（陟救切）
1874	為（薳支切）	1906	尹（余準切）	1938	隶（徒耐切）
1875	爪（諸兩切）	1907	叚（側加切）	1939	隸（徒耐切）
1876	孔（几劇切）	1908	叏（里之切）	1940	隸（郎計切）
1877	甄（魚祭切）	1909	叔（所劣切）	1941	臤（苦閑切）
1878	飌（殊六切）	1910	及（巨立切）	1942	緊（糾忍切）
1879	甄（作代切）	1911	秉（兵永切）	1943	堅（古賢切）
1880	巩（居悚切）	1912	反（府遠切）	1944	豎（臣庾切）
1881	龥（其虐切）	1913	弖（房六切）	1945	臣（植鄰切）
1882	虯（胡瓦切）	1914	癹（土刀切）	1946	堊（居況切）
1883	厔（居玉切）	1915	叡（之芮切）	1947	臧（則郎切）
1884	鬥（都豆切）	1916	叔（式竹切）	1948	殳（市朱切）
1885	鬪（都豆切）	1917	叟（莫勃切）	1949	祋（丁外切）
1886	鬨（下降切）	1918	取（七庾切）	1950	杸（市朱切）
1887	鬮（力求切）	1919	彗（祥歲切）	1951	毄（古歷切）
1888	鬮（古矦切）	1920	叚（古雅切）	1952	殻（苦角切）
1889	鬮（奴礼切）	1921	友（云久切）	1953	炈（知朕切）
1890	鬩（撫文切）	1922	度（徒故切）	1954	毀（度矦切）
1891	鬩（匹賓切）	1923	ナ（臧可切）	1955	毃（市流切）
1892	鬩（許激切）	1924	卑（補移切）	1956	殳（冬毒切）
1893	鬩（胡畎切）	1925	史（疏士切）	1957	毆（烏后切）
1894	鬧（奴教切）	1926	事（鉏史切）	1958	敲（口卓切）
1895	又（于救切）	1927	支（章移切）	1959	殿（堂練切）
1896	右（于救切）	1928	攲（去奇切）	1960	殴（於計切）
1897	厷（古薨切）	1929	聿（尼輒切）	1961	段（徒玩切）
1898	叉（初牙切）	1930	肄（羊至切）	1962	殽（徒冬切又火宮切）
1899	叉（側狡切）	1931	肅（息逐切）	1963	殽（胡茅切）
1900	父（扶雨切）	1932	聿（余律切）	1964	毅（魚既切）
1901	宎（穌后切）	1933	筆（鄙密切）	1965	殴（居又切）

1966	役（營隻切）	1997	故（古慕切）	2028	敉（緜婢切）
1967	殺（古哀切）	1998	政（之盛切）	2029	敡（以豉切）
1968	殺（所八切）	1999	敀（式支切）	2030	敓（羽非切）
1969	弒（式吏切）	2000	敷（芳无切）	2031	敦（都昆切又丁回切）
1970	几（市朱切）	2001	敊（多殄切）	2032	敳（渠云切）
1971	殳（之忍切）	2002	孋（力來切）	2033	敗（薄邁切）
1972	鳧（房無切）	2003	數（所矩切）	2034	敶（郎段切）
1973	寸（倉困切）	2004	漱（郎電切）	2035	寇（苦候切）
1974	寺（祥吏切）	2005	孜（子之切）	2036	鼓（豬几切）
1975	將（卽諒切）	2006	攽（布還切）	2037	敵（徒古切）
1976	尋（徐林切）	2007	敦（矦旰切）	2038	敜（奴叶切）
1977	專（職緣切）	2008	敳（五來切）	2039	敤（卑吉切）
1978	尃（芳無切）	2009	敞（昌兩切）	2040	收（式州切）
1979	導（徒皓切）	2010	佀（直刃切）	2041	鼓（公戶切）
1980	皮（符羈切）	2011	改（古亥切）	2042	攷（苦浩切）
1981	皰（旁教切）	2012	變（祕戀切）	2043	敂（苦候切）
1982	皯（古旱切）	2013	更（古孟切又古行切）	2044	攻（古洪切）
1983	皸（矩云切）	2014	敕（恥心切）	2045	敲（口交切）
1984	皴（七倫切）	2015	耴（而涉切）	2046	致（竹角切）
1985	鼜（而兗切）	2016	斂（良冉切）	2047	敱（迂往切）
1986	皵（而隴切）	2017	敹（洛簫切）	2048	摰（許其切）
1987	攴（普木切）	2018	敲（居夭切）	2049	斀（竹角切）
1988	啟（康礼切）	2019	故（古沓切）	2050	敯（眉殞切）
1989	徹（丑列切）	2020	敶（直刃切）	2051	敔（魚舉切）
1990	肇（治小切）	2021	敵（徒歷切）	2052	敤（苦果切）
1991	敏（眉殞切）	2022	救（居又切）	2053	敚（巨今切）
1992	敃（眉殞切）	2023	敆（徒活切）	2054	敥（市流切）
1993	救（亾遇切）	2024	斁（羊益切）	2055	敗（待年切）
1994	故（博陌切）	2025	赦（始夜切）	2056	攺（余止切）[註15]
1995	整（之郢切）	2026	攸（以周切）	2057	敍（徐呂切）
1996	效（胡教切）	2027	攷（芳武切）	2058	敨（辟米切）

〔註15〕陳本古亥切，朱本余止切，今從朱本。

編號	大徐本說文字頭	編號	大徐本說文字頭	編號	大徐本說文字頭
2059	敤（五計切）	2068	卟（古兮切）	2077	蔔（平祕切）〔註16〕
2060	牧（莫卜切）	2069	貞（陟盈切）	2078	甯（乃定切）
2061	敇（楚革切）	2070	毎（荒內切）	2079	爻（胡茅切）
2062	敠（初繛切）	2071	占（職廉切）	2080	棥（附袁切）
2063	敫（牽遙切）	2072	卲（市沼切）	2081	爒（力几切）
2064	教（古孝切）	2073	烑（治小切）	2082	爾（兒氏切）
2065	斅（胡覺切）	2074	用（余訟切）	2083	爽（疏兩切）
2066	卜（博木切）	2075	甫（方矩切）		
2067	卦（古壞切）	2076	庸（余封切）		

說文解字第四上

編號	大徐本說文字頭	編號	大徐本說文字頭	編號	大徐本說文字頭
2084	夐（火劣切）	2103	矕（武版切）	2122	瞑（亡保切）
2085	夐（朽正切）	2104	睔（古本切）	2123	睰（呼括切）〔註17〕
2086	閡（無分切）	2105	盼（匹莧切）	2124	眈（丁含切）
2087	夏（況晚切）	2106	旰（古旱切）	2125	逳（于線切）
2088	目（莫六切）	2107	販（普班切）	2126	盱（況于切）
2089	眼（五限切）	2108	睍（胡典切）	2127	睘（渠營切）
2090	睅（邦免切）	2109	瞯（古玩切）	2128	瞫（旨善切）
2091	眩（黃絢切）	2110	瞵（力珍切）	2129	眛（莫佩切）
2092	皆（在詣切）	2111	窅（烏皎切）	2130	眕（之忍切）
2093	睞（子葉切）	2112	眊（亡報切）	2131	瞟（敷沼切）
2094	瞷（胡畎切）	2113	瞠（他朗切）	2132	瞅（戚細切）
2095	瞦（許其切）	2114	睒（失冉切）	2133	睹（當古切）
2096	矏（武延切）	2115	眮（徒弄切）	2134	眔（徒合切）
2097	眉（芳微切）	2116	眇（兵媚切）	2135	睽（苦圭切）
2098	瞖（疾簡切）	2117	瞀（莫浮切）	2136	眜（莫撥切）
2099	睌（戶版切）	2118	盰（讀若攜又苦兮切）	2137	瞥（薄官切）
2100	暖（況晚切）	2119	眺（武限切）	2138	辡（蒲莧切）
2101	瞞（母官切）	2120	眠（承旨切）	2139	眽（莫獲切）
2102	睴（古鈍切）	2121	睨（研計切）	2140	瞷（他歷切）

〔註16〕陳本平祕切，朱本平祕切，今從朱本。

〔註17〕陳本呼哲切，《廣韻》呼括切，段本呼括切，今從上。

2141	瞫（之閏切）	2173	薛（莫結切）	2205	眸（莫浮切）
2142	瞤（如匀切）	2174	映（古穴切）	2206	睚（五隘切）
2143	瞋（符真切）	2175	睙（力讓切）	2207	眗（九遇切）
2144	督（一丸切）	2176	眜（莫佩切）	2208	罨（居倦切）
2145	睢（許惟切）	2177	瞯（戶閒切）	2209	奭（舉朱切）
2146	旬（黃絢切）	2178	眯（莫禮切）	2210	眉（武悲切）
2147	矆（許縛切）	2179	眺（他弔切）	2211	省（所景切）
2148	睦（莫卜切）	2180	睞（洛代切）	2212	盾（食閏切）〔註18〕
2149	瞻（職廉切）	2181	睩（盧谷切）	2213	敵（扶發切）
2150	督（莫候切）	2182	督（敕鳩切）	2214	矊（苦圭切）
2151	瞷（莫佳切）	2183	眣（丑栗切）	2215	自（疾二切）
2152	瞼（古銜切）	2184	矇（莫中切）	2216	鼻（武延切）
2153	督（苦系切）	2185	眇（亡沼切）	2217	白（疾二切）
2154	相（息良切）	2186	眅（莫甸切）	2218	皆（古諧切）
2155	瞋（昌真切）	2187	眓（盧各切）	2219	魯（郎古切）
2156	瞗（都僚切）	2188	盲（武庚切）	2220	者（之也切）
2157	睗（施隻切）	2189	瞁（苦夾切）	2221	疇（直由切）
2158	眴（於絢切）	2190	瞽（公戶切）	2222	嶷（知義切）
2159	瞔（於悅切）	2191	睺（穌后切）	2223	百（博陌切）
2160	睼（他計切）	2192	瞀（戶局切）	2224	鼻（父二切）
2161	睘（於殄切）	2193	眭（昨禾切）	2225	齅（許救切）
2162	暍（烏括切）	2194	𥅱（烏括切）	2226	鼾（矦幹切）
2163	眷（居倦切）	2195	睇（特計切）	2227	鼽（巨鳩切）
2164	督（冬毒切）	2196	瞋（舒問切）	2228	齂（許介切）
2165	睎（香衣切）	2197	眙（丑吏切）	2229	皕（彼力切）
2166	看（苦寒切）	2198	眝（陟呂切）	2230	奭（詩亦切）
2167	瞫（式荏切）	2199	盻（胡計切）	2231	習（似入切）
2168	睡（是偽切）	2200	曹（普未切）	2232	翫（五換切）
2169	瞑（武延切）	2201	瞼（居奄切）	2233	羽（王矩切）
2170	眚（所景切）	2202	眨（側洽切）	2234	翟（居豉切）〔註19〕
2171	瞥（普滅切）	2203	睳（許規切）	2235	翰（矦幹切）
2172	眵（叱支切）	2204	朕（直引切）	2236	翟（徒歷切）

〔註18〕陳本食問切，朱本、段本食閏切，今從上。

〔註19〕陳本俱豉切，朱本居豉切，今從朱本。

2237	翡（房味切）	2269	翁（戶公切）	2301	唯（戶工切）
2238	翠（七醉切）	2270	隹（職追切）	2302	徵（穌旰切）
2239	翦（即淺切）	2271	雅（烏加切）	2303	雓（與職切）
2240	翁（烏紅切）	2272	隻（之石切）	2304	雄（羽弓切）
2241	翄（施智切）	2273	雒（盧各切）	2305	雌（此移切）
2242	翔（古翮切）	2274	閵（良刃切）	2306	翟（都校切）
2243	翹（渠遙切）	2275	雟（戶圭切）	2307	雋（徂沇切）
2244	翭（乎溝切）	2276	雄（府良切）	2308	雟（山垂切）
2245	翮（下革切）	2277	雀（即略切）	2309	奞（息遺切）
2246	翑（其俱切）	2278	雅（五加切）	2310	奪（徒活切）
2247	羿（五計切）	2279	韓（侯幹切）	2311	奮（方問切）
2248	翥（章庶切）	2280	雉（直几切）	2312	萑（胡官切）
2249	翕（許及切）	2281	雊（古候切）	2313	蔓（乙虢切）
2250	翾（許緣切）	2282	雞（古兮切）	2314	雚（工奐切）
2251	翬（許歸切）	2283	雛（士于切）	2315	舊（巨救切）
2252	翏（力救切）	2284	雗（力救切）	2316	丫（工瓦切）
2253	翩（芳連切）	2285	離（呂支切）	2317	萉（古懷切）
2254	翜（山洽切）	2286	雕（都僚切）	2318	芇（母官切）
2255	翊（與職切）	2287	雁（於凌切）	2319	首（徒結切）
2256	翍（土盍切）	2288	雌（處脂切）	2320	瞢（木空切）
2257	翡（侍之切）	2289	錐（是偽切）	2321	莫（莫結切）
2258	翱（五牢切）	2290	雁（苦堅切）	2322	蔑（莫結切）
2259	翔（似羊切）	2291	雝（於容切）	2323	羊（與章切）
2260	翽（呼會切）	2292	雂（巨淹切）	2324	羋（緜婢切）
2261	翯（胡角切）	2293	雁（五晏切）	2325	羔（古牢切）
2262	翌（胡光切）	2294	雜（郎兮切）	2326	羜（直呂切）
2263	翇（分勿切）	2295	雇（荒烏切）	2327	摯（已遇切又亡遇切）〔註20〕
2264	翿（徒到切）	2296	雝（人諸切）	2328	羍（他末切）
2265	翳（於計切）	2297	雇（侯古切）	2329	羝（治小切）
2266	翣（山洽切）	2298	雜（常倫切）	2330	羝（都兮切）
2267	翻（孚袁切）	2299	離（恩含切）	2331	羒（符分切）
2268	翎（郎丁切）	2300	雉（章移切）	2332	牂（則郎切）

〔註20〕陳本已遇切又亡遇切，今取亡遇切。

2333	鷸（羊朱切）	2366	鳩（居求切）	2399	鵻（旨夷切）
2334	殳（公戶切）	2367	鶌（九勿切）	2400	鵅（盧各切）
2335	羯（居謁切）	2368	鶽（思允切）	2401	驟（蒲木切）
2336	羠（徐姊切）	2369	鶻（古忽切）	2402	鶴（下各切）
2337	羳（附袁切）	2370	鵃（張流切）	2403	鷺（洛故切）
2338	羥（口莖切）	2371	鵹（居六切）	2404	鵠（胡沃切）
2339	摯（卽刃切）	2372	鴿（古沓切）	2405	鴻（戶工切）
2340	羸（力為切）	2373	鴠（得案切）	2406	鶖（七由切）
2341	羭（於偽切）	2374	鵙（古闃切）	2407	鴛（於袁切）
2342	羵（子賜切）	2375	鷚（力救切）	2408	鴦（於良切）
2343	羣（渠云切）	2376	鷂（羊茹切）	2409	鷅（丁刮切）
2344	羼（烏閑切）	2377	鸄（胡角切）	2410	鷞（力竹切）
2345	辈（此思切）	2378	鶺（疾僦切）	2411	鴚（古俄切）
2346	美（無鄙切）	2379	鴞（于嬌切）	2412	鵝（五何切）
2347	羌（去羊切）	2380	鴂（古穴切）	2413	鴈（五晏切）
2348	羑（與久切）	2381	鶊（辛聿切）	2414	鶩（莫卜切）
2349	羴（式連切）	2382	魴（分兩切）	2415	鷖（烏雞切）
2350	羼（初限切）	2383	鴰（子結切）	2416	鶛（古節切）
2351	瞿（九遇切又音衢）	2384	鵲（親吉切）	2417	鷩（魚列切）
2352	矍（九縛切）	2385	鴃（徒結切）	2418	鸏（莫紅切）
2353	雔（市流切）	2386	鶤（古渾切）	2419	鷸（余律切）
2354	靃（呼郭切）	2387	鴱（烏浩切）	2420	鷿（普擊切）
2355	雙（所江切）	2388	鴗（居玉切）	2421	鸕（土雞切）
2356	雥（徂合切）	2389	鷦（卽消切）	2422	鸕（洛乎切）
2357	雧（烏玄切）	2390	鷻（亡沼切）	2423	鶿（疾之切）
2358	集（秦入切）	2391	鶹（力求切）	2424	鷾（乙冀切）
2359	鳥（都了切）	2392	鸇（那干切）	2425	鴔（平立切）
2360	鳳（馮貢切）	2393	鶨（丑絹切）	2426	鵖（彼及切）
2361	鸞（洛官切）	2394	鴷（弋雪切）	2427	鴇（博好切）
2362	鷟（五角切）	2395	鴮（天口切）	2428	鷬（強魚切）
2363	鷟（士角切）	2396	鶍（武巾切）	2429	鷗（烏侯切）
2364	鷫（息逐切）	2397	鷯（洛簫切）	2430	鴃（蒲達切）
2365	鷞（所莊切）	2398	鷗（於憿切）	2431	鷛（余封切）

2432	鶂（五歷切）	2449	鸇（諸延切）	2466	鷅（力軌切）
2433	鶇（杜兮切）	2450	鷐（植鄰切）	2467	鶾（矦幹切）
2434	鴗（力入切）	2451	鷙（脂利切）	2468	鷃（烏諫切）
2435	鶬（七岡切）	2452	欥（余律切）	2469	鴆（直禁切）
2436	鴰（古活切）	2453	鷖（烏莖切）	2470	鷇（口豆切）
2437	鮫（古肴切）	2454	鸲（其俱切）	2471	鳴（武兵切）
2438	鶄（子盈切）	2455	鶵（余蜀切）	2472	騫（虛言切）
2439	鵳（古賢切）	2456	鷩（并劣切）	2473	鳶（府文切）
2440	鸏（職深切）	2457	鵔（私閏切）	2474	鷓（之夜切）
2441	鴲（即夷切）	2458	鸃（魚羈切）	2475	鴣（古乎切）
2442	鷻（度官切）	2459	鷊（都歷切）	2476	鴨（烏狎切）
2443	鳶（與專切）	2460	鶡（胡割切）	2477	鵡（恥力切）
2444	鷴（戶間切）	2461	鳩（古拜切）	2478	烏（哀都切）
2445	鷂（弋笑切）	2462	鸚（烏莖切）	2479	舄（七雀切）
2446	鷩（居月切）	2463	鵡（文甫切）	2480	焉（有乾切）
2447	鴎（七余切）	2464	鷮（巨嬌切）		
2448	鸛（呼官切）	2465	鷕（以沼切）		

說文解字第四下

編號	大徐本說文字頭	編號	大徐本說文字頭	編號	大徐本說文字頭
2481	華（北潘切）	2494	叀（職緣切）	2507	爰（羽元切）
2482	畢（卑吉切）	2495	惠（胡桂切）	2508	䦏（郎段切）
2483	糞（方問切）	2496	疐（陟利切）	2509	受（殖酉切）
2484	棄（詰利切）	2497	玄（胡涓切）	2510	曼（力輟切）
2485	菁（古儵切）	2498	兹（子之切）	2511	爭（側莖切）
2486	再（作代切）	2499	㲋（洛乎切）	2512	㝬（於謹切）
2487	冓（處陵切）	2500	予（余呂切）	2513	寽（呂戌切）
2488	幺（於堯切）	2501	舒（傷魚切）	2514	叡（古覽切）
2489	幼（伊謬切）	2502	幻（胡辨切）	2515	奴（昨干切）
2490	麼（亡果切）	2503	放（甫妄切）	2516	叡（呼各切）
2491	丝（於蚪切）	2504	敖（五牢切）	2517	叞（古代切）
2492	幽（於蚪切）	2505	敫（以灼切）	2518	羍（疾正切）
2493	幾（居衣切）	2506	受（平小切）	2519	叡（以芮切）

2520	歺（五割切）	2553	薨（呼肱切）	2586	肧（匹桮切）
2521	殗（於為切）	2554	薧（呼毛切）	2587	胎（土來切）
2522	殙（呼昆切）	2555	歀（咨四切）	2588	肌（居夷切）
2523	殰（徒谷切）	2556	冎（古瓦切）	2589	臚（力居切）
2524	歾（莫勃切）	2557	剮（憑列切）	2590	肫（章倫切）
2525	殌（子聿切）	2558	𩨕（府移切）	2591	𦜕（居衣切）
2526	殊（市朱切）	2559	骨（古忽切）	2592	脣（食倫切）
2527	殟（烏沒切）	2560	髑（徒谷切）	2593	朡（徒侯切）
2528	殇（式陽切）	2561	髏（洛矦切）	2594	肓（呼光切）
2529	殂（昨胡切）	2562	髆（補各切）	2595	腎（時忍切）
2530	殛（巳力切）	2563	髃（午口切）	2596	肺（芳吠切）
2531	殪（於計切）	2564	骭（部田切）	2597	脾（符支切）
2532	𣧑（莫各切）	2565	髀（并弭切）	2598	肝（古寒切）
2533	殯（必刃切）	2566	髁（苦臥切）	2599	膽（都敢切）
2534	隸（羊至切）	2567	𩪡（居月切）	2600	胃（云貴切）
2535	殣（渠吝切）	2568	髖（苦官切）	2601	脬（匹交切）
2536	殠（尺救切）	2569	髕（毗忍切）	2602	腸（直良切）
2537	殨（胡對切）	2570	骱（古沓切）	2603	膏（古勞切）
2538	歺（許久切）	2571	髍（丘媿切）	2604	肪（甫良切）
2539	殆（徒亥切）	2572	骹（口交切）	2605	膺（於陵切）
2540	殃（於良切）	2573	骭（古案切）	2606	肊（於力切）
2541	殘（昨干切）	2574	骸（戶皆切）	2607	背（補妹切）
2542	殄（徒典切）	2575	髋（息委切）	2608	脅（虛業切）
2543	殲（子廉切）	2576	骭（他歷切）	2609	膀（步光切）
2544	殫（都寒切）	2577	體（他禮切）	2610	胳（力輟切）
2545	殬（當故切）	2578	髊（莫鄱切）	2611	肋（盧則切）
2546	殤（郎果切）	2579	骾（古杏切）	2612	胂（矢人切）
2547	殐（五來切）	2580	骼（古覈切）	2613	脢（莫桮切）
2548	歾（昨干切）	2581	骴（資四切）	2614	肩（古賢切）
2549	殖（常職切）	2582	骩（於詭切）	2615	胳（古洛切）
2550	殕（苦孤切）	2583	體（古外切）	2616	胠（去劫切）
2551	殪（去其切）	2584	肉（如六切）	2617	臂（卑義切）
2552	死（息姊切）	2585	膜（莫桮切）	2618	臑（那到切）

2619	肘（陟柳切）	2652	腫（之隴切）	2685	臕（所鳩切）
2620	齎（徂兮切）	2653	胅（徒結切）	2686	腇（人移切）
2621	腹（方六切）	2654	胜（香近切）	2687	脠（丑連切）
2622	腴（羊朱切）	2655	胤（羊晉切）	2688	脰（薄口切）
2623	脽（示隹切）	2656	臘（盧盍切）	2689	胹（如之切）
2624	胦（古穴切）	2657	膢（力俱切）	2690	腬（穌本切）
2625	胯（苦故切）	2658	朓（土了切）	2691	胜（桑經切）
2626	股（公戶切）	2659	胙（昨誤切）	2692	臊（穌遭切）
2627	腳（居勺切）	2660	隋（徒果切）	2693	膮（許幺切）
2628	脛（胡定切）	2661	膳（常衍切）	2694	腥（穌佞切）
2629	胻（戶更切）	2662	腬（耳由切）	2695	脂（旨夷切）
2630	腓（符飛切）	2663	肴（胡茅切）	2696	膮（穌果切）
2631	腨（市沇切）	2664	腆（他典切）	2697	膩（女利切）
2632	胑（章移切）	2665	脪（他骨切）	2698	膜（慕各切）
2633	胲（古哀切）	2666	胅（蒲結切）	2699	腸（而勺切）
2634	肖（私妙切）	2667	胡（戶孤切）	2700	膗（呼各切）
2635	胤（羊晉切）	2668	胘（胡田切）	2701	膹（房吻切）
2636	胄（直又切）	2669	膍（房脂切）	2702	膡（子沇切）
2637	肸（許訖切）	2670	胵（處脂切）	2703	胾（側吏切）
2638	膻（徒旱切）	2671	膘（敷紹切）	2704	腜（直葉切）
2639	攘（如兩切）	2672	臂（呂戌切）	2705	膾（古外切）
2640	腊（古諧切）	2673	膋（洛蕭切）	2706	腌（於業切）
2641	朐（其俱切）	2674	脯（方武切）	2707	脃（此芮切）
2642	脫（徒活切）	2675	脩（息流切）	2708	膬（七絕切）
2643	脉（巨鳩切）	2676	膎（戶皆切）	2709	散（穌旰切）
2644	攣（力沇切）	2677	脼（良獎切）	2710	膞（市沇切）
2645	臍（資昔切）	2678	膊（匹各切）	2711	腏（陟劣切）
2646	脊（資昔切）	2679	脘（古卵切）	2712	奎（阻史切）
2647	胗（之忍切）	2680	胸（其俱切）	2713	胳（戶猛切）
2648	腄（竹垂切）	2681	膴（荒烏切）	2714	肰（如延切）
2649	胝（竹尼切）	2682	胥（相居切）	2715	膟（昌眞切）
2650	胧（羽求切）	2683	腒（九魚切）	2716	肬（他感切）
2651	胅（胡岸切）	2684	肌（巨鳩切）	2717	膠（古肴切）

2718	臝（郎果切）	2750	劈（私劉切）	2782	刓（五丸切）
2719	胆（七余切）	2751	刉（古外切）	2783	釗（止遙切）
2720	冐（烏玄切）	2752	劚（居衛切）	2784	制（征例切）
2721	腐（扶雨切）	2753	刻（苦得切）	2785	刮（丁念切）
2722	冑（苦等切）	2754	副（芳逼切）	2786	罰（房越切）
2723	肥（符非切）	2755	剖（浦后切）	2787	刵（仍吏切）
2724	脊（康禮切）	2756	辨（蒲莧切）	2788	劓（魚器切）
2725	脻（子回切）	2757	判（普半切）	2789	刑（戶經切）
2726	腔（苦江切）	2758	劇（徒洛切）	2790	到（古零切）
2727	胸（如順切）	2759	刳（苦孤切）	2791	劗（茲損切）
2728	脬（尺尹切）	2760	列（良薛切）	2792	剞（古屑切）
2729	筋（居銀切）	2761	刊（苦寒切）	2793	券（去願切）
2730	笏（渠建切）	2762	劙（陟劣切）	2794	刺（七賜切）
2731	箹（北角切）	2763	刪（所姦切）	2795	剔（他歷切）
2732	刀（都牢切）	2764	劈（普擊切）	2796	刎（武粉切）
2733	刉（方九切）	2765	剝（北角切）	2797	剜（一丸切）
2734	鄂（五各切）	2766	割（古達切）	2798	劇（渠力切）
2735	削（息約切）	2767	劈（里之切）	2799	剎（初轄切）
2736	刌（古叚切）	2768	劃（呼麥切）	2800	刃（而振切）
2737	刐（五來切）	2769	削（烏玄切）	2801	刅（楚良切）
2738	剞（居綺切）	2770	劀（古鎋切）	2802	劍（居欠切）
2739	劂（九勿切）	2771	劑（在詣切）	2803	韌（恪八切）〔註21〕
2740	利（力至切）	2772	刷（所劣切）	2804	契（古黠切）
2741	剡（以冉切）	2773	刮（古八切）	2805	契（苦計切）
2742	初（楚居切）	2774	剽（匹妙切）	2806	丯（古拜切）
2743	剸（子善切）	2775	刲（苦圭切）	2807	耤（古百切）
2744	則（子德切）	2776	剄（纇臥切）	2808	耒（盧對切）
2745	剛（古郎切）	2777	剿（子小切）	2809	耕（古莖切）
2746	剬（旨兗切）	2778	刖（魚厥切）	2810	耦（五口切）
2747	創（古外切）	2779	剌（分勿切）	2811	耤（秦昔切）
2748	切（千結切）	2780	剺（親結切）	2812	䎬（古攜切）
2749	刌（倉本切）	2781	劌（鉏衛切）	2813	賴（羽文切）

〔註21〕陳本恪入切，朱本恪八切，今從朱本。

2814	觕（牀倨切）	2828	觸（尺玉切）	2842	觶（之義切）
2815	角（古岳切）	2829	觲（息營切）	2843	觛（徒旱切）
2816	觽（況袁切）	2830	舩（古雙切）	2844	觴（式陽切）
2817	觻（盧谷切）	2831	觷（胡角切）	2845	觚（古乎切）
2818	觬（穌來切）	2832	衡（戶庚切）	2846	觛（況袁切）
2819	觠（巨員切）	2833	觽（多官切）	2847	觳（胡狄切）
2820	觬(研啓切)〔註 22〕	2834	觰（陟加切）	2848	觼（古穴切）
2821	觢（尺制切）	2835	觤（過委切）	2849	觩（於角切）
2822	觽（敕豕切）	2836	觟（下瓦切）	2850	觼（方肺切）
2823	觭（去奇切）	2837	觡（古百切）	2851	觲（字秋切）
2824	觓（渠幽切）	2838	觜（遵為切）	2852	觳（胡谷切）
2825	觼（烏賄切）	2839	解（佳買切又戶賣切）	2853	觱（卑吉切）
2826	觕（士角切）	2840	觿（戶圭切）		
2827	觼（居月切）	2841	觵（古橫切）		

說文解字第五上

編號	大徐本說文字頭	編號	大徐本說文字頭	編號	大徐本說文字頭
2854	竹（陟玉切）	2867	篃（武移切）	2880	籀（力求切）
2855	箭（子賤切）	2868	篃（武盡切）	2881	簡（古限切）
2856	箘（渠隕切）	2869	笨（布忖切）	2882	笐（古郎切）
2857	簬（洛故切）	2870	篛（烏紅切）	2883	箁（薄口切）
2858	筱（先杳切）	2871	篸（所今切）	2884	等（多肯切）
2859	簜（徒朗切）	2872	篆（持兗切）	2885	笵（防妥切）
2860	籓（無非切）	2873	籀（直又切）	2886	箋（則前切）
2861	筍（思允切）	2874	篇（芳連切）	2887	符（防無切）
2862	箈（徒哀切）	2875	籍（秦昔切）	2888	筮（時制切）
2863	箁（薄侯切）	2876	篁（戶光切）	2889	笄（古兮切）
2864	箬（而勺切）	2877	篟（即兩切）	2890	筐（居之切）
2865	節（子結切）	2878	葉（與接切）	2891	篗（王縛切）
2866	箊（同都切）	2879	籥（以灼切）	2892	筳（特丁切）

〔註 22〕陳本研啓切，朱本、段本研啓切，今從上。

2893	箮（古滿切）	2925	籯（以成切）	2957	等（郎丁切）
2894	箁（芳無切）	2926	籣（蘇旰切）	2958	笝（丑廉切）
2895	笮（阻厄切）	2927	篝（居洧切）	2959	策（楚革切）
2896	簾（力鹽切）	2928	簠（方矩切）	2960	箎（之壘切）
2897	簀（阻厄切）	2929	籩（布玄切）	2961	策（陟瓜切）
2898	第（阻史切）	2930	笓（徒損切）	2962	笍（陟衞切）
2899	筵（以然切）	2931	篍（市緣切）	2963	蘭（洛干切）
2900	簟（徒念切）	2932	籭（盧谷切）	2964	箙（房六切）
2901	簿（彊魚切）	2933	簜（徒朗切）	2965	策（陟輸切）
2902	篨（直魚切）	2934	筩（徒紅切）	2966	笘（失廉切）
2903	籭（所宜切）	2935	篿（旁連切）	2967	笪（當割切）
2904	籓（甫煩切）	2936	笯（乃故切）	2968	笞（丑之切）
2905	奠（於六切）	2937	竿（古寒切）	2969	籤（七廉切）
2906	籔（蘇后切）	2938	籱（竹角切）	2970	籲（徒魂切）
2907	算（必至切）	2939	箇（古賀切）	2971	箴（職深切）
2908	稿（山樞切）	2940	笭（胡茅切）	2972	箾（所角切又音簫）
2909	箱（所交切）	2941	筰（在各切）	2973	竽（羽俱切）
2910	筥（居許切）	2942	箈（昨鹽切）	2974	笙（所庚切）
2911	笥（相吏切）	2943	筀（山洽切）	2975	簧（戶光切）
2912	簞（都寒切）	2944	籠（盧紅切）	2976	箟（是支切）
2913	筵（所綺切）	2945	纕（如兩切）	2977	簫（穌彫切）
2914	箄（并弭切）	2946	笠（胡誤切）	2978	筒（徒弄切）
2915	簿（度官切）	2947	簝（洛蕭切）	2979	籟（洛帶切）
2916	箸（陟慮切又遲倨切）	2948	簏（居許切）	2980	篎（於角切）
2917	簍（洛侯切）	2949	篼（當侯切）	2981	管（古滿切）
2918	簣（盧黨切）	2950	籚（洛乎切）	2982	筋（亡沼切）
2919	籃（魯甘切）	2951	箝（巨淹切）	2983	笛（徒歷切）
2920	簝（古侯切）	2952	籋（尼輒切）	2984	筑（張六切）
2921	筲（盧各切）	2953	篸（都滕切）	2985	筝（側莖切）
2922	箒（古送切）	2954	笠（力入切）	2986	箛（古乎切）
2923	簸（力鹽切）	2955	箱（息良切）	2987	箫（七肖切）
2924	籫（作管切）	2956	箉（敷尾切）	2988	籌（直由切）

2989	籤（先代切）	3020	巫（武扶切）	3051	號（乎刀切）
2990	簙（補各切）	3021	覡（胡狄切）	3052	亏（羽俱切）
2991	篳（卑吉切）	3022	甘（古三切）	3053	虧（去為切）
2992	籆（烏代切）	3023	甛（徒兼切）	3054	粤（王伐切）
2993	籚（語杴切）	3024	曆（古三切）	3055	吁（況于切）
2994	箹（魚舉切）	3025	猒（於鹽切）	3056	平（符兵切）
2995	箏（蘇貫切）	3026	甚（常枕切）	3057	旨（職雉切）
2996	算（蘇管切）	3027	曰（王伐切）〔註23〕	3058	嘗（市羊切）
2997	笑（私妙切）	3028	晉（楚革切）	3059	喜（虛里切）
2998	簃（弋支切）	3029	曷（胡葛切）	3060	憙（許記切）
2999	筠（王春切）	3030	曶（呼骨切）	3061	嚭（匹鄙切）
3000	笏（呼骨切）	3031	朁（七感切）	3062	壴（中句切）
3001	篦（邊兮切）	3032	沓（徒合切）	3063	尌（常句切）
3002	篙（古牢切）	3033	曹（昨牢切）	3064	尠（倉歷切）
3003	箕（居之切）	3034	乃（奴亥切）	3065	彭（蒲庚切）
3004	簸（布火切）	3035	卤（如乘切）	3066	嘉（古牙切）
3005	丌（居之切）	3036	卣（以周切）	3067	鼓（工戶切）
3006	辺（居吏切）	3037	丂（苦浩切）	3068	鼖（古勞切）
3007	典（多殄切）	3038	粤（普丁切）	3069	鼛（符分切）
3008	巺（蘇困切）	3039	寧（奴丁切）	3070	鼙（部迷切）
3009	畀（必至切）	3040	己（虎何切）	3071	鼘（徒冬切）
3010	巽（蘇困切）	3041	可（肯我切）	3072	鼝（烏玄切）
3011	奠（堂練切）	3042	奇（渠羈切）	3073	鼞（土郎切）
3012	左（則箇切）	3043	哿（古我切）	3074	鼜（徒合切）
3013	差（初牙切又楚佳切）	3044	哥（古俄切）	3075	鼟（他叶切）
3014	工（古紅切）	3045	叵（普火切）	3076	瞽（土盍切）
3015	式（賞職切）	3046	兮（胡雞切）	3077	豈（墟喜切）
3016	巧（苦絞切）	3047	粤（思允切）	3078	愷（苦亥切）
3017	巨（其呂切）	3048	羲（許羈切）	3079	譏（渠稀切）
3018	珡（知衍切）	3049	乎（戶吳切）	3080	豆（徒候切）
3019	宰（穌則切）	3050	号（胡到切）	3081	桓（徒候切）

〔註23〕陳本王代切，朱本、段本王伐切，今從上。

3082	薑（居隱切）	3113	虩（許隙切）	3144	瞐（烏渾切）
3083	豋（居倦切）	3114	虢（古伯切）	3145	盌（古玩切）
3084	瑳（一丸切）	3115	甝（息移切）	3146	盪（徒朗切）
3085	鼻（都滕切）	3116	䖝（徒登切）	3147	盋（北末切）
3086	豊（盧啟切）	3117	虣（薄報切）	3148	凵（去魚切）
3087	艷（直質切）	3118	虡（同都切）	3149	去（丘據切）
3088	豐（敷戎切）	3119	虤（五閑切）	3150	朅（丘竭切）
3089	豓（以贍切）	3120	譬（語巾切）	3151	棱（力膺切）
3090	虘（許羈切）	3121	贙（胡畎切）	3152	血（呼決切）
3091	號（胡到切）	3122	皿（武永切）	3153	衁（呼光切）
3092	齻（直呂切）	3123	盂（羽俱切）	3154	衃（芳桮切）
3093	庀（荒烏切）	3124	盌（烏管切）	3155	衋（將鄰切）
3094	虞（五俱切）	3125	盛（氏征切）	3156	衄（特丁切）
3095	處（房六切）	3126	齎（卽夷切）	3157	衂（女六切）
3096	虔（渠焉切）	3127	盄（于救切）	3158	衊（奴冬切）
3097	盧（昨何切）	3128	盧（洛乎切）	3159	衉（他感切）
3098	摩（荒烏切）	3129	盬（公戶切）	3160	蕰（側余切）
3099	虐（魚約切）	3130	盅（止遙切）	3161	蠻（渠稀切）
3100	彪（布還切）	3131	盎（烏浪切）	3162	卹（辛聿切）
3101	虤（其呂切）	3132	盆（步奔切）	3163	盡（許力切）
3102	虎（呼古切）	3133	宏（直呂切）	3164	衉（苦紺切）
3103	虦（古黿切）	3134	盩（相庾切）	3165	盍（胡臘切）
3104	魝（莫狄切）	3135	盩（古巧切）	3166	衊（莫結切）
3105	虓（呼濫切）	3136	盜（彌畢切）	3167	丶（知庾切）
3106	鷨（式竹切）	3137	醢（呼雞切）	3168	主（之庾切）
3107	虦（昨閑切）	3138	盃（戶戈切）	3169	音（天口切）
3108	彪（甫州切）	3139	益（伊昔切）		
3109	虩（魚廢切）	3140	盈（以成切）		
3110	虤（魚迄切）	3141	盡（慈忍切）〔註24〕		
3111	虓（許交切）	3142	盅（直弓切）		
3112	虩（語斤切）	3143	盒（烏合切）		

〔註24〕陳本慈刃切，朱本慈忍切，今從朱本。

說文解字第五下

編號	大徐本說文字頭	編號	大徐本說文字頭	編號	大徐本說文字頭
3170	丹（都寒切）	3200	餱（乎溝切）	3230	餘（以諸切）
3171	朕（烏郭切）	3201	饊（非尾切）	3231	餃（呼艾切）
3172	彤（徒冬切）	3202	饎（昌志切）	3232	餞（才線切）
3173	青（倉經切）	3203	饌（士戀切）	3233	餫（王問切）
3174	靜（疾郢切）	3204	養（余兩切）	3234	館（古玩切）
3175	井（子郢切）	3205	飯（符萬切）	3235	饕（土刀切）
3176	丼（烏迥切）	3206	飪（女久切）	3236	飻（他結切）
3177	阱（疾正切）	3207	飤（祥吏切）	3237	饐（於廢切）
3178	荆（戶經切）	3208	饡（則幹切）	3238	饖（乙冀切）
3179	刱（初亮切）	3209	餉（書兩切）	3239	餲（乙例切又烏介切）
3180	皀（皮及切）	3210	餐（思兖切）	3240	饑（居衣切）
3181	即（子力切）	3211	餔（博狐切）	3241	饉（渠吝切）
3182	既（居未切）	3212	餐（七安切）	3242	餽（於革切）
3183	皂（施隻切）	3213	餰（力鹽切）	3243	餧（奴罪切）
3184	卿（丑諒切）	3214	饘（筠輒切）	3244	飢（居夷切）
3185	鬱（迂勿切）	3215	饢（人漾切）	3245	餓（五箇切）
3186	爵（即畧切）	3216	餉（式亮切）	3246	餒（俱位切又音饋）
3187	㘟（其呂切）	3217	饋（求位切）	3247	餟（陟衛切）
3188	㪉（疏吏切）	3218	饗（許兩切）	3248	餛（輸芮切）
3189	食（乘力切）	3219	饛（莫紅切）	3249	餕（里甄切）
3190	餴（府文切）	3220	飵（在各切）	3250	餘（莫撥切）
3191	餾（力救切）	3221	飴（奴兼切）	3251	餕（子陵切）
3192	飪（如甚切）	3222	饐（烏困切）	3252	饐（古牢切）
3193	饔（於容切）	3223	餿（五困切）	3253	入（秦入切）
3194	飴（與之切）	3224	餬（戶吳切）	3254	合（候閤切）
3195	餳（徐盈切）	3225	飶（毗必切）	3255	僉（七廉切）
3196	饞（穌旱切）	3226	餗（依據切）	3256	侖（力屯切）
3197	餅（必郢切）	3227	飽（博巧切）	3257	今（居音切）
3198	餈（疾資切）	3228	餧（烏玄切）	3258	舍（始夜切）
3199	饘（諸延切）	3229	饒（如昭切）	3259	會（黃外切）

3260	觷（符支切）	3291	罐（古玩切）	3322	厚（胡口切）
3261	鬕（植鄰切）	3292	矢（式視切）	3323	富（芳逼切）
3262	倉（七岡切）	3293	躲（食夜切）	3324	良（呂張切）
3263	牄（七羊切）	3294	矯（居夭切）	3325	亩（力甚切）
3264	入（人汁切）	3295	矰（作滕切）	3326	稟（筆錦切）
3265	內（奴對切）	3296	矦（乎溝切）	3327	亶（多旱切）
3266	仌（鉏箴切）	3297	矡（式陽切）	3328	畐（方美切）
3267	糴（徒歷切）	3298	短（都管切）	3329	嗇（所力切）
3268	仝（疾緣切）	3299	㳒（式忍切）	3330	牆（才良切）
3269	从（良獎切）	3300	知（陟离切）	3331	來（洛哀切）
3270	缶（方九切）	3301	矣（于已切）	3332	糅（牀史切）
3271	瓵（苦候切）	3302	矮（烏蟹切）	3333	麥（莫獲切）
3272	匋（徒刀切）	3303	高（古牢切）	3334	麱（莫浮切）
3273	罌（烏莖切）	3304	髙（去潁切）	3335	麧（乎沒切）
3274	㙻（池偽切）	3305	亭（特丁切）	3336	類（穌果切）
3275	镂（蒲侯切）	3306	亳（旁各切）	3337	麮（昨何切）
3276	缾（薄經切）	3307	冂（古熒切）	3338	麩（甫無切）
3277	䍃（烏貢切）	3308	市（時止切）	3339	麵（弥箭切）
3278	㼚（土盍切）	3309	尢（余箴切）	3340	麫（直隻切）
3279	罃（烏莖切）	3310	央（於良切）	3341	麯（敷戎切）
3280	缸（下江切）	3311	雀（胡沃切）	3342	麮（丘據切）
3281	鹹（于逼切）	3312	臺（古博切）	3343	鑿（空谷切）
3282	䤍（作旬切）	3313	軌（傾雪切）	3344	歉（戶八切）
3283	繇（以周切）	3314	京（舉卿切）	3345	尌（昨哉切）
3284	鑞（郎丁切）	3315	就（疾僦切）	3346	夂（楚危切）
3285	鉆（都念切）	3316	㐭（許兩切又普庚切又許庚切）	3347	夋（七倫切）
3286	缺（傾雪切）	3317	臺（常倫切）	3348	夏（房六切）
3287	罅（呼迓切）	3318	管（冬毒切）	3349	夌（力膺切）
3288	罄（苦定切）	3319	亯（余封切）	3350	致（陟利切）
3289	罊（苦計切）	3320	旱（胡口切）	3351	憂（於求切）
3290	缹（大口切又胡講切）	3321	覃（徒含切）	3352	愛（烏代切）

編號	大徐本說文字頭	編號	大徐本說文字頭	編號	大徐本說文字頭
3353	庱（皮卜切）〔註25〕	3368	韠（卑吉切）	3383	靭（而進切）
3354	夔（苦感切）	3369	靺（莫佩切）	3384	弟（特計切）
3355	夅（亡范切）	3370	韢（胡計切）	3385	罤（古熒切）
3356	夏（胡雅切）	3371	韜（土刀切）	3386	夂（陟侈切）
3357	夓（初力切）	3372	韝（古矦切）	3387	夆（乎蓋切）
3358	夅（子紅切）	3373	韘（失涉切）	3388	夆（敷容切）
3359	夒（奴刀切）	3374	韣（之欲切）	3389	夅（下江切）
3360	夔（渠追切）	3375	韔（丑亮切）	3390	夊（古乎切）
3361	夎（則臥切）	3376	韤（乎加切）	3391	夅（苦瓦切）
3362	舛（昌兗切）	3377	鞔（徒玩切）	3392	夊（舉友切）
3363	舞（文撫切）	3378	韊（望發切）	3393	桀（渠列切）
3364	羍（胡戛切）	3379	鞟（匹各切）	3394	磔（陟格切）
3365	舜（舒閏切）	3380	鞏（九萬切）	3395	椉（食陵切）
3366	雔（戶光切）	3381	鞻（即由切）		
3367	韋（宇非切）	3382	韓（胡安切）		

說文解字第六上

編號	大徐本說文字頭	編號	大徐本說文字頭	編號	大徐本說文字頭
3396	木（莫卜切）	3409	桃（徒刀切）	3422	棆（陟倫切）
3397	橘（居聿切）	3410	槑（莫俟切）	3423	楢（私閏切）
3398	橙（丈庚切）	3411	亲（側詵切）	3424	柍（於京切）
3399	柚（余救切）	3412	楷（苦駭切）	3425	樑（求癸切）
3400	樝（側加切）	3413	棧（七荏切）	3426	栲（古老切）
3401	梨（力脂切）	3414	桂（古惠切）	3427	椆（職畱切）
3402	樲（以整切）	3415	棠（徒郎切）	3428	楸（桑谷切）
3403	柿（鉏里切）	3416	杜（徒古切）	3429	欅（羊皮切）
3404	枏（汝閻切）	3417	榙（似入切）	3430	梣（子林切）
3405	梅（莫梧切）	3418	樺（旨善切）	3431	棳（職說切）
3406	杏（何梗切）	3419	樟（于鬼切）	3432	虢（乎刀切）
3407	柰（奴帶切）	3420	楢（以周切）	3433	柟（以冉切）
3408	李（良止切）	3421	梛（渠容切）	3434	櫼（市緣切）

〔註25〕陳本又卜切，朱本、段本皮卜切，今從上。

3435	椋（呂張切）	3467	枰（他乎切）	3499	欒（洛官切）
3436	檍（於力切）	3468	檇（子賤切）〔註26〕	3500	杝（弋支切）
3437	檗（房未切）	3469	檖（徐醉切）	3501	棣（特計切）
3438	椐（丑居切）	3470	椵（古雅切）	3502	枳（諸氏切）
3439	栩（王矩切）	3471	槥（胡計切）	3503	楓（方戎切）
3440	虆（力軌切）	3472	楛（侯古切）	3504	權（巨員切）
3441	棟（以脂切）	3473	檕（祖雞切）	3505	柜（其呂切）
3442	栟（府盈切）	3474	扔（如乘切）	3506	槐（戶恢切）
3443	椶（子紅切）	3475	槇（符真切）	3507	穀（古祿切）
3444	檟（古雅切）	3476	樲（而至切）	3508	楮（丑呂切）
3445	椅（於离切）	3477	樸（博木切）	3509	櫄（古詣切）
3446	梓（卽里切）	3478	橪（人善切）	3510	杞（墟里切）
3447	楸（七由切）	3479	柅（女履切）	3511	枒（五加切）
3448	檇（於力切）	3480	梢（所交切）	3512	檀（徒乾切）
3449	柀（甫委切）	3481	櫪（郎計切）	3513	櫟（郎擊切）
3450	榝（所銜切）	3482	枒（力輟切）	3514	梂（巨鳩切）
3451	榛（側詵切）	3483	梭（私閏切）	3515	楝（郎電切）
3452	梡（苦浩切）	3484	樺（卑吉切）	3516	麋（於玹切）
3453	杶（敕倫切）	3485	梛（盧達切）	3517	柘（之夜切）
3454	楢（相倫切）	3486	枸（俱羽切）	3518	榛（親吉切）
3455	桵（儒隹切）	3487	櫉（之夜切）	3519	櫋（似沿切）
3456	棫（于逼切）	3488	枋（府良切）	3520	梧（五胡切）
3457	楬（相卽切）	3489	橿（居良切）	3521	榮（永兵切）
3458	椐（九魚切）	3490	檺（乎化切）	3522	桐（徒紅切）
3459	櫃（求位切）	3491	檗（博戹切）	3523	播（附轅切）
3460	栩（況羽切）	3492	棼（撫文切）	3524	榆（羊朱切）
3461	柔（直呂切）	3493	檥（所八切）	3525	枌（扶分切）
3462	樣（徐兩切）	3494	楲（子六切）	3526	梗（古杏切）
3463	杙（与職切）	3495	楊（与章切）	3527	樵（昨焦切）
3464	枇（房脂切）	3496	槙（敕貞切）	3528	松（祥容切）
3465	桔（古屑切）	3497	栁（力九切）	3529	樠（莫奔切）
3466	柞（在各切）	3498	樽（詳遵切）	3530	檜（古外切）

〔註26〕陳本子善切，朱本子賤切，今從朱本。

3531	樅（七恭切）	3564	藥（所臻切）	3597	榑（防無切）
3532	柏（博陌切）	3565	標（敷沼切）	3598	杲（古老切）
3533	机（居履切）	3566	杪（亡沼切）	3599	杳（烏皎切）
3534	枯（息廉切）	3567	朵（丁果切）	3600	榴（其逆切）
3535	栟（盧貢切）	3568	根（魯當切）	3601	栽（昨代切）
3536	楰（羊朱切）	3569	柬（古限切）	3602	築（陟玉切）
3537	梭（過委切）	3570	枵（許嬌切）	3603	榦（古案切）
3538	杒（而震切）	3571	柖（止遙切）	3604	檥（魚羈切）
3539	樏（徒合切）	3572	榣（余昭切）	3605	構（古后切）
3540	楈（土合切）	3573	樛（吉虯切）	3606	模（莫胡切）
3541	某（莫厚切）	3574	朻（吉虯切）	3607	桴（附柔切）
3542	樕（以周切）	3575	枉（迂往切）	3608	棟（多貢切）
3543	樹（常句切）	3576	橈（女教切）	3609	極（渠力切）
3544	本（布忖切）	3577	枎（防無切）	3610	柱（直主切）
3545	柢（都禮切）	3578	檹（於离切）	3611	楹（以成切）
3546	朱（章俱切）	3579	朴（私兆切）	3612	樘（丑庚切）
3547	根（古痕切）	3580	榾（呼骨切）	3613	榰（章移切）
3548	株（陟輸切）	3581	槮（所今切）	3614	楶（子結切）
3549	末（莫撥切）	3582	梴（丑連切）	3615	欂（弼戟切）
3550	櫻（子力切）	3583	橚（山巧切）	3616	櫨（落胡切）
3551	果（古火切）	3584	杕（特計切）	3617	枅（古兮切）
3552	樏（力追切）	3585	枲（他各切）	3618	栵（良辥切）
3553	杈（初牙切）	3586	格（古百切）	3619	梠（如之切）
3554	枝（章移切）	3587	橤（魚祭切）	3620	檼（於靳切）
3555	朴（匹角切）	3588	枯（苦孤切）	3621	橑（盧浩切）
3556	條（徒遼切）	3589	槀（苦浩切）	3622	桷（古岳切）
3557	枚（莫桮切）	3590	樸（匹角切）	3623	椽（直專切）
3558	栞（苦寒切）	3591	槙（陟盈切）	3624	榱（所追切）
3559	欜（之涉切）	3592	柔（耳由切）	3625	楣（武悲切）
3560	枀（如甚切）	3593	檘（他各切）	3626	梠（力舉切）
3561	枖（於喬切）	3594	朸（盧則切）	3627	梠（房脂切）
3562	槙（都季切）	3595	材（昨哉切）	3628	檐（武延切）
3563	梃（徒頂切）	3596	柴（士佳切）	3629	櫩（余廉切）

3630	樿（徒含切）	3663	槭（於非切）	3696	椑（部迷切）
3631	樀（都歷切）	3664	櫝（徒谷切）	3697	橀（枯蹋切）
3632	植（常職切）	3665	櫛（阻瑟切）	3698	橢（徒果切）
3633	樞（昌朱切）	3666	梳（所菹切）	3699	槌（直類切）
3634	槏（苦減切）	3667	枱（胡甲切）	3700	持（陟革切）
3635	樓（洛矦切）	3668	橢（奴豆切）	3701	栚（直衽切）
3636	襲（盧紅切）	3669	椯（舉朱切）	3702	槤（里典切）
3637	楯（食允切）	3670	朵（互瓜切）	3703	橫（胡廣切）
3638	欞（郎丁切）	3671	柏（詳里切）	3704	暴（俱燭切）
3639	宋（武方切）	3672	柂（弋之切）	3705	繫（古詣切）
3640	楝（丑錄切）	3673	楎（戶昆切）	3706	橺（奴礼切）
3641	杇（哀都切）	3674	榱（於求切）	3707	機（居衣切）
3642	槾（母官切）	3675	櫋（陟玉切）	3708	滕（詩證切）
3643	椳（烏恢切）	3676	橾（張略切）	3709	杼（直呂切）
3644	楣（莫報切）	3677	杷（蒲巴切）	3710	榎（扶富切）
3645	梱（苦本切）	3678	椴（与辟切）	3711	楥（吁券切）
3646	橝（先結切）	3679	柃（郎丁切）	3712	核（古哀切）
3647	柤（側加切）	3680	梻（敷勿切）	3713	棚（薄衡切）
3648	槍（七羊切）	3681	枷（古牙切）	3714	棧（士限切）
3649	楗（其獻切）	3682	杵（昌與切）	3715	栫（徂悶切）
3650	欃（子廉切）	3683	椑（工代切）	3716	椢（古悔切）
3651	楔（先結切）	3684	杚（古沒切）	3717	梯（土雞切）
3652	柵（楚革切）	3685	楷（所綆切）	3718	棖（宅耕切）
3653	杝（池尒切）	3686	柶（息利切）	3719	桊（居倦切）
3654	欜（他各切）	3687	桮（布回切）	3720	楇（兜果切）
3655	桓（胡官切）	3688	槃（薄官切）	3721	欮（瞿月切）
3656	楃（於角切）	3689	榹（息移切）	3722	檥（之弋切）
3657	橦（宅江切）	3690	案（烏旰切）	3723	杖（直兩切）
3658	杠（古雙切）	3691	櫑（似沿切）	3724	柭（北末切）
3659	桯（他丁切）	3692	槭（古咸切）	3725	棓（步項切）
3660	樫（古零切）	3693	枓（之庾切）	3726	椎（直追切）
3661	牀（仕莊切）	3694	杓（甫搖切）	3727	柯（古俄切）
3662	枕（章衽切）	3695	檔（魯回切）	3728	柮（他活切又之說切）

3729	柄（陂病切）	3762	槶（乎臥切）	3795	楄（部田切）
3730	柲（兵媚切）	3763	枊（吾浪切）	3796	楅（彼即切）
3731	欑（在丸切）	3764	梏（古慕切）	3797	枼（与涉切）
3732	屎（女履切）	3765	欙（力追切）	3798	檽（余救切）
3733	榜（補盲切）	3766	榷（江岳切）	3799	休（許尤切）
3734	橄（巨京切）	3767	橋（巨驕切）	3800	栮（古鄧切）
3735	櫽（於謹切）	3768	梁（呂張切）	3801	械（胡戒切）
3736	栝（古活切）	3769	橦（穌遭切）	3802	杽（敕九切）
3737	棊（渠之切）	3770	橃（房越切）	3803	桎（之日切）
3738	榙（子葉切）	3771	楫（子葉切）	3804	梏（古沃切）
3739	桿（下江切）	3772	欚（盧啟切）	3805	櫪（郎擊切）
3740	栝（他念切）	3773	校（古孝切）	3806	撕（先稽切）
3741	槽（昨牢切）	3774	樔（鉏交切）	3807	檻（胡黤切）
3742	臬（五結切）	3775	采（倉宰切）	3808	櫳（盧紅切）
3743	桶（他奉切）	3776	柿（芳吠切）	3809	柙（烏匣切）
3744	櫓（郎古切）	3777	橫（戶盲切）	3810	棺（古丸切）
3745	樂（玉角切）	3778	梜（古洽切）	3811	櫬（初僅切）
3746	柎（甫無切）	3779	桄（古曠切）	3812	槨（詳歲切）
3747	枹（甫無切）	3780	橇（遵為切）	3813	槈（古博切）
3748	椌（苦江切）	3781	椓（竹角切）	3814	楬（其謁切）
3749	柷（昌六切）	3782	打（宅耕切）	3815	梟（古堯切）
3750	槸（自玦切）	3783	柧（古胡切）	3816	棐（敷尾切）
3751	札（側八切）	3784	棱（魯登切）	3817	梔（章移切）
3752	檢（居奄切）	3785	欘（五葛切）	3818	榭（詞夜切）
3753	檄（胡狄切）	3786	枰（蒲兵切）	3819	槊（所角切）
3754	槷（康礼切）	3787	柆（盧合切）	3820	橢（以支切）
3755	桼（莫卜切）	3788	槎（側下切）	3821	楊（土盍切）
3756	柧（胡誤切）	3789	枂（女滑切）	3822	櫃（之日切）
3757	桂（邊兮切）	3790	檮（徒刀切）	3823	櫂（直教切）
3758	极（其輒切）	3791	析（先激切）	3824	樟（古牢切）
3759	枯（去魚切）	3792	椒（側鳩切）	3825	橦（啄江切）
3760	楒（古嶭切）	3793	梡（胡本切）	3826	櫻（烏莖切）
3761	槮（山樞切）	3794	椾（胡昆切）	3827	楝（所厄切）

編號	大徐本說文字頭	編號	大徐本說文字頭	編號	大徐本說文字頭
3828	東（得紅切）	3833	楚（創舉切）	3838	森（所今切）
3829	棘（音棘）	3834	棽（丑林切）	3839	梵（扶泛切）
3830	林（力尋切）	3835	楙（莫候切）	3840	才（昨哉切）
3831	霖（文甫切）	3836	麓（盧谷切）		
3832	鬱（迂弗切）	3837	棼（符分切）		

說文解字第六下

編號	大徐本說文字頭	編號	大徐本說文字頭	編號	大徐本說文字頭
3841	焱（而灼切）	3866	㱾（況于切）	3891	圜（王權切）
3842	桑（息郎切）	3867	韡（于鬼切）	3892	團（度官切）
3843	之（止而切）	3868	華（戶瓜切）	3893	圓（似沿切）
3844	坒（戶光切）	3869	曅（筠輒切）	3894	圐（羽巾切）
3845	帀（子荅切）	3870	禾（古兮切）	3895	圓（王問切）
3846	師（疏夷切）	3871	穦（職雉切）	3896	回（戶恢切）
3847	出（尺律切）	3872	枖（俱羽切）	3897	圖（同都切）
3848	敖（五牢切）	3873	稽（古兮切）	3898	圛（羊益切）
3849	賣（莫邂切）	3874	樟（竹角切）	3899	國（古惑切）
3850	糶（他弔切）	3875	替（古老切）	3900	㘞（苦本切）
3851	㞷（五結切）	3876	巢（鉏交切）	3901	困（去倫切）
3852	宋（普活切）	3877	尊（方斂切）	3902	圈（渠篆切）
3853	孛（于貴切）	3878	桼（親吉切）	3903	囿（于救切）
3854	索（蘇各切）	3879	鬏（許由切）	3904	園（羽元切）
3855	孛（蒲妹切）	3880	麹（匹兒切）	3905	圃（博古切）
3856	㞷（卽里切）	3881	束（書玉切）	3906	因（於眞切）
3857	南（那含切）	3882	柬（古限切）	3907	囡（女洽切）
3858	生（所庚切）	3883	㯯（古典切）	3908	圂（郎丁切）
3859	丰（敷容切）	3884	剌（盧達切）	3909	圉（魚舉切）
3860	產（所簡切）	3885	橐（胡本切）	3910	囚（似由切）
3861	隆（力中切）	3886	橐（他各切）	3911	固（古慕切）
3862	狔（儒佳切）	3887	囊（奴當切）	3912	圍（羽非切）
3863	甡（所臻切）	3888	橐（古勞切）	3913	困（苦悶切）
3864	毛（陟格切）	3889	橐（符宵切）	3914	圂（胡困切）
3865	丞（是為切）	3890	口（羽非切）	3915	囮（五禾切）

3916	員（王權切）	3949	貳（而至切）	3982	賺（佇陷切）
3917	䪉（羽文切）	3950	賓（必鄰切）	3983	賽（先代切）
3918	貝（博蓋切）	3951	賒（式車切）	3984	賻（符遇切）
3919	貟（酥果切）	3952	賒（神夜切）	3985	贍（時豔切）
3920	賄（呼罪切）	3953	贅（之芮切）	3986	邑（於汲切）
3921	財（昨哉切）	3954	質（之日切）	3987	邦（博江切）
3922	貨（呼臥切）	3955	貿（莫候切）	3988	郡（渠運切）
3923	賜（詭偽切）	3956	贖（殊六切）	3989	都（當孤切）
3924	資（即夷切）	3957	費（房未切）	3990	鄰（力珍切）
3925	購（無販切）	3958	責（側革切）	3991	鄭（作管切又作旦切）
3926	賑（之忍切）	3959	賈（公戶切）	3992	鄙（兵美切）
3927	賢（胡田切）	3960	賞（式陽切）	3993	郊（古肴切）
3928	貴（彼義切）	3961	販（方願切）	3994	邸（都禮切）
3929	賀（胡箇切）	3962	買（莫蟹切）	3995	郛（甫無切）
3930	貢（古送切）	3963	賤（才線切）	3996	郵（羽求切）
3931	贊（則旰切）	3964	賦（方遇切）	3997	鄗（所教切）
3932	賮（徐刃切）	3965	貪（他含切）	3998	鄯（時戰切）
3933	齎（祖雞切）	3966	貶（方斂切）	3999	竆（渠弓切）
3934	貸（他代切）	3967	貧（符巾切）	4000	郂（古詣切）
3935	貣（他得切）	3968	賃（尼禁切）	4001	邰（土來切）
3936	賂（洛故切）	3969	賕（巨畱切）	4002	邽（巨支切）
3937	膡（以證切）	3970	購（古候切）	4003	邠（補巾切）
3938	贈（昨鄧切）	3971	贬（疏舉切）	4004	郿（武悲切）
3939	敗（彼義切）	3972	貲（即夷切）	4005	郁（於六切）
3940	贛（古送切）	3973	賨（祖紅切）	4006	鄠（胡古切）
3941	賚（洛帶切）	3974	賣（余六切）	4007	扈（胡古切）
3942	賞（書兩切）	3975	貴（居胃切）	4008	郥（薄回切）
3943	賜（斯義切）	3976	賏（烏莖切）	4009	郒（子余切）
3944	貤（以豉切）	3977	賏（許訪切）	4010	郝（呼各切）
3945	贏（以成切）	3978	賵（撫鳳切）	4011	酆（敷戎切）
3946	賴（洛帶切）	3979	賭（當古切）	4012	鄭（直正切）
3947	負（房九切）	3980	貼（他叶切）	4013	郃（候閤切）
3948	貯（直呂切）	3981	貽（與之切）	4014	叩（苦后切）

4015	酇（附袁切）	4048	邗（胡安切）	4081	鄖（羽文切）
4016	鄜（甫無切）	4049	鄲（都寒切）	4082	鄘（余封切）
4017	酈（同都切）	4050	郇（相倫切）	4083	郫（符支切）
4018	邸（徒歷切）	4051	鄃（式朱切）	4084	酬（市流切）
4019	邩（奴顛切）	4052	鄗（呼各切）	4085	䣞（秦昔切）
4020	邽（古畦切）	4053	鄡（牽遙切）	4086	酇（無販切）
4021	部（蒲口切）	4054	鄚（慕各切）	4087	邡（府良切）
4022	邨（當侯切）	4055	邳（之日切）	4088	鄢（莫駕切）
4023	鄏（而蜀切）	4056	鄋（所鳩切）	4089	鷩（必袂切）
4024	鄲（力展切）	4057	鄅（虛呂切）	4090	郇（布交切）
4025	鄒（側介切）	4058	邟（苦浪切）	4091	那（諾何切）
4026	邙（莫郎切）	4059	鄾（於建切）	4092	鄱（薄波切）
4027	鄩（徐林切）	4060	郟（工洽切）	4093	酃（郎丁切）
4028	郗（丑脂切）	4061	郪（七稽切）	4094	郴（丑林切）
4029	鄆（王問切）	4062	郞（相卽切）	4095	耒（盧對切）
4030	邶（補妹切）	4063	郋（胡雞切）	4096	酆（莫候切）
4031	邘（況于切）	4064	郎（步光切）	4097	鄴（語斤切）
4032	鄝（郎奚切）	4065	鄇（古闋切）	4098	邴（博蓋切）
4033	邵（寔照切）	4066	鄧（徒亙切）	4099	邴（兵永切）
4034	鄍（莫經切）	4067	鄾（於求切）	4100	酇（昨何切）
4035	鄐（丑六切）	4068	鄂（乎刀切）	4101	邵（書沼切）
4036	鄎（胡遘切）	4069	剿（鉬交切）	4102	邸（植鄰切）
4037	邲（毗必切）	4070	酄（汝羊切）	4103	鄼（士咸切）
4038	郤（綺戟切）	4071	鄝（力朱切）	4104	鄑（卽移切）
4039	䢖（薄回切）	4072	郢（良止切）	4105	郜（古到切）
4040	郾（渠焉切）	4073	邪（王榘切）	4106	鄈（吉掾切）
4041	邼（去王切）	4074	郢（以整切）	4107	邛（渠容切）
4042	鄈（揆唯切）	4075	鄢（於乾切）	4108	鄶（古外切）
4043	邢（戶經切）	4076	䣜（莫杏切）	4109	祁（虞遠切）
4044	鄔（安古切）	4077	鄻（古達切）	4110	鄯（以然切）
4045	祁（巨支切）	4078	鄂（五各切）	4111	鄄（古杏切）
4046	鄴（魚怯切）	4079	邔（居擬切）	4112	鄅（王榘切）
4047	邢（戶經切）	4080	鄃（陟輸切）	4113	鄒（側鳩切）

4114	邻（同都切）	4133	郭（古博切）	4152	鄝（盧鳥切）
4115	郝（書之切）	4134	郳（五雞切）	4153	鄬（居為切）
4116	耶（側鳩切）	4135	郭（蒲沒切）	4154	邨（此尊切）
4117	郕（氏征切）	4136	鄲（徒含切）	4155	鄐（式車切）
4118	郟（依檢切）	4137	邭（其俱切）	4156	鄯（胡蠟切）
4119	酄（呼官切）	4138	郂（古哀切）	4157	鄲（古寒切）
4120	郎（魯當切）	4139	甈（作代切）	4158	鄶（力荏切）
4121	邳（敷悲切）	4140	鄯（烏前切）	4159	屾（所間切）
4122	鄣（諸良切）	4141	邱（去鳩切）	4160	鄴（徒郎切）
4123	邗（胡安切）	4142	娜（人諸切）	4161	鄲（房戎切）[註27]
4124	鄿（魚羈切）	4143	邔（女九切）	4162	鄶（苦怪切）
4125	邮（胡口切）	4144	邛（居履切）	4163	鄪（方矩切）
4126	郯（徒甘切）	4145	鄵（希立切）	4164	酈（郎擊切）
4127	郚（五乎切）	4146	邦（巨鳩切）	4165	鄹（七然切）
4128	酅（戶圭切）	4147	鄾（於郵切）	4166	邑（音闊）
4129	鄑（疾陵切）	4148	郒（多朗切）	4167	喦（胡絳切）
4130	邪（以遮切）	4149	邢（薄經切）	4168	驤（許良切）
4131	邘（甫無切）	4150	郭（呼古切）	4169	驤（胡絳切）
4132	郰（親吉切）	4151	炥（呼果切）		

說文解字第七上

編號	大徐本說文字頭	編號	大徐本說文字頭	編號	大徐本說文字頭
4170	日（人質切）	4179	晤（五故切）	4188	昫（火于切又火句切）
4171	旻（武巾切）	4180	旳（都歷切）	4189	睍（胡甸切）
4172	時（市之切）	4181	晄（胡廣切）	4190	晏（烏諫切）
4173	早（子浩切）	4182	曠（苦謗切）	4191	曹（於甸切）
4174	昒（呼骨切）	4183	旭（許玉切）	4192	景（居影切）
4175	昧（莫佩切）	4184	晉（卽刃切）	4193	晧（胡老切）
4176	睹（當古切）	4185	暘（與章切）	4194	暤（胡老切）
4177	晢（旨熱切）	4186	啟（康禮切）	4195	曙（筠輒切）
4178	昭（止遙切）	4187	晹（羊益切）	4196	暉（許歸切）

〔註27〕陳本房成切，朱本房戎切，今從朱本。

4197	旰（古案切）	4229	暵（呼旰切）	4261	㫃（於幰切）
4198	暆（弋支切）	4230	晞（香衣切）	4262	旎（治小切）
4199	晷（居洧切）	4231	昔（思積切）	4263	旗（渠之切）
4200	厄（阻力切）	4232	暱（尼質切）	4264	斾（蒲蓋切）
4201	晚（無遠切）	4233	暬（私列切）	4265	旌（子盈切）
4202	昏（呼昆切）	4234	否（美畢切）	4266	旟（以諸切）
4203	孌（洛官切）	4235	昆（古渾切）	4267	旂（渠希切）
4204	晻（烏感切）	4236	晐（古哀切）	4268	旞（徐醉切）
4205	暗（烏紺切）	4237	普（滂古切）	4269	旝（古外切）
4206	晦（荒內切）	4238	曉（呼鳥切）	4270	旜（諸延切）
4207	瞢（奴代切）	4239	昕（許斤切）	4271	旒（以周切）
4208	暣（於計切）	4240	曈（徒紅切）	4272	旗（烏皎切）
4209	旱（乎旰切）	4241	曨（盧紅切）	4273	施（式支切）
4210	杳（烏皎切）	4242	昈（矦古切）	4274	旖（於离切）
4211	昴（莫飽切）	4243	昉（分兩切）	4275	旚（匹招切）
4212	曍（許兩切）	4244	晙（子峻切）	4276	旓（甫遙切）
4213	曩（奴朗切）	4245	晟（承正切）	4277	游（以周切）
4214	昨（在各切）	4246	昶（丑兩切）	4278	旋（敷羈切）
4215	暇（胡嫁切）	4247	量（王問切）	4279	旋（似沿切）
4216	暫（藏濫切）	4248	晬（子內切）	4280	旄（莫袍切）
4217	昪（皮變切）	4249	映（於敬切）	4281	旛（孚袁切）
4218	昌（尺良切）	4250	曙（常恕切）	4282	旅（力舉切）
4219	旺（于放切）	4251	晣（徒結切）	4283	族（昨木切）
4220	昄（補綰切）	4252	曇（徒含切）	4284	冥（莫經切）
4221	昱（余六切）	4253	曆（郎擊切）	4285	鼆（武庚切）
4222	㬻（女版切）	4254	昂（五岡切）	4286	晶（子盈切）
4223	暍（於歇切）	4255	昇（識蒸切）	4287	曐（桑經切）
4224	暑（舒呂切）	4256	旦（得案切）	4288	曑（所今切）
4225	曪（奴案切）	4257	暨（其冀切）［註28］	4289	曟（植鄰切）
4226	㬎（五合切）	4258	軌（古案切）	4290	疊（徒叶切）
4227	暴（薄報切）	4259	軡，闕。	4291	月（魚厥切）
4228	曬（所智切）	4260	鞗（陟遙切）	4292	朔（所角切）

［註28］陳本其異切，朱本其冀切，今從朱本。

4293	朏（普乃切又芳尾切）	4323	虜（郎古切）	4353	禾（戶戈切）
4294	霸（普伯切）	4324	马（乎感切）	4354	秀（息救切）
4295	朗（盧黨切）	4325	函（胡男切）	4355	稼（古訝切）
4296	朓（土了切）	4326	曳（以州切）	4356	穡（所力切）
4297	朒（女六切）	4327	甬（余隴切）	4357	種（之用切）
4298	期（渠之切）	4328	弓（胡先切）	4358	稙（常職切）
4299	朦（莫工切）	4329	東（胡感切）	4359	種（直容切）
4300	朧（盧紅切）	4330	韓（于非切）〔註29〕	4360	稑（力竹切）
4301	有（云九切）	4331	卤（徒遼切）	4361	穉（直利切）
4302	䏍（於六切）	4332	栗（力質切）	4362	稹（之忍切）
4303	龓（盧紅切）	4333	㮚（相玉切）	4363	稠（直由切）
4304	朙（武兵切）	4334	齊（徂兮切）	4364	穊（几利切）
4305	朚（呼光切）	4335	齏（徂兮切）	4365	稀（香依切）
4306	囧（俱永切）	4336	朿（七賜切）	4366	穖（莫結切）
4307	盟（武兵切）	4337	棗（子皓切）	4367	穆（莫卜切）
4308	夕（祥易切）	4338	棘（己力切）	4368	私（息夷切）
4309	夜（羊謝切）	4339	片（匹見切）	4369	穮（扶沸切）
4310	夢（莫忠切又亡貢切）	4340	版（布綰切）	4370	稷（子力切）
4311	夗（於阮切）	4341	牐（芳逼切）	4371	穧（卽夷切）
4312	夤（翼眞切）	4342	牘（徒谷切）	4372	秫（食聿切）
4313	姓（疾盈切）	4343	牒（徒叶切）	4373	穄（子例切）
4314	外（五會切）	4344	牑（方田切）	4374	稻（徒皓切）
4315	殀（息逐切）	4345	牏（與久切）	4375	稌（徒古切）
4316	蓦（莫白切）	4346	牏（度矦切）	4376	稬（奴亂切）
4317	多（得何切）	4347	鼎（都挺切）	4377	稴（力兼切）
4318	夥（乎果切）	4348	鼒（子之切）	4378	秔（古行切）
4319	夅（苦回切）	4349	鼐（奴代切）	4379	耗（呼到切）
4320	㝩（陟加切）	4350	鼏（莫狄切）	4380	穬（古猛切）〔註30〕
4321	毌（古丸切）	4351	克（苦得切）	4381	秠（里之切）
4322	貫（古玩切）	4352	彔（盧谷切）	4382	稗（旁卦切）

〔註29〕陳本千非切，朱本于非切，今從朱本。

〔註30〕陳本百猛切，朱本、段本古猛切，今從上。

4383	移（弋支切）	4416	棃（良辥切）	4449	黏（尼質切）
4384	穎（余頃切）	4417	穰（汝羊切）	4450	黎（郎奚切）
4385	秾（洛哀切）	4418	秧（於良切）	4451	䵂（蒲北切）
4386	采（徐醉切）	4419	穮（蒲庚切）	4452	香（許良切）
4387	杓（都了切）	4420	程（戶光切）	4453	馨（呼形切）
4388	穟（徐醉切）	4421	季（奴顛切）	4454	馥（房六切）
4389	稢（丁果切）	4422	穀（古祿切）	4455	米（莫禮切）
4390	楬（居謁切）	4423	稔（而甚切）	4456	粱（呂張切）
4391	秒（亡沼切）	4424	租（則吾切）	4457	糤（側角切）
4392	機（居狶切）	4425	稅（輸芮切）	4458	粲（倉案切）
4393	秠（敷悲切）	4426	稟（徒到切）	4459	糲（洛帶切）
4394	秨（在各切）	4427	穅（呼光切）	4460	精（子盈切）
4395	穮（甫嬌切）	4428	穌（素孤切）	4461	粺（旁卦切）
4396	案（烏旰切）	4429	稍（所教切）	4462	粗（徂古切）
4397	秄（即里切）	4430	秋（七由切）	4463	粜（兵媚切）
4398	穧（在詣切）	4431	秦（匠鄰切）	4464	糵（魚列切）
4399	穫（胡郭切）	4432	稱（處陵切）	4465	粒（力入切）
4400	穧（即夷切）	4433	科（苦禾切）	4466	糧（施隻切）
4401	積（則歷切）	4434	程（直貞切）	4467	糂（桑感切）
4402	秩（直質切）	4435	稷（子紅切）	4468	檗（博戹切）
4403	稛（苦本切）	4436	秭（將几切）	4469	麋（靡為切）
4404	稞（胡瓦切）	4437	秅（宅加切）	4470	糝（徒感切）
4405	秳（戶括切）	4438	秳（常隻切）	4471	耆（武夷切）
4406	穫（居气切）	4439	稘（居之切）	4472	籺（馳六切）
4407	稃（芳無切）	4440	穩（烏本切）	4473	糟（作曹切）
4408	檜（苦會切）	4441	稕（之閏切）	4474	糆（平祕切）
4409	稴（苦岡切）	4442	秝（郎擊切）	4475	糗（去九切）
4410	穛（之若切）	4443	兼（古甜切）	4476	臭（其九切）
4411	稽（古黠切）	4444	黍（舒呂切）	4477	糈（私呂切）
4412	稈（古旱切）	4445	麋（靡為切）	4478	糧（呂張切）
4413	稾（古老切）	4446	黐（幷弭切）	4479	粈（女久切）
4414	秕（卑履切）	4447	黏（女廉切）	4480	糶（他弔切）
4415	稍（古玄切）	4448	黏（戶吳切）	4481	纖（莫撥切）

編號	大徐本說文字頭	編號	大徐本說文字頭	編號	大徐本說文字頭
4482	粹（雖遂切）	4491	糧（陟良切）	4500	舂（書容切）
4483	氣（許既切）	4492	粕（匹各切）	4501	䉾（匹各切）
4484	粨（戶工切）	4493	粗（其呂切）	4502	臿（楚洽切）
4485	粉（方吻切）	4494	粏（人渚切）	4503	舀（以沼切）
4486	糙（去阮切）	4495	糉（作弄切）	4504	臽（戶猫切）
4487	糏（私列切）	4496	糖（徒郎切）	4505	凶（許容切）
4488	糳（桑割切）	4497	毇（許委切）	4506	兇（許拱切）
4489	糷（摸臥切）	4498	鑿（則各切）		
4490	竊（千結切）	4499	臼（其九切）		

說文解字第七下

編號	大徐本說文字頭	編號	大徐本說文字頭	編號	大徐本說文字頭
4507	朩（匹刃切）	4528	營（戶扃切）	4549	弘（戶萌切）
4508	枲（胥里切）	4529	絲（余昭切）	4550	爲（韋委切）
4509	林（匹卦切）	4530	瓣（蒲莧切）	4551	康（苦岡切）
4510	檾（去穎切）	4531	瓜（以主切）	4552	宲（音良又力康切）
4511	枳（穌旰切）	4532	瓠（胡誤切）	4553	宬（氏征切）
4512	麻（莫遐切）	4533	瓢（符宵切）	4554	寍（奴丁切）
4513	黀（空谷切）	4534	宀（武延切）	4555	定（徒徑切）
4514	廲（側鳩切）	4535	家（古牙切）	4556	寔（常隻切）
4515	麤（度矦切）	4536	宅（場伯切）	4557	安（烏寒切）
4516	尗（式竹切）	4537	室（式質切）	4558	宓（美畢切）
4517	敊（是義切）	4538	宣（須緣切）	4559	寏（於計切）
4518	耑（多官切）	4539	向（許諒切）	4560	宴（於甸切）
4519	韭（舉友切）	4540	宦（與之切）	4561	宗（前歷切）
4520	韰（徒對切）	4541	官（烏皎切）	4562	察（初八切）
4521	韲（祖雞切）	4542	宑（烏到切）	4563	窺（初僅切）
4522	韱（胡戒切）	4543	宛（於阮切）	4564	完（胡官切）
4523	韯（息廉切）	4544	宸（植鄰切）	4565	富（方副切）
4524	播（附袁切）	4545	宇（王榘切）	4566	實（神質切）
4525	瓜（古華切）	4546	豐（敷戎切）	4567	宷（博襄切）
4526	㼰（蒲角切）	4547	寏（胡官切）	4568	容（余封切）
4527	瓞（徒結切）	4548	宏（戶萌切）	4569	宂（而隴切）

4570	寤（武延切）	4602	宗（作冬切）	4634	窞（徒感切）
4571	寶（博皓切）	4603	宔（之庾切）	4635	窃（匹兒切）
4572	宭（渠云切）	4604	宙（直又切）	4636	窖（古孝切）
4573	宦（胡慣切）	4605	寘（支義切）	4637	窬（羊朱切）
4574	宰（作亥切）	4606	寰（戶關切）	4638	窵（多嘯切）
4575	守（書九切）	4607	㝷（倉宰切）	4639	窺（去隓切）
4576	寵（丑壟切）	4608	宮（居戎切）	4640	竀（敕貞切）〔註31〕
4577	宥（于救切）	4609	營（余傾切）	4641	窱（丁滑切）
4578	㝚（魚羈切）	4610	呂（力舉切）	4642	窋（丁滑切）
4579	寫（悉也切）	4611	躳（居戎切）	4643	竁（待季切）
4580	宵（相邀切）	4612	穴（胡決切）	4644	窒（陟栗切）
4581	宿（息逐切）	4613	㝱（武永切）	4645	突（徒骨切）
4582	寴（七荏切）	4614	窨（於禁切）	4646	竄（七亂切）
4583	㝯（莫甸切）	4615	窯（余招切）	4647	窣（蘇骨切）
4584	寬（苦官切）	4616	覆（芳福切）	4648	窘（渠隕切）
4585	害（五故切）	4617	竈（則到切）	4649	窕（徒了切）
4586	寁（子感切）	4618	窐（烏瓜切）	4650	穹（去弓切）
4587	寡（古瓦切）	4619	突（式鍼切）	4651	究（居又切）
4588	客（苦格切）	4620	穿（昌緣切）	4652	窮（渠弓切）
4589	寄（居義切）	4621	竂（洛蕭切）	4653	窅（烏皎切）
4590	寓（牛具切）	4622	突（於決切）	4654	窔（烏叫切）
4591	婁（其椝切）	4623	窬（於決切）	4655	邃（雖遂切）
4592	寃（居又切）	4624	竇（徒奏切）	4656	窈（烏皎切）
4593	寒（胡安切）	4625	窩（呼決切）	4657	篠（徒弔切）
4594	害（胡蓋切）	4626	窠（苦禾切）	4658	窀（充芮切）
4595	索（所責切）	4627	窗（楚江切）	4659	窆（方驗切）
4596	𡧈（居六切）	4628	窊（烏瓜切）	4660	窀（陟倫切）
4597	宄（居洧切）	4629	竅（牽料切）	4661	㝵（詞亦切）
4598	㝉（龘最切）	4630	空（苦紅切）	4662	窞（烏狎切）
4599	宕（徒浪切）	4631	窒（去徑切）	4663	寢（莫鳳切）
4600	宋（蘇統切）	4632	㝵（烏黠切）	4664	㝲（七荏切）
4601	𡨄（都念切）	4633	窳（以主切）	4665	寐（蜜二切）

〔註31〕陳本救貞切，朱本敕貞切，今從朱本。

4666	瘕（五故切）	4699	瘶（先稽切）	4732	痹（必至切）
4667	癢（依倨切）	4700	瘖（韋委切）	4733	瘴（舭至切）
4668	寐（莫禮切）	4701	疦（古穴切）	4734	瘃（陟玉切）
4669	癢（求癸切）	4702	瘖（於今切）	4735	痛（匹連切）
4670	病（皮命切）	4703	瘻（於郢切）	4736	瘇（時重切）
4671	穊（牛例切）	4704	瘻（力豆切）	4737	瘟（烏盍切）
4672	瘖（火滑切）	4705	疫（于救切）	4738	疷（諸氏切）
4673	广（女厄切）	4706	瘀（依倨切）	4739	痏（榮美切）
4674	疾（秦悉切）	4707	疝（所晏切）	4740	癵（以水切）
4675	痛（他貢切）	4708	疛（陟柳切）	4741	痒（赤占切）
4676	病（皮命切）	4709	癥（平祕切）	4742	膿（奴動切）
4677	瘣（胡罪切）	4710	府（方榘切）	4743	痍（以脂切）
4678	疴（烏何切）	4711	痀（其俱切）	4744	瘢（薄官切）
4679	痛（普胡切）	4712	瘚（居月切）	4745	痕（戶恩切）
4680	瘒（巨巾切）	4713	痵（其季切）	4746	痙（其頸切）
4681	瘵（側介切）	4714	痱（蒲罪切）	4747	痋（徒冬切）
4682	瘣（都季切）	4715	瘤（力求切）	4748	瘦（所又切）
4683	瘼（慕各切）	4716	痤（昨禾切）	4749	疢（丑刃切）
4684	疘（古巧切）	4717	疽（七余切）	4750	癉（丁榦丁賀二切）
4685	癏（王問切）	4718	癘（郎計切）	4751	疸（丁榦切）
4686	癇（戶閒切）	4719	癰（於容切）	4752	痰（苦叶切）
4687	疙（五忽切）	4720	瘜（相即切）	4753	痞（符鄙切）
4688	疵（疾咨切）	4721	癬（息淺切）	4754	瘍（羊益切）
4689	癈（方肺切）	4722	疥（古拜切）	4755	瘶（食聿切）
4690	瘏（同都切）	4723	痂（古牙切）	4756	疲（符羈切）
4691	瘲（即容切）	4724	瘕（乎加切）	4757	痴（側史切）
4692	痒（所臻切）	4725	癩（洛帶切）	4758	疧（渠支切）
4693	瘈（呼逼切）	4726	瘧（魚約切）	4759	痍（呼合切）
4694	痟（相邀切）	4727	痁（失廉切）	4760	瘱（於賣切）
4695	疕（卑履切）	4728	痎（古諧切）	4761	癃（力中切）
4696	瘍（與章切）	4729	痳（力尋切）	4762	疫（營隻切）
4697	痒（似陽切）	4730	痔（直里切）	4763	瘛（尺制切）
4698	瘑（莫駕切）	4731	瘻（儒隹切）	4764	疼（丁可切）

4765	瘍（徒活切）	4797	粎（武移切）	4829	罋（方勇切）
4766	癅（力照切）	4798	罩（都教切）	4830	覈（下革切）
4767	痼（古慕切）	4799	曾（作騰切）	4831	覆（敷救切）
4768	瘌（盧達切）	4800	罪（徂賄切）	4832	巾（居銀切）
4769	癆（郎到切）	4801	罽（居例切）	4833	帗（撫文切）
4770	瘥（楚懈切又才他切）	4802	罛（古胡切）	4834	帥（所律切）
4771	痕（楚追切）	4803	罟（公戶切）	4835	埶（輸芮切）
4772	瘉（以主切）	4804	罶（力九切）	4836	帔（北末切）
4773	瘳（敕鳩切）	4805	罜（之庾切）	4837	帉（而振切）
4774	癡（丑之切）	4806	麗（盧谷切）	4838	幋（薄官切）
4775	冖（莫狄切）	4807	罧（所今切）	4839	帤（女余切）
4776	冠（古丸切）	4808	罠（武巾切）	4840	幣（毗祭切）
4777	冣（才句切）	4809	羅（魯何切）	4841	幅（方六切）
4778	冡（當故切）	4810	羉（陟劣切）	4842	幌（呼光切）
4779	冃（莫保切）	4811	置（尺容切）	4843	帶（當蓋切）
4780	同（徒紅切）	4812	罦（縛牟切）	4844	幘（側革切）
4781	冃（苦江切）	4813	罻（於位切）	4845	帕（相倫切）
4782	冢（莫紅切）	4814	罠（縛牟切）	4846	帔（披義切）
4783	冒（莫報切）	4815	罿（胡誤切）	4847	常（市羊切）
4784	冕（亡辡切）	4816	罝（子邪切）	4848	帬（渠云切）
4785	胄（直又切）	4817	羼（文甫切）	4849	帴（所八切）
4786	冒（莫報切）	4818	署（常恕切）	4850	幝（古渾切）
4787	最（祖外切）	4819	罷（薄蟹切）	4851	幒（職茸切）
4788	网（良獎切）	4820	置（陟吏切）	4852	襤（魯甘切）
4789	兩（良獎切）	4821	罯（烏感切）	4853	幎（莫狄切）
4790	㒼（母官切）	4822	詈（力智切）	4854	幔（莫半切）
4791	罔（文紡切）	4823	罵（莫駕切）	4855	幬（直由切）
4792	罨（於業切）	4824	罳（居宜切）	4856	慊（力鹽切）
4793	罕（呼旱切）	4825	罬（于逼切）	4857	帷（洧悲切）
4794	纚（古眩切）	4826	罳（息茲切）	4858	帳（知諒切）
4795	罤（莫栘切）	4827	罹（呂支切）	4859	幕（慕各切）
4796	罬（思沈切）	4828	襾（呼訝切）	4860	帙（卑履切）

編號	大徐本說文字頭	編號	大徐本說文字頭	編號	大徐本說文字頭
4861	幧（先劣切又所例切）	4883	幨（陟倫切）	4905	帛（旁陌切）
4862	褕（山樞切）	4884	扱（古沓切）	4906	錦（居飲切）
4863	帖（他叶切）	4885	幩（符分切）	4907	白（旁陌切）
4864	帙（直質切）	4886	幰（乃昆切）	4908	皎（古了切）
4865	帔（則前切）	4887	帑（乃都切）	4909	曉（呼鳥切）
4866	幑（許歸切）	4888	布（博故切）	4910	皙（先擊切）〔註32〕
4867	幖（方招切）	4889	幏（古訝切）	4911	皤（薄波切）
4868	帣（於袁切）	4890	帍（胡田切）	4912	皬（胡沃切）
4869	幡（甫煩切）	4891	幦（莫卜切）	4913	皚（五來切）
4870	剌（盧達切）	4892	幭（莫狄切）	4914	皅（普巴切）
4871	幨（精廉切）	4893	颿（陟葉切）	4915	皦（古了切）
4872	幝（昌善切）	4894	幢（宅江切）	4916	㿥（起戟切）
4873	幏（莫紅切）	4895	幟（昌志切）	4917	皛（烏皎切）
4874	幭（莫結切）	4896	帟（羊益切）	4918	㒼（毗祭切）
4875	幠（荒烏切）	4897	幗（古對切）	4919	敝（毗祭切）
4876	飾（賞隻切）	4898	幧（七搖切）	4920	㡀（陟几切）
4877	幃（許歸切）	4899	帒（徒耐切）	4921	黹（創舉切）
4878	裿（居倦切）	4900	帊（普駕切）	4922	黼（方榘切）
4879	帚（支手切）	4901	幞（房玉切）	4923	黻（分勿切）
4880	席（祥易切）	4902	幰（虛偃切）	4924	黺（子對切）
4881	幐（徒登切）	4903	巿（分勿切）	4925	黺（方吻切）
4882	幡（方吻切）	4904	帢（古洽切）		

說文解字第八上

編號	大徐本說文字頭	編號	大徐本說文字頭	編號	大徐本說文字頭
4926	人（如鄰切）	4932	仕（鉏里切）	4938	俊（子峻切）
4927	僮（徒紅切）	4933	佼（下巧切）	4939	傑（渠列切）
4928	保（博褒切）	4934	僎（士勉切）	4940	偉（吾昆切）
4929	仁（如鄰切）	4935	俅（巨鳩切）	4941	伋（居立切）
4930	企（去智切）	4936	佩（蒲妹切）	4942	伉（苦浪切）
4931	仞（而震切）	4937	儒（人朱切）	4943	伯（博陌切）

〔註32〕陳本无擊切，朱本先擊切，今從朱本。

4944	仲（直眾切）	4974	僤（徒案切）	5004	待（直里切）
4945	伊（於脂切）	4975	健（渠建切）	5005	儲（直魚切）
4946	偰（私列切）	4976	倞（渠竟切）	5006	備（平祕切）
4947	倩（倉見切）	4977	傲（五到切）	5007	位（于備切）
4948	伃（以諸切）	4978	仡（魚訖切）	5008	儐（必刃切）
4949	伀（職茸切）	4979	倨（居御切）	5009	偓（於角切）
4950	儇（許緣切）	4980	儼（魚儉切）	5010	佺（此緣切）
4951	倓（徒甘切）	4981	傪（倉含切）	5011	儡（齒涉切）
4952	佝（辟閏切）	4982	俚（良止切）	5012	汋（徒歷切）〔註33〕
4953	傛（余隴切）	4983	伴（薄滿切）	5013	儕（仕皆切）
4954	僕（與涉切）	4984	俺（於業切）	5014	倫（力屯切）〔註34〕
4955	佳（古膎切）	4985	僩（下簡切）	5015	侔（莫浮切）
4956	侅（古哀切）	4986	伾（敷悲切）	5016	偕（古諧切）
4957	傀（公回切）	4987	偲（倉才切）	5017	俱（舉朱切）
4958	偉（于鬼切）	4988	倬（竹角切）	5018	儹（作管切）
4959	份（府巾切）	4989	侹（他鼎切）	5019	併（卑正切）
4960	僚（力小切）	4990	倗（步崩切）	5020	傅（方遇切）
4961	佖（毗必切）	4991	偏（式戰切）	5021	侙（恥力切）
4962	僎（士戀切）	4992	儆（居影切）	5022	俌（芳武切）
4963	儠（良涉切）	4993	俶（昌六切）	5023	倚（於綺切）
4964	儦（甫嬌切）	4994	傭（余封切）	5024	依（於稀切）
4965	儺（諾何切）	4995	優（烏代切）	5025	仍（如乘切）
4966	倭（於為切）	4996	仿（妃罔切）	5026	伙（七四切）
4967	儃（吐猥切又魚罪切）	4997	佛（敷勿切）	5027	佴（仍吏切）
4968	僑（巨嬌切）	4998	偰（私列切）	5028	偼（子葉切）
4969	俟（牀史切）	4999	機（巨衣切）	5029	侍（時吏切）
4970	侗（他紅切）	5000	佗（徒何切）	5030	傾（去營切）
4971	佶（巨乙切）	5001	何（胡歌切）	5031	側（阻力切）
4972	俁（魚禹切）	5002	儋（都甘切）	5032	侒（烏寒切）
4973	仜（戶工切）	5003	供（俱容切）	5033	偪（況逼切）

〔註33〕陳本往歷切，朱本徒歷切，今從朱本。
〔註34〕陳本田屯切，朱本力屯切，今從朱本。

5034	付（方遇切）	5064	任（如林切）	5094	礙（魚已切）
5035	俜（普丁切）	5065	倪（苦甸切）	5095	偏（芳連切）
5036	俠（胡頰切）	5066	優（於求切）	5096	倀（楮羊切）
5037	僵（徒干切）	5067	僖（許其切）	5097	儣（呼肱切）
5038	侁（所臻切）	5068	偆（尺允切）	5098	儔（直由切）
5039	仰（魚兩切）	5069	俒（胡困切）	5099	侜（張流切）
5040	侸（常句切）	5070	儉（巨險切）	5100	俴（慈衍切）
5041	儽（落猥切）	5071	価（彌箭切）	5101	佃（堂練切）
5042	坐（則臥切）	5072	俗（似足切）	5102	伬（斯氏切）
5043	偁（處陵切）	5073	俾（并弭切）	5103	侊（古橫切）
5044	伍（疑古切）	5074	倪（五雞切）	5104	佻（土彫切）〔註35〕
5045	什（是執切）	5075	億（於力切）	5105	僻（普擊切）
5046	佰（博陌切）	5076	使（疏士切）	5106	伭（胡田切）
5047	佸（古活切）	5077	侟（其季切）	5107	伎（渠綺切）
5048	佮（古沓切）	5078	伶（郎丁切）	5108	侈（尺氏切）
5049	敝（無非切）	5079	儷（呂支切）	5109	佁（夷在切）
5050	原（魚怨切）	5080	傳（直戀切）	5110	傞（穌遭切）〔註36〕
5051	作（則洛切）	5081	倌（古患切）	5111	偽（危睡切）
5052	假（古疋切）	5082	价（古拜切）	5112	伿（以豉切）
5053	借（資昔切）	5083	仔（子之切）	5113	佝（苦候切）
5054	侵（七林切）	5084	倢（以證切）	5114	僄（匹妙切）
5055	儥（余六切）	5085	俆（似魚切）	5115	倡（尺亮切）
5056	候（胡遘切）	5086	偋（防正切）	5116	俳（步皆切）
5057	償（食章切）	5087	伸（失人切）	5117	僐（常演切）〔註37〕
5058	僅（渠吝切）	5088	伹（似魚切）	5118	儳（士咸切）
5059	代（徒耐切）	5089	然（人善切）	5119	佚（夷質切）
5060	儀（魚羈切）	5090	偄（奴亂切）	5120	俄（五何切）
5061	傍（步光切）	5091	倍（薄亥切）	5121	傜（余招切）
5062	侣（詳里切）	5092	儳（於建切）	5122	伽（其虐切）
5063	便（房連切）	5093	僭（子念切）	5123	傞（素何切）

〔註35〕陳本士彫切，朱本土彫切，今從朱本。

〔註36〕陳本鮮遭切，朱本穌遭切，今從朱本。

〔註37〕陳本堂演切，朱本常演切，今從朱本。

5124	僛（去其切）	5156	僔（慈損切）	5188	偵（丑鄭切）
5125	侮（文甫切）	5157	像（徐兩切）	5189	七（呼跨切）
5126	㑵（秦悉切）	5158	倦（渠眷切）	5190	𠤕（語期切）
5127	偒（以豉切）	5159	傮（作曹切）	5191	眞（側鄰切）
5128	俙（喜皆切）	5160	偶（五口切）	5192	化（呼跨切）
5129	僨（匹問切）	5161	弔（多嘯切）	5193	匕（卑履切）
5130	僵（居良切）	5162	佋（市招切）	5194	匙（是支切）
5131	仆（芳遇切）	5163	㑗（失人切）	5195	𠤏（博抱切）
5132	偃（於幰切）	5164	僊（相然切）	5196	𣥚（去智切）
5133	傷（少羊切）	5165	僰（蒲北切）	5197	頃（去營切）
5134	倄（胡茅切）	5166	仚（呼堅切）	5198	匘（奴皓切）
5135	侉（苦瓜切）	5167	僥（五聊切）	5199	卬（伍岡切）
5136	催（倉回切）	5168	𠐣（都隊切）	5200	卓（竹角切）
5137	俑（他紅切又余隴切）	5169	俇（居況切）	5201	艮（古恨切）
5138	伏（房六切）	5170	件（其輦切）	5202	从（疾容切）
5139	促（七玉切）	5171	侶（力舉切）	5203	從（慈用切）
5140	例（力制切）	5172	侲（章刃切）	5204	并（府盈切）
5141	係（胡計切）	5173	倅（七內切）	5205	比（毗至切）
5142	伐（房越切）	5174	傔（苦念切）	5206	毖（兵媚切）
5143	俘（芳無切）	5175	倜（他歷切）	5207	北（博墨切）
5144	但（徒旱切）	5176	儻（他朖切）	5208	冀（几利切）
5145	傴（於武切）	5177	佾（夷質切）	5209	丘（去鳩切）
5146	僂（力主切）	5178	倒（當老切）	5210	虛（丘如切又朽居切）
5147	僇（力救切）	5179	儈（古外切）	5211	屔（奴低切）
5148	仇（巨鳩切）	5180	低（都兮切）	5212	㐺（魚音切）
5149	儡（魯回切）	5181	債（側賣切）	5213	眾（之仲切）
5150	咎（其久切）	5182	價（古訝切）	5214	聚（才句切）
5151	仳（芳比切）	5183	停（特丁切）	5215	臮（其冀切）
5152	倃（其久切）	5184	僦（即就切）	5216	𡈼（他鼎切）
5153	倠（許惟切）	5185	伺（相吏切）	5217	徵（陟陵切）
5154	值（直吏切）	5186	僧（穌曾切）	5218	朢（無放切）
5155	侂（他各切）	5187	佇（直呂切）	5219	㸒（余箴切）

5220	重（柱用切）	5251	褋（徒叶切）	5282	褆（杜兮切）
5221	量（呂張切）	5252	袤（莫候切）	5283	襛（汝容切）
5222	臥（吾貨切）	5253	襘（古外切）	5284	裻（冬毒切）
5223	監（古銜切）	5254	裻（去穎切）	5285	袳（尺氏切）
5224	臨（力尋切）	5255	袛（都兮切）	5286	裔（余制切）
5225	臂（尼厄切）〔註38〕	5256	襑（都牢切）	5287	紛（撫文切）
5226	身（失人切）	5257	襤（魯甘切）	5288	袁（羽元切）
5227	軀（豈俱切）	5258	裯（徒臥切）〔註39〕	5289	褭（都僚切）
5228	月（於機切）	5259	襐（冬毒切）	5290	襲（徒叶切）
5229	殷（於身切）	5260	袪（去魚切）	5291	裴（薄回切）
5230	衣（於稀切）	5261	褎（似又切）	5292	襡（市玉切）
5231	裁（昨哉切）	5262	袂（彌弊切）	5293	褺（竹角切）
5232	袞（古本切）	5263	襄（戶乖切）	5294	褥（人朱切）
5233	襄（知扇切）	5264	裹（戶乖切）	5295	褊（方沔切）
5234	褕（羊朱切）	5265	褒（薄保切）	5296	袷（古洽切）
5235	衫（之忍切）	5266	襜（處占切）	5297	襌（都寒切）
5236	袤（陂矯切）	5267	祐（他各切）	5298	襄（息良切）
5237	裏（良止切）	5268	衸（胡介切）	5299	被（平義切）
5238	襁（居兩切）	5269	襗（徒各切）	5300	衾（去音切）
5239	襋（己力切）	5270	袉（唐左切）	5301	襐（徐兩切）
5240	襮（蒲沃切）	5271	裾（九魚切）	5302	衵（人質切）
5241	衽（如甚切）	5272	衧（羽俱切）	5303	襒（私列切）
5242	褸（力主切）	5273	襄（去虔切）	5304	衷（陟弓切）
5243	袲（於胃切）	5274	襩（丈冢切）	5305	袾（昌朱切）
5244	褋（七入切）	5275	袑（市沼切）	5306	袓（才與切）
5245	袴（居音切）	5276	襑（他感切）	5307	裨（府移切）
5246	褘（許歸切）	5277	褎（博毛切）	5308	袢（博幔切）
5247	袾（甫無切）	5278	禧（他計切）	5309	襟（徂合切）
5248	襲（似入切）	5279	褍（多官切）	5310	裕（羊孺切）
5249	袍（薄襃切）	5280	襦（羽非切）	5311	襞（必益切）
5250	襺（古典切）	5281	複（方六切）	5312	衦（古案切）

〔註38〕陳本尼見切，朱本尼厄切，今從朱本。

〔註39〕陳本徒臥切，朱本徒臥切，今從朱本。

5313	裂（良辥切）	5342	裞（輸芮切）	5371	氈（都滕切）
5314	袈（女加切）	5343	褮（於營切）	5372	毬（巨鳩切）
5315	袒（丈莧切）	5344	褧（式連切）	5373	氅（昌兩切）
5316	補（博古切）	5345	裛（奴鳥切）	5374	毳（此芮切）
5317	襑（豬几切）	5346	袨（黃絢切）	5375	毦（甫微切）
5318	褫（直离切）	5347	衫（所銜切）	5376	尸（式脂切）
5319	贏（郎果切）	5348	襖（烏晧切）	5377	屟（堂練切）
5320	裎（丑郢切）	5349	裘（巨鳩切）	5378	居（九魚切）
5321	褐（先擊切）	5350	鬤（楷革切）	5379	屆（許介切）
5322	袞（似嗟切）	5351	老（盧晧切）	5380	屑（私列切）
5323	襫（胡結切）	5352	耋（徒結切）	5381	展（知衍切）
5325	襑（昨牢切又七刀切）	5354	耆（渠脂切）	5382	屈（古拜切）
5326	裝（側羊切）	5355	耇（古厚切）	5383	尻（苦刀切）
5327	裹（古火切）	5356	耄（丁念切）	5384	屍（徒尨切）
5328	裛（於業切）	5357	耇（常句切）	5385	屖（詰利切）
5329	齎（卽夷切）	5358	壽（殖酉切）	5386	尼（女夷切）
5330	褃（常句切）	5359	考（苦浩切）	5387	屟（楚洽切）
5331	襡（於武切又於疌切）	5360	孝（呼敎切）	5388	屖（直立切）
5332	褐（胡葛切）	5361	毛（莫袍切）	5389	屒（人善切）
5333	襤（於憺切）	5362	毪（而尹切又人勇切）	5390	屒（珍忍切）
5334	裺（依檢切）	5363	毹（侯幹切）	5391	犀（先稽切）
5335	衰（穌禾切）	5364	毯（穌典切）	5392	屝（扶沸切）
5336	卒（臧沒切）	5365	氊（莫奔切）	5393	屍（式脂切）
5337	褚（丑呂切）	5366	氈（諸延切）	5394	屠（同都切）
5338	製（征例切）	5367	毣（仍吏切）	5395	屧（穌叶切）
5339	袚（北末切）	5368	氍（其俱切）	5396	屋（烏谷切）
5340	襚（徐醉切）	5369	毹（羊朱切）	5397	屏（必郢切）
5341	裯（都僚切）	5370	氃（土盍切）〔註40〕	5398	層（昨稜切）
				5399	屢（立羽切）〔註41〕

〔註40〕陳本士盍切，朱本土盍切，今從朱本。

〔註41〕陳本丘羽切，朱本立羽切，今從朱本。

說文解字第八下

編號	大徐本說文字頭	編號	大徐本說文字頭	編號	大徐本說文字頭
5400	尺（昌石切）	5428	方（府良切）	5456	覝（力鹽切）
5401	咫（諸氏切）	5429	斻（胡郎切）	5457	覞（王問切）
5402	尾（無斐切）	5430	儿（如鄰切）	5458	觀（古玩切）
5403	屬（之欲切）	5431	兀（五忽切）	5459	覍（多則切）
5404	屈（九勿切）	5432	兒（汝移切）	5460	覽（盧敢切）
5405	尿（奴弔切）	5433	允（余準切）〔註42〕	5461	覩（洛代切）
5406	履（良止切）	5434	兌（大外切）	5462	題（杜兮切）
5407	屨（九遇切）	5435	充（昌終切）	5463	覹（方小切）
5408	屫（郎擊切）	5436	兄（許榮切）	5464	覗（七四切）
5409	屛（徐呂切）	5437	競（居陵切）	5465	覰（七句切）
5410	屩（居勺切）	5438	兂（側岑切）	5466	覭（莫經切）
5411	屐（奇逆切）	5439	兓（子林切）	5467	覘（丁含切）
5412	舟（職流切）	5440	皃（莫教切）	5468	覯（古后切）
5413	俞（羊朱切）	5441	覓（皮變切）	5469	覺（渠追切）
5414	船（食川切）	5442	兆（公戶切）	5470	覘（敕艷切）〔註43〕
5415	彤（丑林切）	5443	兜（當侯切）	5471	覹（無非切）
5416	舳（直六切）	5444	先（穌前切）	5472	覢（失冉切）
5417	艫（洛乎切）	5445	兟（所臻切）	5473	覕（必刃切）
5418	剘（五忽切）	5446	禿（他谷切）	5474	覢（附袁切）
5419	艘（子紅切）	5447	穨（杜回切）	5475	覕（莫兮切）
5420	朕（直禁切）	5448	見（古甸切）	5476	覦（以周切）
5421	舫（甫妄切）	5449	視（神至切）	5477	覛（丑林切）
5422	般（北潘切）	5450	觀（郎計切）	5478	覭（莫紅亡茨二切）
5423	服（防六切）	5451	覣（於為切）	5479	覬（几利切）
5424	舸（古我切）	5452	覞（五計切）	5480	覦（羊朱切）
5425	艇（徒鼎切）	5453	覶（洛戈切）	5481	覿（丑尒切）
5426	艅（以諸切）	5454	親（力玉切）	5482	覷（弋笑切）
5427	艎（胡光切）	5455	覝（況晚切）	5483	覺（古岳切）

〔註42〕陳本樂準切，朱本余準切，今從朱本。

〔註43〕陳本救艷切，朱本敕艷切，今從朱本。

5484	覿（才的切）	5514	欲（余蜀切）	5544	欶（所角切）
5485	靚（疾正切）	5515	歌（古俄切）	5545	歁（苦感切）
5486	親（七人切）	5516	歂（市緣切）	5546	欿（他含切）
5487	覲（渠吝切）	5517	歍（哀都切）	5547	欱（呼合切）
5488	覤（他弔切）	5518	歡（才六切）	5548	歉（苦簟切）
5489	覒（莫報切）〔註44〕	5519	欥（才六切）	5549	歃（烏八切）
5490	覕（莫結切）	5520	欦（丘嚴切）	5550	歐（乙冀切）
5491	覛（式支切）	5521	歒（以支切）	5551	㱁（苦蓋切）
5492	覢（當叞切）	5522	歊（許嬌切）	5552	歠（許壁切）
5493	覿（徒歷切）	5523	欻（許物切）	5553	歙（許及切）
5494	覭（弋笑切）	5524	欨（許其切）	5554	欭（於糾切）
5495	覹（苦閑切）	5525	歈（余招切）	5555	㰦（於虯切）
5496	覼（虛器切）	5526	歇（穌弔切）	5556	欻（丑律切）
5497	欠（去劍切）	5527	歎（他案切）〔註45〕	5557	吷（余律切）
5498	欽（去音切）	5528	歆（許其切）	5558	次（七四切）
5499	繳（洛官切）	5529	欮（凶戒切又烏開切）	5559	歁（苦岡切）
5500	欨（許吉切）	5530	歃（前智切）	5560	欺（去其切）
5501	吹（昌垂切）	5531	歐（烏后切）	5561	歆（許今切）
5502	欥（況于切）	5532	歔（朽居切）	5562	欨（羊朱切）
5503	歔（虎烏切）	5533	欷（香衣切）	5563	歅（於錦切）
5504	欸（於六切）	5534	歜（尺玉切）	5564	歊（呂說切）
5505	歋（以諸切）	5535	歈（與久切）	5565	次（敘連切）
5506	歒（虛業切）	5536	瀫（苦葛切）	5566	羡（似面切）
5507	歕（普䰇切）	5537	欭（古弔切）	5567	㳄（以支切）
5508	歇（許謁切）	5538	歃（所力切）〔註46〕	5568	盜（徒到切）
5509	歡（呼官切）	5539	歡（子肖切）	5569	旡（居未切）
5510	欣（許斤切）	5540	歁（古咸切）	5570	㱐（乎果切）
5511	弞（式忍切）	5541	歕（時忍切）	5571	㱊（力讓切）
5512	款（苦管切）	5542	歁（古渾切）		
5513	㱃（居气切）	5543	歃（山洽切）		

〔註44〕陳本莫袍切，段本莫報切，今從段本。
〔註45〕陳本池案切，朱本他案切，今從朱本。
〔註46〕陳本火力切，朱本所力切，今從朱本。

說文解字第九上

編號	大徐本說文字頭	編號	大徐本說文字頭	編號	大徐本說文字頭
5572	頁（胡結切）	5601	碩（常隻切）	5630	頓（都困切）
5573	頭（度矦切）	5602	頌（布還切）	5631	頫（方矩切）
5574	顏（五姦切）	5603	顒（魚容切）	5632	頤（式忍切）
5575	頌（余封切又似用切）	5604	穎（口幺切）	5633	顥（旨善切）
5576	頏（徒谷切）	5605	顝（苦骨切）	5634	頡（胡結切）
5577	顱（洛乎切）	5606	願（魚怨切）	5635	頲（之出切）
5578	顥（魚怨切）	5607	顡（五弔切）	5636	顤（胡老切）
5579	顛（都季切）	5608	贅（五到切）	5637	顲（附袁切）
5580	頂（都挺起）	5609	頵（五角切）	5638	頼（疾正切）
5581	顙（蘇朗切）	5610	顡（莫佩切）	5639	獖（王矩切）
5582	題（杜兮切）	5611	顱（郎丁切）	5640	顗（魚豈切）
5583	額（五陌切）	5612	頪（五怪切）	5641	頠（苦閒切）
5584	頞（烏割切）	5613	頑（五還切）	5642	顄（苦昆切）
5585	頯（渠追切）	5614	礥（已恚切）	5643	頜（苦骨切）
5586	頰（古叶切）	5615	顆（苦惰切）	5644	頼（盧對切）
5587	顊（古恨切）	5616	頢（五活切又下括切）	5645	頼（匹米切）
5588	頷（胡感切）	5617	頲（他挺切）	5646	頰（胡計切）
5589	顲（胡男切）	5618	頠（語委切）	5647	魁（口猥切）
5590	頸（居郢切）	5619	頷（胡感切）	5648	頗（滂禾切）
5591	領（良郢切）	5620	頛（于反切）	5649	煩（于救切）
5592	項（胡講切）	5621	頍（丘弭切）	5650	顫（之繕切）
5593	煩（章衽切）	5622	頜（烏沒切）	5651	顩（下感下坎二切）
5594	頥（直追切）	5623	顧（古慕切）	5652	顲（盧感切）
5595	碩（薄回切）	5624	順（食閏切）	5653	煩（附袁切）
5596	顩（魚檢切）	5625	肹（之忍切）	5654	顡（五怪切）
5597	頵（余準切）	5626	譵（良忍切）	5655	頼（盧對切）
5598	顳（於倫切）	5627	顯（職緣切）	5656	顦（昨焦切）
5599	顮（于閔切）	5628	頊（許玉切）	5657	顇（秦醉切）
5600	顩（五咸切）	5629	頜（五感切）	5658	顝（莫奔切）

5659	頍（戶來切）	5690	髤（莫卜切）	5721	鬞（莫駕切）
5660	顊（去其切）	5691	弱（而勺切）	5722	鬚（丘媿切）
5661	籲（羊戍切）	5692	彩（倉宰切）	5723	鬃（古拜切）
5662	顯（呼典切）	5693	彣（無分切）	5724	鬣（良涉切）
5663	頯（士戀切）	5694	彥（魚變切）	5725	鬊（洛乎切）
5664	預（羊洳切）	5695	文（無分切）	5726	髴（敷勿切）
5665	百（書九切）	5696	斐（敷尾切）	5727	髯（而容切）
5666	脜（耳由切）	5697	辯（布還切）	5728	鬌（直追切）
5667	面（彌箭切）	5698	嫠（里之切）	5729	鬠（舒閏切）
5668	靦（他典切）	5699	髟（必凋切又所銜切）	5730	鬜（苦閑切）
5669	酺（符遇切）	5700	髮（方伐切）	5731	髱（他歷切）
5670	醮（即消切）	5701	鬢（必刃切）	5732	髡（苦昆切）
5671	麗（於叶切）	5702	鬘（母官切）	5733	髰（他計切）
5672	丏（彌兖切）	5703	鬑（魯甘切）	5734	髤（蒲浪切）
5673	首（書九切）	5704	鬓（千可切）	5735	髳（芳未切）
5674	䭰（康禮切）	5705	鬐（衢員切）	5736	鬃（莊華切）
5675	䭫（大丸旨沇二切）	5706	毻（莫袍切）	5737	鬠（渠脂切）
5676	㬎（古堯切）	5707	鬕（莫賢切）	5738	髫（徒聊切）
5677	縣（胡涓切）	5708	鬝（直由切）	5739	髻（古詣切）
5678	須（相俞切）	5709	鬚（奴礼切）	5740	鬟（戶關切）
5679	頾（即移切）	5710	髶（步矛切）	5741	后（胡口切）
5680	䫇（汝鹽切）	5711	髳（亡牢切）	5742	听（呼后切）
5681	頿（府移切）	5712	鬗（作踐切）	5743	司（息茲切）
5682	頯（敷悲切）	5713	鬊（力鹽切）	5744	詞（似茲切）
5683	彡（所銜切）	5714	鬝（子結切）	5745	厄（章移切）
5684	形（戶經切）	5715	鬄（先幵切又大計切）	5746	塼（市沇切）
5685	彣（之忍切）	5716	髢（平義切）	5747	𠱰（旨沇切）
5686	修（息流切）	5717	髮（七四切）	5748	卪（子結切）
5687	彰（諸良切）	5718	髺（古活切）	5749	令（力正切）
5688	彫（都僚切）	5719	鬆（薄官切）	5750	卲（毗必切）
5689	彭（疾郢切）	5720	鬏（方遇切）	5751	㔈（充豉切）

5752	卹（兵媚切）	5775	菊（居六切）	5797	魃（蒲撥切）
5753	卲（寔照切）	5776	勻（羊倫切）	5798	彰（密祕切）
5754	厄（五果切）	5777	勼（居求切）	5799	魈（奇寄切）
5755	郄（息七切）	5778	旬（詳遵切）	5800	魕（虎烏切）
5756	卷（居轉切）	5779	匀（薄皓切）	5801	虁（渠希切）〔註47〕
5757	卻（去約切）	5780	匈（許容切）	5802	魖（奴豆切）
5758	卸（司夜切）	5781	甸（職流切）	5803	傀（呼駕切）
5759	叩（士戀切）	5782	匌（矦閤切）	5804	魑（諾何切）
5760	卩（則候切）	5783	匒（己又切）〔註48〕	5805	魌（符眞切）
5761	印（於刃切）	5784	匐（扶富切）	5806	醜（昌九切）
5762	归（於棘切）	5785	冢（知隴切）	5807	魋（杜回切）
5763	色（所力切）	5786	包（布交切）	5808	魖（丑知切）
5764	艴（蒲沒切）	5787	胞（匹交切）	5809	魔（莫波切）
5765	艵（普丁切）	5788	匏（薄交切）	5810	魘（於琰切）
5766	卯（去京切）	5789	苟（己力切）	5811	由（敷勿切）
5767	卿（去京切）	5790	敬（居慶切）	5812	畏（於胃切）
5768	辟（必益切）	5791	鬼（居偉切）	5813	禺（牛具切）
5769	辡（必益切）	5792	魅（食鄰切）	5814	厶（息夷切）
5770	嬖（魚廢切）	5793	魂（戶昆切）	5815	篹（初宦切）〔註49〕
5771	勹（布交切）	5794	魄（普百切）	5816	厹（與久切）
5772	匊（巨六切）	5795	魅（丑利切）	5817	嵬（五灰切）
5773	匍（簿乎切）	5796	魖（朽居切）	5818	巍（語韋切）
5774	匐（蒲北切）				

說文解字第九下

編號	大徐本說文字頭	編號	大徐本說文字頭	編號	大徐本說文字頭
5819	山（所閒切）	5823	猫（奴刀切）	5827	蟞（武巾切）
5820	嶽（五角切）	5824	嶧（羊益切）	5828	屺（居履切）
5821	岱（徒耐切）	5825	嵎（噳俱切）	5829	嶃（才葛切）
5822	島（都皓切）	5826	嶷（語其切）	5830	嶭（五葛切）

〔註47〕陳本居衣切，朱本渠希切，今從朱本。

〔註48〕陳本已又切，朱本己又切，今從朱本。

〔註49〕陳本初官切，朱本初宦切，今從朱本。

5831	崋（胡化切）	5864	嶀（敷勿切）	5897	庭（特丁切）
5832	嶂（古博切）	5865	嵍（亡遇切）	5898	廇（力救切）
5833	嶱（與章切）	5866	嶢（古僚切）	5899	庉（徒損切）
5834	岵（矦古切）	5867	峳（慈良切）	5900	庌（五下切）
5835	屺（墟里切）	5868	夌（子紅切）	5901	廡（文甫切）
5836	嶨（胡角切）	5869	岊（子結切）	5902	虜（郎古切）
5837	嶅（五交切）	5870	崇（鋤弓切）	5903	庖（薄交切）
5838	岨（七余切）	5871	崔（昨回切）	5904	廚（直株切）
5839	岡（古郎切）	5872	嶙（力珍切）	5905	庫（苦故切）
5840	岑（鋤箴切）	5873	峋（相倫切）	5906	廏（居又切）
5841	崟（魚音切）	5874	岌（魚汲切）	5907	序（徐呂切）
5842	崒（醉綏切）	5875	嶠（渠廟切）	5908	廦（比激切）
5843	巒（洛官切）	5876	嵌（口銜切）	5909	廣（古晃切）
5844	密（美畢切）	5877	嶼（徐呂切）	5910	廥（古外切）
5845	岫（似又切）	5878	嶺（良郢切）	5911	庾（以主切）
5846	崚（私閏切）	5879	嵐（盧含切）	5912	庰（必郢切）
5847	隓（徒果切）	5880	嵩（息弓切）	5913	廁（初吏切）
5848	棧（士限切）	5881	崑（古渾切）	5914	廛（直連切）
5849	崛（衢勿切）	5882	崙（盧昆切）	5915	庴（戶關切）
5850	巀（力制切）	5883	嵇（胡雞切）	5916	廔（倉紅切）
5851	峯（敷容切）	5884	屾（所臻切）	5917	庢（尺氏切）
5852	巖（五緘切）	5885	嵒（同都切）	5918	廉（力兼切）
5853	嵒（五咸切）	5886	屵（五葛切）	5919	庍（宅加切）
5854	嵞（落猥切）	5887	岸（五旰切）	5920	龐（薄江切）
5855	嵏（祖賄切）	5888	崖（五佳切）	5921	底（都礼切）
5856	峼（古到切）	5889	嶵（都回切）	5922	座（陟栗切）
5857	墮（徒果切）	5890	嵃（符鄙切）	5923	廎（於郢切）
5858	嵯（昨何切）	5891	嵎（蒲沒切）	5924	废（蒲撥切）
5859	峨（五何切）	5892	广（魚儉切）	5925	庳（便俾切）
5860	崝（七耕切）	5893	府（方矩切）	5926	庇（必至切）
5861	嶸（戶萌切）	5894	廱（於容切）	5927	庶（商署切）
5862	峾（戶經切）	5895	庠（似陽切）	5928	庤（直里切）
5863	嵋（北滕切）	5896	廬（力居切）	5929	廙（與職切）

5930	廔（洛侯切）	5961	厏（盧荅切）	5992	碑（府眉切）
5931	㢠（都回切）	5962	厬（五歷切）	5993	磓（徒對切）
5932	廢（方肺切）	5963	厪（巨今切）	5994	磒（于敏切）
5933	廇（與久切）	5964	庯（芳無切）	5995	碎（所責切）
5934	廑（巨斤切）	5965	厝（倉各切又七互切）	5996	碻（苦角切）
5935	廟（眉召切）	5966	厖（莫江切）	5997	碭（魯當切）
5936	庿（子余切）	5967	庐（以灼切）	5998	礐（胡角切）
5937	厲（於歇切）	5968	厌（胡甲切）	5999	硈（格八切）
5938	庲（昌石切）	5969	仄（阻力切）	6000	磕（口太切又若盍切）
5939	厰（許今切）	5970	辟（普擊切）	6001	䂮（口莖切）
5940	廫（洛蕭切）	5971	厞（扶沸切）	6002	厤（郎擊切）
5941	廈（胡雅切）	5972	厭（於輒切又一琰切）	6003	䃣（鉏銜切）
5942	廊（魯當切）	5973	产（魚毀切）	6004	礦（五銜切）
5943	廂（息良切）	5974	丸（胡官切）	6005	磬（楷革切）
5944	庪（過委切）	5975	㞳（於跪切）	6006	确（胡角切）
5945	庱（丑拯切）	5976	奿（奴禾切）	6007	礉（口交切）
5946	廖（力救切）	5977	㞴（芳萬切）	6008	硪（五何切）
5947	厂（呼旱切）	5978	危（魚為切）	6009	碞（五銜切）
5948	厓（五佳切）	5979	欹（去其切）	6010	磬（苦定切）
5949	厜（姊宜切）	5980	石（常隻切）	6011	礙（五漑切）
5950	巖（魚為切）	5981	礦（古猛切）	6012	硩（丑列切）
5951	厵（魚音切）	5982	碭（徒浪切）	6013	碰（尺戰切）
5952	厬（居洧切）	5983	硟（而沈切）	6014	碎（蘇對切）
5953	厎（職雉切）	5984	砮（乃都切）	6015	破（普過切）
5954	厥（俱月切）	5985	碧（羊茹切）	6016	礲（盧紅切）
5955	厲（力制切）	5986	碣（渠列切）	6017	研（五堅切）
5956	厰（魯甘切）	5987	磏（力鹽切）	6018	礳（模臥切）
5957	厤（郎擊切）	5988	碬（乎加切）	6019	磑（五對切）
5958	厓（胥里切）	5989	礫（郎擊切）	6020	硾（都隊切）
5959	厊（矣古切）	5990	碞（居竦切）	6021	磕（徒合切）
5960	庰（杜兮切）	5991	磧（七迹切）	6022	磻（博禾切）

6023	礸（張略切）	6053	豣（古賢切）	6083	貙（敕俱切）
6024	硯（五甸切）	6054	豶（符分切）	6084	貚（徒干切）
6025	砭（方廉方驗二切）〔註 50〕	6055	豭（古牙切）	6085	貔（房脂切）
6026	磆（下革切）	6056	豰（營隻切）	6086	豺（士皆切）
6027	砢（來可切）	6057	豧（以水切）	6087	貐（以主切）
6028	磊（落猥切）	6058	豤（康很切）	6088	貘（莫白切）
6029	礪（力制切）	6059	豷（許利切）	6089	貗（余封切）
6030	碏（七削切）	6060	豧（芳無切）	6090	貜（王縛切）
6031	磯（居衣切）	6061	豢（胡慣切）	6091	貀（女滑切）
6032	碌（盧谷切）	6062	豠（疾余切）	6092	貈（下各切）
6033	砧（知林切）	6063	豲（胡官切）	6093	豻（五旰切）
6034	砌（千計切）	6064	豨（虛豈切）	6094	貂（都僚切）
6035	礩（之日切）	6065	豖（丑六切）	6095	貉（莫白切）
6036	礎（創舉切）	6066	豦（强魚切）	6096	貆（胡官切）
6037	硾（直類切）	6067	豙（魚既切）	6097	貍（里之切）
6038	長（直良切）	6068	豩（伯貧切又呼關切）	6098	貒（他耑切）
6039	肆（息利切）	6069	希（羊至切）	6099	貛（呼官切）
6040	镾（武夷切）	6070	帬（呼骨切）	6100	貁（余救切）
6041	镻（徒結切）	6071	㣇（乎刀切）	6101	貓（莫交切）
6042	勿（文弗切）	6072	彙（于貴切）	6102	舄（徐姊切）
6043	昜（與章切）	6073	𢑚（息利切）	6103	易（羊益切）
6044	冄（而琰切）	6074	彑（居例切）	6104	象（徐兩切）
6045	而（如之切）	6075	彘（直例切）	6105	豫（羊茹切）
6046	耏（奴代切）	6076	彖（式視切）		
6047	豕（式視切）	6077	彔（乎加切）		
6048	豬（陟魚切）	6078	彖（通貫切）		
6049	豰（步角切）	6079	豚（徒魂切）		
6050	豯（胡雞切）	6080	䝉（于歲切）		
6051	豵（子紅切）	6081	豸（池爾切）		
6052	豝（伯加切）	6082	豹（北教切）		

〔註 50〕朱本方廉方驗二切，今從朱本。

說文解字第十上：

編號	大徐本說文字頭	編號	大徐本說文字頭	編號	大徐本說文字頭
6106	馬（莫下切）	6137	駃（五到切）	6168	騤（渠追切）
6107	隲（之日切）	6138	驪（几利切）	6169	鷰（於角切）
6108	騧（戶關切）	6139	駿（子峻切）	6170	駸（子林切）
6109	駒（舉朱切）	6140	驍（古堯切）	6171	駷（蘇荅切）
6110	馱（博拔切）	6141	騅（之壘切）	6172	馮（房戎切）
6111	驈（戶閒切）	6142	驕（舉喬切）	6173	駓（尼輒切）
6112	騏（渠之切）	6143	騋（洛哀切）	6174	騃（五駭切）
6113	驪（呂支切）	6144	驩（呼官切）	6175	駺（鉏又切）
6114	駽（火玄切）	6145	騻（魚窆切）	6176	駶（古達切）
6115	騩（俱位切）	6146	馶（雌氏切）	6177	颿（符嚴切）
6116	騮（力求切）	6147	僑（許尤切）	6178	驅（豈俱切）
6117	騢（乎加切）	6148	馼（無分切）	6179	馳（直离切）
6118	騅（職追切）	6149	駐（章移切）	6180	騖（亡遇切）
6119	駱（盧各切）	6150	駜（毗必切）	6181	駕（力制切）
6120	駰（於眞切）	6151	駫（古熒切）	6182	騁（丑郢切）
6121	驄（倉紅切）	6152	駖（薄庚切）	6183	駾（他外切）
6122	驦（食聿切）	6153	馴（吾浪切）	6184	駃（大結切）
6123	駹（莫江切）	6154	驤（息良切）	6185	駻（矦旰切）
6124	騧（古華切）	6155	騫（莫白切）	6186	駧（徒弄切）
6125	驃（毗召切）	6156	騎（渠羈切）	6187	驚（舉卿切）
6126	駓（敷悲切）	6157	駕（古訝切）	6188	駭（矦楷切）
6127	驖（他結切）	6158	騑（甫微切）	6189	騢（呼光切）
6128	騂（五旰切）	6159	駢（部田切）	6190	驠（去虔切）
6129	駒（都歷切）	6160	驂（倉含切）	6191	駐（中句切）
6130	駮（北角切）	6161	駟（息利切）	6192	馴（祥遵切）
6131	騳（之戌切）	6162	駙（符遇切）	6193	駗（張人切）
6132	驔（徒玷切）	6163	騞（戶皆切）	6194	驙（張連切）
6133	驎（於旬切）	6164	騀（五可切）	6195	驥（陟利切）
6134	騽（似入切）	6165	駊（普火切）	6196	驧（巨六切）
6135	驒（矦旰切）	6166	駋（土刀切）	6197	驟（食陵切）
6136	騛（甫微切）	6167	篤（冬毒切）	6198	骱（古拜切）

6199	騷（穌遭切）	6233	黁（奴亂切）	6267	㹟（七旬切）
6200	霤（陟立切）	6234	麤（桑谷切）	6268	莧（胡官切）
6201	駘（徒哀切）	6235	麛（莫兮切）	6269	犬（苦泫切）
6202	駔（子朗切）	6236	麙（古賢切）	6270	狗（古厚切）
6203	騶（側鳩切）	6237	麒（渠之切）	6271	狡（所鳩切）
6204	驛（羊益切）	6238	麎（力珍切）	6272	尨（莫江切）
6205	駤（人質切）	6239	麋（武悲切）	6273	狡（古巧切）
6206	騰（徒登切）	6240	麎（植鄰切）	6274	獪（古外切）
6207	雒（下各切）	6241	麠（居履切）	6275	獿（奴刀切）
6208	駉（古熒切）	6242	麇（居筠切）	6276	猲（許謁切）
6209	駪（所臻切）	6243	麞（諸良切）	6277	獢（許喬切）
6210	駁（北角切）	6244	麔（其久切）	6278	獫（虛檢切）
6211	駃（古穴切）	6245	麚（舉卿切）	6279	狂（之戍切）
6212	騠（杜兮切）	6246	麃（薄交切）	6280	猈（薄蟹切）
6213	贏（洛戈切）	6247	麈（之庾切）	6281	猗（於离切）
6214	驢（力居切）	6248	麑（五雞切）	6282	昊（古闋切）
6215	騾（莫紅切）	6249	麢（胡龜切）	6283	猚（乙咸切）
6216	驒（代何切）	6250	麤（郎丁切）	6284	默（莫北切）
6217	騱（胡雞切）	6251	麢（古攜切）	6285	猝（麤沒切）
6218	駒（徒刀切）	6252	麝（神夜切）	6286	猩（桑經切）
6219	駼（同都切）	6253	麠（羊茹切）	6287	獩（胡黤切）
6220	驫（甫虯切）	6254	麗（郎計切）	6288	獚（荒檻切）
6221	駛（疏吏切）	6255	麀（於虯切）	6289	猥（烏賄切）
6222	駥（如融切）	6256	麤（倉胡切）	6290	獶（女交切）
6223	駿（子紅切）	6257	麤（直珍切）	6291	獟（火包切）
6224	馱（唐佐切）	6258	㲋（丑略切）	6292	獊（山檻切）
6225	驛（息營切）	6259	毚（士咸切）	6293	㺓（即兩切）
6226	㢌（宅買切）	6260	魯（司夜切）	6294	狻（初版切）
6227	羈（古孝切）	6261	奚（古穴切）	6295	狦（所晏切）
6228	薦（作旬切）	6262	兔（湯故切）	6296	狼（五還切）
6229	㦿（方乏切）	6263	逸（夷質切）	6297	獂（附袁切）
6230	鹿（盧谷切）	6264	冤（於袁切）	6298	猭（語其切）
6231	麚（古牙切）	6265	娩（芳萬切）	6299	犰（語斤切）
6232	麟（力珍切）	6266	㲋（芳遇切）	6300	獡（式略切）

6301	獷（古猛切）	6331	獘（毗祭切）	6361	貉（下各切）
6302	狀（鉏亮切）〔註51〕	6332	獻（許建切）	6362	貃（芳吻切）
6303	奘（徂朗切）	6333	猌（五旬切）	6363	貊（薄經切）
6304	獒（五牢切）	6334	獟（五弔切）	6364	貔（息移切）
6305	獳（奴豆切又乃侯切）	6335	狧（征例切）	6365	貅（力求切）
6306	猺（他合切）	6336	狂（巨王切）	6366	貚（常隻切）
6307	狎（胡甲切）	6337	類（力遂切）	6367	貘（職戎切）
6308	狃（女久切）	6338	狄（徒歷切）	6368	貗（於革切）
6309	犯（防險切）	6339	獠（素官切）	6369	貕（胡雞切）
6310	猜（倉才切）	6340	玃（俱縛切）	6370	貐（其俱切）
6311	猛（莫杏切）	6341	猶（以周切）	6371	貛（丘檢切）
6312	犺（苦浪切）	6342	狙（親去切）	6372	貈（胡男切）
6313	狜（去劫切）	6343	猴（乎溝切）	6373	貁（余救切）
6314	獜（力珍切）	6344	毅（火屋切）	6374	豹（之若切）
6315	獧（古縣切）	6345	狼（魯當切）	6375	貐（而隴切）
6316	倏（式竹切）	6346	狛（匹各切）	6376	貲（即移切）
6317	狟（胡官切）	6347	獿（舞販切）	6377	貙（乎昆切）
6318	狒（蒲沒切）	6348	狐（戶吳切）	6378	貀（戶吳切）
6319	猲（陟革切）	6349	獺（他達切）	6379	能（奴登切）
6320	犾（魚僅切）	6350	猵（布玄切）〔註52〕	6380	熊（羽弓切）
6321	犮（蒲撥切）	6351	猋（甫遙切）	6381	羆（彼為切）
6322	戾（郎計切）	6352	狘（許月切）	6382	火（呼果切）
6323	獨（徒谷切）	6353	獋（許韋切）	6383	炟（當割切）
6324	狢（余蜀切）	6354	狷（古縣切）	6384	煒（許偉切）
6325	玁（息淺切）	6355	獒（烏黠切）	6385	燬（許偉切）
6326	獵（良涉切）	6356	狀（語斤切）	6386	燹（穌典切）
6327	獠（力昭切）	6357	獄（息茲切）	6387	焌（子寸切又倉聿切）
6328	狩（書究切）	6358	獄（魚欲切）	6388	尞（力照切）
6329	臭（尺救切）	6359	鼠（書呂切）	6389	然（如延切）
6330	獲（胡伯切）	6360	鼢（附袁切）	6390	蓺（如劣切）

〔註51〕陳本盈亮切，朱本鉏亮切，今從朱本。
〔註52〕陳本布茲切，朱本布玄切，今從朱本。

6391	燔（附袁切）	6423	炊（昌垂切）	6455	裁（祖才切）
6392	燒（式昭切）	6424	烘（呼東切）	6456	煙（烏前切）
6393	烈（良辥切）	6425	齌（在詣切）	6457	焆（因悅切）
6394	烕（職悅切）	6426	熹（許其切）	6458	熅（於云切）
6395	煇（卑吉切）	6427	煎（子仙切）	6459	炮（都歷切）
6396	燅（敷勿切）	6428	熬（五牢切）	6460	燂（大甘切）〔註53〕
6397	烝（煮仍切）	6429	炮（薄交切）	6461	焞（他昆切）
6398	烰（縛牟切）	6430	褻（烏痕切）	6462	炳（兵永切）
6399	煦（香句切）	6431	覓（作滕切）	6463	焯（之若切）
6400	熯（人善切）	6432	穮（符逼切）	6464	照（之少切）
6401	沸（普活切）	6433	爆（蒲木切）	6465	煒（于鬼切）
6402	熮（洛蕭切）	6434	煬（余亮切）	6466	烇（昌氏切）
6403	熑（良刃切）	6435	㷅（胡沃切）	6467	熠（羊入切）
6404	㷉（五晏切）	6436	爤（郎旰切）	6468	煜（余六切）
6405	熲（古迥切）	6437	麿（靡為切）	6469	耀（弋笑切）
6406	爄（以灼切）	6438	尉（於胃切）	6470	煇（況韋切）
6407	熛（甫遙切）	6439	爢（即消切）	6471	煌（胡光切）
6408	熇（火屋切）	6440	灸（舉友切）	6472	焜（孤本切）
6409	炋（古巧切）	6441	灼（之若切）	6473	炯（古迥切）
6410	㷸（直廉切）	6442	煉（郎電切）	6474	爆（筠輒切）
6411	熦（即消切）	6443	燭（之欲切）	6475	爛（余廉切）
6412	炭（他案切）	6444	熜（作孔切）	6476	炫（胡畎切）
6413	羡（楚宜切）	6445	炧（徐野切）	6477	光（古皇切）
6414	敥（古巧切）	6446	焦（徐刃切）	6478	熱（如列切）
6415	炦（蒲撥切）	6447	焠（七內切）	6479	熾（昌志切）
6416	灰（呼恢切）	6448	煣（人久切）	6480	燠（烏到切）
6417	炱（徒哀切）	6449	燓（附袁切）	6481	煖（況袁切）
6418	煨（烏灰切）	6450	㷠（力鹽切）	6482	煗（乃管切）
6419	熄（相即切）	6451	燎（力小切）	6483	炅（古迥切）
6420	烓（口迥切）	6452	奧（方昭切）	6484	炕（苦浪切）
6421	煁（氏任切）	6453	糟（作曹切）	6485	燥（穌到切）
6422	煇（充善切）	6454	爦（即消切）	6486	威（許劣切）

〔註53〕陳本火甘切，朱本大甘切，今從朱本。

6487	焅（苦沃切）	6507	燊（良刃切）	6527	黠（胡八切）
6488	熹（徒到切）	6508	黑（呼北切）	6528	黔（巨淹切）
6489	爟（古玩切）	6509	黸（洛乎切）	6529	黕（都感切）
6490	羮（敷容切）	6510	黵（惡外切）	6530	黨（多朗切）
6491	爝（子肖切）	6511	黯（乙減切）	6531	黷（徒谷切）
6492	熭（于歲切）	6512	黳（於玆切）	6532	黵（當敢切）
6493	熙（許其切）	6513	黭（烏雞切）	6533	黴（武悲切）
6494	燭（直弓切）	6514	䵣（當割切）	6534	黜（丑律切）
6495	煽（式戰切）	6515	黬（古咸切）	6535	黌（薄官切）
6496	烙（盧各切）	6516	暘（餘亮切）	6536	黱（徒耐切）
6497	爍（書藥切）	6517	黲（七感切）	6537	儵（式竹切）
6498	燦（倉案切）	6518	黤（於檻切）	6538	馘（于逼切）
6499	煥（呼貫切）	6519	黝（於糾切）	6539	驟（堂練切）
6500	炎（于廉切）	6520	黗（他兗切）	6540	黮（他感切）
6501	燄（以冉切）	6521	點（多忝切）	6541	黯（烏感切）
6502	焰（以冉切）	6522	黚（巨淹切）	6542	黥（渠京切）
6503	醤（力荏切）	6523	黪（古咸切）	6543	黤（於檻切）
6504	黏（舒贍切）	6524	黜（於月切）	6544	黟（烏雞切）
6505	燅（徐鹽切）	6525	纂（初刮切）		
6506	燮（蘇俠切）	6526	薰（古典切）		

說文解字第十下

編號	大徐本說文字頭	編號	大徐本說文字頭	編號	大徐本說文字頭
6545	囪（楚江切）	6555	穀（火沃切）	6565	奎（苦圭切）
6546	恖（倉紅切）	6556	赧（女版切）	6566	夾（古狎切）
6547	焱（以冉切）	6557	䞓（敕貞切）	6567	奄（依檢切）
6548	熒（戶扃切）	6558	浾（缺注音）	6568	夸（苦瓜切）
6549	燊（所臻切）	6559	赭（之也切）	6569	查（胡官切）
6550	炙（之石切）	6560	赣（胡玩切）	6570	夻（烏瓜切）
6551	燔（附袁切）	6561	赫（呼格切）	6571	夻（呼括切）
6552	燎（力照切）	6562	赩（許力切）	6572	戴（直質切）
6553	赤（昌石切）	6563	赮（乎加切）	6573	奅（匹貌切）
6554	䞶（徒冬切）	6564	大（徒蓋切）	6574	奆（魚吻切）

6575	衮（都兮切）	6607	壺（戶吳切）	6639	欙（乙獻切）
6576	夰（古拜切）	6608	壹（於云切）	6640	虆（平祕切）
6577	砒（火戒切）	6609	壹（於悉切）	6641	夫（甫無切）
6578	甯（房密切）	6610	懿（乙冀切）	6642	規（居隨切）
6579	奄（常倫切）	6611	夲（尼輒切）	6643	扶（薄旱切）
6580	契（苦計切）	6612	睪（羊益切）	6644	立（力入切）
6581	夷（以脂切）	6613	執（之入切）	6645	埭（力至切）
6582	亦（羊益切）	6614	圉（魚舉切）	6646	埤（丁罪切）
6583	夾（失冄切）	6615	盩（張流切）	6647	端（多官切）
6584	矢（阻力切）	6616	報（博号切）	6648	竱（旨兗切）
6585	奊（古屑切）	6617	籬（居六切）	6649	竦（息拱切）
6586	夑（胡結切）	6618	奢（式車切）	6650	竫（疾郢切）
6587	吳（五乎切）	6619	奲（丁可切）	6651	靖（疾郢切）
6588	夭（於兆切）	6620	亢（古郎切）	6652	竢（牀史切）
6589	喬（巨嬌切）	6621	頏（岡朗切又胡朗切）	6653	竘（丘羽切）
6590	夵（胡耿切）	6622	夲（土刀切）	6654	竱（火壘切）
6591	奔（博昆切）	6623	奏（呼骨切）	6655	竭（渠列切）
6592	交（古爻切）	6624	暴（薄報切）	6656	頞（相俞切）
6593	夓（羽非切）	6625	靴（余準切）	6657	羸（力臥切）
6594	絞（古巧切）	6626	奏（則候切）	6658	竣（七倫切）
6595	尢（烏光切）	6627	皋（古勞切）	6659	埭（房六切）
6596	尳（戶骨切）	6628	夰（古老切）	6660	踖（七雀切）
6597	尳（布火切）	6629	夰（九遇切）	6661	竤（傍下切）
6598	尵（則箇切）	6630	奡（五到切）	6662	竲（七耕切）
6599	尭（弋笑切）	6631	昦（胡老切）	6663	竝（蒲迥切）
6600	尴（古咸切）	6632	奰（具往切）	6664	暜（他計切）
6601	尲（公八切又古拜切）	6633	亣（他達切）	6665	囟（息進切）
6602	尥（力弔切）	6634	奕（羊益切）	6666	巤（良涉切）
6603	尲（都兮切）	6635	奘（徂朗切）	6667	妣（房脂切）
6604	尰（戶圭切）	6636	臭（古老切）	6668	思（息茲切）
6605	尪（乙于切）	6637	奚（胡雞切）	6669	慮（良據切）
6606	尲（郎果切）	6638	奊（而沈切）	6670	心（息林切）

6671	息（相即切）	6703	瘱（於計切）	6735	悹（古玩切）
6672	情（疾盈切）	6704	恝（陟列切）	6736	憀（洛蕭切）
6673	性（息正切）	6705	悰（藏宗切）	6737	愙（苦各切）
6674	志（職吏切）	6706	恬（徒兼切）	6738	愯（息拱切）
6675	意（於記切）	6707	恢（苦回切）	6739	懼（其遇切）
6676	恉（職雉切）	6708	恭（俱容切）	6740	怙（侯古切）
6677	悳（多則切）	6709	憼（居影切）	6741	恃（時止切）
6678	應（於陵切）	6710	恕（商署切）	6742	憎（藏宗切）
6679	慎（時刃切）	6711	怡（與之切）	6743	悟（五故切）
6680	忠（陟弓切）	6712	慈（疾之切）	6744	憮（文甫切）
6681	慤（苦角切）	6713	忯（巨支切）	6745	悉（烏代切）
6682	懇（莫角切）	6714	憼（移爾切）	6746	惰（私呂切）
6683	快（苦夬切）	6715	恮（此緣切）	6747	慰（於胃切）
6684	愷（苦亥切）	6716	恩（烏痕切）	6748	憖（此芮切）
6685	愜（苦叶切）	6717	憝（特計切）	6749	懤（直由切）
6686	念（奴店切）	6718	愁（魚覲切）	6750	怞（直又切）
6687	忞（甫無切）	6719	㥣（苦謁切）	6751	惏（亡甫切）
6688	憲（許建切）	6720	悈（古拜切）	6752	忞（武巾切）
6689	懲（直陵切）	6721	愇（於靳切）	6753	慔（莫故切）
6690	戁（女版切）	6722	慶（丘竟切）	6754	怋（弥珍切）
6691	忻（許斤切）	6723	愃（況晚切）	6755	愩（余制切）
6692	懂（直隴切）	6724	愻（蘇困切）	6756	懋（莫候切）
6693	惲（於粉切）	6725	㥶（先則切）	6757	慕（莫故切）
6694	惇（都昆切）	6726	恂（相倫切）	6758	悛（此緣切）
6695	忼（苦浪切）	6727	忱（氏任切）	6759	悷（他骨切）
6696	慨（古溉切）	6728	惟（以追切）	6760	懇（余呂切）
6697	悃（苦本切）	6729	懷（戶乖切）	6761	慆（土刀切）
6698	愊（芳逼切）	6730	惀（盧昆切）	6762	懕（於鹽切）
6699	愿（魚怨切）	6731	想（息兩切）	6763	憺（徒敢切）
6700	慧（胡桂切）	6732	愻（徐醉切）	6764	怕（匹白切又葩亞切）
6701	憭（力小切）	6733	憒（許六切）	6765	恤（辛聿切）
6702	恔（下交切又古了切）	6734	意（於力切）	6766	忏（古寒切）

6767	懽（古玩切）	6798	悍（侯旰切）	6829	惑（胡國切）
6768	愑（嘵俱切）	6799	態（他代切）	6830	惽（呼昆切）
6769	怒（奴歷切）	6800	怪（古壞切）	6831	恘（女交切）
6770	㦦（其虐切）	6801	㥪（徒朗切）	6832	惷（尺允切）
6771	憸（息廉切）	6802	慢（謀晏切）	6833	惛（呼昆切）
6772	憩（去例切）	6803	怠（徒亥切）	6834	忥（許旣切）
6773	憌（千短切）	6804	懈（古隘切）	6835	憓（于歲切）
6774	思（息廉切）	6805	憜（徒果切）	6836	憒（胡對切）
6775	急（居立切）	6806	懲（息拱切）	6837	忌（渠記切）
6776	辨（方沔切）	6807	怫（符弗切）	6838	忿（敷粉切）
6777	㥀（己力切）	6808	㤝（呼介切）	6839	悁（於緣切）
6778	懁（古縣切）	6809	忽（呼骨切）	6840	憦（郎尸切）
6779	悭（胡頂切）	6810	忘（武方切）	6841	恚（於避切）
6780	慈（胡田切）	6811	㦃（母官切）〔註54〕	6842	怨（於願切）
6781	慓（敷沼切）	6812	恣（資四切）	6843	怒（乃故切）
6782	懦（人朱切）	6813	惕（徒朗切）	6844	懟（徒對切）
6783	恁（如甚切）	6814	憧（尺容切）	6845	慍（於問切）
6784	忕（他得切）	6815	悝（苦回切）	6846	惡（烏各切）
6785	怚（子去切）	6816	憰（古穴切）	6847	憎（作滕切）
6786	悒（於汲切）	6817	懬（居況切）	6848	怖（蒲昧切）
6787	悆（羊茹切）	6818	怳（許往切）	6849	忍（魚旣切）
6788	忒（他得切）	6819	恑（過委切）	6850	㤟（戶佳切）
6789	憪（戶閒切）	6820	懮（戶圭切）	6851	恨（胡艮切）
6790	愉（羊朱切）	6821	悸（其季切）	6852	懟（大淚切）〔註55〕
6791	懱（莫結切）	6822	憿（古堯切）	6853	悔（荒內切）
6792	愚（麌俱切）	6823	愙（古活切）	6854	恎（充世切）
6793	戀（陟絳切）	6824	忨（五換切）	6855	快（於亮切）
6794	㤗（倉宰切）	6825	惏（盧含切）	6856	懑（莫困切）
6795	憃（丑江切）	6826	㦗（武亘切）	6857	憤（房吻切）
6796	懝（五漑切）	6827	惄（去虔切）	6858	悶（莫困切）
6797	忮（之義切）	6828	慊（戶兼切）	6859	惆（敕鳩切）

〔註54〕陳本毌官切，朱本母官切，今從朱本。
〔註55〕陳本丈淚切，朱本大淚切，今從朱本。

6860	悵（丑亮切）	6890	愁（士尤切）	6920	恥（敕里切）
6861	憠（許旣切）	6891	愵（奴歷切）	6921	悿（他典切）
6862	懆（七早切）	6892	恜（苦感切）	6922	忝（他點切）
6863	愴（初亮切）	6893	悠（以周切）	6923	慙（昨甘切）
6864	怛（得案切又當割切）	6894	悴（秦醉切）	6924	恧（女六切）
6865	憯（七感切）	6895	恩（胡困切）	6925	怍（在各切）
6866	慘（七感切）	6896	悷（力至切）	6926	憐（落賢切）
6867	悽（七稽切）	6897	忓（況于切）	6927	㦝（力延切）
6868	恫（他紅切）	6898	忡（敕中切）	6928	忍（而軫切）
6869	悲（府眉切）	6899	悄（親小切）	6929	愢（弥兗切）
6870	惻（初力切）	6900	慽（倉歷切）	6930	忢（魚肺切）
6871	惜（思積切）	6901	憂（於求切）	6931	懲（直陵切）
6872	愍（眉殞切）	6902	患（胡丱切）	6932	憬（俱永切）
6873	慇（於巾切）	6903	恇（去王切）	6933	慂（蜀容切）
6874	慂（於豈切）	6904	恷（苦叶切）	6934	俳（敷尾切）
6875	簡（古限切）	6905	懾（之涉切）	6935	怩（女夷切）
6876	慅（穌遭切）	6906	憚（徒案切）	6936	𢙣（尺詹切）
6877	感（古禫切）	6907	悼（徒到切）	6937	懘（尺制切）
6878	忧（于救切）	6908	恐（丘隴切）	6938	懇（康很切）[註56]
6879	怠（其久切）	6909	慴（之涉切）	6939	忖（倉本切）
6880	惲（王分切）	6910	怵（丑律切）	6940	怊（敕宵切）
6881	怮（於虯切）	6911	惕（他歷切）	6941	慟（徒弄切）
6882	价（五介切）	6912	恐（戶工切又工恐切）	6942	惹（人者切）
6883	恙（余亮切）	6913	恔（胡毚切）	6943	恰（苦狹切）
6884	惴（之瑞切）	6914	惶（胡光切）	6944	悌（特計切）
6885	愻（常倫切）	6915	怖（普故切）	6945	懌（羊益切）
6886	恆（兵永切）	6916	慹（之入切）	6946	惢（才規才累二切）
6887	惔（徒甘切）	6917	憩（苦計切）	6947	繠（如壘切）
6888	憿（陟劣切）	6918	悑（蒲拜切）		
6889	愓（式亮切）	6919	惎（渠記切）		

〔註56〕陳本康恨切，朱本康很切，今從朱本。

說文解字第十一上

編號	大徐本說文字頭	編號	大徐本說文字頭	編號	大徐本說文字頭
6948	水（式軌切）	6978	澇（魯刀切）	7008	潭（徒含切）
6949	汃（府巾切）	6979	漆（親吉切）	7009	油（以周切）
6950	河（乎哥切）	6980	滻（所簡切）	7010	潩（莫蟹切）
6951	泑（於糾切）	6981	洛（盧各切）	7011	滇（陟盈切）
6952	涷（德紅切）	6982	淯（余六切）	7012	溜（力救切）
6953	涪（縛牟切）	6983	汝（人渚切）	7013	瀷（與職切）
6954	潼（徒紅切）	6984	潕（与職切）	7014	潕（文甫切）
6955	江（古雙切）	6985	汾（符分切）	7015	激（五勞切）
6956	沱（徒何切）	6986	澮（古外切）	7016	灈（七吝切）
6957	浙（旨熱切）	6987	沁（七鴆切）	7017	淮（戶乖切）
6958	涐（五何切）	6988	沾（他兼切）	7018	潕（直几切）
6959	湔（子仙切）	6989	潞（洛故切）	7019	澧（盧啟切）
6960	沫（莫割切）	6990	漳（諸良切）	7020	湓（王分切）
6961	溫（烏魂切）	6991	淇（渠之切）	7021	湃（匹備切又匹制切）
6962	灅（昨鹽切）	6992	蕩（徒朗切）	7022	澺（於力切）
6963	沮（子余切）	6993	沇（以轉切）	7023	洎（穌計切）
6964	滇（都年切）	6994	泲（子礼切）	7024	灈（其俱切）
6965	涂（同都切）	6995	溈（過委切）	7025	潁（余頃切）
6966	沅（愚袁切）	6996	溠（側駕切）	7026	洧（榮美切）
6967	淹（英廉切）	6997	汪（去王切）	7027	灝（於謹切）
6968	溺（而灼切）	6998	潓（胡計切）	7028	渦（古禾切）
6969	洮（土刀切）	6999	灌（古玩切）	7029	泄（余制切）
6970	涇（古靈切）	7000	漸（慈冉切）	7030	汳（皮變切）
6971	渭（云貴切）	7001	泠（郎丁切）	7031	潧（側詵切）
6972	漾（余亮切）	7002	潩（匹卦切）	7032	淩（力膺切）
6973	漢（呼旰切）	7003	溧（力質切）	7033	濮（博木切）
6974	浪（來宕切）	7004	湘（息良切）	7034	濼（盧谷切）
6975	沔（彌兗切）	7005	汨（莫狄切）	7035	漷（苦郭切）
6976	湟（乎光切）	7006	溱（側詵切）	7036	淨（士耕切又才性切）
6977	汧（苦堅切）	7007	深（式針切）	7037	濕（他合切）

7038	泡（匹交切）	7069	泒（古胡切）	7100	洚（戶工切又下江切）
7039	菏（古俄切）	7070	漊（苦候切）	7101	衍（以淺切）
7040	泗（息利切）	7071	淶（洛哀切）	7102	淖（直遙切）
7041	洹（羽元切）	7072	泥（奴低切）	7103	濞（弋刃切）
7042	灉（於容切）	7073	湳（乃感切）	7104	滔（土刀切）
7043	澶（市連切）	7074	馮（乙乾切）	7105	涓（古玄切）
7044	洙（市朱切）	7075	湹（土禾切）	7106	混（胡本切）
7045	沭（食聿切）	7076	灖（以諸切）	7107	漾（徒朗切）
7046	沂（魚衣切）	7077	洵（相倫切）	7108	漦（俟甾切）
7047	洋（似羊切）	7078	洺（始夜切）	7109	汭（而銳切）
7048	濁（直角切）	7079	汧（乃見切）	7110	灂（子叔切）
7049	溉（古代切）	7080	湆（恥力切）	7111	演（以淺切）
7050	灘（以追切）	7081	淁（七接切）	7112	渙（呼貫切）
7051	浯（五乎切）	7082	涺（九魚切）	7113	泌（兵媚切）
7052	汶（亡運切）	7083	濼（其冀切）	7114	活（古活切）
7053	治（直之切）	7084	沋（羽求切）	7115	湝（古諧切）
7054	寖（子鴆切）	7085	洇（於眞切）	7116	泫（胡畎切）
7055	潤（嚅俱切）	7086	淉（古火切）	7117	淲（皮彪切）
7056	灖（息移切）	7087	湨（穌果切）	7118	淢（于逼切）[註57]
7057	渚（章与切）	7088	瀧（莫江切）	7119	瀏（力久切）
7058	浹（下交切）	7089	泑（乃后切）	7120	濊（呼括切）
7059	濟（子礼切）	7090	汷（職戎切）	7121	滂（普郎切）
7060	泜（直尼切）	7091	洦（匹白切）	7122	洸（烏光切）
7061	濡（人朱切）	7092	汗（倉先切）	7123	漻（洛蕭切）
7062	灅（力軌切）	7093	澌（詳里切）	7124	泚（千礼切）
7063	沽（古胡切）	7094	瀣（胡買切）	7125	況（許訪切）
7064	沛（普蓋切）	7095	漠（慕各切）	7126	沖（直弓切）
7065	浿（普拜切）	7096	海（呼改切）	7127	汎（孚梵切）
7066	灢（戶乖切）	7097	溥（滂古切）	7128	沄（王分切）
7067	灅（力追切）	7098	瀾（乙感切）	7129	浩（胡老切）
7068	渣（側加切）	7099	洪（戶工切）	7130	沆（胡朗切）

〔註57〕陳本子逼切，朱本于逼切，今從朱本。

7131	泬（呼穴切）	7160	渾（戶昆切）	7189	潰（胡對切）
7132	濞（匹備切）	7161	洌（良辥切）	7190	沴（郎計切）
7133	灂（士角切）	7162	淑（殊六切）	7191	淺（七衍切）
7134	瀥（許及切）	7163	溶（余隴切又音容）	7192	洔（直里切）
7135	滕（徒登切）	7164	澂（直陵切）	7193	渻（息井切）〔註 58〕
7136	潏（古穴切）	7165	清（七情切）	7194	淖（奴教切）
7137	洸（古黃切）	7166	湜（常職切）	7195	濢（遵誄切）
7138	波（博禾切）	7167	潣（眉殞切）	7196	溽（而蜀切）
7139	澐（王分切）	7168	滲（所禁切）	7197	涅（奴結切）
7140	瀾（洛干切）	7169	瀢（羽非切）	7198	滋（子之切）
7141	淪（力迍切）	7170	溷（胡困切）	7199	滑（呼骨切）
7142	漂（匹消切又匹妙切）	7171	淈（古忽切）	7200	浥（於及切）
7143	浮（縛牟切）	7172	淀（似沿切）	7201	沙（所加切）
7144	濫（盧瞰切）	7173	漼（七罪切）	7202	瀨（洛帶切）
7145	氾（孚梵切）	7174	淵（烏玄切）	7203	濆（符分切）
7146	泓（烏宏切）	7175	濔（奴礼切）	7204	涘（牀史切）
7147	湋（羽非切）	7176	澹（徒濫切）	7205	汻（呼古切）
7148	測（初側切）	7177	潯（徐林切）	7206	氿（居洧切）
7149	湍（他耑切）	7178	泙（符兵切）	7207	漘（常倫切）
7150	淙（藏宗切）	7179	泏（竹律切又口兀切）	7208	浦（滂古切）
7151	激（古歷切）	7180	瀳（在甸切）	7209	沚（諸市切）
7152	洞（徒弄切）	7181	澌（竹隻切）	7210	沸（分勿切又方未切）
7153	瀌（孚袁切）	7182	滿（莫旱切）	7211	潀（徂紅切）
7154	洶（許拱切）	7183	滑（戶八切）	7212	派（匹賣切）
7155	涌（余隴切）	7184	濇（色立切）	7213	汜（詳里切）
7156	湁（丑入切）	7185	澤（丈伯切）	7214	湀（求癸切）
7157	涳（苦江切又哭工切）	7186	淫（余箴切）	7215	濘（乃定切）
7158	汋（市若切）	7187	瀸（子廉切）	7216	滎（戶扃切）
7159	瀱（居例切）	7188	泆（夷質切）	7217	洼（一佳切又於瓜切）

〔註 58〕陳本息幷切，段本息井切，今從段本。

7218	窐（一穎切又屋瓜切）	7246	渡（徒故切）	7274	涿（竹角切）
7219	潢（乎光切）	7247	沿（与專切）	7275	瀧（刀公切）
7220	沼（之少切）	7248	溯（桑故切）	7276	漇（奴帶切）
7221	湖（戶吳切）	7249	洄（戶灰切）	7277	滈（乎老切）
7222	汥（章移切）	7250	泳（為命切）	7278	漊（力主切）
7223	洫（況逼切）	7251	潛（昨鹽切）	7279	溦（無非切）
7224	溝（古矦切）	7252	淦（古暗切）	7280	濛（莫紅切）
7225	瀆（徒谷切）	7253	泛（孚梵切）	7281	沈（直深切又尸甚切）
7226	渠（彊魚切）	7254	汓（似由切）	7282	沬（作代切）
7227	瀶（力尋切）	7255	砅（力制切）	7283	滃（胡感切）
7228	湄（武悲切）	7256	湊（倉奏切）	7284	涵（胡男切）
7229	洐（戶庚切）	7257	湛（宅減切）	7285	澤（人庶切）
7230	澗（古莧切）〔註59〕	7258	湮（於眞切）	7286	瀀（於求切）
7231	澳（於六切）	7259	休（奴歷切）	7287	澬（鉏簪切）
7232	隩（胡角切）	7260	漫（莫勃切）	7288	漬（前智切）
7233	灘（呼旰切又他干切）	7261	渨（烏恢切）	7289	漚（烏候切）
7234	汕（所晏切）	7262	滃（烏孔切）	7290	浞（士角切）
7235	決（古穴切）	7263	洸（於良切）	7291	渥（於角切）
7236	灓（洛官切）	7264	淒（七稽切）	7292	淊（口角切又公沃切）
7237	滴（都歷切）	7265	潿（衣檢切）	7293	洽（矦夾切）
7238	注（之戍切）	7266	溟（莫經切）	7294	濃（女容切）
7239	渷（烏鵠切）	7267	湅（所責切）	7295	瀌（甫嬌切）
7240	澅（所責切）	7268	瀑（平到切）	7296	溓（力鹽切）
7241	潗（時制切）	7269	澍（常句切）	7297	泐（盧則切）
7242	津（將鄰切）	7270	浥（姊入切）	7298	滯（直例切）
7243	溯（皮冰切）	7271	濱（才私切又卽夷切）	7299	泜（直尼切）
7244	橫（戶孟切）	7272	潦（盧皓切）	7300	灝（古伯切）
7245	泭（芳無切）	7273	濩（胡郭切）	7301	漸（息移切）

〔註59〕陳本古莧切，朱本古莧切，今從朱本。

7302	汽（許訖切）	7331	汰（代何切又徒蓋切）	7361	溢（夷質切）
7303	涸（下各切）	7332	湕（古限切）	7362	洒（先禮切）
7304	消（相幺切）	7333	淅（先擊切）	7363	滌（徒歷切）〔註60〕
7305	潐（子肖切）	7335	浚（疏有切）	7364	濈（阻立切）
7306	渴（苦葛切）	7336	浚（私閏切）	7365	潘（昌枕切）
7307	漮（苦岡切）	7337	瀝（郎擊切）	7366	泗（縣婢切）
7308	淫（失入切）	7338	漉（盧谷切）	7367	潭（衫洽切又先活切）
7309	湝（去急切）	7339	潘（普官切）	7368	漱（所右切）
7310	洿（哀都切）	7340	灡（洛干切）	7369	洄（戶裴切）
7311	浼（武辠切）	7341	泔（古三切）	7370	滄（七岡切）
7312	汙（烏故切）	7342	潃（息流切又思酒切）	7371	凔（七定切）
7313	湫（子了切又卽由切）	7343	澱（堂練切）	7372	淬（七內切）
7314	潤（如順切）	7344	淤（依據切）	7373	沐（莫卜切）
7315	準（之允切）	7345	滓（阻史切）	7374	沫（荒內切）
7316	汀（他丁切）	7346	淰（乃忝切）	7375	浴（余蜀切）
7317	沑（人九切）	7347	瀹（以灼切）	7376	澡（子晧切）
7318	瀵（方問切）	7348	濆（子小切）	7377	洗（穌典切）
7319	澤（七辠切）	7349	漀（去挺切）	7378	汲（居立切）
7320	瀞（疾正切）	7350	湑（私呂切）	7379	潯（常倫切）
7321	瀎（莫達切）	7351	湎（彌兗切）	7380	淋（力尋切）
7322	泧（火活切）	7352	醱（卽良切）	7381	潎（私列切）
7323	洎（其冀切）	7353	涼（呂張切）	7382	澣（胡玩切）
7324	湯（土郎切）	7354	淡（徒敢切）	7383	濯（直角切）
7325	澳（乃管切）	7355	涽（他昆切）	7384	涑（速矦切）
7326	洝（烏旰切）	7356	澆（古堯切）	7385	潵（匹蔽切）
7327	洏（如之切）	7357	液（羊益切）	7386	灉（亡江切）
7328	涗（輸芮切）	7358	汁（之入切）	7387	灑（山豉切）
7329	涫（古丸切）	7359	渮（古俄切）	7388	汛（息晉切）
7330	渣（徒合切）	7360	灝（乎老切）	7389	染（而琰切）

〔註60〕陳本徒歷切，朱本徒歷切，今從朱本。

7390	泰（他蓋切）	7405	漕（在到切）	7420	滁（直魚切）
7391	灛（余廉切）	7406	泮（普半切）	7421	洺（武并切）
7392	瀸（則旰切）	7407	漏（盧后切）	7422	潺（昨閑切）
7393	漱（士尤切）	7408	瀕（呼孔切）	7423	湲（王權切）
7394	湩（多貢切）	7409	萍（薄經切）	7424	濤（徒刀切）
7395	湙（他計切）	7410	瀎（呼會切）	7425	潊（徐呂切）
7396	潸（所姦切）	7411	汨（于筆切）	7426	港（古項切）
7397	汗（矦旰切）	7412	瀼（汝羊切）	7427	瀦（陟魚切）
7398	泣（去急切）	7413	溥（度官切）	7428	瀰（武移切）
7399	涕（他禮切）	7414	汍（胡官切）	7429	淼（亡沼切）
7400	湅（郎甸切）	7415	泯（武盡切）	7430	潔（古屑切）
7401	灂（魚列切）	7416	瀣（胡介切）	7431	浹（子協切）
7402	渝（羊朱切）	7417	瀘（洛乎切）	7432	溘（口荅切）
7403	減（古斬切）	7418	瀟（相邀切）	7433	潠（穌困切）
7404	滅（亡列切）	7419	瀛（以成切）	7434	涯（魚羈切）

說文解字第十一下

編號	大徐本說文字頭	編號	大徐本說文字頭	編號	大徐本說文字頭
7435	冰（之壘切）	7450	巛（祖才切）	7465	繆（洛蕭切）
7436	淋（力求切）	7451	侃（空旱切）	7466	巃（盧紅切）
7437	湬（時攝切）	7452	州（職流切）	7467	峪（戶萌切）
7438	瀕（符眞切）	7453	泉（疾緣切）	7468	睿（私閏切）
7439	顰（符眞切）	7454	灥（符萬切）	7469	豂（倉絢切）
7440	く（姑泫切）	7455	蟲（詳遵切）	7470	仌（筆陵切）
7441	巜（古外切）	7456	驫（愚袁切）	7471	冰（魚陵切）
7442	粼（力珍切）	7457	永（于憬切）	7472	癃（力稔切）
7443	川（昌緣切）	7458	羕（余亮切）	7473	清（七正切）
7444	巠（古靈切）	7459	辰（匹卦切）	7474	凍（多貢切）
7445	冘（呼光切）	7460	衇（莫獲切）	7475	滕（力膺切）
7446	惑（于逼切）	7461	覛（莫狄切）	7476	澌（息移切）
7447	忎（于筆切）	7462	谷（古祿切）	7477	凋（都僚切）
7448	岁（良辥切）	7463	谿（苦兮切）	7478	冬（都宗切）
7449	邕（於容切）	7464	豂（呼括切）	7479	冶（羊者切）

7480	滄（初亮切）	7513	霣（王矩切）	7546	鱒（慈損切）
7481	冷（魯打切）	7514	霙（子廉切）	7547	鰲（力珍切）
7482	涵（胡男切）	7515	霑（張廉切）	7548	鰫（余封切）
7483	滭（卑吉切）	7516	霠（而琰切）	7549	鰖（相居切）
7484	泼（分勿切）	7517	霤（力救切）	7550	鮪（榮美切）
7485	溧（力質切）	7518	扁（盧后切）	7551	鮔（古恆切）
7486	瀨（洛帶切）	7519	霏（匹各切）	7552	鯍（武登切）
7487	雨（王矩切）	7520	霽（子計切）	7553	鮥（盧各切）
7488	靁（魯回切）	7521	霎（七稽切）	7554	鯀（古本切）
7489	霣（于敏切）	7522	霩（苦郭切）	7555	鰥（古頑切）
7490	霆（特丁切）	7523	露（洛故切）	7556	鯉（良止切）
7491	雪（丈甲切）	7524	霜（所莊切）	7557	鱣（張連切）
7492	電（堂練切）	7525	霚（亡遇切）	7558	鱄（旨兖切）
7493	震（章刃切）	7526	霾（莫皆切）	7559	鮦（直隴切）
7494	雪（相絕切）	7527	霿（莫弄切）	7560	鱶（盧啟切）
7495	霄（相邀切）	7528	霓（五雞切）	7561	鰒（洛侯切）
7496	霰（穌甸切）	7529	霸（都念切）	7562	鰜（古甛切）
7497	雹（蒲角切）	7530	雩（羽俱切）	7563	鯈（直由切）
7498	霝（郎丁切）	7531	需（相俞切）	7564	鮔（天口切）
7499	零（盧各切）	7532	霸（王矩切）	7565	鯾（房連切）
7500	零（郎丁切）	7533	霞（胡加切）	7566	魴（符方切）
7501	霹（息移切）	7534	霏（芳非切）	7567	鱮（徐呂切）
7502	霢（莫獲切）	7535	霎（山洽切）	7568	鰱（力延切）
7503	霂（莫卜切）	7536	霸（徒對切）	7569	鮍（敷羈切）
7504	霰（素官切）	7537	靄（於蓋切）	7570	鰍（於糾切）
7505	霙（子廉切）	7538	雲（王分切）	7571	鮒（符遇切）
7506	霢（職戎切）	7539	霒（於今切）	7572	鯉（仇成切）
7507	霃（直深切）	7540	魚（語居切）	7573	鰿（資昔切）
7508	霝（力鹽切）	7541	鰖（徒果切）	7574	鱺（郎兮切）
7509	霮（胡男切）	7542	鮞（如之切）	7575	鰻（母官切）
7510	霖（力尋切）	7543	魼（去魚切）	7576	鱯（胡化切）
7511	霂（銀箴切）	7544	鰯（奴荅切）	7577	魾（敷悲切）
7512	霣（即夷切）	7545	鰨（土盍切）	7578	鱧（盧啟切）

7579	鮇（胡瓦切）	7610	鱅（蜀容切）	7641	魞（呼跨切）
7580	鱨（市羊切）	7611	鰂（昨則切）	7642	蠡（相然切）
7581	鱏（余箴切）	7612	鮐（徒哀切）	7643	鰈（土盍切）
7582	鯢（五雞切）	7613	鮊（旁陌切）	7644	魮（房脂切）
7583	鰼（似入切）	7614	鰒（蒲角切）	7645	鰩（余招切）
7584	鰌（七由切）	7615	鮫（古肴切）	7646	魚（語居切）
7585	鯇（戶版切）	7616	鱷（渠京切）	7647	㵼（語居切）
7586	魠（他各切）	7617	鯁（古杏切）	7648	燕（於甸切）
7587	鮆（徂礼切）	7618	鱗（力珍切）	7649	龍（力鍾切）
7588	鮀（徒何切）	7619	鯹（桑經切）	7650	龗（郎丁切）
7589	鮎（奴兼切）	7620	鱢（穌遭切）	7651	龕（口含切）
7590	鰋（於幰切）	7621	鮨（旨夷切）	7652	龏（古賢切）
7591	鯷（杜兮切）	7622	鮺（側下切）	7653	龖（徒合切）
7592	鰻（洛帶切）	7623	魿（徂慘切）	7654	飛（甫微切）
7593	鱣（鉏箴切）	7624	鮑（薄巧切）	7655	䬙（與職切）
7594	鰝（烏紅切）	7625	魿（郎丁切）	7656	非（甫微切）
7595	鮯（戶賺切）〔註61〕	7626	鰕（乎加切）	7657	䏲（非尾切）
7596	鱖（居衞切）	7627	鰝（胡到切）	7658	靡（文彼切）
7597	鯫（士垢切）	7628	鰷（其久切）	7659	靠（苦到切）
7598	鱓（常演切）	7629	魧（古郎切）	7660	陸（邊兮切）
7599	鮸（亡辨切）	7630	魬（兵永切）	7661	卂（息晉切）
7600	魵（符分切）	7631	鮚（巨乙切）	7662	熒（渠營切）
7601	鱸（郎古切）	7632	魮（毗必切）		
7602	鰸（豈俱切）	7633	鱷（九遇切）		
7603	鰶（七接切）	7634	鰕（乎鉤切）		
7604	鮅（博蓋切）	7635	鯛（都僚切）		
7605	鞠（居六切）	7636	鯠（都教切）		
7606	鯊（所加切）	7637	魾（北末切）		
7607	鰈（盧谷切）	7638	魥（甫無切）		
7608	鮮（相然切）	7639	䲛（渠之切）		
7609	鱅（魚容切）	7640	鮡（治小切）		

〔註61〕陳本尸賺切，朱本戶賺切，今從朱本。

說文解字第十二上

編號	大徐本說文字頭	編號	大徐本說文字頭	編號	大徐本說文字頭
7663	乙（烏轄切）	7694	闈（羽非切）	7725	關（旨沇切）
7664	孔（康董切）	7695	閻（余廉切）	7726	闔（乙鎋切）
7665	乳（而主切）	7696	閍（戶萌切）	7727	闖（許亮切）
7666	不（方久切）	7697	閨（古攜切）	7728	闌（洛干切）
7667	否（方久切）	7698	閤（古沓切）	7729	閑（戶閒切）
7668	至（脂利切）	7699	闥（徒盍切）	7730	閉（博計切）
7669	到（都悼切）	7700	閈（侯旰切）	7731	閡（五溉切）
7670	臻（側詵切）	7701	閭（力居切）	7732	闇（烏紺切）
7671	鑋（丑利切）	7702	閣（余廉切）	7733	關（古還切）
7672	臺（徒哀切）	7703	闠（胡對切）	7734	闟（以灼切）
7673	銍（人質切）	7704	闉（於眞切）	7735	闅（待季切）
7674	西（先稽切）	7705	閜（當孤切）	7736	闛（徒郎切）
7675	垔（戶圭切）	7706	闕（去月切）	7737	閻（英廉切）
7676	鹵（郎古切）	7707	開（皮變切）	7738	閽（呼昆切）
7677	鹻（昨河切）	7708	閌（胡介切）	7739	闐（去陸切）
7678	鹹（胡毚切）	7709	闠（胡臘切）	7740	闤（洛干切）
7679	鹽（余廉切）	7710	闌（魚剡切）	7741	丙（直刃切）
7680	鹽（公戶切）	7711	闢（于逼切）	7742	閃（失冉切）
7681	鹼（魚欠切）	7712	閨（來宕切）	7743	閱（弋雪切）
7682	戶（矦古切）	7713	闢（房益切）	7744	闋（傾雪切）
7683	扉（甫微切）	7714	闖（韋委切）	7745	闞（苦濫切）
7684	扇（式戰切）	7715	闡（昌善切）	7746	闊（苦括切）
7685	房（符方切）	7716	開（苦哀切）	7747	閔（眉殞切）
7686	戾（徒蓋切）	7717	闓（苦亥切）	7748	闖（丑禁切）
7687	启（於革切）	7718	閜（火下切）	7749	闗（戶關切）
7688	庫（治矯切）	7719	閘（烏甲切）	7750	闥（他達切）
7689	戹（於豈切）	7720	閟（兵媚切）	7751	閬（苦浪切）
7690	屋（口盍切）	7721	閣（古洛切）	7752	閥（房越切）
7691	扃（古熒切）	7722	閑（古閑切）	7753	闚（苦昊切）
7692	門（莫奔切）	7723	阿（烏可切）	7754	耳（而止切）
7693	閶（尺量切）	7724	閼（烏割切）	7755	耴（陟葉切）

7756	聑（丁兼切）	7787	臣（與之切）	7818	持（直之切）
7757	耽（丁含切）	7788	卧（牀史切）	7819	挈（苦結切）
7758	聃（他甘切）	7789	手（書九切）	7820	拑（巨淹切）
7759	聸（都甘切）	7790	掌（諸兩切）	7821	揲（食折切）〔註62〕
7760	耿（古杏切）	7791	拇（莫厚切）	7822	摯（脂利切）
7761	聯（力延切）	7792	指（職雉切）	7823	操（七刀切）
7762	聊（洛蕭切）	7793	拳（巨員切）	7824	攈（居玉切）
7763	聖（式正切）	7794	掔（烏貫切）	7825	捡（巨今切）
7764	聰（倉紅切）	7795	攕（所咸切）	7826	搏（補各切）
7765	聽（他定切）	7796	掣（所角切）	7827	據（居御切）
7766	聆（郎丁切）	7797	摳（口矦切）	7828	攝（書涉切）
7767	職（之弋切）	7798	攘（去虔切）	7829	捈（他含切）
7768	聒（古活切）	7799	擪（於計切）	7830	拓（普胡切）
7769	聥（王矩切）	7800	揖（伊入切）	7831	挾（胡頰切）
7770	聲（書盈切）	7801	攘（汝羊切）	7832	捫（莫奔切）
7771	聞（無分切）	7802	拱（居竦切）	7833	擥（盧敢切）
7772	聘（匹正切）	7803	撿（良冉切）	7834	攝（良涉切）
7773	聾（盧紅切）〔註63〕	7804	捧（博怪切）	7835	握（於角切）
7774	聳（息拱切）	7805	捾（烏括切）	7836	揮（徒旱切）
7775	聅（作亥切）	7806	搯（土刀切）	7837	把（搏下切）
7776	聵（五怪切）	7807	挈（居竦切）	7838	搹（於革切）
7777	聉（五滑切）	7808	推（他回切）	7839	挐（女加切）
7778	膭（五滑切）	7809	捘（子寸切）	7840	攜（戶圭切）
7779	联（恥列切）	7810	排（步皆切）	7841	提（杜兮切）
7780	聝（古獲切）	7811	擠（子計切）	7842	抳（丁悷切）
7781	聅（魚厥切）	7812	抵（丁礼切）	7843	拈（奴兼切）
7782	麿（亡彼切）	7813	摧（昨回切）	7844	摛（丑知切）
7783	聄（巨今切）	7814	拉（盧合切）	7845	捨（書冶切）
7784	聑（丁帖切）	7815	挫（則臥切）	7846	擪（於協切）
7785	聶（尼輒切）	7816	扶（防無切）	7847	按（烏旰切）
7786	聱（五交切）	7817	牂（七良切）	7848	控（苦貢切）

〔註62〕陳本今折切，朱本食折切，今從朱本。

〔註63〕陳本盧紅切，朱本盧紅切，今從朱本。

7849	揗（食尹切）	7881	招（止搖切）	7913	擳（直異切）
7850	掾（以絹切）	7882	撫（芳武切）	7914	揂（卽由切）
7851	掊（普百切）	7883	揗（武巾切）	7915	擖（苦閑切）
7852	拊（芳武切）	7884	揣（初委切）	7916	搒（敷容切）
7853	培（父溝切）	7885	扺（諸氏切）	7917	舉（以諸切）
7854	捋（郎括切）	7886	摜（古患切）	7918	揚（與章切）
7855	撩（洛蕭切）	7887	投（度矦切）	7919	舉（居許切）
7856	措（倉故切）	7888	擿（直隻切）	7920	掀（虛言切）
7857	插（楚洽切）	7889	搔（穌遭切）	7921	揭（去例切又基竭切）
7858	掄（盧昆切）	7890	扴（古黠切）	7922	抍（蒸上聲）
7859	擇（丈伯切）	7891	摽（符少切）	7923	振（章刃切）
7860	捉（側角切）	7892	挑（土凋切）	7924	扛（古雙切）
7861	搤（於革切）	7893	抉（於說切）	7925	扮（房吻切）
7862	挻（式連切）	7894	撓（奴巧切）	7926	撟（居少切）
7863	揃（卽淺切）	7895	擾（而沼切）	7927	捎（所交切）
7864	搣（亡列切）	7896	挶（居玉切）	7928	攤（於隴切）
7865	批（側氏切）	7897	据（九魚切）	7929	擩（而主切）
7866	抑（子力切）	7898	撠（口八切）	7930	揄（羊朱切）
7867	捽（昨沒切）	7899	摘（他歷切又竹戹切）	7931	搫（薄官切）
7868	撮（倉括切）	7900	搚（胡秸切）	7932	攪（一虢切）
7869	鞠（居六切）	7901	摯（昨甘切）	7933	抃（皮變切）
7870	撎（都計切）	7902	拹（虛業切）	7934	擅（時戰切）
7871	抙（步矦切）	7903	摺（之涉切）	7935	揆（求癸切）
7872	撿（衣檢切）	7904	擊（卽由切）	7936	擬（魚已切）
7873	授（殖酉切）	7905	摟（洛矦切）	7937	損（穌本切）
7874	承（署陵切）	7906	抎（于敏切）	7938	失（式質切）
7875	挌（章刃切）	7907	披（敷羈切）	7939	挩（他括切）
7876	撞（居燃切）	7908	摩（尺制切）	7940	撥（北末切）
7877	攮（多朗切）	7909	掌（前智切）	7941	挹（於汲切）
7878	接（子葉切）	7910	掉（徒弔切）	7942	抒（神與切）
7879	挬（普活切）	7911	搖（余招切）	7943	抯（側加切）
7880	揰（徒總切）	7912	搈（余隴切）	7944	攫（居縛切）

7945	扴（所臻切）	7977	扔（如乘切）	8009	挨（於駭切）
7946	拓（之石切）	7978	括（古活切）	8010	撲（蒲角切）
7947	攈（居運切）	7979	抲（虎何切）	8011	挈（苦弔切）
7948	拾（是執切）	7980	擘（博戹切）	8012	扚（都了切）
7949	掇（都括切）	7981	撝（許歸切）	8013	抶（丑栗切）〔註64〕
7950	擐（胡慣切）	7982	挬（呼麥切）	8014	抵（諸氏切）
7951	捆（古恆切）	7983	扐（盧則切）	8015	抰（於兩切）
7952	揂（所六切）	7984	技（渠綺切）	8016	捊（方苟切）
7953	捈（巨言切）	7985	摹（莫胡切）	8017	捭（北買切）
7954	援（雨元切）	7986	拙（職說切）	8018	捶（之壘切）
7955	播（敕鳩切）	7987	挿（徒合切）	8019	推（苦角切）
7956	擢（直角切）	7988	搏（度官切）	8020	撠（一敬切）
7957	拔（蒲八切）	7989	搰（戶骨切）	8021	拂（敷勿切）
7958	摳（烏黠切）	7990	拀（舉朱切）	8022	摼（口莖切）
7959	擣（都皓切）	7991	拮（古屑切）	8023	扰（竹甚切）
7960	攣（呂員切）	7992	搰（戶骨切）	8024	揮（許委切）
7961	挺（徒鼎切）	7993	掘（衢勿切）	8025	擊（古歷切）
7962	撌（九輦切）	7994	掩（衣檢切）	8026	扞（矦旰切）
7963	探（他含切）	7995	摡（古代切）	8027	抗（苦浪切）
7964	撢（他紺切）	7996	揖（相居切）	8028	捕（薄故切）
7965	捼（奴禾切）	7997	播（補過切）	8029	籍（士革切）
7966	撆（芳滅切）	7998	挃（陟栗切）	8030	撚（乃殄切）
7967	撼（胡感切）	7999	摯（陟利切）	8031	挂（古賣切）
7968	捌（尼革切）	8000	扤（五忽切）	8032	拕（託何切）
7969	掎（居綺切）	8001	捐（魚厥切）	8033	捈（同都切）
7970	揮（許歸切）	8002	摎（居求切）	8034	抴（余制切）
7971	摩（莫婆切）	8003	撻（他達切）	8035	搧（婢沔切）
7972	揥（匹齊切）	8004	捼（里甑切）	8036	撅（居月切）
7973	攪（古巧切）	8005	抨（普耕切）	8037	擄（洛乎切）
7974	揠（而隴切）	8006	捲（巨員切）	8038	挐（女加切）
7975	撞（宅江切）	8007	扱（楚洽切）	8039	搵（烏困切）
7976	捆（於眞切）	8008	操（子小切）	8040	榜（北孟切）

〔註64〕陳本勑栗切，朱本丑栗切，今從朱本。

編號	大徐本說文字頭	編號	大徐本說文字頭	編號	大徐本說文字頭
8041	挌（古覈切）	8051	搜（所鳩切）	8060	拗（於絞切）
8042	捀（居竦切）	8052	換（胡玩切）	8061	摑（沙劃切）
8043	揪（子夾切）	8053	掖（羊益切）	8062	捌（百轄切）
8044	捐（與專切）	8054	攨（胡化切）	8063	攤（他干切）
8045	掤（筆陵切）	8055	攙（楚銜切）	8064	拋（匹交切）
8046	扜（億俱切）	8056	揖（即刃切）	8065	摴（丑居切）
8047	摩（許為切）	8057	掠（離灼切）	8066	打（都挺切）
8048	捷（疾葉切）	8058	揢（苦洽切）	8067	巫（古懷切）
8049	扣（丘后切）	8059	捻（奴協切）	8068	脊（資昔切）
8050	掍（古本切）				

說文解字第十二下

編號	大徐本說文字頭	編號	大徐本說文字頭	編號	大徐本說文字頭
8069	女（尼呂切）	8089	妻（七稽切）	8109	娣（徒禮切）
8070	姓（息正切）	8090	婦（房九切）	8110	婿（云貴切）
8071	姜（居良切）	8091	妃（芳非切）	8111	媼（穌老切）
8072	姬（居之切）	8092	媲（匹計切）	8112	姪（徒結切）
8073	姞（巨乙切）	8093	妊（如甚切）	8113	姨（以脂切）
8074	嬴（以成切）	8094	娠（失人切）	8114	娿（烏何切）
8075	姚（余招切）	8095	孂（側鳩切）	8115	姆（莫后切）
8076	嬀（居為切）	8096	孂（芳萬切）	8116	媾（古候切）
8077	妘（王分切）	8097	嬰（烏雞切）	8117	姼（尺氏切）
8078	姺（所臻切）	8098	婗（五雞切）	8118	妭（蒲撥切）
8079	㜣（奴見切）	8099	母（莫后切）	8119	媞（胡雞切）
8080	妣（呼到切）	8100	嫗（衣遇切）	8120	婢（便俾切）
8081	媒（去其切）	8101	媼（烏皓切）	8121	奴（乃都切）
8082	妋（坼下切）	8102	姁（況羽切）	8122	㚤（與職切）
8083	媒（莫梧切）	8103	姐（茲也切）	8123	婥（昨先切）
8084	妁（市勺切）	8104	姑（古胡切）	8124	媧（古蛙切）
8085	嫁（古訝切）	8105	威（於非切）	8125	娀（息弓切）
8086	娶（七句切）	8106	妣（卑履切）	8126	娥（五何切）
8087	婚（呼昆切）	8107	姊（將几切）	8127	嫄（愚袁切）
8088	姻（於眞切）	8108	妹（莫佩切）	8128	嬔（於甸切）

8129	妸（烏何切）	8160	嬻（則旰切）	8191	嫛（許其切）
8130	嬃（相俞切）	8161	嫋（力沇切）	8192	嫛（苦閑切）
8131	婕（子葉切）	8162	嫛（於阮切）	8193	娛（噳俱切）
8132	嬩（以諸切）	8163	婉（於阮切）	8194	娭（許其切）〔註 65〕
8133	嫈（郎丁切）	8164	敨（他孔切）	8195	媅（丁含切）
8134	嫽（洛蕭切）	8165	嫣（於建切）	8196	娓（無匪切）
8135	妶（於稀切）	8166	姍（而琰切）	8197	嫡（都歷切）
8136	婤（職流切）	8167	嫋（奴鳥切）	8198	孎（之欲切）
8137	姶（烏合切）	8168	孅（息廉切）	8199	嫄（於願切）
8138	改（居擬切）	8169	嫇（莫經切）	8200	嫜（衣檢切）
8139	姡（天口切）	8170	媱（余招切）	8201	嬫（而琰切）
8140	攷（舉友切）	8171	嬛（許緣切）	8202	嫥（職緣切）
8141	姷（仍吏切）	8172	媯（過委切）	8203	如（人諸切）
8142	始（詩止切）	8173	委（於詭切）	8204	嫧（側革切）
8143	媚（美祕切）	8174	婐（烏果切）	8205	婡（測角切）
8144	嫵（文甫切）	8175	姽（五果切）	8206	嬐（息廉切）
8145	媄（無鄙切）	8176	姑（齒懾切）	8207	嬪（符眞切）
8146	嫿（丑六切）	8177	婆（丑廉切）	8208	婞（脂利切）
8147	嫷（徒果切）	8178	妗（火占切）	8209	婚（他合切）
8148	姝（昌朱切）	8179	嫿（居夭切）	8210	旻（烏諫切）
8149	好（呼皓切）	8180	婧（七正切）	8211	嬗（時戰切）
8150	嬹（許應切）	8181	姘（疾正切）	8212	嫴（古胡切）
8151	嬮（於鹽切）	8182	姂（房法切）	8213	嫛（薄波切）
8152	殳（昌朱切）	8183	嫙（似沿切）	8214	娑（素何切）
8153	姣（胡茅切）	8184	齋（祖雞切）	8215	姷（于救切）
8154	嬽（委員切）	8185	姡（古活切）	8216	姰（居勻切）
8155	娧（杜外切）	8186	嬥（徒了切）	8217	娦（卽夷切）
8156	媌（莫交切）	8187	嫢（居隨切）	8218	妓（渠綺切）
8157	嫿（呼麥切）	8188	媞（承旨切）	8219	嬰（於盈切）
8158	婠（一完切）	8189	婺（亡遇切）	8220	敓（倉案切）
8159	娙（五莖切）	8190	嫺（戶閒切）	8221	媛（王眷切）〔註 66〕

〔註 65〕陳本遏在切，段本許其切，與《玉篇》合，今從之。

〔註 66〕陳本玉眷切，朱本王眷切，今從朱本。

8222	娉（匹正切）	8255	嬸（五感切）	8288	墓（莫胡切）
8223	婊（力玉切）	8256	娿（烏何切）	8289	斐（芳非切）
8224	妝（側羊切）	8257	妍（五堅切）	8290	孃（女良切）
8225	孌（力沇切）	8258	娃（於佳切）	8291	媾（古外切）
8226	媒（私劣切）	8259	嫞（失冉切）	8292	媆（而沇切）
8227	嬻（徒谷切）	8260	妜（於說切）	8293	奄（依劍切）
8228	窫（丁滑切）	8261	孈（式吹切）	8294	孏（盧瞰切）
8229	嬖（博計切）	8262	媥（於避切）	8295	嫯（五到切）
8230	嬃（苦賣切）	8263	嫼（呼北切）	8296	婬（余箴切）
8231	妎（胡蓋切）	8264	娀（王伐切）	8297	姘（普耕切）
8232	妒（當故切）	8265	嫖（匹招切）	8298	奸（古寒切）
8233	媢（莫報切）	8266	婐（烏果切）	8299	姅（博幔切）
8234	媄（於喬切）	8267	婑（烏浪切）	8300	娗（徒鼎切）
8235	佞（乃定切）	8268	媦（羽非切）	8301	婥（奴教切）
8236	嫈（烏莖切）	8269	婎（許惟切）	8302	娷（竹恚切）
8237	嫪（郎到切）	8270	嫙（胡田切）	8303	嫐（奴皓切）
8238	姻（胡誤切）	8271	媥（芳連切）	8304	媿（俱位切）
8239	姿（卽夷切）	8272	嫚（謀患切）	8305	奻（女還切）
8240	嬥（將預切）	8273	婳（丑聶切）	8306	姦（古顏切）
8241	妨（敷方切）	8274	孺（相俞切）	8307	嬙（才良切）
8242	妄（巫放切）	8275	姀（匹才切）	8308	妲（當割切）
8243	媮（託矦切）	8276	孊（徒哀切）	8309	嬌（舉喬切）
8244	妒（胡古切）	8277	嫇（乃忝切）	8310	嬋（市連切）
8245	娋（息約切）	8278	嫅（七感切）	8311	娟（於緣切）
8246	媠（丁果切）	8279	婪（盧合切）	8312	嫠（里之切）
8247	妯（徒歷切）	8280	嬾（洛旱切）	8313	姤（古矦切）
8248	嫌（戶兼切）	8281	婁（洛矦切）	8314	毋（武扶切）
8249	婧（所景切）	8282	娑（許劣切）	8315	毐（遏在切）
8250	娕（丑略切）	8283	娖（呼帖切）	8316	民（彌鄰切）
8251	婞（胡頂切）	8284	嬈（奴鳥切）	8317	氓（武庚切）
8252	嫳（匹滅切）	8285	婑（許委切）	8318	丿（房密切）
8253	嬗（旨善切）	8286	姍（所晏切）	8319	乂（魚廢切）
8254	婾（丁滑切）	8287	嫟（七宿切）	8320	弗（分勿切）

8321	乁（分勿切）	8352	戩（郎淺切）	8383	匠（疾亮切）
8322	厂（余制切）	8353	韱（子廉切）	8384	医（苦叶切）
8323	弋（與職切）	8354	武（文甫切）	8385	匡（去王切）
8324	乀（弋支切）	8355	戢（阻立切）	8386	匜（移尔切）
8325	也（羊者切）	8356	戠（之弋切）	8387	匴（穌管切）
8326	氏（承旨切）	8357	戔（昨干切）〔註67〕	8388	籭（古送切）
8327	乎（居月切）	8358	戉（王伐切）	8389	匪（非尾切）
8328	氐（丁礼切）	8359	戚（倉歷切）	8390	匚（七岡切）
8329	堅（於進切）	8360	我（五可切）	8391	匬（徒聊切）
8330	軼（徒結切）	8361	義（宜寄切）	8392	匵（與職切）
8331	毀（音闕）	8362	亅（衢月切）	8393	匫（呼骨切）
8332	戈（古禾切）	8363	ㄑ（居月切）	8394	匬（度矦切）
8333	肇（直小切）	8364	琴（巨今切）	8395	匱（求位切）
8334	戎（如融切）	8365	瑟（所櫛切）	8396	匵（徒谷切）
8335	叕（渠追切）	8366	琵（房脂切）	8397	匣（胡甲切）
8336	戕（疾旰切）	8367	琶（蒲巴切）	8398	匯（胡罪切）
8337	幹（紀逆切）	8368	乚（於謹切）	8399	柩（巨救切）〔註68〕
8338	戛（古黠切）	8369	直（除力切）	8400	匰（都寒切）
8339	賊（昨則切）	8370	亾（武方切）	8401	曲（丘玉切）
8340	戍（傷遇切）	8371	乍（鉏駕切）	8402	豐（丘玉切）
8341	戰（之扇切）	8372	望（巫放切）	8403	甾（土刀切）
8342	戲（香義切）	8373	無（武扶切）	8404	畓（側詞切）
8343	戩（徒結切）	8374	匃（古代切）	8405	鹺（楚洽切）
8344	或（于逼切）	8375	匸（胡礼切）	8406	畬（布忖切）
8345	戳（昨結切）	8376	區（豈俱切）	8407	餅（薄經切）
8346	戔（口含切）	8377	匿（女力切）	8408	盧（洛乎切）
8347	牂（士良切）	8378	匫（盧矦切）	8409	瓦（五寡切）
8348	戮（力六切）	8379	匽（於蹇切）	8410	瓴（分兩切）
8349	戡（竹甚口含二切）	8380	医（於計切）	8411	甄（居延切）
8350	戴（弋刃以淺二切）	8381	匹（普吉切）	8412	甍（莫耕切）
8351	烖（祖才切）	8382	匚（府良切）	8413	甑（子孕切）

〔註67〕陳本昨干切，朱本昨干切，今從朱本。
〔註68〕陳本日救切，朱本巨救切，今從朱本。

編號	大徐本說文字頭	編號	大徐本說文字頭	編號	大徐本說文字頭
8414	甋（魚蹇切）	8434	瓷（疾資切）	8454	弛（施氏切）
8415	瓵（與之切）	8435	甀（丑脂切）	8455	弨（土刀切）
8416	甞（丁浪切）	8436	弓（居戎切）	8456	弩（奴古切）
8417	甌（烏矦切）	8437	弴（都昆切）	8457	彀（古候切）
8418	瓮（烏貢切）	8438	弭（緜婢切）	8458	彉（苦郭切）
8419	瓨（古雙切）	8439	弲（烏玄切）	8459	彈（卑吉切）
8420	甂（烏管切）	8440	弧（戶吳切）	8460	彈（徒案切）
8421	瓴（郎丁切）	8441	弨（尺招切）	8461	發（方伐切）
8422	甈（部迷切）	8442	彄（九院切）	8462	弔（五計切）
8423	甌（芳連切）	8443	彊（恪矦切）	8463	弜（其兩切）
8424	瓿（蒲口切）	8444	彇（弋招切）〔註69〕	8464	弼（房密切）
8425	額（與封切）	8445	張（陟良切）	8465	弦（胡田切）
8426	甓（扶歷切）	8446	彉（許縛切）	8466	盭（郎計切）
8427	甃（側救切）	8447	弸（父耕切）	8467	玅（於霄切）
8428	甋（魚列切）〔註70〕	8448	彊（巨良切）	8468	竭（於歇切）
8429	甊（初兩切）	8449	彎（烏關切）	8469	系（胡計切）
8430	甄（零帖切）	8450	引（余忍切）	8470	孫（思魂切）
8431	㽎（胡男切）	8451	弙（哀都切）	8471	緜（武延切）
8432	瓶（穌對切）	8452	弘（胡肱切）	8472	繇（余招切）
8433	甌（布縮切）	8453	璽（斯氏切）		

說文解字第十三上

編號	大徐本說文字頭	編號	大徐本說文字頭	編號	大徐本說文字頭
8473	糸（莫狄切）	8481	緒（口皆切）	8489	織（之弋切）
8474	繭（古典切）	8482	絖（呼光切）	8490	絥（無注音）
8475	繅（穌遭切）	8483	紇（下沒切）	8491	紝（如甚切）
8476	繹（羊益切）	8484	紙（都兮切）	8492	綜（子宋切）
8477	緒（徐呂切）	8485	絓（胡卦切）	8493	綹（力久切）
8478	緬（弭沇切）	8486	繰（以灼切）	8494	緯（云貴切）
8479	純（常倫切）	8487	維（穌對切）	8495	縺（王問切）
8480	綃（相幺切）	8488	經（九丁切）	8496	續（胡對切）

〔註69〕陳本火招切，朱本弋招切，今從朱本。
〔註70〕陳本魚例切，朱本魚列切，今從朱本。

8497	統（他綜切）	8529	繞（而沼切）	8561	綾（力膺切）
8498	紀（居擬切）	8530	紾（之忍切）	8562	縵（莫半切）
8499	繼（居兩切）	8531	繯（胡畎切）	8563	繡（息救切）
8500	纇（盧對切）	8532	辮（頻犬切）	8564	絢（許掾切）
8501	絠（徒亥切）	8533	結（古屑切）	8565	繪（黃外切）
8502	納（奴荅切）	8534	絹（古忽切）	8566	縒（七稽切）
8503	紡（妃兩切）	8535	締（特計切）	8567	絑（莫礼切）
8504	絕（情雪切）	8536	縛（符钁切）	8568	絹（吉掾切）
8505	繼（古詣切）	8537	繃（補盲切）	8569	綠（力玉切）
8506	續（似足切）	8538	絿（巨鳩切）	8570	縹（敷沼切）
8507	纘（作管切）	8539	絅（古熒切）	8571	綪（余六切）
8508	紹（市沼切）	8540	紙（匹卦切）	8572	絑（章俱切）
8509	繕（昌善切）	8541	纏（力臥切）	8573	纁（許云切）
8510	緶（他丁切）	8542	給（居立切）	8574	紬（丑律切）
8511	縱（足用切）	8543	綝（丑林切）	8575	絳（古巷切）
8512	紓（傷魚切）	8544	繹（卑吉切）	8576	綰（烏版切）
8513	綖（如延切）	8545	紈（胡官切）	8577	縉（即刃切）
8514	紆（億俱切）	8546	終（職戎切）	8578	綪（倉絢切）
8515	緯（胡頂切）	8547	繆（姊入切）	8579	緹（他禮切）
8516	纖（息廉切）	8548	繒（疾陵切）	8580	縓（七絹切）
8517	細（穌計切）	8549	絹（云貴切）	8581	紫（將此切）
8518	縐（武儦切）	8550	姚（治小切）	8582	紅（戶公切）
8519	縒（楚宜切）	8551	綺（祛彼切）	8583	總（倉紅切）
8520	繙（附袁切）	8552	縠（胡谷切）	8584	紺（古暗切）
8521	縮（所六切）	8553	縛（持沇切）	8585	綥（渠之切）
8522	紊（亡運切）	8554	縑（古甜切）	8586	繰（親小切）
8523	級（居立切）	8555	綈（杜兮切）	8587	緇（側持切）
8524	總（作孔切）	8556	練（郎甸切）	8588	纔（士咸切）〔註71〕
8525	縶（居玉切）	8557	縞（古老切）	8589	緅（土敢切）
8526	約（於略切）	8558	繮（式支切）	8590	緪（郎計切）
8527	繚（盧鳥切）	8559	紬（直由切）	8591	紑（匹丘切）
8528	纏（直連切）	8560	縈（康礼切）	8592	綝（充三切）

〔註71〕陳本七咸切，朱本士咸切，今從朱本。

8593	繻（相俞切）	8625	縱（足容切）	8657	緘（古咸切）
8594	縟（而蜀切）	8626	紃（詳遵切）	8658	縢（徒登切）
8595	纚（所綺切）	8627	緟（直容切）	8659	編（布玄切）
8596	紘（戶萌切）	8628	纕（汝羊切）	8660	維（以追切）
8597	紞（都感切）	8629	繣（戶圭切）	8661	紱（平祕切）
8598	纓（於盈切）	8630	綱（古郎切）	8662	紅（諸盈切）
8599	紻（於兩切）	8631	縜（為贇切）	8663	緥（胡頰切）
8600	緌（儒佳切）	8632	綅（子林切）	8664	緣（附袁切）
8601	緄（古本切）	8633	縷（力主切）	8665	繮（居良切）
8602	紳（失人切）	8634	綫（私箭切）	8666	紛（撫文切）
8603	繟（昌善切）	8635	絘（乎決切）	8667	紂（除柳切）
8604	綎（植酉切）	8636	縫（符容切）	8668	緧（七由切）
8605	組（則古切）	8637	緁（七接切）	8669	絆（博幔切）
8606	綱（古蛙切）	8638	紩（直質切）	8670	顙（相主切）
8607	縌（宜戟切）	8639	緛（而沇切）	8671	紖（直引切）
8608	纂（作管切）	8640	組（丈莧切）	8672	繺（辭戀切）
8609	紐（女久切）	8641	繕（時戰切）	8673	縻（靡為切）
8610	綸（古還切）	8642	結（私劉切）	8674	紲（私劉切）
8611	綎（他丁切）	8643	纍（力追切）	8675	纆（莫北切）
8612	綰（胡官切）	8644	縭（力知切）	8676	絚（古恆切）
8613	總（私銳切）	8645	緱（古矦切）	8677	繘（余律切）
8614	纍（補各切）	8646	緊（烏雞切）	8678	綆（古杏切）
8615	紟（居音切）	8647	繆（所銜切）	8679	絠（弋宰切又古亥切）
8616	緣（以絹切）	8648	徽（許歸切）	8680	繠（之若切）
8617	纀（博木切）	8649	絮（幷劉切）	8681	絭（博戹切）
8618	綺（苦故切）	8650	刐（女鄰切）	8682	縉（武巾切）
8619	繑（牽搖切）	8651	繩（食陵切）	8683	絮（息據切）
8620	褓（博抱切）	8652	絣（側莖切）	8684	絡（盧各切）
8621	繜（子昆切）	8653	縈（於營切）	8685	纊（苦謗切）
8622	紴（博木切）	8654	絢（其俱切）	8686	紙（諸氏切）
8623	絛（土刀切）	8655	縋（持偽切）	8687	絘（芳武切）
8624	絨（王伐切）	8656	纂（居願切）	8688	絮（女余切）

8689	繫（古詣切）	8722	緻（直利切）	8755	蟯（如招切）
8690	纜（郎兮切）	8723	緗（息良切）	8756	雖（息遺切）
8691	緝（七入切）	8724	緋（甫微切）	8757	虺（許偉切）
8692	紌（七四切）	8725	綷（子倅切）	8758	蜥（先擊切）
8693	績（則歷切）	8726	繰（穌旱切）	8759	蝘（於殄切）
8694	纑（洛乎切）	8727	練（所菹切）	8760	蜓（徒典切）
8695	紨（防無切）	8728	綷（子代切）	8761	蚖（愚袁切）
8696	繐（祥歲切）	8729	繾（去演切）	8762	蠸（巨員切）
8697	絺（丑脂切）	8730	綣（去阮切）	8763	螟（莫經切）
8698	綌（綺戟切）	8731	素（桑故切）	8764	蟘（徒得切）
8699	緅（側救切）	8732	纂（居玉切）	8765	蟣（居狶切）
8700	絟（此緣切）	8733	豹（以灼切）	8766	蛭（之日切）
8701	紵（直呂切）	8734	繛（所律切）	8767	蝚（耳由切）
8702	緦（息茲切）	8735	綽（昌約切）	8768	蛣（去吉切）
8703	緆（先擊切）	8736	緩（胡玩切）	8769	蚰（區勿切）
8704	緰（度矦切）	8737	絲（息茲切）	8770	蟫（余箴切）
8705	縗（倉回切）	8738	轡（兵媚切）	8771	蛵（戶經切）
8706	絰（徒結切）	8739	紤（古還切）	8772	蛗（平感切）
8707	縺（房連切）	8740	率（所律切）	8773	蟜（居夭切）
8708	緜（亡百切）	8741	虫（許偉切）	8774	蛓（千志切）
8709	絣（博蠓切）	8742	蝮（芳目切）	8775	畫（烏蝸切）
8710	緉（力讓切）	8743	螣（徒登切）	8776	蚔（巨支切）
8711	絜（古屑切）	8744	蚦（人占切）	8777	蕫（丑芥切）
8712	繆（武彪切）	8745	蝰（弃忍切）	8778	蟕（字秋切）
8713	綢（直由切）	8746	蜵（余忍切）	8779	蟦（徂兮切）
8714	緼（於云切）	8747	螉（烏紅切）	8780	蝎（胡葛切）
8715	紼（分勿切）	8748	蜙（子紅切）	8781	強（巨良切）
8716	絣（北萌切）	8749	蠁（許兩切）	8782	蚚（巨衣切）
8717	紕（卑履切）	8750	蛁（都僚切）	8783	蜀（市玉切）
8718	繝（居例切）	8751	蟲（祖外切）	8784	蠲（古玄切）
8719	縊（於賜切）	8752	蛹（余隴切）	8785	蜆（邊兮切）
8720	綏（息遺切）	8753	蛻（胡罪切）	8786	蠖（烏郭切）
8721	彝（以脂切）	8754	蛕（戶恢切）	8787	蜎（與專切）

8788	螻（洛矦切）	8818	蚚（於脂切）	8848	蠚（烏各切）
8789	蛄（古乎切）	8819	蜙（息恭切）	8849	蛘（余兩切）
8790	蠪（盧紅切）	8820	蝑（相居切）	8850	蝕（乘力切）
8791	蛾（五何切）	8821	蟅（之夜切）	8851	蛟（古肴切）
8792	螘（魚綺切）	8822	蝗（乎光切）	8852	螭（丑知切）
8793	蚳（直尼切）	8823	蜩（徒聊切）	8853	虯（渠幽切）
8794	蟠（附袁切）	8824	蟬（市連切）	8854	蜦（力屯切）
8795	蟀（所律切）	8825	蜺（五雞切）	8855	蟒（力鹽切）
8796	蟰（武延切）	8826	螇（胡雞切）	8856	蜃（時忍切）
8797	螳（都郎切）	8827	蚗（於悅切）	8857	盒（古沓切）
8798	蠰（汝羊切）	8828	蚅（武延切）	8858	蠭（蒲猛切）
8799	蜋（魯當切）	8829	蜊（良薛切）	8859	蝸（古華切）〔註72〕
8800	蛸（相邀切）	8830	蜻（子盈切）	8860	蚌（步項切）
8801	蛢（薄經切）	8831	蛉（郎丁切）	8861	蠣（力制切）
8802	蟜（余律切）	8832	蠓（莫孔切）	8862	蝓（羊朱切）
8803	蟥（乎光切）	8833	蟭（离灼切）	8863	蜎（狂沇切）〔註73〕
8804	蟨（式支切）	8834	蜹（而銳切）	8864	蟺（常演切）
8805	蛅（職廉切）	8835	蠣（穌彫切）	8865	蜎（於蚪切）
8806	蜆（胡典切）	8836	蛪（息正切）	8866	蟉（力幽切）
8807	蜰（符非切）	8837	蜉（力輟切）	8867	蟄（直立切）
8808	蟩（其虐切）	8838	蝼（鉏駕切）	8868	蚨（房無切）
8809	蠕（古火切）	8839	蝡（而沇切）	8869	蜐（居六切）
8810	蠃（郎果切）	8840	蚑（巨支切）	8870	蝦（乎加切）
8811	蠬（郎丁切）〔註74〕	8841	蠉（香沇切）	8871	蟆（莫遐切）
8812	蛺（兼叶切）	8842	蚩（丑善切）	8872	蠵（戶圭切）
8813	蜨（徒叶切）	8843	蠲（余足切）	8873	蚚（慈染切）
8814	蟲（赤之切）	8844	蝙（式戰切）	8874	蟹（胡買切）
8815	蝱（布還切）	8845	蛻（輸芮切）	8875	蛫（過委切）
8816	蝥（莫交切）	8846	蛬（呼各切）	8876	蟥（于逼切）
8817	蟠（附袁切）	8847	螫（施隻切）	8877	蝁（吾各切）

〔註72〕陳本亡華切，朱本古華切，今從朱本。

〔註73〕陳本在沇切，朱本狂沇切，今從朱本。

〔註74〕陳本即丁切，朱本郎丁切，今從朱本。

8878	蜽（文兩切）	8886	蝙（布玄切）	8894	蟴（徒旱切）
8879	蛢（良獎切）	8887	蝠（方六切）	8895	蠵（乎桂切）〔註75〕
8880	蝝（雨元切）〔註76〕	8888	蠻（莫還切）	8896	蠛（亡結切）
8881	蠗（直角切）〔註77〕	8889	閩（武巾切）	8897	蚵（陟格切）
8882	蜼（余季切）	8890	虹（戶工切）	8898	蜢（莫杏切）
8883	蚼（古厚切）	8891	蝀（都計切）	8899	蟋（息七切）
8884	蛩（渠容切）	8892	蝀（多貢切）	8900	蟷（徒郎切）
8885	蠚（居月切）	8893	蠽（魚劉切）		

說文解字第十三下

編號	大徐本說文字頭	編號	大徐本說文字頭	編號	大徐本說文字頭
8901	蚰（古魂切）	8919	蝨（武庚切）	8937	颯（穌合切）
8902	蠶（昨含切）	8920	蠹（當故切）	8938	飍（力求切）
8903	螽（五何切）	8921	蠡（盧啟切）	8939	颭（呼骨切）
8904	螽（子皓切）	8922	蟊（巨鳩切）	8940	颰（王勿切）
8905	蟲（所櫛切）	8923	蠹（縛牟切）	8941	颮（于筆切）
8906	蠢（職戎切）	8924	蠿（子兗切）	8942	颺（與章切）
8907	蟲（知衍切）	8925	蠡（尺尹切）	8943	颲（力質切）
8908	蠿（子劣切）	8926	蟲（直弓切）	8944	颲（良薛切）
8909	蠿（側八切）	8927	蠹（莫浮切）	8945	颸（息茲切）
8910	蟊（莫交切）	8928	蠶（房脂切）	8946	颼（所鳩切）
8911	蠹（奴丁切）	8929	蠧（武巾切）	8947	颭（隻冉切）
8912	蠹（財牢切）	8930	蠹（房未切）	8948	它（託何切）
8913	蠹（胡葛切）	8931	蠱（公戶切）	8949	龜（居追切）
8914	蟲（匹標切）	8932	風（方戎切）	8950	蠅（徒冬切）
8915	蠡（敷容切）	8933	颺（呂張切）	8951	蠪（汝閻切）〔註78〕
8916	蠱（彌必切）	8934	颶（翾聿切）	8952	眶（莫杏切）
8917	聶（強魚切）	8935	飆（甫遙切）	8953	鼈（并劣切）
8918	蟲（無分切）	8936	飄（撫招切）	8954	黿（愚袁切）

〔註75〕陳本日棧切，朱本乎桂切，今從朱本。

〔註76〕段據汲古閣本「雨」作「雨」，今從之。

〔註77〕陳本首角切，朱本直角切，今從朱本。

〔註78〕陳本沒閻切，朱本汝閻切，今從朱本。

8955	黿（烏媧切）	8986	墩（口交切）	9017	墀（直泥切）
8956	鼀（七宿切）	8987	壚（洛乎切）	9018	墼（古歷切）
8957	鼄（式支切）	8988	堁（息營切）	9019	坌（方問切）
8958	鼂（徒何切）	8989	埴（常職切）	9020	埽（穌老切）
8959	鼃（胡雞切）	8990	垏（力竹切）	9021	在（昨代切）
8960	鼅（其俱切）	8991	坤（戶昆切）	9022	坐（徂臥切）〔註79〕
8961	蠅（余陵切）	8992	墣（匹角切）	9023	坻（諸氏切）
8962	鼆（陟离切）	8993	凷（苦對切）	9024	塡（待季切）
8963	鼅（陟輸切）	8994	坺（芳逼切）	9025	坦（他但切）
8964	鼄（直遙切）	8995	墢（子紅切）	9026	坒（毗至切）
8965	鼇（五牢切）	8996	塍（食陵切）	9027	堤（丁礼切）
8966	卵（盧管切）	8997	坡（蒲撥切）	9028	壖（況袁切）
8967	毈（徒玩切）	8998	坄（營隻切）	9029	封（府容切）
8968	二（而至切）	8999	基（居之切）	9030	壐（斯氏切）
8969	丞（去吏切）	9000	垣（雨元切）	9031	墨（莫北切）
8970	恆（胡登切）	9001	圪（魚迄切）	9032	垸（胡玩切）
8971	亘（須緣切）	9002	堵（當古切）	9033	型（戶經切）
8972	竺（冬毒切）	9003	壁（比激切）	9034	埻（之允切）
8973	凡（浮芝切）	9004	壛（力沼切）	9035	坿（市之切）
8974	土（它魯切）	9005	塌（魚列切）	9036	城（氏征切）
8975	地（徒四切）〔註80〕	9006	坿（力輟切）	9037	墉（余封切）
8976	坤（苦昆切）	9007	堪（口含切）	9038	壤（徒叶切）
8977	垓（古哀切）	9008	堀（苦骨切）	9039	坎（苦感切）
8978	墺（於六切）	9009	堂（徒郎切）	9040	墊（都念切）
8979	堣（噳俱切）	9010	垛（丁果切）	9041	坻（直尼切）
8980	坶（莫六切）	9011	坫（都念切）	9042	壓（敷立切）
8981	坡（滂禾切）	9012	墾（力輒切）	9043	坮（胡格切）
8982	坪（皮命切）	9013	垷（胡典切）	9044	坴（疾資切）
8983	均（居勻切）	9014	墐（渠吝切）	9045	增（作滕切）
8984	壤（如兩切）	9015	墍（其冀切）	9046	埤（符支切）
8985	塙（苦角切）	9016	堊（烏各切）	9047	坿（符遇切）

〔註79〕陳本但臥切，朱本徂臥切，今從朱本。

〔註80〕陳本徒內切，朱本徒四切，今從朱本。

9048	塞（先代切）	9080	坋（房吻切）	9112	塘（徒郎切）
9049	圣（苦骨切）	9081	坒（房未切）	9113	坳（於交切）
9050	埱（其冀切）	9082	埃（烏開切）	9114	壒（於蓋切）
9051	埱（昌六切）	9083	堅（烏雞切）	9115	墜（直類切）
9052	埵（丁果切）	9084	坙（魚僅切）	9116	塔（土盍切）
9053	坄（子林切）	9085	垢（古厚切）	9117	坊（府良切）
9054	堅（才句切）	9086	壇（於計切）	9118	垚（吾聊切）
9055	壔（都皓切）	9087	坏（芳桮切）	9119	堯（吾聊切）
9056	培（薄回切）	9088	垤（徒結切）	9120	堇（巨斤切）
9057	埻（疾郢切）	9089	坦（七余切）	9121	艱（古閑切）
9058	墇（之亮切）	9090	埍（古泫切）	9122	里（良止切）
9059	堲（初力切）	9091	黠（胡八切）	9123	釐（里之切）
9060	垠（語斤切）	9092	瘞（於罽切）	9124	野（羊者切）
9061	墠（常衍切）	9093	堋（方鄧切）	9125	田（待季切）
9062	垑（尺氏切）	9094	垗（治小切）	9126	町（他頂切）
9063	壘（力委切）	9095	塋（余傾切）	9127	畷（而緣切）
9064	塊（過委切）	9096	墓（莫故切）	9128	疇（直由切）
9065	圮（符鄙切）	9097	墳（符分切）	9129	疁（力求切）
9066	堙（於真切）	9098	壟（力腫切）	9130	畬（以諸切）
9067	壍（七艷切）	9099	壇（徒干切）	9131	疄（耳由切）
9068	埂（古杏切）	9100	場（直良切）	9132	畸（居宜切）
9069	壙（苦謗切）	9101	圭（古畦切）	9133	睦（昨何切）
9070	垲（苦亥切）	9102	圯（與之切）	9134	畮（莫厚切）
9071	毀（許委切）	9103	垂（是為切）	9135	甸（堂練切）
9072	壓（烏狎切）	9104	堀（苦骨切）	9136	畿（巨衣切）
9073	壞（下怪切）	9105	塗（同都切）	9137	畦（戶圭切）
9074	坷（康我切）	9106	填（莫狄切）	9138	畹（於阮切）
9075	塿（呼訝切）	9107	埏（以然切）	9139	畔（薄半切）
9076	墙（丑格切）	9108	場（羊益切）	9140	畍（古拜切）
9077	坱（於亮切）	9109	境（居領切）	9141	畖（古郎切）
9078	塺（亡果切）	9110	塾（殊六切）	9142	畷（陟劣切）
9079	壚（洛矦切）	9111	墾（康很切）	9143	畛（之忍切）

9144	畤（周市切）	9173	勇（巨良切）	9202	飭（恥力切）
9145	略（离約切）〔註81〕	9174	勘（莫話切）	9203	劾（胡槩切）
9146	當（都郎切）	9175	劈（瞿月切）	9204	募（莫故切）
9147	畯（子峻切）	9176	勍（渠京切）	9205	劬（其俱切）
9148	毗（武庚切）	9177	勁（吉正切）	9206	勢（舒制切）
9149	疄（良刃切）	9178	勉（亡辨切）	9207	勘（苦紺切）
9150	畾（力求切）	9179	劭（寔照切）	9208	辦（蒲莧切）
9151	畜（丑六切）	9180	勖（許玉切）	9209	劦（胡頰切）
9152	疃（土短切）	9181	勸（去願切）	9210	協（胡頰切）
9153	暘（丑亮切）	9182	勝（識蒸切）	9211	勰（胡頰切）
9154	畕（居良切）	9183	劣（丑列切）	9212	恊（胡頰切）
9155	畺（居良切）	9184	勠（力竹切）		
9156	黃（乎光切）	9185	勷（余兩切）		
9157	黇（許兼切）	9186	動（徒總切）		
9158	䵂（他耑切）	9187	勳（盧對切）		
9159	䵎（呼皐切）	9188	劣（力輟切）		
9160	黬（他兼切）	9189	勞（魯刀切）		
9161	䵶（戶圭切）	9190	勮（其據切）		
9162	男（那含切）	9191	剋（苦得切）		
9163	舅（其久切）	9192	勩（余制切）		
9164	甥（所更切）	9193	勦（子小切）〔註82〕		
9165	力（林直切）	9194	券（渠卷切）		
9166	勳（許云切）	9195	勤（巨巾切）		
9167	功（古紅切）	9196	加（古牙切）		
9168	助（牀倨切）	9197	劦（乎刀切）〔註83〕		
9169	勮（良倨切）	9198	勇（余隴切）		
9170	勑（洛代切）	9199	勃（蒲沒切）		
9171	劼（巨乙切）	9200	勡（匹妙切）〔註84〕		
9172	務（亡遇切）	9201	劫（居怯切）		

〔註81〕陳本烏約切，朱本离約切，今從朱本。
〔註82〕陳本小子切，朱本子小切，今從朱本。
〔註83〕陳本五牢切，段本乎刀切，今從段本。
〔註84〕陳本匹眇切，朱本匹妙切，今從朱本。

說文解字第十四上

編號	大徐本說文字頭	編號	大徐本說文字頭	編號	大徐本說文字頭
9213	金（居音切）	9242	鐃（呼鳥切）	9271	錠（丁定切）
9214	銀（語巾切）	9243	鏡（居慶切）	9272	鐙（都滕切）
9215	鐐（洛蕭切）	9244	鉹（尺氏切）	9273	鏶(秦入切)〔註85〕
9216	鋈（烏酷切）	9245	鈃（戶經切）	9274	鍱（與涉切）
9217	鉛（與專切）	9246	鍾（職容切）	9275	鏟（初限切）
9218	錫（先擊切）	9247	鑑（革懺切）	9276	鑪（洛胡切）
9219	鈏（羊晉切）	9248	鐈（巨嬌切）	9277	鏇（辭戀切）
9220	銅（徒紅切）	9249	鐩（徐醉切）	9278	銚（杜兮切）
9221	鏈（力延切）	9250	鋞（戶經切）	9279	鏻（郎古切）
9222	鐵（天結切）	9251	鑴（戶圭切）	9280	釦（苦厚切）
9223	鍇（苦駭切）	9252	鑊（胡郭切）	9281	錯（倉各切）
9224	鑒（以周切）	9253	鍑（方副切）	9282	鋤（魚舉切）
9225	鏤（盧候切）	9254	鍪（莫浮切）	9283	錡（魚綺切）
9226	鐼（火運切）	9255	錪（他典切）	9284	鍤（楚洽切）
9227	銑（穌典切）	9256	銼（昨禾切）	9285	鉥（食聿切）
9228	鋻（古甸切）	9257	鑹（魯戈切）	9286	鍼（職深切）
9229	鑗（郎兮切）	9258	鈃（戶經切）	9287	鈹（敷羈切）
9230	錄（力玉切）	9259	鎬（乎老切）	9288	鎩（所拜切）
9231	鑄（之戍切）	9260	鏖（於刀切）	9289	鈕（女久切）
9232	銷（相邀切）	9261	銚（以招切）	9290	銎（曲恭切）
9233	鑠（書藥切）	9262	鍶（大口切）	9291	鈭（即移切）
9234	鍊（郎甸切）	9263	鐎（即消切）	9292	錍（府移切）
9235	釘（當經切）	9264	鋗（火玄切）	9293	鏨（藏濫切）
9236	錮（古慕切）	9265	鏏（于歲切）	9294	鐫（子全切）
9237	鑲（汝羊切）	9266	鍵（渠偃切）	9295	鑿（在各切）
9238	鎔(余封切)〔註86〕	9267	鉉（胡犬切）	9296	銛（息廉切）
9239	鋏（古叶切）	9268	鋊（余足切）	9297	鈂（直深切）
9240	鍛（丁貫切）	9269	鎣（烏定切）	9298	鐎（過委切）
9241	鋌（徒鼎切）	9270	鑯（子廉切）	9299	鐅（芳滅切）

〔註85〕陳本奏入切，朱本秦入切，今從朱本。

〔註86〕陳本金封切，朱本余封切，今從朱本。

9300	錢（即淺切又昨先切）	9330	錘（直垂切）	9360	錞（徒對切）
9301	钁（居縛切）	9331	鈞（居勻切）	9361	鐏（徂寸切）
9302	鈐（巨淹切）	9332	鈀（伯加切）	9362	鏐（力幽切）
9303	鑹（徒果切）	9333	鐲（直角切）	9363	鍭（乎鉤切）
9304	鏺（普活切）	9334	鈴（郎丁切）	9364	鏑（都歷切）
9305	鈾（徒冬切）	9335	鉦（諸盈切）	9365	鎧（苦亥切）
9306	鉏（士魚切）	9336	鐃（女交切）	9366	釬（矦旰切）
9307	鑼（彼為切）	9337	鐸（徒洛切）	9367	錏（烏牙切）
9308	鎌（力鹽切）	9338	鏄（匹各切）	9368	鍜（乎加切）
9309	鍥（苦結切）	9339	鏞（余封切）	9369	鐗（古莧切）
9310	鉊（止搖切）	9340	鐘（職茸切）	9370	釭（古雙切）
9311	銍（陟栗切）	9341	鈁（府良切）	9371	釱（時制切）
9312	鎮（陟刃切）	9342	鏄（補各切）	9372	釳（許訖切）
9313	鉆（敕淹切）	9343	鍠（乎光切）	9373	鑾（洛官切）
9314	鈷（陟葉切）	9344	鎗（楚庚切）	9374	鉞（呼會切）
9315	鉗（巨淹切）	9345	鏓（倉紅切）	9375	鍚（與章切）
9316	欽（特計切）	9346	錚（側莖切）	9376	銜（戶監切）
9317	鋸（居御切）	9347	鐣（土郎切）〔註87〕	9377	鑣（補嬌切）
9318	鐕（則參切）	9348	鑋（苦定切）	9378	鈜（居怯切）
9319	錐（職追切）〔註88〕	9349	鐔（徐林切）	9379	鈇（甫無切）
9320	鑱（士銜切）	9350	鏌（慕各切）	9380	釣（多嘯切）
9321	銳（以芮切）	9351	釾（以遮切）	9381	鑯（脂利切）
9322	鍐（母官切）	9352	鏢（撫招切）	9382	鋃（魯當切）
9323	鑽（借官切）	9353	鈒（穌合切）	9383	鐺（都郎切）
9324	鑢（良據切）	9354	鋋（市連切）	9384	鋂（莫桮切）
9325	銓（此緣切）	9355	鈗（余準切）	9385	鋃（烏賄切）
9326	銖（市朱切）	9356	鉈（食遮切）	9386	鐖（洛猥切）
9327	鋝（力輟切）〔註89〕	9357	鏦（七恭切）	9387	鎎（許既切）
9328	鍰（戶關切）	9358	鉰（徒甘切）	9388	鋪（普胡切）
9329	錙（側持切）	9359	鏦（敷容切）	9389	鐉（此緣切）

〔註87〕陳本上郎切，朱本土郎切，今從朱本。
〔註88〕陳本藏追切，朱本職追切，今從朱本。
〔註89〕陳本力鋝切，朱本力輟切，今從朱本。

9390	鈔（楚交切）	9421	凭（皮冰切）	9452	斔（舉朱切）
9391	鐪（他荅切）	9422	尻（九魚切）	9453	斜（博幔切）
9392	鋯（古沓切）	9423	処（昌與切）	9454	斜（普郎切）
9393	鉻（盧各切）	9424	且（子余切又千也切）	9455	斠（俱願切）
9394	鐳（旨善切）	9425	俎（側呂切）	9456	斢（昜六切）
9395	鏃（作木切）	9426	虘（昨誤切）	9457	厽（土雕切）
9396	鈌（於決切）	9427	斤（舉欣切）	9458	升（識蒸切）
9397	鍫（所右切）	9428	斧（方矩切）	9459	矛（莫浮切）
9398	鎦（力求切）	9429	斨（七羊切）	9460	稂（魯當切）
9399	鈱（武巾切）	9430	斫（之若切）	9461	穦（苦蓋切）
9400	鉅（其呂切）	9431	斫（其俱切）	9462	稭（士革切）
9401	鐋（徒郎切）	9432	斸（陟玉切）	9463	矜（居陵切又巨巾切）
9402	銻（杜兮切）	9433	斲（竹角切）	9464	杻（女久切）
9403	鈋（五禾切）	9434	釿（宜引切）	9465	車（尺遮切）
9404	鎚（都回切）	9435	所（疏舉切）	9466	軒（虛言切）
9405	鍒（耳由切）	9436	斯（息移切）	9467	輜（側持切）
9406	鋼（徒刀切）	9437	斮（側略切）	9468	軿（薄丁切）
9407	鈍（徒困切）	9438	斷（徒玩切）	9469	輼（烏魂切）
9408	鉒（徂奚切）	9439	斷（來可切）	9470	輬（呂張切）
9409	錗（女恚切）	9440	新（息鄰切）	9471	軺（以招切）
9410	鑺（其俱切）	9441	斦（語斤切）	9472	輕（去盈切）
9411	銘（莫經切）	9442	斗（當口切）	9473	輈（以周切）
9412	鎖（穌果切）	9443	斛（胡谷切）	9474	軯（薄庚切）
9413	鈿（待季切）	9444	斝（古雅切）	9475	軘（徒魂切）
9414	釧（尺絹切）	9445	料（洛蕭切）	9476	軵（尺容切）
9415	釵（楚佳切）	9446	斞（以主切）	9477	轈（鉏交切）
9416	鈲（普擊切）	9447	斡（烏括切）	9478	輿（以諸切）
9417	开（古賢切）	9448	魁（苦回切）	9479	輯（秦入切）
9418	勺（之若切）	9449	斠（古岳切）	9480	轗（莫半切）
9419	与（余呂切）	9450	斟（職深切）	9481	軓（音範）〔註90〕
9420	几（居履切）	9451	斜（似嗟切）	9482	軾（賞職切）

〔註90〕大徐音「音範」，今據補：「範」，音犯；犯，防險切。

9483	輅（洛故切）	9515	轀（乎昆切）	9547	輪（力屯切）
9484	較（古岳切）	9516	軥（古候切）	9548	輇（市緣切）
9485	軦（府遠切）	9517	轙（魚綺切）	9549	輗（五雞切）
9486	轛（追萃切）	9518	軜（奴荅切）	9550	軝（丁禮切）
9487	輢（於綺切）	9519	衝（古絢切）	9551	轃（側詵切）
9488	軛（陟葉切）	9520	軨（署陵切）	9552	轒（符分切）
9489	軎（敕倫切）	9521	載（作代切）	9553	軭（於云切）
9490	轄（所力切）	9522	軍（舉云切）	9554	輂（居玉切）
9491	軡（郎丁切）	9523	軷（蒲撥切）	9555	輦（士皆切）
9492	輑（牛尹切）	9524	範（音犯）	9556	輦（力展切）
9493	軫（之忍切）	9525	轚（五葛切）	9557	輓（無遠切）
9494	轐（博木切）	9526	轄（胡八切）	9558	軭（巨王切）
9495	轙（胥殞切）	9527	轉（知戀切）	9559	轘（渠營切）
9496	軸（直六切）	9528	輸（式朱切）	9560	斬（側減切）
9497	輹（芳六切）	9529	輈（職流切）	9561	輀（如之切）
9498	軔（而振切）	9530	輩（補妹切）	9562	輔（扶雨切）
9499	輮（人九切）	9531	軋（烏轄切）	9563	轟（呼宏切）
9500	軭（渠營切）〔註91〕	9532	輾（尼展切）	9564	輟（士限切）
9501	轂（古祿切）	9533	轢（郎擊切）	9565	轔（力珍切）
9502	輥（古本切）	9534	軌（居洧切）	9566	轍（直列切）
9503	軝（渠支切）	9535	樅（即容切）	9567	𠂤（都回切）
9504	軹（諸氏切）	9536	軼（夷質切）	9568	𠂤（魚劣切）
9505	𦥑（于歲切）	9537	頓（苦閑切）	9569	官（古丸切）
9506	輻（方六切）	9538	轛（陟利切）		
9507	轑（盧皓切）	9539	軭（巨王切）		
9508	軑（特計切）	9540	輟（陟劣切）		
9509	輨（古滿切）	9541	軻（康禮切）		
9510	轅（雨元切）	9542	轚（古歷切）		
9511	輈（張流切）	9543	簠（所眷切）		
9512	輂（居玉切）	9544	軻（康我切）		
9513	輗（魚厥切）	9545	輞（口莖切）		
9514	軶（於革切）	9546	軵（而隴切）		

〔註91〕陳本張營切，朱本渠營切，今從朱本。

說文解字第十四下

編號	大徐本說文字頭	編號	大徐本說文字頭	編號	大徐本說文字頭
9570	自（房九切）	9601	隕（于敏切）	9632	阮（虞遠切）
9571	陵（力膺切）	9602	隉（五結切）	9633	陛（苦茷切）
9572	鰥（胡本切）	9603	阤（丈尒切）	9634	賦（方遇切）
9573	阞（盧則切）	9604	隓（許規切）	9635	陼（陟盈切）
9574	陰（於今切）	9605	陒（去營切）	9636	阠（當經切）
9575	陽（與章切）	9606	陊（徒果切）	9637	隖（許為切）
9576	陸（力竹切）	9607	阬（客庚切）	9638	陼（當古切）
9577	阿（烏何切）	9608	隤（徒谷切）	9639	陳（直珍切）
9578	陂（彼為切）	9609	防（符方切）	9640	陶（徒刀切）
9579	阪（府遠切）	9610	隄（都兮切）	9641	陞（之少切）
9580	陬（子侯切）	9611	阯（諸市切）	9642	阽（余廉切）
9581	隅（噳俱切）	9612	陘（戶經切）	9643	除（直魚切）
9582	險（虛檢切）	9613	附（符又切）	9644	階（古諧切）
9583	限（乎簡切）	9614	阺（丁禮切）	9645	阼（昨誤切）
9584	阻（側呂切）	9615	阢（五忽切）	9646	陛（旁禮切）
9585	陮（都皋切）	9616	陳（魚檢切）	9647	陔（古哀切）
9586	隗（五皋切）	9617	阨（於革切）	9648	際（子例切）
9587	阭（余準切）	9618	隔（古覈切）	9649	隙（綺戟切）
9588	陾（洛猥切）	9619	障（之亮切）	9650	陪（薄回切）
9589	陗（七笑切）	9620	隱（於謹切）	9651	隊（徒玩切）
9590	陖（私閏切）	9621	隩（烏到切）	9652	陾（如乘切）
9591	隥（都鄧切）	9622	隈（烏恢切）	9653	陴（符支切）
9592	陋（盧候切）	9623	隩（去衍切）	9654	隍（乎光切）
9593	陝（失冄切）	9624	解（胡買切）	9655	阹（去魚切）
9594	陟（竹力切）	9625	隴（力鍾切）	9656	陲（是為切）
9595	陷（戶猛切）	9626	陝（於希切）	9657	隖（安古切）
9596	隰（似入切）	9627	陝（失冄切）	9658	院（王眷切）
9597	隔（豈俱切）	9628	隒（武扶切）	9659	隃（盧昆切）
9598	隤（杜回切）	9629	陥（居遠切）	9660	賑（食倫切）
9599	隊（徒對切）	9630	陭（於离切）	9661	陵（慈衍切）
9600	降（古巷切）	9631	隃（傷遇切）	9662	阸（所臻切）

9663	阡（倉先切）	9695	亂（郎段切）	9727	孳（子之切）
9664	餌（房九切）	9696	尤（羽求切）	9728	孤（古乎切）
9665	齏（於決切）	9697	丙（兵永切）	9729	存（徂尊切）
9666	釂（烏懈切）	9698	丁（當經切）	9730	孝（古肴切）
9667	灪（徐醉切）	9699	戊（莫候切）	9731	疑（語其切）
9668	厶（力軌切）	9700	成（氏征切）	9732	了（盧鳥切）
9669	絫（力軌切）	9701	己（居擬切）	9733	孑（居桀切）
9670	壘（力軌切）	9702	巹（居隱切）	9734	孓（居月切）
9671	四（息利切）	9703	異（暨己切）	9735	乑（旨兗切）
9672	宁（直呂切）	9704	巴（伯加切）	9736	孱（士連切）〔註92〕
9673	貯（陟呂切）	9705	祀（博下切）	9737	春（魚紀切）
9674	叕（陟劣切）	9706	庚（古行切）	9738	去（他骨切）
9675	綴（陟衛切）	9707	辛（息鄰切）	9739	育（余六切）
9676	亞（衣駕切）	9708	辠（徂賄切）	9740	疏（所葅切）
9677	惡（衣駕切）	9709	辜（古乎切）	9741	丑（敕九切）
9678	五（疑古切）	9710	辪（私劣切）	9742	紐（女久切）
9679	六（力竹切）	9711	辡（似茲切）	9743	羞（息流切）
9680	七（親吉切）	9712	辭（似茲切）	9744	寅（弋眞切）
9681	九（舉有切）	9713	辡（方免切）	9745	卯（莫飽切）
9682	馗（渠追切）	9714	辯（符蹇切）	9746	辰（植鄰切）
9683	内（人九切）	9715	壬（如林切）	9747	辱（而蜀切）
9684	禽（巨今切）	9716	癸（居誄切）	9748	巳（詳里切）
9685	离（昌支切）	9717	子（卽里切）	9749	目（羊止切）
9686	萬（無販切）	9718	孕（以證切）	9750	午（疑古切）
9687	禹（王矩切）	9719	挽（亡辯切）	9751	啎（五故切）
9688	禼（符未切）	9720	字（疾置切）	9752	未（無沸切）
9689	禸（私劣切）	9721	斄（古候切）	9753	申（失人切）
9690	嘼（許救切）	9722	孿（生患切）	9754	神（羊晉切）
9691	獸（舒救切）	9723	孺（而遇切）	9755	臾（羊朱切）
9692	甲（古狎切）	9724	季（居悸切）	9756	曳（余制切）
9693	乙（於筆切）	9725	孟（莫更切）	9757	酉（與久切）
9694	乾（渠焉切又古寒切）	9726	孼（魚列切）	9758	酒（子酉切）

〔註92〕陳本七連切，朱本士連切，今從朱本。

9759	醲（莫紅切）	9784	酨（與職切）	9809	酸（素官切）
9760	醃（余箴切）	9785	醆（阻限切）	9810	酨（徒奈切）
9761	釀（女亮切）	9786	酌（之若切）	9811	醶（魚窆切）
9762	醞（於問切）	9787	醮（子肖切）	9812	酢（在各切）
9763	畚（芳萬切）	9788	醋（子朕切）	9813	酏（移尔切）
9764	酴（同都切）	9789	酳（余刃切）	9814	醬（即亮切）
9765	釃（所綺切）	9790	醻（市流切）	9815	醢（呼改切）
9766	酤（古玄切）	9791	醋（倉故切）	9816	醔（莫猴切）
9767	醹（郎擊切）	9792	醤（迷必切）	9817	醐（田猴切）
9768	醴（盧啟切）	9793	醮（子肖切）	9818	酹（郎外切）
9769	醪（魯刀切）	9794	酣（胡甘切）	9819	醯（醝計切）
9770	醇（常倫切）	9795	酖（丁含切）	9820	醨（居律切）
9771	醲（而主切）	9796	醖（依倨切）	9821	醁（力讓切）
9772	酎（除柳切）	9797	釀（其虐切）	9822	醔（慈冉切）
9773	醠（烏浪切）	9798	醭（薄乎切）	9823	喬（而玭切）
9774	醲（女容切）	9799	酷（匹回切）	9824	酪（盧各切）
9775	醲（而容切）	9800	醉（將遂切）	9825	醐（戶吳切）
9776	酤（古乎切）	9801	醺（許云切）	9826	酩（莫迥切）
9777	醬（陟离切）	9802	醟（為命切）	9827	酊（都挺切）
9778	醝（盧瞰切）	9803	酌（香遇切）	9828	醒（桑經切）
9779	醬（古禮切）	9804	酲（直貞切）	9829	醍（它禮切）
9780	酷（苦沃切）	9805	醫（於其切）	9830	酋（字秋切）
9781	醰（徒紺切）	9806	茜（所六切）	9831	算（祖昆切）
9782	酺（普活切）	9807	醨（呂支切）	9832	戌（辛聿切）
9783	配（滂佩切）	9808	醶（初減切）	9833	亥（胡改切）

參考文獻

按作者音序排列

1. 陳澧，《切韻考》，北京市中國書店，1984 年 7 月版。

2. 陳亞川，《反切比較法例說》，載《中國語文》第 2 期，1986 年。

3. 崔樞華、何宗慧，《標點注音〈說文解字〉》，北京師範大學出版社，2000 年。

4. 丁鋒，《〈博雅音〉研究》，北大出版社，1995 年。

5. 段玉裁，《說文解字註》，上海古籍出版社，1981 年。

6. 董同龢，《漢語音韻學》，中華書局，2001 年。

7. 董同龢，《廣韻重紐試釋》，歷史語言研究所集刊，第 13 本，1948 年。

8. 董同龢，《上古音韻表稿》，歷史語言研究所集刊，第 18 本，1945 年。

9. 范新干，《濁上變去發端於三國時代考》，載《漢語史研究集刊》第 2 輯，巴蜀書社，2000 年。

10. 方孝岳，《廣韻韻圖》，中華書局，1988 年。

11. 馮蒸，《說文部首今讀新訂並說明》，載《漢語音韻學論文集》，首都師範大學出版社，1997 年。

12. 馮蒸，《〈廣韻〉反切上字分等分類表並說明》，載《外國語言學及應用語言學研究》第 1 輯，中央編譯出版社，2002 年。

13. 馮蒸，《中古果假二攝合流性質考略》，載《漢語音韻學論文集》，首都師範大學出版社，1997 年。

14. 馮蒸，《論莊組字與重紐二等韻同類說》，載《漢語音韻學論文集》，首都師範大學出版社，1997 年。

15. 高本漢，《中國音韻學研究》，商務印書館，1995 年。

16. 古德夫，《〈唐韻〉對〈切韻〉語音的改易》，載徐州師範學院學報（哲學社會科學版）第 2 期，1990 年。

17. 郭錫良，《漢字古音手冊》，北京大學出版社，1986 年。

18. 黃粹伯，《慧琳壹切經音義反切考》，載《歷史語言研究所專刊》第 6 本，1931 年。

19. 黃典誠，《曹憲〈博雅音〉研究》，載《音韻學研究》第壹輯，中華書局。

20. 黃侃箋識黃焯編次《廣韻校錄》，上海古籍出版社，1986 年。

21. 黃笑山，《試論唐五代全濁聲母的「清化」》，載《古漢語研究》第 3 期，1994 年。

22. 黃笑山，《中古三等韻介音的前移和保留》，載《鄭州大學學報》，第 1 期，1995 年。

23. 黃笑山，《〈切韻〉三等韻的分類問題》，載《鄭州大學學報》，第 4 期，1996 年。

24. 紀容舒，《重斠唐韻考》，商務印書館，中華民國二十五年六月初版。

25. 蔣冀騁，《近代漢語音韻研究》，湖南師範大學出版社，1997 年。

26. 蔣冀騁、吳福祥，《近代漢語綱要》，湖南教育出版社，1997 年。

27. 蔣冀騁、吳福祥，《舌尖前元音產生於晚唐五代說質疑》，載《中國語文》第 5 期，1997 年。

28. 李榮，《切韻音系》，科學出版社，1956 年。

29. 李方桂，《上古音研究》，商務印書館，1980 年。

30. 李思敬，《音韻》，商務印書館，1985 年。

31. 李新魁，《論〈中原音韻〉的性質及它所代表的音系》，載《李新魁自選集》，1962 年。

32. 李新魁，《上古音「曉匣」歸「見溪群」說》，載《李新魁自選集》，1963 年。

33. 李新魁，《論切韻系統中床禪的分合》，載《中山大學學報》1979 第 1 期。

34. 李新魁，《韻鏡校證》，中華書局，1982 年。

35. 李新魁，《重紐研究》，載《李新魁自選集》，1984 年。

36. 李新魁，《近代漢語全濁聲母的演變》，載《李新魁自選集》1991 年。

37. 龍果夫，《八思巴字和古官話》，唐虞中譯本，1959 年。

38. 劉曉南，《宋代文士用韻與宋代通語及方言》，載《古漢語研究》第 1 期，2001 年。

39. 陸志韋，《古音說略》，載《陸志韋語言學著作集（壹）》，中華書局，1985 年。

40. 羅常培、周祖謨，《漢魏晉南北朝韻部演變研究》，科學出版社，1958 年。

41. 倪文傑，《徐鉉詩韻考》，載《廣西大學學報》第 2 期，1987 年。

42. 麥耘，《古全濁聲母清化規則補議》，載《中國語文》第 4 期，1991 年。

43. 麥耘，《論重紐及〈切韻〉的介音系統》，載《語言研究》第 2 期，1992 年。

44. 麥耘，《「濁音分化」的語音條件試釋》，載《語言研究》1998 增刊。

45. 麥耘，《漢語語音史上「中古時期」內部階段的劃分——兼論早期韻圖的性質》載潘怡雲主編《東方語言與文化》，東方出版中心，2002 年。

46. 潘悟雲，《中古漢語輕唇化年代考》，載《溫州師院學報》第 2 期，1983 年。

47. 濮之珍，《中國語言學史》，上海古籍出版社，1987 年。

48. 秦淑華、張詠梅，《重紐韻中的舌齒音》，載《語言》第四卷，首都師範大學出版社

49. 邵榮芬，《〈五經文字〉的直音和反切》，載《中國語文》1963 年第 3 期。

50. 邵榮芬，《切韻研究》，中國社會科學出版社，1982 年。

51. 邵榮芬，《試論上古音中的常船兩聲母》，載《邵容芬音韻學論集》，1997 年。

52. 邵榮芬，《〈晉書音義〉反切的語音系統》，載《語言研究》創刊號，1981 年。

53. 邵榮芬，《〈切韻〉尤韻和東三等唇音聲母字的演變》，載《邵榮芬音韻學論集》，1997 年。

54. 邵榮芬，《敦煌俗文學中的別字異文和唐五代西北方音》，載《邵榮芬音韻學論集》，1997 年。

55. 沈兼士主編，《廣韻聲系》，中華書局，1985 年。

56. 施向東，《玄奘譯著中的梵漢對音和唐初中原方音》，載《語言研究》第 1 期，1983 年。

57. 唐作藩，《音韻學教程》，北京大學出版社，1991 年。

58. 王力，《詩詞格律》，中華書局，1977 年。

59. 王力，《漢語語音史》，中國社會科學出版社，1998 年。

60. 王力，《南北朝詩人用韻考》，載《王力語言學論文集》，商務印書館，2000 年。

61. 王力，《漢語史稿》，中華書局，2001 年。

62. 王士元，The Lexicon in Phonological Change, Mouton, 1997。

63. 伍巍，《中古全濁聲母不送氣探討》，載《中國語文》第 4 期，2000 年。

64. 〔漢〕許慎撰、〔宋〕徐鉉校定，《說文解字》，中華書局，1963 年

65. 〔漢〕許慎撰、〔宋〕徐鉉校定，《說文解字》，上海中華據大興朱氏重刻宋本影印。

66. 嚴學宭，《大徐本說文反切的音系》，載《國學季刊》六卷壹期，1936 年。

67. 楊劍橋，《漢語現代音韻學》，復旦大學出版社，1998 年。

68. 葉蜚聲、徐通鏘，《語言學綱要》，北京大學出版社，1981 年。

69. 張清常，《〈古音說略〉書評》，載張清常《語言學論文集》，商務印書館，1988 年。

70. 張世祿、楊劍橋，《漢語輕重唇音的分化問題》，載《揚州師院學報》，1986 第 2 期。

71. 張渭毅，《〈集韻〉重紐的特點》，載《中國語文》第 3 期，2001 年。

72. 張詠梅，《〈廣韻〉〈王二〉重紐八韻系切下字系聯類別的統計與分析》，載《語言》第四卷，首都師範大學出版社，2003 年。

73. 趙誠，《中國古代韻書》，中華書局，1991 年。

74. 竺家寧，《試論重紐的語音》，載《中國語文》第 4 期，1995 年。

75. 周長楫，《濁音清化溯源及相關問題》，載《中國語文》第 4 期，1991 年。

76. 周長楫，《濁音和濁音清化芻議》，載《音韻學研究》第三輯，中華書局，1994 年。

77. 周法高，《廣韻重紐的研究》，載《歷史語言研究所集刊》第 12 本。

78. 周法高，《玄應反切考》，載《歷史語言研究所集刊》，第 20 本上，1948 年。

79. 周祖謨，《唐五代韻書集存總述》，載《文字音韻訓詁論集》，北京大學出版社，2000 年。

80. 周祖謨，《魏晉宋時期詩文韻部研究》，載《文字音韻訓詁論集》，北京大學出版社，2000 年。

81. 《宋史》上海中華書局據武英殿本校刊。

後　記

　　沒有想到，畢業十幾年後，還有機會再拿出當年自己的畢業論文，讓我有機會再次重溫那段跟隨恩師馮蒸先生讀書的難忘時光，回想恩師當年的諄諄教誨，回想在我求學的道路上給與我幫助的老師們，感激之情難以言表。

　　首先，我要感謝恩師馮蒸先生引領我走入音韻學這個鮮為人知的殿堂，感謝恩師不嫌棄我的愚鈍，耐心地給我點撥，給我指導。這篇論文從選題、搜集資料到一步步撰寫，都凝聚了恩師的心血。如果有一點可取之處，那也是恩師指點所得。回想當年的學習生活，最難忘的是恩師肩背碩大書包的身影，那沉甸甸的書包裏面，除了恩師必備的講稿，就是為學生購買的書籍。我的書架上所有的專業書籍和資料都凝聚著恩師辛勤的汗水。恩師淵博的知識和孜孜以求、勤勤懇懇的治學態度令我終身難忘，恩師的教誨及治學精神在我走向工作崗位以後依然像一盞明燈，在我懈怠的時候時時鞭策著我，讓我始終保持著對知識的好奇並不斷努力。在此，祝願恩師福如東海，身體康健！

　　其次，感謝在學識上給予我啟迪和幫助的毛秀月老師、汪大昌老師、黃天樹老師、宋均芬老師和宋金蘭老師，他們淵博的知識和謙遜的品格是我人生道路上學習的楷模。特別感謝宋均芬老師在我彷徨困惑的時候給我耐心細緻的開導、鼓勵，使當年的我克服了心理上的膽怯，順利完成學業。在對徐鉉詩用韻整理的過程中，得到了朱寶清老師的悉心指導，使我茅塞頓開。在此，衷心祝願各位老師桃李滿天下！

　　最後還要感謝師姐秦淑華，在論文撰寫的過程中，師姐給我提出了許多十分中肯的意見，並給我答疑解惑。在此，祝願師姐工作順利，事業有成！

　　此時，窗外春雨綿綿，腦海中再次映出了那張張親切的笑臉，所有的感激都化成了一句祝福：願大家一生平安！願陪伴我一路前行的師長、朋友和家人一切順利，一生平安！

姚志紅

2020.4.1.